btb
Aus Freude am Lesen

btb

Buch

Die erfolgreiche Anwältin Ulrika Stål übernimmt einen Fall, der sich zunächst nach einer Routinesache anhört: Drei Brüder treten das Erbe ihrer verstorbenen Mutter an. Aber da gibt es noch eine seit 25 Jahren verschollene Schwester, die für tot erklärt oder gefunden werden muss, damit das Erbe rechtskräftig wird. Bei der Suche nach dieser Schwester macht Ulrika die Bekanntschaft eines Mörders, deckt ein lange zurückliegendes Verbrechen auf und kann einen Selbstmord nicht verhindern. Je intensiver sie nachforscht, umso mehr verstrickt sie sich in einem Geflecht aus Lügen und Geheimnissen.

Autorin

Ann-Christin Hensher ist selbst Anwältin. Ihr Spezialgebiet ist Sozialrecht, beruflich war sie bereits in London, Stockholm und Brüssel tätig. Seit kurzem lebt sie mit ihrer Familie in Spanien. Ihre Serie um Rechtanwältin Ulrika Stål erfreut sich in Schweden höchster Beliebheit.

Ann-Christin Hensher bei btb

Der tote Liebhaber. Roman (72823)
In falschen Händen. Roman (73113)

Ann-Christin Hensher

Tödliche Bande

Ein Ulrika-Stål-Krimi

Aus dem Schwedischen
von Gabriele Haefs

btb

Die schwedische Originalausgabe erschien 2003 unter dem Titel
»I lögnens spår« bei Wahlström & Widstrand, Stockholm

Umwelthinweis:
Alle bedruckten Materialien dieses Taschenbuches
sind chlorfrei und umweltschonend.

Der btb-Verlag ist ein Unternehmen der Verlagsgruppe
Random House.

1. Auflage
Deutsche Erstveröffentlichung Dezember 2004

Published by arrangement with Salomonsson Agency
Umschlaggestaltung: Design Team München
Umschlagfoto: Wolf Huber
Satz: IBV Satz- und Datentechnik GmbH, Berlin
EM · Herstellung: Augustin Wiesbeck
Made in Germany
ISBN 3-442-73258-1
www.btb-verlag.de

Für meine Eltern
Siv und Sture Lindblom
in Liebe und Respekt

PROLOG

Am Morgen nach dem Johannistag, als die Bewohner der Schären und die Sommergäste noch ihren Rausch ausschliefen, packte eine junge Frau ihre Habseligkeiten in einen abgenutzten Pappkoffer. Sie hatte ihren Entschluss gefasst, sie wollte fort, ehe es zu spät wäre. Das Leben lief ihr davon. Hier draußen gab es nur noch Arbeit für sie. Kein Vergnügen. Sie wollte sich amüsieren, ehe sie alt war. Hier kannten die meisten einander seit Generationen. Alter Groll geriet niemals in Vergessenheit. Alle wussten alles über alle. Nur in den kurzen Sommermonaten bestand die Möglichkeit, neue Menschen kennen zu lernen und vom Abenteuer zu kosten. Dann füllten sich Ferienhäuser und Häfen mit Sommerfrischlern. Sie kamen in den Laden, wo sie seit Schulschluss arbeitete, in Freizeitkleidung, entspannt, mit einem verlockenden Hauch aus der Welt dort draußen. Sie plauderten eine Weile, machten bisweilen einen Flirtversuch, füllten ihre Vorräte auf und waren wieder verschwunden.

Jetzt würde sie selbst verschwinden. Eine neue Seite aufschlagen und ein neues Kapitel in ihrem Leben beginnen.

Trotzdem war sie traurig. Der Kloß in ihrem Hals wuchs, und ihre Augen brannten von Tränen. Denn sie wusste, wenn sie jetzt ging, würde es für immer sein. Niemals würde sie diese Insel wiedersehen. Jedenfalls würde sie nie wieder hier leben können.

Feige, wie eine Verbrecherin, plante sie, sich aus dem Haus zu schleichen, während alle schliefen. Bis es Zeit wurde, das

Mittagessen vorzubereiten, würde niemand sie vermissen. Ehe sie ging, würde sie einen Brief schreiben und eine Erklärung hinterlassen. Die Frage war nur, ob irgendjemand sie verstehen würde.

Der Pappkoffer war rasch gefüllt, und sie musste einsehen, dass sie ihn nicht schließen könnte, wenn sie sich nicht von einigen Dingen trennte. Die Auswahl fiel ihr schwer, aber sie konnte doch nicht wie eine Landstreicherin mit Kleidern in Pappkartons und Plastiktüten ihr neues Leben antreten.

Als sie das Zimmer verließ, warf sie einen letzten Blick in den Spiegel. Fuhr sich mit den Fingern durch die weißblonden Haare. Begnügte sich mit der Feststellung, dass sie kein neues Make-up benötigte. Das vom Vortag sah noch immer aus wie frisch aufgetragen.

Obwohl es noch so früh war, stand die Sonne schon hoch am Himmel. Es würde ein heißer Tag werden. Obwohl die Fähre erst in einigen Stunden ablegte, wollte sie lieber am Anleger warten als zu Hause. Der kurze Weg zur Landungsbrücke, kaum fünfhundert Meter, kam ihr vor wie ein Dutzend Kilometer. Der Koffer war schwer, und schon nach zwei Minuten schwitzte sie vor Anstrengung. Ihre Jacke war verrutscht, sowie sie das Tor hinter sich geschlossen hatte, und hing jetzt locker über ihren Schultern. Darunter klebte ihr Kleid auf der Haut. Sie hätte gern das Moped genommen, aber das machte schrecklichen Lärm, seit im Frühling der Schalldämpfer abgebrochen war. Bestimmt hätte sie damit das ganze Haus geweckt.

Sie ging an der Wiese mit dem Mittsommerbaum vorbei. Am Straßenrand lagen Bierdosen und leere Flaschen. Wenn die Kinder erst aufwachten, würde der Müll bald verschwunden sein, denn die Kleinen wollten das Pfand kassieren.

Als sie sich dem Wasser näherte, hörte sie das vertraute Lachen der Möwen und ihr neidisches Geschrei, wenn eine aus der Schar Beute gemacht hatte. Hinter Tallskär führten sie besonders lebhafte Sturzflüge und Kapriolen vor. Vermutlich hatte sich ein Fischer trotz Feiertag und Kater hinausgewagt, um schon am frühen Morgen die Netze einzuholen. Vielleicht könnte sie mit einem Fischer aufs Festland übersetzen. Sie würde sehr viel Zeit sparen, wenn sie auf diese Weise in die Stadt gelangen könnte, statt auf den Dampfer warten zu müssen. Sie setzte sich auf den Anleger, lehnte sich an den Brückenpfeiler und wartete. Sie schloss die Augen und hielt ihr Gesicht in die Sonne.

Offenbar war sie eingeschlafen, denn sie bemerkte das Boot erst, als die Reling gegen den Anleger schlug. Sie hatte Angst, als sie sah, wer in dem Boot saß.

»Du bist früh auf.«

»Ja, ich konnte nicht schlafen.«

»Willst du verreisen?«

Lag da Ironie in der Stimme? Sie wusste es nicht. Besser, sich nichts anmerken zu lassen.

»Ja, ich ziehe jetzt nach Stockholm um«, sagte sie nervös.

»Ach, tatsächlich? Dein Koffer sieht schwer aus. Hat dir jemand beim Tragen geholfen?« Der Blick wanderte suchend zu dem menschenleeren Weg, dann bohrte er sich dunkelblau und forschend in den ihren.

»Nein, das hab ich allein gemacht. Man wird stark, wenn man die ganze Zeit Tabletts voller Gläser tragen muss, das weißt du doch.« Sie war nicht mehr ganz so nervös, aber weiterhin auf der Hut.

»Du musst noch zwei Stunden warten, bis das Boot kommt. Hast du schon gegessen?«

»Ich kann auf dem Boot einen Kaffee trinken.« Sie lächelte unsicher und entblößte den vertrauten Spalt zwischen den Vorderzähnen, wo ein Eckchen abgebrochen war. Einmal war sie im Winter auf dem Weg zur Schule vom Schlitten gefallen und mit dem Mund auf einen Stein aufgeschlagen. Dabei war auch ihre Lippe geplatzt. Die Kinder hatten entsetzt und begeistert im Kreis um sie gestanden und das strömende Blut angestarrt. Sie selbst hatte wie wahnsinnig geschrien.

»Ich weiß nicht mehr, musste deine Lippe genäht werden, als du damals vom Schlitten gefallen bist?«

Die junge Frau kniff angesichts dieser überraschenden Frage verdutzt die Augen zusammen und nahm sich eine Zigarette, die sie von ihren Händen beschirmt anzündete.

»Mutter hat ein Pflaster drübergeklebt. Das war doch kein Grund, um zum Arzt zu fahren.«

»Du willst also wirklich weg von hier? Wäre es nicht besser, wenigstens bis zum Herbst zu warten? Im Sommer gibt es hier doch so viel zu tun. Wenn du willst, kann ich dir im Laden helfen, dann kannst du dir zwischendurch auch mal freinehmen.«

Diese Freundlichkeit kam unerwartet und wirkte aufdringlich.

»Ich habe mich entschieden.« Sie zog energisch an der Zigarette. Der Rauch prallte gegen die Wände der Lungenbläschen und der Kloß in ihrem Hals schmolz, als das Nikotin sich in ihrem Blut verteilte.

»Du wirst uns fehlen. Aber wenn du mir hilfst, die Fische aus dem Fischkasten zu holen, dann kann ich dich aufs Festland übersetzen, dann brauchst du nicht so lange zu warten. Und von da kannst du ja mit dem Bus in die Stadt fahren.«

Gedankenübertragung. Wie immer unverschämt und aufdringlich. Unfähig, irgendwen in Ruhe zu lassen. Das hier war nicht das erste Mal. Sie schwor sich, dass es das letzte Mal sein sollte. Aber trotzdem musste sie zugeben, dass es ein verlockendes Angebot war. Es wäre so schön, von hier wegzukommen. Sie zögerte einen Moment, dann sprang sie ins Boot. Als habe sie eine Falle geahnt.

Bald lag die Insel hinter ihnen. Ein leichter Wind kräuselte das Wasser. Das Licht brach sich in den Wellen. Ein Möwenschwarm hing über dem Boot.

»Willst du wirklich das alles hier verlassen? Was hast du denn in der Stadt, das besser ist?«

»Ich weiß nicht. Ich spüre nur, dass ich hier weg muss, ehe ich den Verstand verliere.« Plötzlich liefen ihr Tränen übers Gesicht, sie konnte nicht dagegen an. Sie hatte kein Taschentuch und musste sich die Augen mit dem Rocksaum abwischen.

»Komm, setz dich zu mir. Nicht traurig sein. Du kannst doch jederzeit zurückkommen, wenn es dir in der Stadt nicht gefällt.«

Sie schwiegen eine Weile, als schämten sie sich ihrer Gefühle.

»Hast du in diesem Jahr schon Seeadler gesehen? Die Jungen sind bald flügge. Ich war gestern draußen beim Nest. Sie hat diesmal zwei Junge.«

»Ich wusste nicht, dass sie wieder da sind. Ich dachte, hier sei zu viel DDT ausgelegt worden. Irgendwer hat behauptet, sie seien mehr oder weniger ausgerottet.«

»Bald vielleicht, aber noch nicht. Ich kann sie dir zeigen, wenn du willst.«

Das klang verlockend. Der erste Bus fuhr frühestens um sieben, also hatte sie Zeit genug. Die Adler zu sehen wäre schon ein beeindruckender Abschied vom Schärengürtel.

Die Bucht lag geschützt da. Sie vertäuten das Boot an einer vom Wind geschundenen Tanne. Die junge Frau zog die Sandalen aus und hängte sie sich an ihren Riemen um den Hals, ehe sie an Land ging. Die Felsen waren unter ihren nassen Füßen glatt und warm. Abgeschliffen vom Binnenlandeis und gewärmt von der Morgensonne.

»Wir müssen ein Stück weit laufen. Das Nest ist ganz oben auf der Insel.«

Bald wurde das Terrain immer unwegsamer. Trockenes Unterholz und Felskuppen mit trügerischen Spalten. Sie musste genau aufpassen, wie sie ihre Füße setzte. Nach einiger Zeit zog sie ihre Sandalen wieder an, obwohl die für Waldwanderungen ungeeignet waren. Sie rutschte auf den glatten Ledersohlen aus, wagte aber nicht, die Hand auszustrecken.

»Pst! Da oben ist es.«

Sie blieben stehen und schauten zu dem riesigen Adlernest hoch. Es war eine beeindruckende Konstruktion aus langen Zweigen und groben Ästen, mehr als mannshoch und mehrere Meter breit.

»Das ist ja vielleicht groß!«

»Ja, bestimmt wiegt es mehrere Zentner. Seltsam, dass der Baum nicht umgeknickt ist, so morsch und mitgenommen, wie der schon ist. Siehst du die Jungen? Die sind jetzt fast schon so groß wie ihre Mutter. In zwei Wochen fliegen sie. Willst du wirklich nicht hier bleiben?«

»Red keinen Unsinn. Entschieden ist entschieden.«

Beide zuckten zusammen, als das Adlerweibchen, von den Eindringlingen gestört, plötzlich einen grellen Warnschrei ausstieß. Schwere Flügelschläge brachen die Stille, als die Adlermutter vom Nest abhob und über ihren Köpfen große Kreise beschrieb. Ihre riesigen Flügel warfen einen Schatten auf den Boden.

Die junge Frau machte einen falschen Schritt und stürzte, als sie aus Respekt vor den Seeadlern zurückwich. Ihr Kopf schlug so hart auf den Felsen auf, dass ihr schwarz vor Augen wurde. Die Sonne blendete sie, als sie endlich wieder klar sehen konnte. Zuerst glaubte sie, sich zu irren, als sie die Hand mit dem Stein sah, die soeben ausholte. Instinktiv schrie sie auf, um den Vogel zu warnen. Zu spät ging ihr auf, dass der Stein nicht für das Adlerweibchen bestimmt war.

1

Die Erben hatten sich um den Konferenztisch versammelt. Alle hatten das Angebot von Kaffee angenommen und schlürften nun ernst und verbissen das heiße Getränk. Achteten darauf, sich nicht die Zunge zu verbrennen. Sie knabberten an den angebotenen Pfefferkuchen, während sie darauf warteten, dass der Kaffee abkühlte, und zwischen den Bissen blätterten sie nervös in ihren mitgebrachten Unterlagen. In der Luft lag eine unverkennbare Animosität. Die Männer hatten vor ihrem Eintreffen in der Kanzlei diskutiert, waren aber zu keinem Ergebnis gekommen. Ihre Körpersprache war klar und deutlich. Die Anwältin Ulrika Stål wusste, sowie sie sich gesetzt hatten, dass es Probleme geben würde, was an sich nicht ungewöhnlich war. Wenn Geld ins Spiel kam, warf der Familiensinn Risse.

Östen Hult war der älteste der Brüder. Er hatte angerufen und um einen Termin gebeten. »Mutter ist gestorben, also müssen wir uns jetzt treffen«, hatte er als Erstes gesagt. Ulrika hatte seine Stimme sofort erkannt, obwohl sie seit Jahren nicht mehr miteinander gesprochen hatten. Vor langer Zeit hatte sie ihn in einem Fall, bei dem es um Alkohol am Steuer gegangen war, erfolgreich verteidigt. Neben ihrem Honorar hatte sie damals einen von ihm frisch gefangenen Lachs bekommen. Den hatte ihr Mann Stefan nach allen Regeln der Kunst eingelegt und eingefroren. Zum ersten Mal hatte er damals in der Küche etwas zu Stande gebracht, was wirklich geschmeckt hatte. Ansonsten war er nicht gerade ein Meisterkoch. Seit damals hatte Ulrika nie wieder Graved Lachs essen können, ohne Östen einen warmen Gedanken zu widmen. Er war Mitte sechzig, groß und kräftig, mit Pranken so groß wie ein Klodeckel. Wettergegerbt und mit rotem Gesicht nach einem langen Leben als Fischer im äußeren Schärengürtel. Ein echter Vertreter einer aussterbenden Zunft. Die Brüder Arne und Rolf kannte sie bisher noch nicht. An die Mutter Ellen jedoch, deren Hinterlassenschaft nun verteilt werden sollte, konnte sie sich sehr gut erinnern.

Ellen Hult war eine seltsame Erscheinung gewesen. Sie war in Anorak und mit Hut im Gericht erschienen. Ihre Beine waren durch Kalkmangel unter ihrem geblümten Kleid so krumm gewesen, dass sie zu rollen schien. Nervös und leicht verlegen war sie gewesen, aber dennoch auffallend entschieden und beeindruckend stark in ihrem Auftreten. Fest entschlossen, ihren Sohn bis zum letzten Atemzug zu verteidigen und sich von der Obrigkeit nicht einschüchtern zu lassen.

Sie war damals als Zeugin vorgeladen gewesen und hatte einen Eid darauf abgelegt, dass Östen zum Essen keinen Alkohol getrunken hatte, sondern sehr viel von ihrem selbst eingekochten Schlehdornsaft, der vielleicht zu lange gestanden hatte und schon ein wenig vergoren war. Sie hatte gebratenen Hering serviert, was bekanntlich durstig macht. Er hatte sich auch über den Geschmack des Saftes gewundert, sich aber nicht beklagen wollen. Wie hätte er denn ahnen sollen, dass der Saft Alkohol entwickelt hatte? Denn dann hätte er auf der Fähre ja wohl kaum das eine Bier getrunken, oder?

Ellen war großartig gewesen. Alle außer einem Jurymitglied waren davon überzeugt gewesen, dass Östen Hult niemals Bier getrunken hätte, wenn er gewusst hätte, dass er schon genug intus hatte.

Jetzt fragte Ulrika, ob jemand noch mehr Kaffee wünsche, sonst könnten sie anfangen. Alle lehnten dankend ab und wollten die Sache hinter sich bringen.

»Wir brauchen Hilfe, was Mutters Erbe angeht«, sagte Östen. Eine an seinem Ohrläppchen klebende Fischschuppe leuchtete im Licht, das durch das Fenster fiel. Sie sah aus wie ein Stückchen Silber. Wie ein erlesenes Schmuckstück zwischen buschigen Haarsträhnen, die wild und unbeschnitten aus seinen Ohren wuchsen.

Rolf räusperte sich, zog aus einer Einkaufstasche einen Ordner und reichte ihn Ulrika. Sie öffnete ihn und stellte zu ihrer Überraschung dankbar fest, dass alles sorgfältig und ordentlich sortiert und eingeordnet war. Ganz vorn fand sie ein ausführliches und leicht überschaubares Inhaltsverzeichnis. Steuererklärungen, Wertveranschlagung und Bankguthaben, alles schien verzeichnet zu sein. Sie sah Angaben über Fischgründe und einige Bretterbuden, die von Östen genutzt wurden, über das Elternhaus mit dem kleinen Laden, den Rolf führte, über die Werft, für die der mittlere Bruder, Arne, zuständig war, und über einige kleinere Inseln und ein Grundstück auf der Ostseite der Insel Morö. Es gab ein detailliertes Verzeichnis der Gegenstände, das auf den ersten Blick korrekt wirkte, wenn auch die Werte vielleicht ein wenig zu niedrig angesetzt waren. Fernseher fünfundsiebzig Kronen, Küchentisch und sechs Holzstühle einhundertfünfzig Kronen. Sieben Flickenteppiche und ein maschinell hergestellter Perser vierhundertfünfzig Kronen, diverse Vasen und Ziergegenstände dreihundert Kronen.

»Wir hatten einen Mann von einem Auktionshaus da, der sich die Möbel angesehen hat. Aber für diese alten Sachen bekommt man im Moment nicht viel. Ich glaube, ich habe alles notiert. Hinter den Steuerklärungen gibt es noch eine Inventarliste aus dem Laden, aber im Moment habe ich da nicht viel auf Lager. Mutter ist doch in der Nebensaison gestorben«, teilte Rolf Hult leicht vergrätzt mit.

Wenn Ulrika ehrlich sein sollte, dann begriff sie nicht, wozu die Brüder ihre Hilfe brauchten. Sie hatte noch nie eine dermaßen vorbildliche Erbschaftsaufstellung gesehen. Sie brauchten nur noch einen Testamentsvollstrecker zu ernennen, dann würde alles seinen Gang gehen. Das sagte sie ihnen auch.

»Es ist nicht so einfach, wie es aussieht«, erwiderte Östen. Die Brüder nickten zustimmend. »Es ist nämlich so, dass es noch jemanden gibt«, sagte er dann mit ernster Miene. »Ich glaube, wir müssen um Aufschub bitten, ehe wir zum Nachlassgericht gehen können. Wir müssen wohl vorher einige Untersuchungen anstellen.«

Ulrika begriff sofort, wovon hier die Rede war: von einem ziemlich normalen Dilemma, das dann auftrat, wenn nach einem Tod die Hinterlassenschaft verteilt werden sollte. Schwupp, schon tauchte ein bisher ganz und gar unbekanntes Kind auf, das in all den Jahren von einem beschämten Partner oder Elternteil totgeschwiegen worden war. In diesem Fall war es offenbar Ellen gewesen, die ein außereheliches Kind gehabt hatte, das aus dem Haus gegeben, vermutlich aber nicht adoptiert worden war. Sie fragte sich, wie die Brüder davon erfahren haben mochten. Ob sie Unterlagen oder Tagebücher gefunden hatten oder ob irgendeine Person, der Ellen sich anvertraut hatte, nach deren Tod gewagt hatte, endlich das große Geheimnis zu lüften.

»Es gibt also noch weitere Geschwister, wenn ich das richtig verstanden habe?«, fragte sie und griff zu einem Kugelschreiber, um sich Notizen zu machen.

»Ja, das stimmt. Wir haben noch eine Schwester«, sagte Arne und räusperte sich. Er sah traurig aus, was vielleicht kein Wunder war. Es war bestimmt ärgerlich, mit einer weiteren Person teilen zu müssen, wenn man nicht damit gerechnet hatte. Es war zwar eine üppige Erbschaft, aber ein Viertel war eben um einiges weniger als ein Drittel.

Ulrika hatte das Gefühl, dass sich die Verteilung des Erbes, wenn es denn erst so weit wäre, schwierig gestalten würde. Die Gewinnermittlung war bedeutend komplizierter als die Festsetzung des Verkehrswertes der gesamten Erbschaft, die vorgenommen werden musste, damit die Behörden die Erbschaftssteuer berechnen konnten.

Wie sollte man aber zum Beispiel den Wert eines Fischgrundes berechnen oder den des Grundstücks, auf dem die Buden standen? Was würde passieren, wenn die Heringe im nächsten Jahr eine andere Richtung einschlügen? Die konnten durchaus für dreißig Jahre oder länger verschwinden, das wäre nicht das erste Mal. Die Hechtpest könnte sich wieder einstellen, und der Kabeljau war ja ohnehin fast ausgerottet. Auf den Lachs war kein Verlass, auch wenn er derzeit üppig vertreten war. Schollen sah man kaum noch, diese Fischgründe waren also von keinem größeren Wert. Diese Argumente konnten bis in alle Ewigkeit gedreht werden, und eines war negativer als das andere. Aber dennoch würde Östen wohl nie im Leben bereit sein, auf seine Fischerei zu verzichten, sollte das zur Debatte stehen. Wovon sollte er denn dann leben?

Sicher würde es ebenso kommen, wenn Elternhaus und Laden taxiert werden sollten. Rolf behauptete, die seien beide nicht besonders viel wert. Würde er dann anführen, dass er große Reparaturen hatte durchführen lassen und bald wieder neu investieren müsste, um sich gegen die Konkurrenz des lokalen Supermarktes behaupten zu können? Erzählen, dass der Laden eigentlich nur in den Sommermonaten Profit abwarf? Nie im Leben würde er zugeben, dass die Erbengemeinschaft mit Leichtigkeit zwei Millionen dazugewinnen könnten, wenn sie das Haus an einen wohlhabenden Stockholmer verkaufte, der sich ein Ferienhaus auf Morö wünschte. Rolf würde dafür kämpfen, dass seine Geschwister sich bereit erklärten, den Laden so niedrig zu taxieren wie überhaupt nur möglich. Denn trotz allem war der doch sein Zuhause und sein Broterwerb. Und anderswo würde er keine Arbeit mehr finden, dazu war er zu alt.

Und die von Arne geleitete Werft? Wie sollte man die bewerten? Man wusste doch nicht, wie die Geschäfte im nächsten Jahr ausfallen würden. Außerdem war die Werft bereits beliehen worden.

Ulrika hatte das alles schon mal gehört. Nur die Details variierten von Fall zu Fall. Die Luft wurde immer dann dick, wenn es Zeit wurde, die Gewinnermittlung vorzunehmen.

Rolf hob die Tasse halb zum Mund, nur um dann festzustellen, dass sie leer war. Die Untertasse klirrte, als er sie hinstellte. Seine Hände zitterten.

»Soll ich mehr Kaffee bringen lassen?«

»Nein, danke. Das war wirklich genug.«

»Dann brauche ich einige Auskünfte über Ihre Schwester. Alles, was Sie wissen. Name, Alter, Adresse, wenn sie bekannt sein sollte.«

»Wir wissen ja nicht, wie sie jetzt mit Nachnamen heißt, vielleicht hat sie geheiratet, aber mit Vornamen heißt sie Jenny Maria. Sie wurde am 11. Juni 1950 geboren. Eine Adresse ist uns nicht bekannt.«

»Und eigentlich ist uns das auch scheißegal, wenn Sie den Ausdruck entschuldigen, Frau Anwältin«, sagte Arne wütend. »Wenn ich hier was zu sagen hätte, dann würde in dieser Angelegenheit nicht weiter herumgestochert werden.«

Ulrika staunte darüber, dass die Schwester das jüngste der Geschwister war. Das bedeutete, dass sie ehelich geboren war, dass die Eltern aber einen Grund gehabt hatten, sie als Kind aus dem Haus zu geben.

»Wie alt war sie, als sie weggegeben wurde?«

»Sie wurde nicht weggegeben. Sie packte ihre Siebensachen und verschwand. Das hatte sie schon lange geplant. Hatte sich einen Pass besorgt und überhaupt. Mutter hätte das fast umgebracht. Sie versuchte zwar, stark zu sein, aber ich weiß, wie schrecklich das für sie war. Es gibt so vieles, was besser ungeschehen bliebe.« Östen zog ein großes Taschentuch hervor und putzte sich die Nase.

»Ja, das ist sicher wahr«, sagte Ulrika teilnahmsvoll. »Wann genau ist sie weggegangen?«

»Vor fünfundzwanzig Jahren. Ja, jetzt zu Mittsommer.« Er seufzte tief.

»Aber Sie hatten seither doch sicher Kontakt zu ihr?«

»Nein, das kann man nicht behaupten. Natürlich hat Mutter behauptet, sie habe ab und zu einen Brief bekommen. Zu Weihnachten und so, aber bei uns hat Jenny sich nie gemeldet«, sagte Arne skeptisch.

»Ich glaube nicht an diese Briefe. Das hab ich noch nie getan. Ich glaube, Mutter hat das nur so erzählt, sie schämte sich, weil Jenny verschwunden war. Von mir aus kann sie gern tot sein. Jenny hat alle Bande zu uns zerrissen, als sie gegangen ist. Sie hat nichts mehr mit uns zu tun. Ich finde, man soll nicht in der Vergangenheit herumwühlen«, fauchte Rolf wütend.

Ulrika wusste nicht so recht, wie sie diese Situation deuten sollte. Die Brüder hatten ihr nicht die ganze Wahrheit erzählt, das war klar. Ihre Jahre als Anwältin hatten aus ihr eine gute Menschenkennerin gemacht. Aber die Frage war, warum sie logen. Die Schwester war vor fünfundzwanzig Jahren aus irgendeinem Grund von zu Hause durchgebrannt. Das kommt vor. Ulrika hatte sich seit fünfzehn Jahren bei ihrer Tante nicht mehr gemeldet, obwohl die seit dem Tod der Eltern ihre nächste Verwandte war. Aber das war im Grunde doch etwas anderes. Sie konnte die Alte nicht ausstehen.

»Als Erstes müssen wir sie bei Gericht als vermisst melden, damit nach ihr gesucht werden kann, und damit sie erfährt, dass ihre Mutter ein Erbe hinterlassen hat.«

»Wir möchten lieber nicht, dass die Behörden sich einmischen«, knurrte Arne. »Dabei kommt doch nie was Gutes raus. Besser, man macht alles selbst.«

»Das ist keine Einmischung, sondern eine reine Formsache. Jenny hat nämlich fünf Jahre, um ihre Erbansprüche zu erheben, sowie sie davon erfahren hat. Ich werde natürlich alles versuchen, um mir ihre Adresse zu besorgen, ehe ich mich ans Gericht wende. Es gibt allerlei Möglichkeiten, um eine verschwundene Person zu suchen. Wenn sie noch in Schweden lebt, dann kann ich sie sicher ausfindig machen.«

Ulrika schaute auf die Uhr. Sie hatte für diesen Termin eine Stunde angesetzt und geriet langsam in Zeitnot. »Leider kann ich erst morgen etwas unternehmen. Ich habe um zwei Uhr eine Verhandlung. Ich brauche eine Vollmacht von Ihnen allen. Bitte, seien Sie so nett und unterschreiben Sie die gleich.«

Sie brachte ihre Mandanten zur Tür und blieb auf dem

Rückweg beim Sekretariat stehen, wo die fünf Sekretärinnen der Kanzlei saßen.

»Heute ging es ja ruhig zu. Wir hatten schon unsere Ohrenschützer herausgesucht. Ich dachte, du hättest eine Erbangelegenheit«, scherzte Gudrun, die Ulrikas größte Hilfe war.

»Heute sind wir erst mal die Erbaufstellung durchgegangen. Die Ohrenschützer kannst du dir für die eigentliche Auseinandersetzung aufbewahren. Mir fehlt die Adresse der einen Erbin. Kannst du mir helfen und versuchen, sie ausfindig zu machen? Leider habe ich die letzten vier Ziffern ihrer Personenkennnummer nicht, aber das ist hoffentlich kein Problem. Wenn dir das Finanzamt am Ort nicht helfen kann, dann versuch es doch mal beim Pfarramt. Sie hat diese Adresse vor fünfundzwanzig Jahren verlassen, vielleicht musst du also eine Weile suchen. Bitte notier auch meine Termine, ich muss versuchen, vor der Verhandlung noch etwas zu essen.«

Das Notieren der Zeiten bildete das Rückgrat in der Ökonomie der Kanzlei. Alles musste registriert werden, unter Angabe der Minuten und des Themas, das behandelt worden war, nur dann konnte eine korrekte Rechnung ausgestellt werden. Jedes Telefongespräch wurde notiert, alle Briefe, die geschrieben oder gelesen wurden, Ermittlungen, Besprechungen, Verhandlungen und vergeudete Zeit. Jede Minute konnte debitiert werden. Die Anwälte mussten nicht nur ihr eigenes Gehalt verdienen, sie mussten auch Sekretärinnen, Referendare und Putzpersonal bezahlen. Dazu Miete, Telefon, Briefpapier, Fachliteratur, Zeitschriften und den einen oder anderen Fortbildungskurs, und deshalb war es wichtig, nichts zu vergessen.

Wenn man mehr Arbeit als vorgesehen investierte, dann ließ sich das nicht debitieren. Das hatte Ulrika mehr als einmal erfahren müssen, und inzwischen hatte sie gelernt, damit zu leben. Es fiel ihr schwer loszulassen, wenn ein Fall oder ein Mensch sie interessierten. Sie war von Natur aus neugierig und engagierte sich weit mehr als branchenüblich. Das war ein Luxus, den sie sich nicht gönnen könnte, wenn sie ihr Gehalt nicht durch Aktienhandel aufgestockt hätte. Im Laufe der Jahre war sie zu einer gewieften Analystin geworden, auch wenn sie zugeben musste, dass sie ziemliches Glück gehabt hatte, als sie einen Großteil ihres IT-Bestandes abgestoßen hatte, ehe diese Blase geplatzt war.

Sie musste genug verdienen, um die Familie zu ernähren. Stefan hatte seine literaturwissenschaftliche Doktorarbeit noch immer nicht beendet und nur die Götter wussten, wann er das jemals schaffen würde. Er schien sich als Hausmann und Vater viel zu wohl zu fühlen, und für die Kinder, die noch immer klein waren, war es doch gut, einen Elternteil zu Hause zu haben. Ulrika hatte durchaus nichts dagegen, die finanziellen Lasten allein tragen zu müssen, im Gegenteil, es gefiel ihr, die Kontrolle über alles zu haben.

Bis zur Verhandlung waren es noch anderthalb Stunden. Wenn sie mit der U-Bahn in die Altstadt führe, könnte sie in der Östermalmshalle schnell zu Mittag essen. Vielleicht könnte sie einen Kollegen überreden, ihr dabei Gesellschaft zu leisten. Gebackene Flunder auf Knäckebrot – beim bloßen Gedanken daran lief ihr schon das Wasser im Munde zusammen. Vermutlich hatte die Begegnung mit dem Fischer Östen Hult diese Sehnsucht in ihr ausgelöst. Sie klopfte leise an die halb offene Tür zu Jan Stenbergs Zimmer, ehe sie hineinschaute und fragte, ob er Hunger habe.

»Bin total ausgehungert, aber auch total gestresst«, erwiderte der bekannte Anwalt.

»Was sagst du zu einem Fischbrot in der Halle? Das dauert nur eine halbe Stunde. Ich muss um zwei im Gericht sein.«

»Gib mir zwei Minuten, dann komme ich.«

»Wir treffen uns auf der Straße, ich muss meine Papiere holen.«

Der Spaziergang zum Östermalmstorg gab ihr neue Energie. Es war nicht kalt, aber frisch. Die Artillerigata, die zur Storgata hochführte, zog sich leicht nach oben. Es ging vorbei an der Hedvig-Eleonoren-Kirche, wo die Bäume mit ihren Knospen auf die richtige Frühlingswärme warteten. Sie überquerten den Platz und betraten die Markthalle. Wie immer schlugen ihnen verlockende Düfte entgegen und schärften ihren Appetit. Käse, Obst und frisch gebackenes Brot. Von weiter hinten Fisch. Es war so wunderbar hier, Ulrika bekam es niemals satt herzukommen, und sei es nur, um ein Stück Käse oder ein Kilo Kartoffeln zu kaufen. Hier traf man immer Bekannte, und deshalb hatte so ein Ausflug auch einen geselligen Aspekt.

Die Warteschlange für die Tische war lang, deshalb setzten sie sich an den Tresen und bestellten Lightbier, während sie auf ihren Fisch warteten.

»Hast du gerade interessante Fälle?«, fragte Jan und trank einen Schluck Bier.

»Nachher eine Sache mit Falschspielerei vor Gericht. Mein Mandant ist in der ersten Instanz mit einer Geldstrafe davongekommen, aber der Staatsanwalt verlangt Gefängnis.«

»Ist das das erste Mal?«

»Das dritte«, lachte Ulrika. »Er schlägt sich als Spieler durch, seit er Rechnen gelernt hat.«

»Ja, da ist er nicht der Einzige. Solche kenne ich auch. Viel Glück also.«

»Danke, das kann ich brauchen. Und du?«

»Noch immer dasselbe. Mehrwertsteuerhinterziehung braucht ihre Zeit.«

Ulrika hatte eigentlich keine Lust, über die Arbeit zu sprechen. Sie bereute schon, Jan um seine Gesellschaft gebeten zu haben. Normalerweise war sie sehr gern mit ihm zusammen, aber gerade heute fand sie ihn ermüdend. Sie wechselte das Thema.

»Stefan und ich spielen mit dem Gedanken, uns zum Sommer ein Segelboot zuzulegen. Hast du da irgendwelche Kontakte?«

»Ja, allerdings. Witzig, dass du fragst. Ein Nachbar hat mir erst vorige Woche erzählt, dass er sein Swanboot verkaufen will. Ich kann mich jetzt nicht erinnern, wie viele Fuß das hat, aber es ist ein kleineres Modell. Achtzehn Jahre alt, aber sicher sehr gut in Schuss, so, wie ich ihn kenne. Seine Familie will nicht mehr mit ihm los, deshalb hat er auch keine Lust mehr. Soll ich ihn fragen, was er dafür haben will?«

»Ja, bitte. Das klingt sehr interessant. Kannst du mir verzeihen, wenn ich davonstürze, ehe du aufgegessen hast? Ich gerate langsam in Zeitnot. Danke für deine Gesellschaft.« Ulrika legte Geld auf den Tresen, griff nach ihrer Aktentasche und rannte los. Der Gedanke an das Boot begleitete sie auf dem ganzen Weg über die Treppen und durch das düstere Foyer des Obersten Gerichts.

2

Arne Hult wollte in Stockholm übernachten. Er hatte einiges zu erledigen, und danach wollte er eine Bekannte besuchen. Eine Lehrerin, die er einige Jahre zuvor in Stavsnäs kennen gelernt hatte. Seine Brüder wollten die Fähre nach Hause nehmen, nachdem sie den staatlichen Alkoholladen aufgesucht und einige Einkäufe erledigt hatten.

Sie verließen die Kanzlei gemeinsam. Rolf brach als Erster das Schweigen. »Sieht ja fesch aus, diese Anwältin, das hast du gar nicht erwähnt, Östen. Wolltest du deshalb zu ihr gehen?« Er grinste seinen älteren Bruder viel sagend an, doch der ließ sich zu keinem Kommentar herab.

»Schade, dass wir ihr nicht die ganze Wahrheit gesagt haben. Jetzt wird es unnötig viel Geld kosten. Wegen der überflüssigen Nachforschungen, meine ich«, sagte Rolf dann.

»Ich dachte, das hätten wir alles besprochen«, sagte Östen und räusperte sich.

»Nein, verdammt noch mal, das haben wir nicht, und das weißt du ganz genau«, erwiderte Arne wütend. »Du hast beschlossen, was wir zu tun haben. Ich finde, Rolf hat Recht. Verflucht, was stinkt das hier nach Abgasen.«

Den Rest des Weges zur U-Bahn legten sie schweigend zurück. Ihr Streit auf der Fahrt in die Stadt war ihnen noch in lebhafter Erinnerung.

»Ich frage mich, ob jemand eine Flasche Cognac für mich kaufen kann, wo ihr ohnehin in den Schnapsladen geht«, fragte Arne ein wenig freundlicher und zog einige Scheine aus seiner Brieftasche. Es störte ihn nicht, dass die jetzt so gut wie leer war. Er wollte sich nämlich fünfundzwanzigtausend in bar abholen, für einen Bootsauftrag. Zum Abschied salutierte er lässig.

Die Rolltreppe zum Fridhemsplan war die längste, die Arne Hult jemals gesehen hatte. Sein Magen zog sich leicht zusammen, als er nach unten schaute. Er war durchaus erleichtert, als er wieder festen Boden unter den Füßen hatte. Zurück würde er mit dem Bus fahren. Er bog nach rechts ab und ging durch die Igeldammsgata zur Svarvargata, wo Johan Fredrikssons Büro lag. Der Mann war offenbar irgendeine Art Konsul. So ein richtiger Liederjan. Aber das Interesse für Boote verband sie. In letzter Zeit waren die Geschäfte nicht so gut gegangen, das hatte er Arne eingestanden, als das Geld nicht wie versprochen gekommen war, aber heute würde er jedenfalls die Summe auf den Tisch legen. Das hatten sie noch am Vorabend abgemacht.

Trotz dieser Zusage fühlte Arne sich nicht wohl in seiner Haut, als er an der Tür klingelte. Es war ihm unangenehm, um seinen Lohn bitten zu müssen. Er kam sich fast vor wie ein Bettler. Aber was hätte er tun sollen? Zwei Jahre vor Ellens Tod hatte er auf die Werft eine Hypothek aufgenommen. Das war nicht leicht gewesen. Ellen und die Brüder hatten es nicht gewollt. Er hatte lange gebraucht, um sie zu überreden. Wenn er die Abzahlung nicht schaffte, würde das Probleme geben. Die Werft gehörte zur Erbschaft, auch wenn er sie selbst aufgebaut hatte, aber die Schulden waren natürlich seine. Diese Meinung vertraten sowohl Östen als auch Rolf.

»Hallo, hallo!« Johan Fredriksson schlug ihm auf den Rücken und empfing ihn wie den verlorenen Sohn. Der Mann war wirklich sympathisch, das ließ sich nicht leugnen, auch wenn er ein säumiger Zahler war. Aber das konnte man ihm wohl nicht zum Vorwurf machen. In finanzielle Schwierigkeiten konnte ja jeder mal geraten. Arne atmete auf und fühlte sich gleich wohler in seiner Haut.

Es war ein schönes Büro, auch wenn es nicht ganz nach Arnes Geschmack war. Zwei verschiedene Grautöne an den Wänden und ein Sofa aus Stahl und schwarzem Leder. Ja, das kann man sich ja auch anschaffen, dachte Arne, als er mit einer Tasse Kaffee Platz nahm, beziehungsweise mit Cappuccino, wie Johan das nannte.

Anderthalb Stunden später verließ Arne Hult das Büro mit gesenktem Kopf. Ohne richtig zu begreifen, wie das passiert war, hatte er sich dazu überreden lassen, noch weitere zwei Tage auf sein Geld zu warten. Johan hatte ihm gezeigt, an welch großartigen Projekten er gerade arbeitete und welche Rechnungen bald bezahlt würden. Das Geld würde kommen, hatte er beteuert, Arne könne ganz ruhig sein.

Aber Ruhe war das Letzte, was Arne empfand, als er über Kungsholms Strand ging. Er kam sich an der Nase herumgeführt vor, wie ein Supertrottel. Jetzt wagte er nicht mehr zu hoffen, dass er seine nächste Rate rechtzeitig würde zahlen können. Seine ganze Ökonomie würde auf Grund laufen, und das mit der Erbschaft würde auch noch dauern, und das lag an diesem Scheiß mit Jenny.

Jetzt hatte er keine Lust mehr, essen und tanzen zu gehen. Er würde absagen. Enttäuscht lief er los, um die letzte Fähre nach Hause noch zu erreichen.

Zu dieser Verhandlung waren keine Zuschauer erschienen, was Ulrika ein wenig überraschte. Sie hätte doch damit gerechnet, dass zumindest einige der großen Spieler aus Solvalla auftauchen würden, um sich ein Bild von der Sache zu machen. Sie hatten eifrig auf den Ausgang der Verhandlung gewettet, das wusste sie. Ihr Mandant schien sich keine großen Sorgen zu machen. Er war ein charmanter Tunichtgut, dessen Leben aus Pferden, Frauen und Karten bestand. Ihm wurde illegales Glücksspiel zur Last gelegt. Der Anklageschrift zufolge versuchte er sich als »Bookie«, wie die illegalen Buchmacher genannt wurden. Die Staatsanwaltschaft war der Ansicht, er sei in großem Stil tätig gewesen, was nur durch Haft geahndet werden könne.

Als Sören Petterson draußen in Solvalla festgenommen worden war, hatten nur der Verdacht und sein schlechter Ruf gegen ihn gesprochen. Zwei Polizisten in Zivil, die über seine Aktivitäten informiert waren, hatten gesehen, wie er unmittelbar vor Beginn des ersten Rennens von einem unbekannten Spieler ein Bündel Geldscheine in Empfang genommen hatte. Es kam überaus selten vor, dass das so offen vor sich ging. Sie hatten ihn den ganzen Nachmittag im Auge behalten, aber der Vorfall hatte sich nicht wiederholt. Trotzdem hatten sie geglaubt, Grund genug zu haben, um ihn festzunehmen.

Sören Petterson hatte sich in jedem Punkt für nicht schuldig erklärt und behauptet, bei dem Geld habe es sich um zurückgezahlte Schulden gehandelt, was ihm jedoch niemand geglaubt hatte.

Der Staatsanwalt hatte Anklage erhoben und als Begründung ein voll gekritzeltes Programm vorgelegt, in dem Petterson geblättert und sich zwischen den Rennen Notizen gemacht hatte. Aber da niemand mit Sicherheit andere Initialen als die eines bekannten Spielers hatte identifizieren können, hatte Ulrika durchgesetzt, dass die Anklage abgewiesen und ihr Mandant freigesprochen wurde.

Diesmal hatte der Staatsanwalt jedoch einen neuen Zeugen auftreiben können, einen Wurstverkäufer aus Västerhaninge, der behauptete, von Petterson um einen Spielgewinn betrogen worden zu sein. Er behauptete, auf Grund eines Stalltipps zweitausend Kronen auf einen Zweijährigen namens Kavaljer Sund gesetzt zu haben und jetzt Anspruch auf das Siebzehnfache dieser Summe erheben zu können.

Der Würstchenverkäufer berichtete widerwillig, wie das illegale Glücksspiel funktionierte, nicht nur in Solvalla, sondern auf sämtlichen Trabrennbahnen des Landes. Diese Behauptungen blieben unwidersprochen, da sie für den Ausgang der Verhandlung eigentlich nicht von Bedeutung waren, dennoch weckten sie sichtlich das Interesse des Gerichts. Der Zeuge wies auf allerlei Dreck im Spielsystem hin. Er behauptete, die Pferdebesitzer selbst wirkten oft an der Manipulation der Handicaps mit. Sie wollten so schnell wie möglich Geld verdienen. Deshalb käme es vor, dass den Pferden vor dem ersten Lauf Gewichte an die Hufe gebunden würden, damit sie beim Aufwärmen langsamer wären, und dass dem Trainer eingeschärft würde, sie zurückzuhalten. Die Spieler beobachteten das Aufwärmen immer voller Interesse. Dort und im Stall waren die besten Tipps zu holen. Auch manche Pferdebesitzer spielten gern um viel Geld. Und dabei gingen sie lieber zu einem Bookie als zur offiziellen Kasse, um nicht die Odds ihres eigenen Pferdes zu senken.

Der Zeuge behauptete weiterhin, dass Sören Petterson als zuverlässiger Bookie empfohlen worden sei, konnte sich jedoch nicht erinnern, von wem. Auf die Frage, ob er oft gespielt habe, antwortete er energisch, nur ein einziges Mal, und dabei sei alles schief gegangen.

Der Staatsanwalt schaffte das Kunststück, den Würstchenverkäufer als Kleinunternehmer mit Interesse an Pferden dastehen zu lassen, der in seinem Leben nur einen einzigen Fehler gemacht habe, nämlich, sein sauer verdientes Kleingeld Sören Petterson anzuvertrauen. Ulrika hatte absolut vor, dieses Bild zu zerstören. Die Aussage sollte zerfetzt werden. Wenn der Mann nicht zugeben mochte, einen Meineid geleistet zu haben, als der Staatsanwalt ihn befragt hatte, dann würde Ulrikas Mandant freigesprochen werden müssen. Sie wusste nämlich, dass der Würstchenmann Petterson niemals Geld gegeben hatte. Und es war auch nicht wahrscheinlich, dass er es wagen würde, zu verraten, wer den Kontakt vermittelt hatte.

Sie beschloss aber, zuerst sanft aufzutreten, um ihn in Sicherheit zu wiegen.

»Sie sagen, Sie hätten zum ersten Mal bei meinem Mandanten Geld gesetzt?«

»Ja, das stimmt.« Der Würstchenverkäufer lächelte einschmeichelnd.

»Aber Sie kannten ihn doch schon länger.« Ulrika erwiderte sein Lächeln nicht.

»Nein, nicht direkt.«

»Sie meinen, Sie haben einem Unbekannten zweitausend Kronen anvertraut?« Niemand konnte überhören, wie töricht sie diese Behauptung fand.

»Nein, nicht direkt, er hat vor dem Rennen kein Geld bekommen. So läuft das nicht.«

Ulrika überhörte, dass er gern erklären wollte, wie es denn lief, sondern setzte zielstrebig die Befragung fort.

»Haben Sie ihm also überhaupt kein Geld gegeben?«, fragte sie mit Betonung auf »überhaupt kein Geld«. Der Mann schwieg und schien sich seine Antwort genau zu überlegen.

»Würden Sie meine Frage bitte mit Ja oder Nein beantworten?«

»Nein, er hat keinen Einsatz von mir bekommen. Aber ich habe mit ihm telefoniert.«

»Sie haben ihm also kein Geld gegeben, weder vor noch nach dem Rennen?«

»Natürlich nicht. Er sollte mich doch bezahlen.«

»Sie meinen also, er sollte Ihnen Geld für den Lauf geben, aber von Ihnen keinen Einsatz bekommen? Finden Sie nicht, dass das ein wenig seltsam klingt?«

»Doch, vielleicht, aber man rechnet normalerweise einmal pro Woche ab. Mittwochs.« Der Würstchenverkäufer hörte sich nicht überzeugend an. Er klang, als fände er es schrecklich, im Zeugenstand sitzen zu müssen.

Als Ulrika mit ihm fertig war, war sie von ihrem Sieg überzeugt. Sie hätte einen Hunderter darauf gewettet, dass ihr Mandant auch in dieser Instanz freigesprochen würde.

Nach der Verhandlung fragte Sören Petterson, ob er sie irgendwohin fahren könne. Sein Wagen, ein roter Ferrari, stand im Parkverbot vor der Treppe. Automatisch schaute Ulrika auf die Stelle an der Windschutzscheibe, wo normalerweise die Strafzettel klemmen.

»Was für ein Glück Sie haben, so ganz ohne Strafzettel davonzukommen. Mir ist das noch nie passiert. Sie sollten sich ein Los kaufen.«

»Ich kaufe keine Lose, ich arbeite mit größeren Einsätzen, wussten Sie das nicht?«, fragte er und lachte glucksend.

»Nein, und ich will es auch nicht wissen. Was für ein schönes Auto«, sagte sie bewundernd, als sie sich auf den Sitz gleiten ließ. Der war so niedrig, dass sie fast den Boden unter sich spürte.

»Ja, ich hatte in der letzten Zeit beim Poker gute Karten.« Er ließ den Wagen an und fuhr über die Centralbro. »Verdammt scharf, wie Sie den alten Würstchenmann in die Mangel genommen haben. Glauben Sie, wir gewinnen?«

»Schwer zu sagen, aber ich habe ein gutes Gefühl.«

»Kommen Sie mit zu Riche zum Feiern? Ich gebe eine Runde Champagner aus.«

»Nein, danke. Das ist nett von Ihnen, aber ich muss heute noch arbeiten.« Auch wenn Sören Petterson lustig und charmant war, auf seine gelinde gesagt ungehobelte Weise, so hatte sie doch keine Lust, am helllichten Nachmittag mit ihm in einer Bar Champagner zu picheln. Da zog sie die Grenze. Er schien das nicht zu bedauern. Er grinste nur und sagte, sie könne ja später noch dazustoßen. Er habe erst um zehn Uhr wieder Verpflichtungen. Dann jagte der Wagen zum Sture-plan weiter. Der Motor dröhnte so laut, dass Ulrika es im Bauch spürte. Sie hätte den Ferrari gern selber gefahren, aber sie hatte es für unpassend gehalten, darum zu bitten.

Im Hauseingang zögerte sie. Sie hatte einfach keine Lust, nach oben zu gehen und noch zwei Stunden zu arbeiten, was eigentlich nötig gewesen wäre. Dennoch tippte sie pflichtbewusst den Code ein. Als sie das Schloss klicken hörte, stieß sie die schwere Tür wie üblich mit der Hüfte auf. Im Foyer roch es nach frisch geputztem Boden, mit dieser Mischung, die schon im Eimer nach Schmutz und Seife riecht und die offenbar seit undenklichen Zeiten existiert. Gereizt sah sie, dass der schwarzweiß gewürfelte Marmorboden noch immer nass war. Wenn sie nicht lernten, ihn zu trocknen, würde sich bestimmt bald jemand hier das Bein brechen. Ulrika versuchte sich einzuprägen, noch einmal mit der Reinigungsfirma darüber zu sprechen. Wenn die Lage sich nicht besserte, dann würde sie dafür sorgen, dass der Vertrag nicht verlängert wurde.

Nach zwei Stunden war dann Schluss. Sie konnte machen, was sie wollte, sie hatte einfach keine Lust mehr. Das passierte ihr oft nach einer nachmittäglichen Verhandlung. Irgendwie laugte sie das ganz anders aus, als wenn sie schon morgens vor Gericht anfing.

Es hatte keinen Sinn, sich hier noch weiter unter Druck zu setzen. Da konnte sie auch gleich zu Stefan und den Kindern nach Hause fahren. Vorsichtshalber steckte sie einige Akten ein. Man wusste ja nie.

Zufrieden mit diesem Entschluss ging sie lächelnd zum Auto hinunter. Sie kam sich vor wie früher, wenn sie und ihre beste Freundin, Anette, Schule geschwänzt hatten, um sich in der Stadt Geschäfte anzusehen. Eigentlich sollte man sich mehr Freiheit gönnen, dachte sie, als sie in den abendlichen Verkehr hinausglitt.

Bei Roslagstull, als die Ampel auf Rot umsprang, meldete sich Ulrikas schlechtes Gewissen und ließ sie zum Diktiergerät greifen. Sie konnte zwei Briefe und einige Aktennotizen speichern, ehe sie in Täby kirkby in ihre Straße einbog. Inzwischen war es schon dunkel geworden.

Das Licht im Erdgeschoss schien sie willkommen zu heißen. In der Diele war es wie immer eng, auf dem Boden lagen überall Stiefel und Schuhe herum. Für die Aktentasche war kein Platz, deshalb legte sie sie aufs Hutregal, während sie den Mantel auszog. Aus dem Wohnzimmer hörte sie, dass Stefan mit Axel und Elin spielte. Sie hatten sie noch nicht bemerkt. Statt zu rufen schlich sie sich zu ihnen, um sie zu überraschen. In der Tür blieb sie stehen. Vor sich sah sie eine reizende Szene. Die beiden Männer ihres Lebens saßen ein Stück voneinander entfernt auf dem Boden, und zwischen ihnen machte die kleine Elin auf dicken, unsicheren Beinen ihre ersten Schritte. Mit wie kleine Tragflächen ausgestreckten Armen, um die Balance zu halten. Ihr Gesicht strahlte vor konzentrierter Begeisterung über die wunderbare Entdeckung, dass es wirklich möglich war, sich ohne Hilfe von einem Ort zum anderen zu bewegen.

Ulrika verspürte vor Stolz einen Kloß im Hals. Endlich hatte Elin laufen gelernt, im Alter von vierzehn Monaten. Zwei Monate später als Axel, der schon an seinem ersten Geburtstag die ersten Schritte gemacht hatte.

Plötzlich fühlte sie sich ausgeschlossen. Wie eine Zuschauerin bei einer Vorstellung, die schon seit Monaten lief.

»Jetzt müssen wir die Ziergegenstände wieder wegpacken.«

Alle drehten sich um, als sie ihre Stimme hörten. Elin so heftig, dass sie das Gleichgewicht verlor und auf ihr Hinterteil plumpste.

»Mama, Mama!« Axel kam angeflogen und warf sich in ihre Arme. »Elin kann laufen, hast du das gesehen!«, schrie er ihr so eifrig ins Ohr, dass sie fast taub wurde. Danach wand er sich eilig aus ihrem Griff, um ihr Elin zu zeigen, so stolz, als sei er selbst für dieses Wunder verantwortlich.

Ulrika ließ sich auf den Boden sinken, um sich weniger ausgeschlossen zu fühlen. Sie lockte ihre Tochter, die, statt sich zu erheben und auf sie zuzukommen, lachend und blitzschnell angekrabbelt kam, um ihre Halskette in den Mund zu nehmen. Als das verhindert war, packte sie Ulrikas lange Haare und erhob sich auf wackelige Beine.

Stefan hatte sich dermaßen auf die Kinder konzentriert, dass er noch nicht mit Kochen angefangen hatte. Es sollte Gemüsesuppe und danach Pfannkuchen mit Marmelade geben. Ulrika ging mit ihm in die Küche, um ihm Gesellschaft zu leisten.

»Könnten wir uns nicht eine Dose Erbsensuppe teilen? Du kannst den Rest doch einfrieren«, schlug sie vor, als sie die durch das Sieb passierte Gemüsesuppe sah.

»Ich glaube nicht, dass wir welche dahaben. Gefällt dir meine Gemüsesuppe nicht?«, fragte Stefan besorgt.

»Doch, die ist lecker. Aber ich hab so Lust auf was Salziges«, log sie.

Beim Essen stellte sich heraus, dass weder Elin noch Axel der Gemüsesuppe etwas abgewinnen konnten, und deshalb aß die Mehrheit der Familie sich an Pfannkuchen satt. Ulrika meinte zu spüren, wie die Kalorien sich an ihren Hüften ablagerten. Am nächsten Tag würde sie mittags Salat und abends etwas Leichtes essen müssen.

»Ich bring uns morgen Abend ein paar Schalentiere mit, dann hast du weniger Arbeit«, sagte sie, um ihn nicht zu verletzen.

Sie hatten sich mit einem Glas Wein aufs Sofa gesetzt. Die Kinder schliefen, und im offenen Kamin brannte ein Feuer. Abendfriede. Ulrika lackierte sich die Nägel und schaute zugleich träge in den Fernseher, der ihr Interesse nicht wecken konnte. Stefan hatte schon längst aufgegeben und sich in ein Buch vertieft. Seine Brille war ihm wie so oft auf die Nasenspitze gerutscht. Beim Umblättern schob er sie immer mit dem Mittelfinger hoch. Es war ihm anzusehen, dass er diesen Abend genoss.

Stefan war auf anspruchslose Weise attraktiv. Mit seinen aschblonden Haaren und seinen grauen Augen fiel er eigentlich nicht weiter auf. Erst wenn man genauer hinschaute, bemerkte man die nach oben weisenden Mundwinkel und die straffe Haut über den Wangenknochen. Hinter der Brille hatte er schöne kräftige Augenbrauen, die irgendwann sicher buschig werden würden. Breite Schultern unter einem lockeren Flanellhemd, und der Hintern erst ... Ulrika fand, dass ihr Mann den schärfsten Po der Welt hatte. Stefan strahlte Ruhe und Harmonie aus, und das brauchte sie wirklich als Gegenpol zu dem Stress, der sie bei ihrer Arbeit jeden Tag verfolgte.

»Jan Stenberg hat erzählt, dass sein Nachbar sein Segelboot verkaufen will. Ich habe gesagt, dass wir möglicherweise interessiert sind.«

Er erfasste nicht sofort, was sie da gesagt hatte. Er legte sein Buch weg und schaute auf.

»Nicht zu groß, hoffe ich?«

»Nein, ich hatte den Eindruck, dass es sich um ein kleineres Familienboot handelt. Wenn es nichts für uns ist, sollten wir uns mal Anzeigen ansehen. Jetzt ist die richtige Zeit zum Kaufen. Alle, die verkaufen wollen, machen das im zeitigen Frühling. Sie bilden sich ein, dann würden sie mehr bekommen.«

»Tun sie das denn nicht?«

»Nicht, wenn wir bedenken, dass sie für mindestens acht Monate die Liegekosten zahlen mussten, dazu Wartung und Versicherung. Ganz zu schweigen vom Kapital, das in dieser Zeit stillgelegen hat. Wenn man das zusammenzählt, ergibt das ziemlich viel.«

Stefan sah aus, als habe er sich über diese Fragen noch nie Gedanken gemacht. »Vielleicht sollten wir eins mieten, statt gleich zu kaufen«, sagte er vorsichtig. Klang er vielleicht enttäuscht?

»Es könnte doch lustig sein, unser eigenes Boot zu haben, findest du nicht?«, fragte Ulrika lächelnd und schaltete den Fernseher aus.

»Ja, sicher. Wir können ja immer noch anderswo sparen.«

»Ich glaube nicht, dass das nötig sein wird. Ich hatte in letzter Zeit ziemlich gute Karten«, lachte sie und erzählte, dass Sören Petterson dasselbe gesagt hatte, als sie sein Auto gelobt hatte.

Stefan rutschte näher an sie heran.

»Wie lange kannst du im Sommer wohl Urlaub nehmen?«

»Mindestens zwei, vielleicht auch drei Wochen am Stück zu Mittsommer, und danach wollte ich mir freitags freinehmen. Wir werden also jede Menge Zeit zusammen haben.«

»Wenn nur nichts Unerwartetes dazwischenkommt ...«

»Nicht dieses Jahr, das verspreche ich.«

»Wie ist das übrigens, konntest du umbuchen oder musst du schon am Sonntagabend los?«

»Gudrun hat es geschafft. Sie ist wirklich eine Perle. Ich nehme am Montag die erste Maschine nach Göteborg, wir haben also jede Menge Zeit zum Planen.«

»Gut, ich plane so gern. Was sagst du dazu, wenn wir im Bett weitermachen? Wir können ja die Gläser mit nach oben nehmen.«

Ulrika konnte nicht schlafen. Sie lauschte auf die Atemzüge, ihre eigenen kurzen, hellwachen und Stefans tiefe, ruhige und schlafende. Sie war unruhig, ohne einen wirklichen Grund.

Nichts war vergessen. Sie hatte keinen Einspruchstermin übersehen. Was ansonsten der Albtraum aller Juristen war, den Tag für einen Einspruch zu versäumen, so dass ein unbefriedigendes Urteil sich nicht mehr ändern ließ. Ihr Körper war angespannt wie eine Bogensaite, obwohl er vor kurzem noch schwer und entspannt in Stefans Armen geruht hatte. Es musste an der bevorstehenden Reise liegen. Ihr graute vor dieser Verhandlung. Zum ersten Mal bereute sie wirklich, einen Fall übernommen zu haben. Aber ein alter Mandant hatte sie um Hilfe gebeten. Ein Mann in ihrem eigenen Alter, ein Junkie, der fast sein ganzes Leben in Anstalten und Gefängnissen verbracht hatte. Ulrika hatte ihn schon mehrere Male verteidigt, aber zum ersten Mal hatte sie ihn jetzt schuldbewusst erlebt. Er bereute. War wie zerschmettert. Und da hatte sie nicht Nein sagen können.

Diesmal fiel es ihr schwer, sich von der Tat ihres Mandanten zu lösen und sich darauf zu konzentrieren, dass sie den Menschen verteidigen sollte und nicht sein Verbrechen. Jetzt lag sie hellwach da und stellte sich vor, wie traurig es sein würde, allein in einem Hotelzimmer zu sitzen und sich auf die Verhandlung des folgenden Tages vorzubereiten, statt zu erleben, wie Elins runde Ärmchen sich immer weiter senkten, wenn sie das Gleichgewicht fand.

Love, so der Namen ihres Mandanten, würde niemals die ersten Schritte seiner Tochter erleben. Sie war ein von Koliken geplagtes Kind gewesen. Und deshalb hatte er durchgedreht. Er hatte sie so heftig geschüttelt, als sie nicht mit Schreien aufhörte, dass sie im Alter von drei Monaten und sieben Tagen an ihren Verletzungen gestorben war. Die Obduktion hatte ergeben, dass sie nicht zum ersten Mal misshandelt worden war. Das arme Kind. Und welche Ungerechtigkeit. Das Jugendamt hatte die Familie durchaus im Blick gehabt, aber nicht rechtzeitig eingegriffen.

O verdammt, warum hatte sie diesen Fall nur übernommen? Ulrika seufzte laut und drehte sich auf die Seite, was aber auch nicht half. Natürlich würde sie es schaffen, ihr Unbehagen zu verdrängen und während der Verhandlung ihr Bestes zu geben. Alles andere wäre ausgeschlossen.

In ihrer rechten Wade machte sich ein einsetzender Krampf bemerkbar. Sie stand auf und presste den Fuß auf den Boden, um zu verhindern, dass der Krampf sich festsetzte. Nach einigen Minuten löste er sich auf. Und da konnte sie auch gleich zur Toilette gehen und sich aus dem Badezimmerschränkchen eine Schlaftablette holen, wo sie ohnehin schon auf war. Sonst würde sie sicher die halbe Nacht wach liegen.

Auf dem Rückweg zum Bett schaute sie ins Kinderzimmer. Beide Kinder schliefen tief. Elin mit dem Daumen im Mund, völlig erschöpft nach diesem erfolgreichen Tag. Axel hatte sich freigestrampelt und lag schnarchend auf dem Rücken. Ulrika fragte sich, ob er vielleicht Polypen hatte.

3

Das Hotelzimmer in Göteborg war klein und pastellfarben, es hatte Tapeten mit Zickzackmuster und Textilien in den Farbtönen Aprikose und Limone. Ulrika bat sofort um ein größeres und besser eingerichtetes. Nachdem sie zwei weitere freie Zimmer besichtigt hatte, eins schlimmer als das andere, gab sie auf. Das erste war trotz der Tapeten das beste, es war sauber und ruhig, mit Blick auf den Hinterhof. Die Rezeptionistin teilte ihr in bedauerndem Tonfall mit, dass der Speisesaal gerade renoviert werde. Der Koch habe so lange Urlaub bekommen, die Gäste müssten also auswärts essen. Aber wenn sie im Juli käme, würde alles wieder so sein wie immer. Oder sogar noch besser. Modernisiert und elegant. Das sagte sie in einem so feierlichen Tonfall, als würde sich der Speisesaal nach der Renovierung wenn nicht einen Stern, dann doch wenigstens zwei Paar Gabeln im Guide Michelin verdienen. Ulrika hatte durchaus nicht vor, noch einmal zurückzukommen, Stern hin oder her. Sie hatte sich für dieses Hotel einfach deshalb entschieden, weil es so nah am Rathaus lag.

Außerdem hätte sie auch dann im Restaurant gegessen, wenn der Speisesaal geöffnet gewesen wäre. Wenn sie schon auf Reisen war, wollte sie die Gelegenheit auch nutzen und sich etwas Gutes gönnen. Die Kost zu Hause war wirklich kein Grund zum Jubilieren. Stefan war nach einer kurzen Phase kulinarischer Ausschweifungen, nachdem er zu Weihnachten ein Kochbuch und einen Wok bekommen hatte, zur Kinderkost zurückgekehrt. Das erklärte er damit, dass Elin von Koriander und Soja Durchfall bekäme.

Sowie sie ausgepackt hatte, fuhr Ulrika zum Gefängnis. Sie meldete sich an und wurde in ein Besuchszimmer geführt. Einige schlichte Stühle, ein viereckiger, von Zigaretten versengter Tisch, ein Aschenbecher aus Kunststoff und ein Papierkorb. Solche Zimmer sehen in jedem Gefängnis gleich aus. Ab und zu haben sie ein Fenster, ebenso oft haben sie keins. Ulrika legte ihre Aktentasche auf den Tisch, dann setzte sie sich, um auf ihren Mandanten zu warten.

Love Höglund hatte seit ihrer letzten Begegnung zugenommen. Sein Bierbauch hing schwer über seinen Gürtel. Die Jeans waren speckig und verschlissen. Er hatte seine Haare zu einem langen, fettigen Pferdeschwanz gebunden. Sein Aussehen sprach wirklich gegen ihn. Er sah aus wie der Gauner, der er ja schließlich auch war.

»Tja.« Der Arm, den er ausstreckte, war dermaßen von Tätowierungen überzogen, dass die Haut kaum zu sehen war.

»Hallo, wie geht's dir denn?«

»Geht so. Hast du mit dem Staatsanwalt gesprochen?«

»Ja, wir treffen uns nach dem Mittagessen. Er ist jetzt im Gericht.«

»Wird er von Mord auf Totschlag umschwenken, was meinst du?«

»Ich werde noch einen Versuch machen, aber ich glaube nicht, dass du dir zu große Hoffnungen machen solltest. Du weißt ja, dass die Obduktion ergeben hat, dass Anna nicht nur die Verletzungen aufwies, an denen sie gestorben ist, sondern noch viele ältere, die wir nicht erklären können. Es war eine traurige Lektüre.«

Das Letzte hätte sie nicht sagen dürfen. Egal, wessen er sich schuldig gemacht hatte, er hatte Anspruch auf eine Anwältin, die sich alle Mühe gab, ihn zu verteidigen. Persönliche Aspekte durften hier keine Rolle spielen. Aber trotzdem fiel es ihr schwer, das Bild dieses toten Kindes zu verdrängen, als sie seine großen Hände ansah.

»Wird er auch keine Rücksicht darauf nehmen, dass ich mich an nichts erinnern kann, was meinst du?«

»Nein, du kannst Trunkenheit nicht als mildernden Umstand anführen. Wir versuchen es lieber damit, dass du nicht wissen konntest, dass es gefährlich sein kann, ein kleines Kind zu schütteln. Du wusstest nicht, dass du sie damit verletzen konntest. Du wolltest nur, dass sie mit Schreien aufhörte. Hast du sie vielleicht einfach zu hart angefasst, als du sie in den Schlaf wiegen wolltest?«

»Ich kann mich nicht erinnern, verdammt noch mal. Ich weiß nur, dass sie am nächsten Tag komisch war. Sie schrie nicht und sie wollte nichts essen. Dann sind wir mit ihr ins Krankenhaus gefahren. Und dann ist sie gestorben. Das wollte ich doch nicht. Sie war so verdammt niedlich, auch wenn sie fast die ganze Zeit geschrien hat.«

Ulrika hatte das schon früher von ihm gehört. Sie war beim Verhör dabei gewesen. Love hatte zugegeben, dass er sie einige Male vielleicht zu heftig geschüttelt hatte, um sie zum Schweigen zu bringen, er bestand aber darauf, dass er ihr nicht hatte wehtun wollen. Was die übrigen Verletzungen anging, einen Schlüsselbeinbruch, der von allein verheilt war, Schwellungen und Blutergüsse, ließ er sich nicht erweichen. Er habe sie nie geschlagen, das wisse er, denn er hatte erst in der Woche, in der sie gestorben war, wieder mit Trinken angefangen. Er habe seit seiner Haftentlassung vier Monate zuvor nur Bier getrunken, und dabei verliere er nie die Erinnerung.

Der Wärter brachte eine Thermoskanne mit Kaffee. Love zog den Priem aus dem Mund und legte ihn in den Aschenbecher, während er sich eine Tasse einschenkte. Ulrika sagte, sie wolle damit noch ein wenig warten. Sie erkundigte sich vorsichtig, ob möglicherweise Viktoria, die Mutter des Kindes, für die älteren Verletzungen verantwortlich sein könne. Ulrika sah, wie Loves Pupillen sich zu kleinen Löchern verengten. Sie wich seinem Blick nicht aus, sondern hob fragend die Augenbrauen. Auf keinen Fall sollte er merken, dass er ihr unangenehm war.

»Du meinst, dass sie vielleicht die Kleine geschlagen hat? Warum fragst du sie nicht direkt?«

»Ja, das habe ich auch vor. Du weißt ja, ich habe sie als Zeugin vorgeladen. Sie sagt, dass du immer ein guter Papa warst, bis du den Fehler gemacht hast, dein Baby zu schütteln. Ich wollte nur wissen, ob es dir recht ist, wenn ich sie ein wenig ausquetsche.«

Love schlürfte den Kaffee aus seiner Plastiktasse. Ganz unerwartet brach er in Tränen aus.

»Ja, ich war ein guter Papa, so lange das möglich war. Das ist verdammt noch mal mehr, als man über meinen eigenen Vater sagen kann, obwohl der noch am Leben ist.«

Die Verhandlung des ersten Tages brachte keine Überraschungen. Love Höglund saß übellaunig und schweigend neben Ulrika und betrachtete die Trauerränder unter seinen Nägeln, während der Staatsanwalt die Anklagepunkte verlas. Mord oder möglicherweise schwere Körperverletzung und Totschlag. Er zählte alles auf. Es war unmöglich gewesen, ihn umzustimmen. Ulrika hatte das Gefühl, dass sie dankbar dafür sein sollte, dass er nicht auf vorsätzlichem Mord bestand. Sie hatte Love gebeten, ein langärmliges Hemd anzuziehen oder doch zumindest ein T-Shirt, das seine Tätowierungen verbarg. Sicherheitshalber trug sie einen grauen Hosenanzug, so dass ihre eigene Tätowierung oberhalb des Fußknöchels nicht zu sehen war. Sie wollte nicht das Risiko eingehen, außer in rein professioneller in irgendeiner Hinsicht mit ihrem Mandanten in Verbindung gebracht zu werden.

Die Fallbeschreibung durch den Staatsanwalt und die Verlesung der Beweisliste nahmen den ganzen Vormittag in Anspruch. Der Bericht des Arztes im Drottning-Silvias-Krankenhaus, der Dienst gehabt hatte, als Love und Viktoria ihr Baby gebracht hatten, wurde vollständig vorgetragen. Der Staatsanwalt hatte diesen Arzt sicherheitshalber auch noch als Zeugen vorgeladen. Er sollte nach der Mittagspause vernommen werden. Außerdem hatte der Staatsanwalt noch zwei Nachbarn herbestellt, die bezeugen sollten, dass das Kind ungewöhnlich viel geschrien habe. Einmal hatten sie, als in der Wohnung großer Lärm war, sogar bei der Polizei angerufen. Schließlich sollten noch eine Sozialarbeiterin und der Gerichtsmediziner in den Zeugenstand. Die Verteidigung musste bis zum nächsten Tag warten. Ulrika hatte Viktoria vorladen lassen, die als Zeugin der Verteidigung aussagen sollte, dass Love immer ein wunderbarer Vater gewesen sei. Er habe Windeln gewechselt und sich wirklich rührend um die Kleine gekümmert, während sie selbst zur Arbeit gegangen war. Ulrika hatte sogar mit dem Gedanken gespielt, Loves Bewährungshelferin vorzuladen, Margit Björnberg, um zu belegen, dass er sich diesmal wirklich alle Mühe gegeben hatte, sich zusammenzureißen und ein ordentliches Familienleben zu führen. Doch nachdem sie mit Frau Björnberg gesprochen hatte, hatte Ulrika sich die Sache doch anders überlegt.

In der Mittagspause war sie mit einem Richter verabredet, den sie von früher kannte. Sie entschieden sich für ein kleines Fischrestaurant in der Nähe des Rathauses, um in aller Ruhe in Erinnerungen schwelgen zu können. Der laufende Prozess wurde mit keinem Wort erwähnt. Über manche Dinge kann man beim Essen eben nicht reden.

Ulrika konnte noch zu Hause anrufen, ehe sie wieder in den Gerichtssaal musste. Das ganze Gespräch drehte sich um Elins Fortschritte im aufrechten Zustand. Stefan behauptete, sie schaffe jetzt schon kürzere Strecken. Vier, fünf Schritte oder so. Er spielte schon mit dem Gedanken, ihr doppelte Windeln anzulegen, damit sie ein wenig weicher fiele.

»Sonst glaubst du am Ende noch, wenn du ihre vielen blauen Flecke siehst, dass ich sie geschlagen habe«, scherzte er.

»Du, ich muss jetzt los.«

Ulrika musste das Gespräch beenden, ehe ihr eine bissige Bemerkung herausrutschte. Es reichte schon, blaue Flecke so nebenbei zu erwähnen, und schon wurde ihr schlecht. Sie wusste, dass sie sich den ganzen Nachmittag hindurch lange

Darstellungen von Kindesmisshandlung und den dabei möglichen Verletzungen würde anhören müssen. Dass ihnen Bilder von blauen Flecken in unterschiedlichen Farbtönen, Farbaufnahmen von Blutgerinnseln im Auge und vergrößerte Röntgenbilder von einem unsauber verheilten Schlüsselbeinbruch und andere von frisch gebrochenen Rippen vorgelegt werden würden. Sie würde sich anhören müssen, was passiert, wenn ein kleines Kind geschüttelt oder geschlagen wird, weil der Kopf im Verhältnis zu der noch nicht entwickelten Halsmuskulatur so groß und schwer ist, und wie ein Schlag oder ein kräftiges Schütteln eine Pendelbewegung des Kopfes auslösen kann, die die Adern beschädigt. Sie würde sich erklären lassen müssen, dass »Subduralhämatom« eine Blutung unter der Hirnrinde bezeichnet, in diesem Fall verursacht durch Gewalteinwirkung von außen. Sie war das alles in Stockholm mit einem Gerichtsmediziner durchgegangen, von dem sie sich manchmal fachliche Hilfe holte, hatte das Gesuchte – Schwächen in Obduktionsprotokoll und juristischer Einschätzung – jedoch nicht gefunden.

Als Ulrika ins Hotel zurückkehrte, sehnte sie sich, trotz der Tapeten, nach ihrem Zimmer. Sie wollte in ein heißes Bad steigen und einfach entspannen, ehe sie sich an ihre Vorbereitungen für den kommenden Tag machte. Die Rezeptionistin reichte ihr einige telefonisch eingelaufene Mitteilungen und ein Fax, die allesamt aus der Kanzlei in Stockholm stammten. Ulrika las das Fax auf dem Weg in ihr Zimmer. Gudrun war ein Engel, sie hatte es weitergeschickt, obwohl es eine private Mitteilung war. Sie stammte von einem Börsenmakler, der ihr ein Aktienpaket einer neuen Wohnungsbaugesellschaft anbot, das nicht offiziell zum Verkauf ausgeschrieben werden sollte. Ulrika las Bericht und Analyse des Vorhabens und beschloss zwischen zwei Treppenabsätzen, in dieses Geschäft einzusteigen.

Ein Bruder aus Ellen Hults Erbengemeinschaft bat um ihren Anruf. Ulrika glaubte, es handele sich um den mit der

Werft. Es sei wichtig. Aber für die Mandanten war es immer wichtig.

Das heiße Wasser blubberte in den Rohren, vermutlich war Luft ins System eingedrungen. Ulrika schloss die Badezimmertür, während das Wasser einlief, um beim Telefonieren nicht gestört zu werden.

Arne Hult, ja, das war der mit der Werft, er bat sie zu warten, während er ans andere Telefon ging. Als er sich wieder meldete, schien er außer Atem zu sein.

»Die wollen mir das Boot wegnehmen. Ich hab eine Woche zum Bezahlen. Sonst ist es weg.«

»Wer will Ihnen das Boot wegnehmen? Sie müssen schon entschuldigen, aber ich verstehe nicht, was Sie meinen.«

»Das ist eine lange Geschichte, aber ich dachte, Sie könnten mir helfen, wo Sie sich mit unseren Familienangelegenheiten auskennen und so.« Er sprach so leise, dass Ulrika sich wirklich alle Mühe geben musste, ihn zu verstehen.

»Dann erzählen Sie, worum es geht. Danach kann ich Ihnen sagen, ob ich Ihnen helfen kann.« Sie hoffte, dass sein Problem nicht mit den Interessen der Erbengemeinschaft kollidierte.

»Das ist ein bisschen kompliziert. Verstehen Sie, ich habe im Herbst eine Hochseeyacht für dreihundertfünfzigtausend Kronen verkauft. Gebaut Ende der fünfziger Jahre und entworfen von Olle Enderlein«, Letzteres sagte er in einem Tonfall, als wolle er damit den Preis rechtfertigen. »Das ist wirklich ein tolles Boot, das können Sie mir glauben. Ich hatte es vor vier Jahren gekauft und es dann nach und nach renoviert. Als ich es übernommen habe, war es in einem üblen Zustand. Der Boden wies so große Frostschäden auf, dass ich dreißig Prozent der Bretter unter der Wasseroberfläche auswechseln musste. Alles Mahagoni. Der Käufer hat hier auf der Werft ein kleineres Boot liegen, das er verkaufen musste, ehe er alles bezahlen konnte, und deshalb habe ich mich mit einer Anzahlung von fünfzigtausend begnügt. Den Rest sollte ich nach und nach bekommen. Aber dann drängte plötzlich die

Zeit, wissen Sie, er wollte es schon im Mai zu Wasser lassen. Also habe ich den ganzen Winter kaum etwas anderes getan, als an diesem Boot zu arbeiten, um rechtzeitig fertig zu werden. Ja, und er wollte auf den Kaufpreis noch etwas drauflegen, denn er wollte auch einen neuen Motor und anderes Zubehör. Auch dafür habe ich das Geld ausgelegt. Der Typ ist ein richtig mieser Betrüger. Ich war vor ein paar Tagen bei ihm, um mir fünfundzwanzigtausend abzuholen, aber auch da hatte er kein Geld. Und jetzt scheint er Konkurs angemeldet zu haben und sagt, das Boot falle in die Konkursmasse. Wie ist das denn möglich, ich hab doch dafür bezahlt, verdammt noch mal? Ich nehm den Elchstutzen von der Wand, wenn sie das Boot beschlagnahmen wollen. Das wollte ich nur gesagt haben«, drohte er mit vor Empörung zitternder Stimme.

»Ich glaube, das sollten Sie lieber lassen. Ich kümmere mich um die Sache, sowie ich wieder in Stockholm bin. Machen Sie sich keine Sorgen, das kommt sicher alles in Ordnung«, sagte Ulrika beruhigend.

»Wissen Sie, wenn er nicht gesagt hätte, dass er sie schon im Mai brauchen würde, dann wäre ich die Sache doch ruhiger angegangen. Aber jetzt habe ich alles hineingesteckt, was ich habe. Und das Boot ist wie neu.« Er schien ihr und sich versichern zu wollen, wie ungerecht die ganze Sache sei.

»Ich verstehe ja, dass Ihnen das ungerecht vorkommt. Ich rufe an, sowie ich wieder in Stockholm bin. Es wäre schön, wenn Sie bis dahin die vorhandenen Unterlagen vorbeibringen könnten. Kaufvertrag, Quittung für die Anzahlung, eine Aufstellung Ihrer Auslagen, was er Ihnen für Werftkosten schuldet und so weiter.« Ulrika hörte jetzt, wie nebenan das Wasser lief. Sie musste das Gespräch beenden, ehe es zu einer Überschwemmung kam.

Die Badewanne war wirklich bis oben voll. Noch ein Liter und sie wäre übergelaufen. Nachdem sie eine Weile herumprobiert hatte, um den richtigen Wasserstand zu erreichen, gab sie einen Spritzer aromatisches Badeöl hinein und ließ sich, leise stöhnend vor Wohlbehagen, hineingleiten. Die Wärme erregte sie. Voller Wollust testete sie den Wasserdruck der Handbrause und ließ sich von diesem Wasserstrahl dann zum Orgasmus massieren.

Danach blieb sie so lange in der Wanne liegen, dass ihr das Aufstehen schwer fiel. Wenn das Telefon nicht geklingelt hätte, wäre sie wohl nie wieder aufgestanden. Fröstelnd griff sie zum Telefon, dass mit überraschender Sturheit immer weitergeklingelt hatte.

»Sie haben Besuch von einer Dame, die hier unten im Foyer wartet. Soll ich sie nach oben schicken?«, fragte die Rezeptionistin.

»Ich erwarte keinen Besuch. Wer ist sie?«

»Das weiß ich nicht.«

»Wie heißt sie?«

Ulrika hörte im Hintergrund Gemurmel. Die Rezeptionistin hatte offenbar die Hand auf die Sprechmuschel gelegt. Vermutlich aus purem Reflex.

»Viktoria Karlsson, sagt sie. Soll ich sie hochschicken?«

»Nein, ich bin in zehn Minuten unten. Bitten Sie sie, so lange zu warten.«

Was mochte Loves Freundin von ihr wollen? Sie hatten doch zuletzt am Vortag miteinander gesprochen. Ulrika zog einen neu gekauften Jeansrock und einen weißen Baumwollpullover mit V-Ausschnitt an. Steckte sich die Haare zu einem lockeren Knoten hoch. Ein wenig Lipgloss und zwei Tropfen Parfüm, dann war sie bereit, der Zeugin des morgigen Tages unter die Augen zu treten. Ihrer einzigen Zeugin.

Viktoria hatte lange vor dem Hotel gestanden, ohne sich hineinzutrauen. Die großen Glastüren, auf die in eleganten Lettern der Hotelname geschrieben war, schreckten sie ab. Als wolle diese geschniegelte Eleganz ihr klar machen, dass sie hier nichts zu suchen hatte. Sie demütigen, bis sie begriffen hätte, dass sie hier nicht hingehörte. Als ob sie das nicht schon gewusst hätte.

Ein roter Teppich zog sich majestätisch über die Treppe, bis auf die Straße hinaus. Viktoria ging daneben her, als sie sich endlich ein Herz fasste. Sie hatte Angst, ihn schmutzig zu machen. Im Foyer zögerte sie dann wieder. Was, wenn die Anwältin nicht auf ihrem Zimmer wäre oder keine Zeit für sie hätte? Ulrika Stål würde vielleicht verärgert sein, weil Viktoria einfach unangemeldet auftauchte. Es war dumm gewesen, herzukommen. Besser, sie ginge wieder. Sie konnte doch auch anrufen. Aber die Sache wäre am Telefon so schwer zu erklären. Und was, wenn sie dann überredet würde?

Am Ende fasste sie sich wieder ein Herz und ging zur Rezeption. Dort musste sie eine ganze Weile warten, bis die Frau hinter dem Tresen sie eines Blickes würdigte.

»Kann ich Ihnen irgendwie behilflich sein?«, fragte sie dann herablassend. Viktoria hätte ihr eine Ohrfeige geben mögen. Sie hasste diese Leute, die sich einbildeten, etwas Besseres zu sein. Aufgeblasen und aufgetakelt.

»Ich möchte zu Ulrika Stål. Der Anwältin«, fügte sie zur Erklärung hinzu und bereute das dann sofort. Wenn die Rezeptionsfrau nun glaubte, sie selbst brauche eine Anwältin!

»Werden Sie erwartet?«, fragte die Rezeptionistin von oben herab.

»Ja«, log Viktoria verängstigt. Jetzt musste sie einfach Mut haben. Sonst würde diese blöde Kuh vielleicht nicht Bescheid sagen, dass sie hier war. Und wenn sie nun fragte, worum es überhaupt ginge. Was sollte sie dann antworten? Dann würde sie sagen, das sei eine Privatangelegenheit. Etwas, worüber sie mit Fremden nicht reden wolle. Oder sie könnte auch sagen …

»Wen soll ich melden?«

»Was?«

»Frau Stål möchte wissen, wie Sie heißen.«

»Viktoria. Viktoria Karlsson. Sie kennt mich.«

Ihre Wangen glühten. Es war ihr peinlich, dass sie rot wurde. Sie hatte ja nicht gelogen. Sie hatten mehrere Male miteinander telefoniert und Ulrika hatte ihr geschrieben, wie Leid ihr die Sache mit Anna tue. Und da konnte Viktoria doch behaupten, sie seien miteinander bekannt, auch wenn sie sich noch nie begegnet waren.

»Sie kommt in zehn Minuten herunter. Sie bittet Sie, so lange zu warten. Sie können sich dort auf das Sofa setzen.« Jetzt hörte die Rezeptionsfrau sich schon viel freundlicher an. Viktoria fühlte sich gleich etwas wohler in dieser eleganten Umgebung. So reagierte sie immer. Sie war wie ein geprügeltes Hundebaby, das ein liebes Herrchen sucht. Wenn jemand sie anknurrte, verkroch sie sich, aber noch die kleinste Freundlichkeit machte sie so glücklich, dass sie mit dem Schwanz wedelte. Sie wollte oft beißen, wagte das aber nur selten. Vorsichtig setzte sie sich auf das Sofa mit Samtbezug. Es war ziemlich hart.

»Hallo, ich bin Ulrika, bist du Viktoria Karlsson?«

Langsam stand Viktoria auf. Überrascht. Die Frau, die vor ihr stand, entsprach überhaupt nicht ihren Erwartungen. Ulrika Stål war so hübsch, dass sie auch als Fernsehansagerin hätte arbeiten können. Sie schien auch viel jünger zu sein, als Viktoria sich das vorgestellt hatte. Ungeschminkt und schlicht gekleidet, kein bisschen einschüchternd. Die Nervosität, die Viktoria beim Warten gequält hatte, verschwand. Aber als sie dann die Hand zur Begrüßung ausstreckte, entdeckte sie, dass Ulrika schönen Schmuck trug und sorgfältig manikürte Nägel hatte. Und damit war die Unsicherheit wieder da.

Auch Ulrika war überrascht. Viktoria Karlsson war das genaue Gegenteil ihres Lebensgefährten. Sie wirkte zierlich, ja, fast aristokratisch. Durchscheinend blass und natürlich, mit großen Augen unter schön geschwungenen Augenbrauen. Sie sah aus wie ein verschönertes Porträt von Königin Christine. Aber anstelle des durchdringenden, intelligenten Blickes der Königin auf dem Bildnis aus dem siebzehnten Jahrhundert, an das Ulrika unwillkürlich denken musste, wirkte Viktorias träge und ausweichend. Ansonsten hatte sie die gleichen lockigen Haare und den gleichen Mittelscheitel. Eine lange geschwungene Nase über einem weich gewölbten kleinen Mund. Ein schönes, altmodisches Gesicht. Absolut nicht der Typ Frau, den sie bei Love vermutet hätte. Ulrika verbarg ihre Überraschung und schlug vor, sich auf einen Tee in die Bar zu setzen.

»Nein, danke, ich habe eben erst Tee getrunken.« Viktoria wollte ja gern, traute sich aber nicht. Hier war sicher alles sehr teuer, und sie wusste doch nicht, ob Ulrika sie einladen wollte.

»Dann können wir ja auch hier sitzen bleiben. Worüber wolltest du mit mir sprechen?«

»Ich habe mir die Sache anders überlegt. Ich will morgen nicht aussagen«, sagte Viktoria unvermittelt. Die Wörter sprudelten so rasch aus ihr heraus, als habe sie sie auswendig gelernt.

Ulrika stellte keine Fragen, sondern wartete geduldig ab. Das war besser, als die falsche Frage zu stellen. Das Schweigen wurde lang.

»Willst du nicht wissen, warum?«, fragte Viktoria schließlich überrascht.

»Doch, ich hoffe, dass du es mir erzählst. Denn es ist eine seltsame Entscheidung, wenn ich an unsere früheren Gespräche denke. Was ist passiert, warum hast du dir die Sache anders überlegt?«

»Ich habe einfach eingesehen, dass Love sich niemals bessern wird. Warum soll ich ihn also schützen, wo ich nicht einmal Anna schützen konnte? Verstehst du nicht, er hat mein Kind umgebracht!«, schrie sie plötzlich, so laut, dass die Rezeptionistin erschrocken herumfuhr.

Ulrika blieb ungerührt. »Es kann keine Rede davon sein, dass du ihn beschützen sollst«, sagte sie und legte ihre Hand auf Viktorias. »Natürlich muss er die Verantwortung für das übernehmen, was er getan hat. Ich bitte dich nur zu erzählen, wie er eure Kleine behandelt hat, ehe das alles passiert ist. Du hast doch selbst berichtet, dass er ein fantastischer Papa war.«

Viktoria zog ihre Hand zurück. Jetzt schien sie fast panische Angst zu haben.

»Das stimmt nicht. Er war überhaupt nicht fantastisch. Das

habe ich nur gesagt, weil ich Angst hatte, mir könnte die Schuld zugeschoben werden, weil ich Anna nicht gleich beim ersten Mal genommen und ihn verlassen habe.«

Sie hob den Blick zur Decke. Ihre Augen funkelten vor Tränen, die sie zurückzuhalten versuchte. Sie wischte sich mit dem Pulloverärmel die Nase. Ulrika reichte ihr ein Papiertaschentuch aus ihrer Handtasche. Viktoria schnäuzte sich und schaute sich dann suchend um, sie schien nicht zu wissen, wohin mit dem zerknüllten Papier. Ulrika schob ihr den Aschenbecher hin.

»Er hatte es versprochen, weißt du. Er hat gesagt, er würde nie mehr trinken. Und es ist fast nur dann passiert, wenn er betrunken war, und er hat es immer bitter bereut. Love ist eigentlich sehr lieb. Aber er war so wütend, wenn sie geschrien hat. Und sie hat die ganze Zeit geschrien. Das war schrecklich anstrengend für ihn, verstehst du.«

»Das soll also heißen, dass Love Anna auch schon früher geschlagen hat?« Ulrika war plötzlich unendlich müde.

»Ja, aber er wollte das doch nicht. Er hat es immer bereut.«

»Hast du nicht versucht, ihn daran zu hindern?«

»Ich habe mir alle Mühe gegeben«, schniefte Viktoria und streckte die Hand nach dem nassen Papiertaschentuch im Aschenbecher aus. Ulrika reichte ihr sofort ein neues. Es kam nur selten vor, dass sie bei ihrer Arbeit mit Menschen zu tun hatte, die eigene Taschentücher bei sich hatten.

»Und du bist ganz sicher, dass Love Anna geschlagen hat, du warst das nicht selber?« Ulrika kannte die Antwort schon, musste diese Frage aber stellen.

Viktoria nickte und putzte sich die Nase.

»Ich will morgen nicht aussagen«, erklärte sie trotzig.

Seufzend stand Ulrika auf. Sie klopfte Viktoria auf die Schulter.

»Mach dir keine Sorgen. Du brauchst morgen nicht zu kommen. Ich werde auf deine Aussage verzichten. Danke, dass du das alles jetzt erzählt hast und nicht bis vor Gericht gewartet hast.«

»Wirst du ihn trotzdem verteidigen?«

»Ja, natürlich. Alle Menschen haben Anspruch auf Verteidigung. Sogar du …«

4

Viktoria wusste nicht, wie sie aus dem Hotel gekommen war, plötzlich stand sie mitten auf der Straße, und um sie herum hupten die Autos. Diese schrillen Signale erinnerten sie daran, was für eine Versagerin sie war. Eine echte Null. Ein Mensch ohne Daseinsberechtigung. Sogar die Autofahrer merkten, dass sie wertlos war. Sie konnte nicht einmal richtig über die Straße gehen. Verängstigt sprang sie beiseite und wäre fast mit einem Radfahrer zusammengestoßen, der sie anschnauzte, während sie schwankend versuchte, das Gleichgewicht zurückzugewinnen. Viktoria fand es immer grauenhaft, zurechtgewiesen zu werden. Sie versuchte, das Richtige zu tun, aber alle waren ungerecht und gemein. Ihr Leben lang waren die Menschen gemein zu ihr gewesen, bis auf Love, der sie zu Beginn eine Zeit lang gut behandelt hatte.

Was hatte die Anwältin damit gemeint, dass alle das Recht auf Verteidigung hatten, sogar sie? Viktoria bedauerte, sie nicht gefragt zu haben, aber der Abschied war so plötzlich gekommen. Sie hätte das Gespräch gern noch eine Weile fortgesetzt, aber die Anwältin hatte es so eilig gehabt. Als habe sie Viktoria jetzt einfach satt. Was sicher auch der Fall gewesen war. Sicher konnte auch sie Viktoria nicht leiden.

In Gedanken ging Viktoria das Gespräch durch. Wiederholte jeden Satz, jede Geste. Analysierte ein Wort nach dem anderen, sogar die nicht gesagten. Und die wurden bald zu den wichtigsten. Doch die Anwältin hatte ihr immerhin dafür gedankt, dass sie jetzt gekommen war und alles gesagt hatte, statt bis vor Gericht zu warten. Was Ulrika Stål nicht wusste, war, dass Viktoria es niemals gewagt hätte, die Wahrheit zu sagen, so lange Love im selben Raum saß. So lange sie gezwungen wäre, seinem Blick standzuhalten. Diesem stechenden Blick, unter dem sie sich vorkam wie ein Wurm an einem rostigen Haken. Wenn sie vor Gericht die Wahrheit gesagt hätte, dann hätte er sie nach seiner Entlassung bestraft, das wusste sie. Dann hätte er ihr die Hölle heiß gemacht. Sie wünschte, in Schweden gäbe es die Todesstrafe, so dass sie ihn niemals wiederzusehen brauchte.

Sie war fast schon zu Hause, als ihr aufging, dass sie ihm niemals entkommen würde. Nach seiner Entlassung würde das ganze Elend von neuem losgehen. Er würde ihr Vorwürfe machen, weil sie vor Gericht nicht erschienen war. Weil sie ihm nicht geholfen hatte. Er würde schrecklich böse sein, weil sie nicht für ihn ausgesagt hatte. Und wenn die Anwältin ihm nun erzählte, was sie gesagt hatte? Viktoria spürte, wie Panik sich in ihr ausbreitete.

Nach Annas Tod hatte der Arzt ihr ein Beruhigungsmittel verschrieben. Sie durfte nur eine Tablette auf einmal nehmen, das hatte er ihr eingeschärft. Jetzt hätte sie gern mehrere genommen, aber das wagte sie nicht. Brav nahm sie eine und spülte sie mit Wasser direkt aus der Leitung hinunter. Nach einer Weile fühlte sie sich leicht betäubt. Wie eine Schlafwandlerin lief sie durch die Wohnung. Hin und her. Die Wände wuchsen und kamen auf sie zu. Der Fernseher war eingestaubt. Eigentlich müsste sie putzen. Aber für wen? Sie holte die Strampelhose, die Anna getragen hatte, als sie aus dem Krankenhaus gekommen waren. Love hatte sie gekauft. Sie war so groß gewesen, dass Anna darin regelrecht ertrank. Sie hatte niemals hineinwachsen können. Der Stoff war weich wie Samt. Als Viktoria ihn an ihr Gesicht hielt, nahm sie noch immer den Duft ihres Kindes wahr. Sie dachte daran, wie Annas Fäustchen ihre Haare gepackt hatten, wenn sie sie gewickelt hatte. Diese Erinnerung war so stark, dass sie sich an die Stirn fasste, wie um das Bild fortzuwischen.

Großer Gott, was war es stickig in der Wohnung. Wie lange würde es wohl dauern, bis Love wieder auf freiem Fuß wäre? Die Vorstellung, dass er eines Tages frei sein würde, machte ihr plötzlich furchtbare Angst. Wenn sie ihn oft genug im Gefängnis besuchte, würde er ihr vielleicht verzeihen, dass sie nicht für ihn ausgesagt hatte. Wenn nur die Anwältin nichts verriet. Dann würde er ihr niemals vergeben. Sie musste Ulrika Stål anrufen. Es war plötzlich lebenswichtig für sie, die Anwältin zu erreichen und ihr das Versprechen abzunehmen, nichts von dem zu verraten, was Viktoria erzählt hatte.

»Frau Stål scheint nicht auf ihrem Zimmer zu sein. Kann ich ihr etwas ausrichten?«

Es schien dieselbe Rezeptionistin zu sein wie vorhin. Zuerst wollte Viktoria schon auflegen, dann fasste sie sich ein Herz und hinterließ ihre Telefonnummer.

»Es ist wichtig«, sagte sie. Dann setzte sie sich hin, um zu warten. Die Zeit stand still. Sie hörte Stimmen aus der Nachbarwohnung. Die Gemeinschaft der Nachbarn aber ging sie nichts an. Als Gesellschaft hatte sie nur eine dumpfe Angst. Ab und zu schnupperte sie an der Strampelhose.

Als es zehn Uhr geworden war, ohne dass die Anwältin sich gemeldet hatte, nahm Viktoria ihren ganzen Mut zusammen und rief noch einmal im Hotel an. Jetzt meldete sich eine neue Stimme. Ein Mann. Er hörte sich ungeheuer eingebildet an. Er wusste nicht, ob Frau Stål die frühere Mitteilung erhalten hatte. Sie schien noch immer nicht auf ihrem Zimmer zu sein.

Viktoria traute sich nicht, ein drittes Mal anzurufen. Es würde einen schlechten und zudringlichen Eindruck machen. Also wartete sie. Um halb eins ging ihr auf, dass sie vergeblich wartete. Ulrika Stål würde in dieser Nacht nicht mehr anrufen. Sie hatte Viktorias Mitteilung wohl für nicht weiter wichtig gehalten. Sicher hatte sie bei der Rezeption hinterlassen, sie wolle nicht mit Viktoria reden, falls die noch einmal anriefe. Love würde erfahren, was sie gesagt hatte.

Bei der Erkenntnis, was sie nun tun musste, krampfte ihre

Brust sich zusammen. Ihr Herz flatterte vor Angst, als sie begriff, dass es keine andere Möglichkeit gab. Aber wie? Vergeblich versuchte sie, an etwas anderes zu denken. Ihr Körper kam ihr seltsam schwer vor. Ihre Hände lagen schlaff auf ihren Knien, die Handflächen nach oben gekehrt. Ihre Adern waren dünn. Blutleer und ausgetrocknet. Love sagte immer, in Wirklichkeit brauche er eine Vollblutfrau. Keine trockene und übellaunige Ziege wie sie. Viktoria zog bei dieser Erinnerung den Kopf ein, wie um sich vor einem Schlag zu schützen. Ihre Kehle tat ihr weh. Sie kratzte sich mit ihren abgeknabberten Nägeln über den Handrücken. Das merkte sie kaum. Sie spürte gar nichts mehr. Nichts, außer dem Puls, der ihre Schläfen hämmern ließ, und die bodenlose Leere, die sie langsam füllte. Sie würde aber wohl trotzdem ein wenig sauber machen müssen. Den ärgsten Schmutz entfernen, damit sie sich nicht zu schämen brauchte.

Mit steifen Bewegungen erhob sie sich und staunte darüber, dass ihr Körper ihr trotzdem noch gehorchte. Sie räumte ziellos Dinge hin und her. In der Diele sah sie im Spiegel ihr Gesicht, es kam ihr vor wie das einer Fremden. Die Muskeln schienen losgelassen zu haben, alles hing schlaff herab. Sie spuckte ihr Spiegelbild an und sah, wie es sie anstarrte, hässlich, mit dunklen Ringen unter den Augen. Ehe die Spucke trocknen konnte, wischte sie sie mit der Strampelhose ab. Der Spiegel verschwamm. Sie rieb härter, und dabei spannten ihre Gesichtszüge sich an. Als sie fertig war, zog sie sich um, legte die schmutzigen Kleidungsstücke in die Waschmaschine. Zögerte einen Moment, dann bereute sie es und nahm die Strampelhose wieder heraus.

Jetzt hatte sie nichts mehr zu tun. Nichts konnte sie noch ablenken. Nichts hatte sich geändert. Sie wusste, was sie zu tun hatte, um sich von ihrer Angst zu befreien. Zum ersten Mal in ihrem Leben kam Viktoria sich entschlossen vor. Wie durch ihren eigenen Willen hypnotisiert ging sie hinaus auf den Balkon, ließ ihr Gesicht von der Nachtluft abkühlen, kletterte dann aufs Dach und sprang.

Annas Strampelhose segelte langsam hinter ihr her und legte sich wie eine kleine Decke auf ihre Brust, wo das Herz seine ängstlichen Schläge eingestellt hatte. Der weiche Stoff wärmte sie, bis der Krampf nachließ und das Leben verschwand.

Als Ulrika das Gericht betrat, erwartete sie eine Nachricht des Gerichtsvorsitzenden, der vor der Verhandlung noch mit ihr sprechen wollte. Der Notar kam ihr nervös vor, als er neben ihr herging, um ihr den Weg zu zeigen. Er rückte mehrere Male Manschettenknöpfe und Schlips gerade, ehe sie ihr Ziel erreicht hatten.

»Bitte, treten Sie ein, Frau Stål, nehmen Sie doch Platz.«

Neben dem Richter hielt sich auch der Staatsanwalt in diesem Zimmer auf. Beide machten besorgte Gesichter, als sie ihnen die Hand reichte. Überrascht ließ sie sich in dem freien Besuchersessel vor dem Schreibtisch nieder.

»Leider ist etwas überaus Bedauerliches passiert, was durchaus Folgen für die weitere Entwicklung dieser Verhandlung haben kann.« Der Gerichtspräsident musterte sie mit ernster Miene, ehe er weitersprach.

»Viktoria Karlsson lebt nicht mehr. Aller Wahrscheinlichkeit nach hat sie in der vergangenen Nacht Selbstmord begangen, indem sie von ihrem Balkon im achten Stock gesprungen ist. Es gibt einen Zeugen. Ein Nachbar hat sie dabei gesehen.«

Auf diese Mitteilung folgte bedrücktes Schweigen. Ulrika hatte das Gefühl, mit einer Faust in den Bauch geschlagen worden zu sein. Die arme Frau. Wenn sie das nur gewusst hätte. Aber wer hätte ahnen können, dass sie so dicht vor dem Zusammenbruch gestanden hatte? Am Vortag war ihr wirklich nichts anzumerken gewesen.

»Ich hatte keine Ahnung, dass es so schlimm um sie stand. Ich habe erst –«, Ulrika riss sich zusammen, »vor sehr kurzer Zeit noch mit ihr gesprochen. Wie schrecklich traurig! Ist Love Höglund bereits informiert worden?«

»Nein, ich dachte, es wäre das Beste, wenn Sie ihm das mitteilen könnten. Er ist bereits aus dem Gefängnis geholt worden und wartet in einem Sprechzimmer. Ich habe die Verhandlung auf morgen um zwei verlegt. Wenn Sie noch mehr Aufschub brauchen, dann sagen Sie mir bitte so bald wie möglich Bescheid.«

»Natürlich.« Jetzt dachte Ulrika nicht mehr daran, dass sie um jeden Preis mit der Abendmaschine nach Hause wollte.

Das Gespräch mit Love wurde anstrengender, als sie erwartet hatte. Jetzt war seine ganze Härte plötzlich verflogen.

»Das hätte sie einfach nicht tun dürfen«, schluchzte er.

Er wirkte wie ein betäubter Stier und starrte nur noch ins Leere. Seine Arme hingen lang und schwer zwischen seinen kräftigen Oberschenkeln. Ulrika hatte ihm von ihrer Begegnung mit Viktoria erzählen wollen, brachte es aber nicht über sich. Nicht jetzt. Es wäre unmenschlich, seinen Kummer noch zu vergrößern. Das musste warten.

»Ich komme heute Nachmittag noch einmal. Dann reden wir weiter. Wir brauchen beide etwas Zeit für uns selbst.«

Auf dem Weg zum Hotel hatte Ulrika das Gefühl, selber von diesem Verlust betroffen zu sein. Sie fühlte sich schuldig, obwohl sie wusste, dass das nicht richtig war.

Die Rezeptionistin brauchte nicht einmal in ihre Liste zu schauen, ehe sie sagte, dass Ulrika das Zimmer problemlos noch zwei Tage behalten könne. Was Ulrika durchaus nicht bezweifelt hatte. Das Hotel war nun wirklich nicht ausgebucht.

»Ach, übrigens, ich habe wohl vergessen, Ihnen das zu geben, ehe ich gestern Feierabend gemacht habe.« Sie reichte Ulrika einen leicht zerknitterten Briefumschlag.

»Das lag noch in meiner Tasche, als ich nach Hause gekommen bin«, sagte sie leicht verlegen.

Ulrika öffnete den Umschlag ohne größere Neugier, doch als sie die Mitteilung las, sträubten sich ihr die Haare. Viktoria hatte um halb acht Uhr abends versucht, sie zu erreichen, doch da hatte Ulrika in einem Restaurant beim Abendessen gesessen.

»Bitte, so bald wie möglich anrufen. Wichtig!«, stand in schlampiger Handschrift neben der Telefonnummer. Wenn Ulrika die Nachricht bekommen hätte, als sie eine knappe Stunde später ins Hotel zurückgekommen war, dann könnte Viktoria vielleicht noch am Leben sein.

»Ich bitte wirklich um Entschuldigung. Aber hier war so viel los, als ich gerade gehen wollte. Es war nämlich so, dass ...«

Ulrika hob abwehrend die Hand. Sie wollte sich die Ausflüchte der Rezeptionistin nicht anhören.

»Das spielt keine Rolle mehr. Jetzt ist es zu spät«, sagte sie und ging zur Treppe.

»Ich hoffe, es war nichts Wichtiges?«

Ulrika blieb stehen und drehte sich dann um.

»Es war wichtig. Sehr wichtig. Das hier hat mehr gekostet, als Sie sich überhaupt nur vorstellen können. Eigentlich müsste ich Sie und das Hotel dafür verklagen.«

Sie fand selbst, dass sie sich schlecht benahm, aber sie fühlte sich wirklich ein wenig besser, nachdem sie einer anderen die Schuld aufgebürdet hatte.

Love hatte sich gefasst und war schon eher wieder der Alte, als Ulrika einige Stunden darauf zurückkam. Sie erzählte von ihrer Begegnung mit Viktoria und fügte nach einem gewissen Zögern hinzu, dass Viktoria abends vergeblich versucht hatte, sie zu erreichen. Er hörte mit verbissenem Gesicht zu, als sie erzählte, warum Viktoria nicht hatte aussagen wollen. Seine Finger trommelten auf die Tischplatte.

»Sie hat gelogen! Sie war immer so verdammt feige. Sie hatte sicher Schiss, dass sie zusammenbricht, wenn jemand sie als Zeugin in die Mangel nimmt. Sie wusste, dass es herauskommen würde.«

»Dass was herauskommen würde?«

»Dass sie das Kind umgebracht hat.« Das spuckte er nur so aus.

Hatte sie richtig gehört? Ja, zweifellos. Ihr Gehirn arbeitete auf Hochtouren. Die Möglichkeiten für eine neue Verteidigungsstrategie türmten sich aufeinander, die verschiedenen Punkte fügten sich zusammen wie auf einer Festplatte. Es konnte klappen. Aber zuerst würde sie feststellen müssen, ob seine neue Version der Geschehnisse vor Gericht Bestand haben könnte.

»Und wieso erzählst du mir das erst jetzt? Wenn es denn die Wahrheit ist.« Ihre Stimme klang härter, als sie erwartet hatte. Love reagierte sofort und schlug mit der Faust auf den Tisch.

»Du meinst also, ich hätte sie verpfeifen sollen? Das meinst du also?«

»Reg dich ab. Die Gefühlsausbrüche kannst du dir für die Urteilsverkündung sparen. Du musst doch einsehen, dass ich wissen muss, was passiert ist.« Ihre Stimme klang noch immer hart, Ulrika gab sich aber alle Mühe, ein freundliches Gesicht zu machen.

»Wenn du mich davon überzeugen kannst, dass du die Wahrheit sagst, dann werde ich mir alle Mühe geben, das Gericht zu überzeugen.«

Dreieinhalb Stunden später war sie noch immer nicht ganz überzeugt, hatte jedoch genügend Informationen, um zu wissen, dass sie ihren Fall weiterhin erfolgreich vertreten könnte.

Love behauptete, Viktoria habe sich nach der Niederkunft verändert. Zurückhaltend sei sie immer gewesen, nun aber sei sie geradezu menschenscheu geworden. Sie konnte es nicht ertragen, wenn er Freunde mit nach Hause brachte, und sie weinte, wenn er ausging. Als Anna dann ihre Koliken bekam, oder was immer das gewesen sein mochte, hatte es sie fast wahnsinnig gemacht, dass sie nicht schlafen konnte. Sie hatte geweint und gedroht, sich und dem Kind das Leben zu nehmen, wenn er ihr nicht half. Danach hatte er zu Hause viel mehr Pflichten übernommen, obwohl er ab und zu am liebsten weggelaufen wäre. Aber jedes Mal, wenn er damit gedroht hatte, hatte Viktoria erklärt, dann werde sie sich umbringen.

»Das war einfach schrecklich«, sagte er mit Tränen in den Augen. »Ich hab Viktoria und Anna doch geliebt.«

»Du hast also nicht von Anfang an die Wahrheit erzählt, sondern mehr oder weniger die Schuld auf dich genommen, weil du Angst hattest, dass Viktoria Selbstmord begehen würde, wenn sie angeklagt würde?«, hatte Ulrika gefragt. Es war so unerhört wichtig, dass er sich an diesem Punkt überzeugend anhörte. Wenn Love sagte, so sei es gewesen, dann musste sie ihm ja glauben. Und danach war es ihre Aufgabe, das Gericht zu überzeugen.

Es konnte klappen. Ja, wirklich. Diesmal spürte sie im Rückenmark, dass sie es schaffen würde.

Als sie im Taxi zum Flugplatz fuhr, war sie mit sich zufrieden. Das Siegesgefühl hatte sich schon während ihres Schlussplädoyers eingestellt und sich noch gesteigert, als die Verhandlung mit der Mitteilung geendet hatte, dass das Urteil in einer Woche mitgeteilt würde.

Es war schön, wieder in der Kanzlei zu sein. Ihr Zimmer betreten und die Tür hinter sich zuziehen zu können. Ulrika war direkt vom Flughafen hergekommen. Ihre Reisetasche lag noch im Kofferraum.

Der Ledersessel knarrte, als sie sich setzte. Sie ließ sich behaglich zurücksinken und schaukelte ein wenig hin und her, ehe sie sich an die Arbeit machte. Während ihrer Abwesenheit hatte die Post sich getürmt. Die Sekretärinnen hatten wie immer das geöffnet, was nicht als »privat« gekennzeichnet war, damit nichts Dringendes liegen blieb. Alle Briefe waren mit dem Datum des Eingangs gestempelt, und bei laufenden Verfahren waren die Akten zurechtgelegt.

Auch etliche Zettel mit telefonisch eingegangenen Mitteilungen warteten auf sie. Aber die mussten noch weiter warten. Zuerst kam immer die Post an die Reihe.

Ulrika ging methodisch vor. Nach zwei Stunden bat sie um

Kaffee. Kurz darauf erschien Gudrun mit einem Tablett in der einen und einer Akte in der anderen Hand.

»Jetzt habe ich wirklich alles versucht. Ich kann sie nicht ausfindig machen.« Sie legte die Akte vor Ulrika hin und stellte das Tablett mit dem Kaffee ein Stück weiter weg ab.

»Wen denn?«, fragte Ulrika und griff nach der Akte, die mit »Erbschaftsangelegenheit Ellen Hult« beschriftet war.

»Die Tochter, Jenny Hult. Die scheint ins Nichts verschwunden zu sein. Ich kann einfach nichts über sie herausfinden. Glaub mir, ich habe alles versucht. Sie ist auf keiner Steuerliste zu finden, also lebt sie vermutlich ganz außerhalb der Gesellschaft, falls sie überhaupt in Schweden ist, meine ich. Ihr Pass ist vor fünfzehn Jahren abgelaufen, und sie hat ihn nie erneuern lassen.«

»Und das Pfarramt wusste natürlich auch nichts, nehme ich an«, sagte Ulrika und streckte die Hand nach der Kaffeetasse aus.

»Nein, sie hat sich auf Morö nicht einmal abgemeldet. Die Frau scheint sich in Rauch aufgelöst zu haben. Ehrlich gesagt finde ich das ein wenig unheimlich.«

»Da muss ich wohl für die Erbauseinandersetzung einen guten Vormund für sie bestellen«, Ulrika machte sich rasch eine Notiz.

»Willst du keinen Zwieback? Der ist ganz frisch.« Gudrun zeigte auf eine verlockende Untertasse, auf der vier kleine helle, knusprige Zwiebäcke lagen. Dankbar nahm Ulrika einen, sie hatte mittags im Flughafen nur ein belegtes Brot gegessen. Der Zwieback zerkrümelte, als sie hineinbiss.

»Sie lebt vielleicht gar nicht mehr«, sagte sie nachdenklich und wischte die Krümel auf den Boden.

»Ja, das hab ich mir auch schon überlegt. Hast du gesehen, dass Arne Hult heute Morgen zweimal versucht hat, dich zu erreichen? Nicht wegen der Erbschaft, hat er gesagt. – Soll ich die hier abschreiben, ehe ich gehe?« Ohne die Antwort abzuwarten, nahm Gudrun einige Kassetten aus dem Ausgangskorb auf dem Schreibtisch.

»Ja, sonst ist wohl in deiner Abwesenheit nichts Besonderes passiert. In Göteborg ist es gut gelaufen, habe ich gehört«, fügte sie hinzu.

»Ja, jedenfalls habe ich so ein Gefühl. Die Sache hat ja eine seltsame Wendung genommen. Aber, ganz sicher kann man natürlich nie sein. Wir werden ja sehen, wie das Urteil ausfällt.«

Ulrika nahm sich noch einen Zwieback, dann wählte sie die Nummer von Arne Hult.

»Moröwerft, Arne Hult«, meldete sich nach mehrmaligem Klingeln eine atemlose Stimme.

»Hallo, hier ist Ulrika Stål, Sie wollten mich sprechen.«

Sie hörte, wie er am anderen Ende der Leitung keuchte.

»Verzeihung, ich musste rennen. Ich war fast unten beim Wasser. Ich hatte das Telefon ganz laut gedreht, um es hören zu können. Ich habe so auf Ihren Anruf gewartet. Denn jetzt herrscht wirklich die Krise. Die ganze Hölle ist losgebrochen. Jetzt hat der Gerichtsvollzieher sich in den Kopf gesetzt, dass er das Boot schon morgen um zwölf holen will. Können Sie dann hier sein?«

Ulrika warf einen Blick in ihren Terminkalender und blätterte rasch durch die während ihrer Abwesenheit eingegangene Post, obwohl sie sicher war, dass nichts von der Moröwerft dabei gewesen war.

»Doch, das geht. Ich kann kommen. Aber Sie haben mir offenbar keine Unterlagen geschickt. Können Sie alles, was Sie haben, heraussuchen, damit ich es morgen noch durchsehen kann?«

Arne Hult stand in Schirmmütze, schmutzigem Overall und grünen Gummistiefeln am Anleger, als sie eintraf. Er entschuldigte sich für seinen Aufzug, als er Ulrikas elegantes Kostüm und ihre hochhackigen Schuhe sah.

»Ich dachte, wir könnten zuerst nach Hause gehen und uns die Papiere ansehen. In der Werft ist es so feucht, dass alles schimmelt.«

Als sie das Haus erreicht hatten, ging Ulrika auf, dass die Brüder noch immer zusammen wohnten. Aber das war vielleicht nicht so verwunderlich. Das Haus war groß genug, und keiner war verheiratet. Aber sie fand es doch seltsam, dass sie alle Junggesellen geblieben waren. Was immer es für eine Macht gewesen war, die Ellen bis zu ihrem Tod über ihre Söhne ausgeübt hatte, bei ihrer einzigen Tochter war sie offenbar wirkungslos gewesen.

Ulrika wartete in der guten Stube, während Arne die Papiere holte. Das Zimmer war sauber und adrett, so ordentlich wie das Erbschaftsverzeichnis. Und jetzt bestätigte sich auch ihr Verdacht: Der Wert der beweglichen Habe war viel zu niedrig angesetzt. Aber natürlich, wie einer von ihnen in der Kanzlei gesagt hatte, für diese alten Dinge bekam man nicht so viel, auch wenn Ulrika gern das Zehnfache für den antiken Ausziehtisch aus Fichte hingelegt hätte, der hier zwischen zwei Fenstern stand. Der Tisch war bedeckt von alten Fotos und Ziergegenständen. Sie musste einfach hingehen und sie ansehen. Neugierig suchte sie nach einem Bild von Jenny, konnte aber keines finden. Dafür gab es ein schönes Foto von Ellen als Braut. Sie war als junge Frau eine richtige Schönheit gewesen, was man sich nur schwer vorstellen konnte, wenn man sie im Alter gesehen hatte. Ulrika ließ ihren Blick zwischen den Fotos weiterwandern und hob noch eins hoch, auf dem Ellen lächelnd und schön angezogen zwischen Blumenkörben stand. Das stammte offenbar von ihrem fünfzigsten Geburtstag. Sie sah darauf noch immer strahlend aus, athletisch und stark.

»Mehr gibt es nicht.« Ulrika fuhr zusammen, als Arne mit einem kleinen Papierstapel ins Zimmer kam. Sie war in Gedanken versunken gewesen und fühlte sich ertappt.

»Ihre Mutter war früher sehr schön.« Sie stellte das Foto wieder hin.

»Ja, Mutter sah bis zu Jennys Verschwinden noch gut aus. Dann ging es bergab. Sie schien sich nicht mehr für ihr Aussehen zu interessieren. Früher erzählte sie immer, dass sie in ihrer Jugend in einem Sommer mit Evert Taube getanzt hatte. Er wollte ein Lied über sie schreiben, sagte sie, aber ich glaube nicht, dass daraus etwas geworden ist.«

Ulrika wusste nicht, was sie antworten sollte. Deshalb erzählte sie von ihrer fruchtlosen Suche nach seiner Schwester.

»Ich glaube nicht, dass sie noch in Schweden lebt. Wissen Sie vielleicht, ob sie ins Ausland gegangen sein kann?«

Arne rieb sich die Stirn, als leide er plötzlich an schlimmen Kopfschmerzen. Er hatte seine Unterlagen schon auf dem Couchtisch verteilt und sich hingesetzt. Jetzt sprang er wieder auf und verließ das Zimmer. Ulrika hörte, wie er nach seinem Bruder Rolf rief und ihn bat, zu ihnen zu kommen.

»Ach, die Frau Anwältin hat sich den ganzen Weg hierher bemüht. Arne hat Sie schon angekündigt.« Er schaute sie beifällig an und schwenkte ihre Hand so heftig, als erwarte er, auf diese Weise Brunnenwasser aus ihr herauspumpen zu können. Widerwillig ließ er sie erst los, als die Begrüßung schon längst erledigt war.

»Wir haben über Jenny gesprochen, Ulrika und ich«, sagte Arne. »Ich finde, wir können auch gleich offen reden. Diese Farce läuft jetzt lange genug, und ich weiß, dass du das im Grunde auch so siehst. Es ist Zeit, dass die Wahrheit ans Licht kommt.«

Ulrika konnte nicht übersehen, dass Rolf nervös wurde. Sein Blick irrte hin und her, und das eben noch so joviale Lächeln verschwand.

»Hast du Östen etwas gesagt?«

»Nein, ich scheiße auf Östen. Wir müssen das selber regeln. Und da können wir uns auch gleich hinsetzen und die Sache ein für alle Mal klären.«

5

Die Amerika-Uhr an der Wand tickte schwer in dem Schweigen, das auf Arnes Erklärung folgte. Ulrika warf einen Blick auf das reich verzierte Zifferblatt und sah, dass es auf zwölf Uhr zuging. So gern sie auch die Geschichte von Jennys Geheimnis hören wollte, so gut wusste sie doch, dass sie warten musste. Heute ging es vor allem darum, zu verhindern, dass die Yacht beschlagnahmt wurde, um Schulden zu decken, mit denen ihr Mandant rein gar nichts zu tun hatte. Ihnen blieb nicht einmal eine Stunde, um die Papiere durchzugehen und sich auf den Besuch des Gerichtsvollziehers und die drohende Pfändung vorzubereiten. Das hatte zweifellos Priorität. Sie hatten keine Zeit zu verlieren.

»Ich fürchte, unser Gespräch über eure Schwester müssen wir aufschieben. Jetzt muss ich mir das hier ansehen. Bitte, entschuldigt mich.« Sie schob die Papiere zusammen, die Arne auf dem Tisch verteilt hatte, und blätterte sie dann durch, um sich ein Bild von deren Inhalt zu machen.

»Ich schlage vor, dass wir uns später alle vier treffen und darüber sprechen, damit auch Östen dabei sein kann«, sagte sie dann. »Ich finde es nicht korrekt, hinter seinem Rücken vorzugehen.«

»Du kannst ja versuchen, ihn zu erreichen, Rolf. Er ist sicher noch draußen auf Stenskär. Du kannst den kleinen Ford nehmen und ihn damit holen. Das geht am schnellsten. Gib du nur Gas, das kann der Motor brauchen. Östen wird stocksauer sein.« Arne musste einfach lachen, als er an die Wut dachte, mit der sein Bruder wahrscheinlich den Entschluss aufnehmen würde, das Familiengeheimnis ans Licht zu bringen. Ulrika musste unwillkürlich an ein unartiges Kind denken, das entsetzt und entzückt über einen Streich kichert, der sicher eine strenge Strafe nach sich ziehen wird, der aber trotzdem einfach unwiderstehlich ist.

Als Rolf den Raum verlassen hatte, brauchte Ulrika nicht lange, um die Unterlagen durchzugehen. Einige Quittungen, eine Aufstellung über Arnes Auslagen und Kosten und eine Liste der Summen, die Johan Fredriksson ihm für Arbeiten an seinem zweiten Boot samt Lagerkosten schuldig war.

»Und das hier ist wirklich alles? Kann wirklich später nichts mehr auftauchen? Ich bin gar nicht für Überraschungen. Es ist besser, wenn ich alles weiß, damit ich vorbereitet bin, wenn es zum Schlimmsten kommt. Also, wie sieht es aus, haben Sie irgendwelche Summen schwarz erhalten?«

»Nein, alles sollte bezahlt werden, wenn er sein Boot verkauft hätte. Das hier ist das, was er mir gegeben hat und was wir abgemacht haben, verdammt, darauf haben wir einander doch die Hand gegeben.«

»Wenn das alles ist, dann brauchen Sie sich keine Sorgen zu machen.« Sie lächelte, als sie seine Erleichterung sah.

»Aber was passiert, wenn er den Vorschuss zurückhaben will? Ich kann jetzt keine fünfzigtausend bezahlen. So viel Geld kann ich im Moment einfach nicht auftreiben.«

»Es kann gar nicht die Rede davon sein, dass Sie irgendeinen Vorschuss zurückzahlen, ehe wir genau wissen, was er Ihnen schuldig ist. Am Ende wird dem Konto des guten Fredriksson nicht mehr viel gutgeschrieben werden. Dafür werde ich sorgen.« Als sie sah, dass Arne sich offenbar noch immer Sorgen machte, fügte sie beruhigend hinzu, wenn er in Geldnöten sei, könne sie ihm jederzeit einen Vorschuss auf das Erbe besorgen. Und danach schien er wirklich weniger bekümmert auszusehen.

Obwohl Ulrika ihre Juristerei und alle deren Möglichkeiten liebte und sich stundenlang in juristische Überlegungen vertiefen konnte, freute sie sich doch vor allem, wenn sie eine einfache Lösung fand.

Auf der Fähre hatte sie überprüft, ob Johan Fredriksson wirklich Konkurs angemeldet hatte, was durchaus nicht der Fall war, auch wenn er überall hohe Summen schuldig war. Allein diese Entdeckung hatte den Fall viel einfacher werden lassen. Die Yacht konnte niemand an sich reißen. Arne Hult würde sein Baby in seinem eigenen Tempo weiterperfektionieren und auf einen seriösen Käufer warten können. Auf jemand, der das Boot zu schätzen wusste und bezahlen konnte, was es wert war. Und zwar in bar. Daran dachte sie, als sie zur Werft hinunterging.

Der Gerichtsvollzieher war bereits eingetroffen. Mit seiner Begleitung stand er unten am Anleger. Diesmal hatte er wirklich schwere Geschütze aufgefahren. Er hatte sich von der Polizei auf die Insel fahren lassen. Überaus effektiv. Das alte Einsatzfahrzeug der Marine, das die Polizei gekauft und neu angestrichen hatte, sah unleugbar beeindruckend aus. Blau und weiß gestreift, mit dem deutlich sichtbaren gelben Emblem der Polizei dümpelte es jetzt vor dem Anleger der Werft hin und her.

Der Gerichtsvollzieher trat mit ernster und gebieterischer Miene auf sie zu und begrüßte zuerst Arne und dann Ulrika, als habe er hier zwei hoch verschuldete Personen vor sich. Er wirkte überrascht und reagierte fast ein wenig aggressiv, als ihm aufging, wer Ulrika wirklich war. Dann murmelte er kaum hörbar, dass es ja wohl kaum notwendig sein könne, zu einer ganz normalen Pfändung juristischen Beistand anzuschleppen.

Arne Hult führte sie zu Johan Fredrikssons Boot, das verkauft werden sollte, ehe Fredriksson bezahlen könnte, was er für die Yacht schuldig war. Der mitgebrachte Mechaniker brauchte nicht lange, um den Motor unbrauchbar zu machen. Danach wurde das Boot mit einem massiven Hängeschloss am Anleger befestigt, um dann irgendwann zur Zwangsversteigerung abgeholt zu werden.

»Und nun muss noch der Vorschuss für das Segelboot zurückbezahlt werden, dann ist der Fall erledigt«, sagte der Gerichtsvollzieher lässig, als habe Arne Hult garantiert fünfzigtausend in der Hosentasche.

»Ich glaube, das muss heute noch nicht sein«, sagte Ulrika mit gespieltem Ernst. »Ich habe meinem Mandanten geraten, heute noch gar nichts zu bezahlen.«

»Und warum nicht, wenn ich fragen darf? Ich habe hier eine Quittung über diese Summe, also gibt es hier wohl kaum noch etwas zu diskutieren.«

»Darf ich mal sehen?« Sie sprach ein Stoßgebet, dass das Original mit der Kopie übereinstimmen möge, die Arne ihr gezeigt hatte. Ihre Erfahrung hatte sie gelehrt, dass auf die Aussagen eines Mandanten niemals hundertprozentig Verlass ist. Es spielt keine Rolle, wie sehr er beteuert, die reine Wahrheit zu sagen. Wie oft hatte sie schon ein jämmerliches »aber ich konnte doch nicht ahnen, dass das eine Rolle spielt« gehört, oder »das hatte ich doch tatsächlich total vergessen!« Ulrika schaute sich die Quittung an und las dann laut und lächelnd vor:

»Fünfzigtausend Kronen in bar erhalten für Repraturen an einer Hochseeyacht im Werthe von dreihundertfünfzigtausend Kronen.« In manchen Fällen, wie diesem, liebte sie Schreibfehler und andere Unklarheiten.

»Diese Quittung ist identisch mit der mir vorliegenden Kopie«, stellte sie fest. »Und ich finde hier keinen Beleg für die Behauptung, dass es sich um einen Vorschuss auf ein Boot handelt. Sie vielleicht? Herr Fredriksson hat einen Teil für Arbeit und Reparaturen an einem Boot gezahlt, das meinem Mandanten gehört, das stimmt, aber ich begreife wirklich nicht, was das mit Ihrer eigentlichen Aufgabe zu tun haben soll. Außerdem liegen Gegenforderungen in höherem Wert vor«, fügte sie zur Information des Gerichtsvollziehers hinzu.

»Und welche, sind die dem Gericht bereits zur Kenntnis gebracht worden?« Der Gerichtsvollzieher wusste, dass er verloren hatte, konnte sich diese Frage aber doch nicht verkneifen. Er musste alle Möglichkeiten nutzen, ehe er sich geschlagen geben durfte.

»Alles ist in die Renovierungsarbeiten geflossen. Wenn Herr Fredriksson also seine Auslagen zurückhaben will, um seine Schulden zu bezahlen, muss er das bei Gericht beantragen. Aber wie bereits gesagt, es liegen Gegenforderungen vor.« Ulrika gab sich alle Mühe, um ein bedauerndes Gesicht zu machen.

»Ach so, jaja, ja, ja, da hat Herr Hult ja wirklich Glück gehabt«, sagte der Gerichtsvollzieher seufzend, nachdem er eine Weile überlegt hatte. »Es wäre ja gut gewesen, wenn ich darüber früher informiert worden wäre. Man muss wohl dankbar dafür sein, dass doch immerhin das Motorboot noch vorhanden war. Das wird wohl auch ein hübsches Sümmchen einbringen, stelle ich mir vor. Ja, dann nehme ich an, dass wir diesmal hier nicht viel mehr zu holen haben.«

Er rang sich ein knappes Lächeln ab. Schön, dass er die Sache nicht persönlich nahm. Manche von den jüngeren Gerichtsvollziehern waren in diesen Dingen ungeheuer empfindlich.

»Das war aber wirklich unangenehm.« Arne bohrte die Hände in die Hosentaschen und schaute dem sich entfernenden Polizeiboot hinterher.

»Sicher, ich verstehe ja, dass Sie das so sehen, aber es ist doch gut gegangen. Ich hatte doch gesagt, dass Sie sich keine Sorgen zu machen brauchen. Darf ich mir nun die berühmte Yacht ansehen, ehe wir zu den anderen zurückgehen? Habe ich Ihnen überhaupt schon erzählt, dass mein Mann und ich uns für Boote interessieren? Wir spielen sogar mit dem Gedanken, uns zum Sommer ein Swan-Boot zuzulegen.«

»Ach, das haben Sie also vor. Ja, das sind auch feine Boote, aber das hier, wissen Sie, das gehört in eine Klasse für sich. Kommen Sie, dann zeig ich es Ihnen.«

Die Werft lag ganz unten am Ufer. Es handelte sich um einen riesigen Schuppen mit Blechdach. Ulrika balancierte geschickt auf ihren hohen Absätzen über die Schienen, die zwischen Werftgebäude und Wasser verliefen. Ein Stück weiter oben stand ein Hellingwagen mit einem Motorboot, das jederzeit zu Wasser gelassen werden konnte. Im Schuppen war es feucht und kalt. Es roch nach Teer, Humus und Lack. Das Tageslicht sickerte nur spärlich durch die verschmutzten Fenster. Aus dem Boden stieg Kälte auf und drang durch Ulrikas dünne Sohlen. Es gab keinen Fußbodenbelag, nicht einmal Zement, nur festgetrampelte Erde. Von dort stammte also der unverkennbare Humusgeruch. Großer Gott, wie konnte er nur unter dermaßen primitiven Bedingungen arbeiten! Unter der Decke hing eine nackte Glühbirne. Ulrika fragte sich in Gedanken, was die Arbeitsschutzkommission wohl sagen würde, wenn sie hier eine Inspektion vornähme. Aber Arne hatte keine Angestellten, weshalb hätte sich irgendeine Behörde also diese Mühe machen sollen?

Ulrika sah den entmasteten und mitten im Raum aufgekielten Segler sofort. Er war wunderbar. Wie ein Schmuckstück. Einfach erlesen, mit langem Achterschiff und schmalem Steven. Er war perfekt. Was für Proportionen. Es war das schönste Boot, das Ulrika jemals gesehen hatte. Sie trat vor und strich bewundernd mit der Hand über den dunkelgoldenen, lackierten Mahagonirumpf.

»Sie haben Recht. Das ist wirklich eine Klasse für sich.«

»Ja, und jetzt muss sie nur noch ein letztes Mal lackiert werden, dann ist sie mehr oder weniger seetüchtig. Ich werde es mir wohl nicht mehr leisten können, noch mehr für sie zu tun. Ich muss sie so verkaufen, wie sie hier steht.«

»Ich kaufe sie.« Ulrika wusste selbst kaum, dass sie das gesagt hatte. Es war ihr einfach so herausgerutscht. Aber sie hatte sich nicht dagegen wehren können. Es war Liebe auf den ersten Blick, und in solchen Fällen verlor sie jegliche Selbstkontrolle. Und jeden Rest von Verstand. Diesmal jedoch würden sich daraus glücklicherweise keine größeren Komplikationen ergeben. Stefan würde bestimmt in dieses Dreierverhältnis einwilligen, da war sie sich sicher.

Rolf war ohne Östen zurückgekehrt. Er habe ihn draußen auf Steinskär nicht finden können, behauptete er, und deshalb habe er es für das Beste gehalten, allein nach Hause zu fahren. Ulrika registrierte, dass er die Zeit gefunden hatte, sich zu rasieren und umzuziehen. Er erschien ihr als der Inbegriff des altmodischen Krämers. Schleimig und mit einer gewissen Bauernschläue, mit scharfen Augen unter buschigen Augenbrauen. Wenn er lächelte, zeigten sich zwischen den Zähnen einige breite Lücken. Vielleicht hatte er einfach nicht genug Geld für eine Brücke. Oder es war ihm egal.

Es duftete nach Kaffee, als sie abermals das Wohnzimmer betraten. Auf einem silbernen Tablett waren Heißwecken und Plätzchen arrangiert. Rolf hatte außerdem mit Spitzendecke und dem guten Service gedeckt. Elegante Kaffeetassen mit Goldrand und den passenden Untertassen.

» Hätten Sie vielleicht auch gern ein belegtes Brot?«, fragte Rolf und schaute auf die Uhr.

»Ja, bitte, wenn das nicht zu große Mühe macht«, erwiderte Ulrika ehrlich. Ihr knurrte bereits der Magen.

»Wie ist es gelaufen?«

»Am Ende ging alles gut. Unsere Anwältin hat den Gerichtsvollzieher in die Flucht geschlagen und mir danach die Yacht abgekauft«, sagte Arne und nickte in Richtung Ulrika.

»Ja, verdammt!«, sagte Rolf beeindruckt und schaute sich auf dem Weg in die Küche um.

»Ich suche schon lange ein Boot. Und das hier war wirklich Liebe auf den ersten Blick. Sie ist fantastisch.«

Arne Hult lachte zufrieden.

»Wir werden wohl ohne Östen zurechtkommen müssen«, sagte Rolf, als er mit Aufschnitt und Brot zurückkehrte. »Ich finde es ja auch besser, wenn wir ohne ihn die Lage schildern. Das macht alles viel leichter. Sie müssen wissen, er hat unserer Mutter am nächsten gestanden, und er ist der Einzige unter uns, der glaubt, dass Jenny noch am Leben ist.« Rolf stellte das Tablett ab und bat Ulrika, zuzulangen.

Arne nahm sich eine Schnitte Brot und bestrich sie sorgfältig mit Butter. Dick, auch am Rand. Diese Arbeit schien ihm beim Konzentrieren zu helfen.

Ulrika sah fasziniert zu, wie er sich noch einen Stich Butter nahm, um dann das viele gute Fett unter zwei Scheiben gesprenkelter Wurst zu verbergen und herzhaft hineinzubeißen. Seine Kiefer bewegten sich auf und ab.

»Mutter hatte in jüngeren Jahren ein wenig Probleme mit den Nerven«, sagte er, nachdem er das ganze Brot vertilgt hatte. »Bei uns zu Hause wurde darüber nicht gesprochen. Sie schämte sich wohl dafür. So war das damals wahrscheinlich, was weiß ich. Wir sind ja damit aufgewachsen und waren daran gewöhnt. Es kam und ging, sozusagen. Meistens ging es ihr gut, aber dann konnte es einfach ohne Vorwarnung zuschlagen. Als wir noch klein waren, konnten wir nie ganz sicher sein, wie es gerade um sie stand.

In dem Sommer, als Jenny verschwunden ist, wurde es schlimmer denn je. Wir glaubten wirklich, es werde nie ein Ende nehmen. Es setzte ein, als unsere Schwester durchgebrannt war, und ging dann bis weit in den Herbst hinein weiter. Damals haben wir alle drei gefischt, deshalb konnten wir uns nicht um den Laden kümmern, Jenny war ja nicht mehr da und Mutter war krank. Rolf musste an Land gehen und die Sache übernehmen. So war das doch?« Er schaute Rolf Beifall heischend an, und der nickte als Antwort. Er konnte gerade nichts sagen, da er in den Versuch vertieft war, seine Pfeife anzuzünden, nachdem er sie sorgsam gesäubert und mit Tabak gefüllt hatte. Er zog und paffte, bis er mit der Glut zufrieden war.

»Natürlich waren wir wütend auf Jenny, die uns das alles eingebrockt hatte. Man darf ja wohl noch sagen, dass es verantwortungslos und selbstsüchtig von ihr war, einfach abzuhauen, wo sie zu Hause doch gebraucht wurde. Aber sie hatte wohl irgendeinen Kerl aufgelesen, und da spielten wir keine Rolle mehr. So war sie, unsere Jenny. Dachte nur an sich«, erklärte Arne wütend und schmierte sich noch ein Brot.

»Vor ihrem Aufbruch hatte sie Mutter einen ziemlich gemeinen Brief geschrieben. Und der hat Mutter wohl fertig gemacht, glaube ich. Ich weiß noch, dass sie wütend wurde, sie hat alles, was Jenny gehörte, zusammengesucht und verbrannt. Kleider, Fotos, Bücher, alles. Sie hat den halben Abend ins Feuer gestarrt, bis dann nur noch Asche übrig war. Dann kam sie herein und erklärte, dass der Name unserer Schwester in diesem Hause nicht mehr erwähnt werden dürfe.

Mutter kam natürlich nach und nach wieder zur Besinnung und das Leben ging normal weiter, das können wir wohl sagen. Und schließlich hörten die Leute auch auf zu fragen, ob Jenny nicht bald einmal zu Besuch kommen würde. Es war so, als hätte sie nie hier bei uns gewohnt. Als hätte sie nie existiert. Eigentlich war das alles ziemlich unheimlich.

Sieben Jahre später, es war im März, gleich nach der Eisschmelze, rief die Polizei an, um sich nach Jenny zu erkundigen. Und Mutter war am Telefon. Draußen auf Värmdö war eine Frauenleiche gefunden worden. Die hatte sich offenbar zwischen den Steinen unter einem Anleger verkeilt, den das Eis mitgerissen hatte. Nur das Skelett war noch übrig, eine Identifizierung sei also nicht möglich, sagten sie. Sie wollten wissen, zu welchem Zahnarzt Jenny gegangen sei. Aber danach konnten sie wohl die Unterlagen des Zahnarztes nicht mehr finden, und am Ende musste also Mutter hinfahren und sich die Zähne ansehen. Wir fanden es nicht richtig, dass sie das machte. Das hätte doch einer von uns dreien übernehmen können, aber Mutter ließ sich nicht beirren. Das sei eine Sache zwischen ihr und Jenny, behauptete sie. Also bekam sie ihren Willen. Mutter durfte man nicht widersprechen, wissen Sie. Dann wurde sie böse.«

Er lachte bei dieser Erinnerung. Ulrika hätte gern gewusst, was an dieser ganzen Geschichte komisch sein sollte.

»Als sie wieder nach Hause kam, sagte sie nur, es sei nicht Jenny gewesen. Mehr nicht. Unsere Schwester hatte einen abgebrochenen Vorderzahn, daran wäre sie also leicht zu erkennen gewesen.«

»Darf es noch etwas mehr Kaffee sein?«, schaltete sich Rolf

ein. Ulrika schüttelte den Kopf, Arne bat um mehr. Der Stapel an Broten war um einiges geschrumpft. Arne schmierte sich noch eine Schnitte und zwar mit derselben Sorgfalt wie vorher, dann ergriff er wieder das Wort.

»Ich glaube, es war in diesem Jahr zu Weihnachten, es kann aber auch ein Jahr später gewesen sein, dass Mutter erzählte, sie habe einen Brief von Jenny bekommen. Als wir den lesen wollten, behauptete sie, ihn weggeworfen zu haben. Wenn man seine Familie verlassen hat, dann hat man sie verlassen, sagte sie. Sie war reichlich nachtragend, wissen Sie.«

Ulrika schauderte, als sie von Ellens harter Einstellung hörte. Wie konnte eine Mutter sich so weit von ihrem Kind entfernen, dass sie diesem Kind niemals verzieh? Das war unverzeihlich.

»Und hatte denn in all den Jahren auch sonst niemand Kontakt zu Jenny? Ich meine, irgendwer müsste doch ein Lebenszeichen von ihr erhalten haben. Sie muss doch auf Morö und den Nachbarinseln viele Bekannte gehabt haben. Sie ist doch schließlich hier aufgewachsen.«

»Nein, so viel ich weiß, nicht«, sagte Arne. »Deshalb sind wir ja so sicher, dass unsere Schwester nicht mehr lebt. Rolf und ich glauben nämlich, dass Mutter nicht die Wahrheit gesagt hat, was die Zähne damals betraf. Östen dagegen, das haben Sie sicher schon verstanden, stand immer auf Mutters Seite. Er ist davon überzeugt, dass sie die Wahrheit gesagt hat, obwohl Rolf und ich es ganz einleuchtend finden, dass das mit dem Brief gelogen war. Ich meine, wieso hätte sie den wegwerfen sollen, ehe wir ihn gelesen hatten?

Östen ist ein schrecklicher Dickkopf, und wir waren wohl nicht hart genug. Aber nur, weil er glauben will, dass Jenny noch lebt, braucht das ja nicht die Wahrheit zu sein, auch wenn wir ihm nicht widersprechen.« Er sprang auf, lief zum Büfett, nahm eine Flasche Klaren heraus und gab einen ordentlichen Schuss in seine Kaffeetasse. Rolf wollte auch einen, Ulrika lehnte ab. Kaffee mit Schnaps war durchaus nicht ihr Lieblingsgetränk, nicht einmal mit viel Zucker.

»Am Ende hatte Mutter dann Krebs. Sie konnten sie nur wieder zunähen, sagte der Arzt nach der Operation. Sie wollte unbedingt zu Hause sterben, und deshalb wurde sie mit einer Menge Pillen und Morphiumpflastern nach Hause geschickt, als sie lange genug gequengelt hatte. Einmal pro Woche kam die Distriktschwester und sah nach ihr. In der letzten Woche vor ihrem Tod war Mutter nur noch sentimental und ließ uns an ihrem Totenbett schwören, dass wir Jenny ausfindig machen würden, damit auch sie ihren Anteil am Erbe erhalten könnte. Wir beide glauben ja, dass Mutter nicht mehr ganz bei sich war, aber Östen ist sich sicher, dass sie bis zuletzt klar bei Verstand war und das niemals gesagt hätte, wenn sie gewusst hätte, dass unsere Schwester tot ist.«

»Sag ihr, dass wir Jennys goldene Identifikationsmarke unter Mutters Sachen gefunden haben, als wir das Erbverzeichnis erstellt haben«, mahnte Rolf seinen Bruder. Er sah müde aus. Als sei er die Sache schon hundertmal durchgegangen, ohne zu irgendeinem Ergebnis zu gelangen. Er wandte sich direkt an Ulrika, als könne sie allein die richtige Entscheidung treffen. »Verstehen Sie, wir fanden es doch komisch, dass die Polizei sich bei uns meldete, nachdem sie dieses Skelett gefunden hatte. Unseres Wissens war Jenny nicht vermisst gemeldet. Ich bin sicher, dass sie diese Marke bei der Leiche gefunden hatten. Jenny trug sie immer um den Hals. Wir hatten sie ihr zu ihrem zwanzigsten Geburtstag geschenkt. Arne und ich sind davon überzeugt, dass Jenny diese Tote war, aber dass Mutter aus irgendeinem Grund nicht mit uns darüber sprechen wollte. Was meinen Sie?«

Ulrika wollte noch mindestens ein Dutzend Fragen stellen, ehe sie sagen könnte, was sie meinte. Das Einzige, was sie mit Sicherheit wusste, war, dass Jenny Hult in den Augen der Behörden nicht tot war. Offiziell wohnte sie noch immer bei ihren Brüdern hier draußen auf Morö.

»Können Sie keine Graböffnung verlangen? Ist es schwer, so etwas in die Wege zu leiten?«, fragte Rolf, als nähme er an, dass jede Anwältin eine Expertin in Graböffnungen sei.

»Das weiß ich wirklich nicht«, sagte sie wahrheitsgemäß.

Dieses Problem tauchte so selten auf, dass sie sich nicht einmal die Mühe gab, so zu tun, als sei sie informiert und müsse nur sicherheitshalber einige Details überprüfen. Er schien darüber enttäuscht zu sein, weshalb sie versprach, sich gleich nach ihrer Rückkehr in die Kanzlei zu informieren.

»Die Frage ist, ob es wirklich nötig sein wird, dermaßen extreme Maßnahmen zu ergreifen. Ich kann sicher mehr über die Tote erfahren, wenn ich ein wenig mehr Fleisch auf die Knochen bekomme.«

Keiner der Brüder schien auf ihre seltsame Ausdrucksweise zu reagieren, sie schienen eher darüber zu sinnieren, was passiert war, als Ellen losgefahren war, um die Zähne der Toten zu identifizieren.

»Ich hätte auch gern ein Foto von Jenny. Wenn es eins aus dem selben Jahr gibt, in dem sie verschwunden ist, dann wäre das das Beste. Wenn wir dieser Sache auf den Grund gehen wollen, dann richtig. Hat irgendeiner von Ihnen sonst etwas aufbewahrt? Denn es kann doch nicht ihre ganze Hinterlassenschaft im Feuer geendet sein.«

Jetzt war nur das Ticken der Amerika-Uhr zu hören. Die Brüder starrten in ihre Kaffeetassen. Sie schienen sich zu schämen, weil sie der Mutter gehorcht und keine Erinnerungsstücke an ihre Schwester aufbewahrt hatten. Als hätten sie Angst, sich als Verräter zu entlarven. Nach einer Weile erhob Rolf sich und sagte verbissen: »Ich habe noch ein Foto meiner Schwester. Oben in meinem Zimmer. Ich gehe es holen.«

Sie konnten hören, wie er oben Schubladen öffnete und herumwühlte, ehe er dann nach einer guten Viertelstunde zurückkehrte.

»Es ist nicht mehr da. Irgendwer hat das Bild gestohlen.«

6

Ulrika lehnte Arnes Angebot ab, sie nach Sollenkroka zu bringen, wo ihr Wagen stand. Das Wassertaxi würde sie in einer Viertelstunde von der Werft abholen, und sie könnte mit einem anderen Fahrgast zusammen fahren. Wenn sie sich beeilte, könnte sie vorher noch einen Blick auf ihr Boot werfen. Bei diesem Gedanken verspürte sie ein seltsames Glücksgefühl. Sie hätte gern gewusst, was Stefan wohl sagen würde. Sie konnte es kaum erwarten, sein Gesicht zu sehen, wenn sie davon erzählte. Er würde ja so überrascht sein.

Inzwischen war es ziemlich windig geworden, deshalb setzte sie sich, obwohl sie eigentlich lieber an Deck gestanden hätte. Dann hätte sie ein letztes Mal zu ihrem Boot hinüberschauen können. Arne wollte sich sofort wieder an die Arbeit daran machen, das hatte er versprochen. Unten im Wassertaxi saß schon der andere Fahrgast, ein Mann mit brauner Lederjacke und schütterem Haar. Er begrüßte sie, ohne sich vorzustellen. Es roch leicht nach Diesel und Öl, und Ulrika fiel auf, dass alle Sitze verstaubt waren. Vorsichtig fuhr sie mit der Hand über die Polster, um sich davon zu überzeugen, dass der Schmutz dort haftete, ehe sie sich setzte, Ölflecken waren so schwer aus der Kleidung zu entfernen. Sie würden nur eine gute halbe Stunde unterwegs sein. Das Wasser spritzte gegen die Fenster, als sie schneller wurden, und bald konnten sie nicht mehr hinausschauen. Das Dröhnen der Motoren war ohrenbetäubend, und das Boot kämpfte so wütend gegen die Wellen an, dass sie den Plan aufgeben musste, Stefan die schöne Nachricht am Telefon zu erzählen, das musste warten, bis sie zu Hause war.

»Sie waren offenbar bei Arne Hult.« Der Mann sprach ziemlich laut, um den Lärm zu übertönen.

»Ja, ich habe gerade ein Segelboot von ihm gekauft.« Ulrika strahlte vor Freude darüber, dass sie es jemandem erzählen konnte, selbst wenn es sich um einen Fremden handelte.

»Er kennt sich aus mit Booten, der Arne. Ich kenne ihn schon lange. Wir sind zusammen zur Schule gegangen. Aber das ist ja schon eine Weile her«, erklärte der andere lächelnd und zog eine Priemdose aus der Jackentasche. »Möchten Sie?«

Ulrika lehnte dankend ab und beobachtete dann diskret, wie er mit aller Sorgfalt zwischen den Fingern einen kleinen spitzen Priem formte und den dann unter seiner Oberlippe verschwinden ließ. Das sah wirklich gut aus.

»Sie wohnen also auch hier draußen«, sagte sie, als er den Priem verstaut hatte.

»Nein, ich bin schon vor vielen Jahren nach Gustavsberg gezogen. Aber ich habe noch immer ein Haus oben bei Grålånga, und da muss ich ab und zu vorbeischauen.« Er zog beim Reden die eine Seite der Oberlippe etwas nach unten, damit der Priem nicht herausrutschte. »Im Sommer vermiete ich das Haus, also muss ich mich darum kümmern. Am Wochenende kommen Interessenten, um es sich anzusehen. Früher hatte ich eine Familie, die zwölf Jahre hintereinander kam. Die ganze Zeit setzten sie mir zu, weil sie die Bude kaufen wollten, aber ich verkaufe nicht. Jetzt haben sie sich anderswo ein Haus zugelegt.«

»Ich kann ja verstehen, dass sie sich ein eigenes Haus gewünscht haben. Es ist wirklich wunderschön auf Morö, und alles wirkt so friedlich.«

»So schrecklich friedlich ist es in den Sommermonaten nun gerade nicht. Dann sind da für meinen Geschmack jedenfalls zu viele Leute. Im Winter ist das natürlich anders, aber dann ist es wiederum zu friedlich. Nein, ich habe ein kleines Bootshaus, und da fahre ich hin, wenn ich meine Ruhe haben will. Es liegt ein Stück weiter draußen im äußeren Schärengürtel. Auf Stenskär. Gar nicht weit von Östen Hults übrigens. Ansonsten bin ich meistens in Gustavsberg. Da habe ich alles, was ich brauche. Natur, Geschäfte, Freizeitmöglichkeiten und meine Arbeit. Ich bin Feuerwehrmann«, fügte er hinzu.

»Meine Güte, jetzt habe ich gute Karten, wenn ich nach Hause komme und meinem fünfjährigen Sohn von Ihnen erzählen kann. Er will Feuerwehrmann oder Bergsteiger werden, wenn er groß ist.«

»Sagen Sie ihm, dass man beides sehr gut miteinander vereinbaren kann. Wir müssen hart trainieren, um für die Arbeit in Form zu bleiben. Sie können ihm erzählen, dass wir durch enge Schächte klettern und kriechen müssen. Das finden kleine Jungs doch meistens toll.«

Der Feuerwehrmann musterte sie beifällig. Machte er nicht sogar einen Flirtversuch, mit Priem und allem? Er hatte Nackenmuskeln wie ein Stier, und Ulrika zweifelte nicht eine Sekunde daran, dass er großartig in Form war.

»Kommen Sie doch irgendwann einmal mit ihm zur Wache, dann führe ich Sie herum. Ich heiße übrigens Erik Svensson.«

Ulrika reichte ihm die Hand und stellte sich vor. Gleichzeitig überlegte sie, dass er sehr sympathisch aussah. Er kam ihr viel jünger vor als Arne Hult.

»Versprechen Sie nicht mehr, als Sie halten können. Am Ende nehme ich Sie beim Wort und tauche eines schönen Tages mit dem Kleinen auf. Ich bin nämlich so eine Mama, die nicht davor zurückschreckt, im Notfall ihre Kinder zu bestechen. Und mit einem solchen Angebot könnte ich ihn zu allem bringen, sogar dazu, dass er sich den Hals wäscht«, sagte Ulrika und lachte fröhlich.

»Das ist kein Problem. Ich meine das wirklich so. Rufen Sie nur vorher an, damit Sie sicher sein können, dass ich auch da bin. Wir arbeiten doch schichtweise.«

Sie schwiegen eine ganze Weile, wie alte Freunde, die wissen, dass sie nicht jede Minute mit Geplauder füllen müssen, um sich miteinander wohl zu fühlen. Ulrika brach das Schweigen als Erste.

»Sie haben gesagt, dass Sie mit Arne Hult zur Schule gegangen sind. Sie sehen jünger aus, finde ich.«

»Ja, ich bin auch jünger als Arne, aber nicht so viel«, erwiderte er geschmeichelt. »Wir waren zwar auf derselben Schule, aber ich war mit seiner Schwester Jenny in einer Klasse.«

»Ach, wirklich?« Sie musste sich zusammenreißen, um ihre Neugier nicht zu sehr zu zeigen. »Wir haben heute zufällig über sie gesprochen. Ich muss schon sagen, sie hat mein Interesse durchaus geweckt. Wie war sie denn so?«

Das Boot bäumte sich in den Wellen auf und senkte sich wieder. Der Wind war offenbar sehr viel stärker geworden. Sie stemmten die Beine gegen den Boden, um nicht aus dem Gleichgewicht zu geraten.

»Jenny war als kleines Kind ziemlich frech. Fast wie ein Junge. Aber bei drei Brüdern war das ja eigentlich auch kein Wunder. Gut in der Schule war sie auch. Eigentlich war es schon komisch, dass sie nicht aufs Gymnasium gegangen ist, aber sie wurde wohl zu Hause gebraucht. Jenny arbeitete im Laden, sie fing damit an, sowie sie Rechnen gelernt hatte.« Er lachte wie bei einer persönlichen Erinnerung. Ulrika hoffte, dass er auch ohne Aufforderung weitererzählen würde.

»Sie war fantastisch. Verlockend wie ein Waldreh und ein wenig verrückt. Wir waren alle total verliebt in sie, aber sie wollte keinen von uns Inselknaben. Ganz egal, wie wir sie umworben haben. Sie hatte größere Pläne. Eines Tages hatte sie die Idylle satt und verschwand, ohne irgendwem etwas davon zu sagen. Ich weiß wirklich nicht, was danach aus ihr geworden ist. Ich glaube nicht einmal, dass sie je wieder zu Hause war, wenn ich ehrlich sein soll.«

»Ja, das stimmt. Nachdem ich das Boot gekauft hatte, hat Arne mich zum Kaffee eingeladen. Ich wüsste ja gern, wo sie dann gelandet ist«, sagte sie, um ihn zum Weiterreden zu bewegen.

»Sie ist jedenfalls weiter gekommen als bis Gustavsberg,

das kann ich Ihnen sagen. Jenny gab sich nicht mit Kleinigkeiten zufrieden, das nun wirklich nicht. Jetzt kümmert Rolf sich um den Laden, aber er zieht die Kundschaft nicht so an, wie Jenny das getan hat. Sie wusste genau, wie man Geld verdient, dieses Mädel. Komisch, dass sie nie aufgeflogen ist. Aber wenn ich mir das genauer überlege, dann ist vielleicht genau das passiert, auch wenn niemand das zugeben will. Ja, verdammt, dass ich nicht schon längst darauf gekommen bin. Dass man fünfundzwanzig Jahre braucht, um das zu kapieren!« Erik Svensson lachte so herzlich, dass der Priem unter seiner Lippe zum Vorschein kam.

»Was denn? Jetzt komme ich nicht mehr mit. Was haben Sie jetzt erst kapiert?« Ulrika musste sich von seinem Lachen einfach anstecken lassen.

»Jetzt macht es sicher nichts mehr aus, wenn ich davon erzähle. Es ist ja so lange her, dass ich wohl kaum noch irgendwem schaden kann. Und wenn ich mir das richtig überlege, ist es eigentlich sehr komisch. Sie müssen wissen, Jenny hatte in einem Bootshaus eine Destillieranlage versteckt. Sie hat den halben nördlichen Schärengürtel mit Schnaps versorgt. Das heißt, natürlich nur die, die nicht selbst gebrannt haben«, korrigierte er sich prustend, ehe er hinzufügte: »Sie bewahrte den Schnaps in Plastikkanistern hinter dem Tresen auf und nannte ihn Himbeersaft, das weiß ich noch. Die Götter mögen wissen, was sie hineingemischt hatte, aber er war jedenfalls umwerfend stark und rot. Meine Güte, was hat der reingehauen!

Aber natürlich, bestimmt ist sie am Ende aufgeflogen. Es wussten doch viel zu viele, was sie da trieb. An dem Johannistag, an dem sie verschwunden ist, wurde wohl nicht eine einzige Bowle auf der ganzen Insel nicht mit Jennys Himbeersaft angerührt. Sicher war die ganze Familie nach ihrem Verschwinden deshalb so schweigsam. Als ob das eine Schande für sie gewesen wäre.« Er lachte wieder. »Ja, verdammt, warum bin ich da nicht schon viel früher draufgekommen!«

Er lachte noch immer, als sie in Sollenkroka anlegten. Ulrika versprach, von sich hören zu lassen, und meinte das auch so. Diese Begegnung hatte ihr wirklich Spaß gemacht.

Östen hatte nicht vor, noch zwei Stunden Netze auszulegen, doch als er die Küste in hohem Tempo auf sich zukommen sah, überlegte er sich die Sache anders und fuhr wieder hinaus. Es war scheußlich, keine Ruhe zu haben. Östen fühlte sich unter Druck gesetzt. Mit eigensinnig vorgeschobenem Kinn entfernte er sich von Stenskär. Ehe er Kärringpatten umrundete, zog er sein Fernglas hervor, um festzustellen, welcher Bruder im Boot saß. Es war Rolf. Etwas anderes wäre wohl auch nicht zu erwarten gewesen. Rolf hatte jetzt ja viel Zeit, wo der Laden für den Sommer noch nicht geöffnet war. Immer wieder mischte er sich ein und fragte nach allem Möglichen, was ihn überhaupt nichts anging. Und dabei interessierte er sich nicht die Bohne für die Fischerei. Wenn er nur seine Kisten mit Bückling und Räucheraal bekam, fragte er nie danach, wie die Lage war. Und er bezahlte immer erst dann, wenn er den Fisch im Laden verkauft hatte. Kredit wollte er haben, der Geizkragen. Und dann kam er her und störte. Wollte sicher wieder über die Erbschaft reden. Nein, verdammt, da wollte Östen nicht mitmachen. Wenn es wichtig war, dann sollte Rolf gefälligst warten. Das Bootshaus stand offen, und dort gab es Brot und Kaffee. Er würde sicher zulangen, wenn Östen lange ausblieb.

Der Wind wurde jetzt stärker, aber gefährlich war das nicht. Als Östen das Netz gehoben hatte, nahm er Kurs auf Bromsskär. Er wollte gern sehen, ob die Leute aus Stockholm, die das Grundstück auf der Westseite gekauft hatten, schon mit Bauen angefangen hatten. Dann wollte er der Sache nämlich ganz schnell ein Ende setzen. Er fischte von der Landspitze aus Aal und wollte nicht, dass eine Menge Sommerfrischler dabei störten. Je mehr die Leute sich bewegten, umso größer war die Gefahr, dass irgendwer zufällig die Reusen leerte. So lange die Dussel in dem Häuschen blieben, das schon dort gestanden hatte, als sie sich eingekauft hatten, war ihm das egal. In dem Häuschen war nicht so viel Platz.

Er legte an und stieg an Land. Ging hoch und sah sich um. Sie schienen allerlei Bäume gefällt zu haben. Unter einer Plane lag genug Material für mindestens zwanzig Quadratmeter. Sie schienen an das alte Häuschen anbauen zu wollen.

»Das wollen wir doch erst mal sehen«, murmelte Östen vor sich hin. »Am Montag werde ich die Behörden informieren.« Er drehte noch eine Runde um das Grundstück, dann ging er weiter zur Landspitze. Bei jedem Schritt achtete er sorgsam darauf, wohin er seine Füße setzte.

Sein Vater war damals bei Ebbe auf dem Seegras ausgerutscht. Seifenglatt wird das, wenn Regen in der Luft hängt. Er hatte damals die Reusen besuchen wollen. Es war ein Samstag gewesen, und der Alte hatte ein wenig zu tief ins Glas geschaut. Östen, der in jenem Herbst sechzehn geworden war, hatte ebenfalls einen Schluck getrunken. Sein Vater hatte so gelacht, dass seine Zähne blitzten, als Östen sich verschluckte, und er hatte ihn daran gehindert, noch einen Schluck zu nehmen, als der Hustenanfall sich dann gelegt hatte.

Östen fiel ein, dass der Motor auf dem Weg zur Schäre ein wenig ungleichmäßig geklungen hatte, deshalb hatte sein Vater ihn gebeten, sich den genauer anzusehen, während er selbst einen Blick auf die Reusen warf. Aber dann kam er einfach nicht zurück, und Östen ging los, um ihm beim Einsammeln des Fangs zu helfen.

Die Spuren im Seegras waren so deutlich zu sehen wie eine Pflugfurche, die zum Wasser führte. Sein Vater hatte sich offenbar in dem zwischen Reusen und Pfahl gespannten Netz verfangen, als er gestrauchelt war. Er war schwer und schlaff, als Östen ihm das Wasser aus der Lunge presste und vergeblich versuchte, ihm neues Leben einzuhauchen.

Sie hatten den Vater gerade erst unter die Erde gebracht, als jemand kam, um die Aalstelle an sich zu reißen. Östen und Arne hatten mehrere Tage auf der Lauer liegen müssen, dann hatten sie die Eindringlinge mit Schrotgewehren verscheuchen können.

Die Landspitze auf Bromsskär gehörte der Familie nach

Gewohnheitsrecht, fand Östen. Sein Großvater hatte dort schon gegen Ende des 19. Jahrhunderts Aale gefangen. Und wenn es nun reichte, die Sommergäste anzuzeigen, weil sie ohne behördliche Genehmigung bauen wollten, dann brauchte er ja nicht wieder zum Schrotgewehr zu greifen.

Bei Danvikstull war die Brücke geöffnet. Die Schranken senkten sich spöttisch vor dem Kühler. Zwei Sekunden früher, und Ulrika hätte es noch geschafft. Sie rief zu Hause an, um von dem Boot zu erzählen, sie konnte es einfach nicht mehr für sich behalten. Seltsamerweise freute Stefan sich durchaus nicht so sehr, wie sie erwartet hatte. Er wirkte fast verärgert darüber, dass sie nicht mit ihm gesprochen hatte, ehe sie Arne zugesagt hatte. Als ob das irgendeinen Unterschied gemacht hätte!

»Ich verspreche dir, du wirst genauso begeistert sein wie ich! Es ist einfach perfekt für uns, das schönste Segelboot, das ich je gesehen habe.«

»Das glaube ich gern.«

»Du wirst es lieben.«

»Das ist durchaus möglich.«

»Meine Güte, du bist ja vielleicht sauer.«

»Ich bin nicht sauer, ich bin nur enttäuscht. Ich finde es nicht richtig, dass du mich nicht nach meiner Meinung fragst, ehe du ein Boot kaufst. Ich meine, wir sind in dieser Familie hier immerhin zwei Erwachsene. Aber ab und zu kommt es mir vor, als ob du glaubst, du könntest hier eine One-Woman-Show abziehen.«

Seine Worte taten ihr weh. Wie ungerecht. Fast hätte sie zurückgefaucht. Stattdessen kürzte sie das Gespräch ab, um ihnen beiden die Möglichkeit zu geben, sich wieder zu beruhigen.

»Du, wir reden weiter, wenn ich nach Hause komme, der Verkehr geht jetzt weiter. Ich brauche beide Hände. Ich lasse das Sturebad heute Abend sausen und komme sofort nach Hause. Okay?«

Als sie das Gespräch beendet hatte, starrte sie die Schranken noch zwei weitere Minuten an, dann war das Schiff endlich vorbei. Sie konnte die drei Masten vorübergleiten sehen. Sie fühlte sich enttäuscht, weil Stefan ein solcher Spielverderber war. Wie unnötig. Was hatte er dabei zu gewinnen? Na, bis sie nach Hause kam, würde er sich sicher beruhigt haben. Er war zum Glück nicht sonderlich nachtragend.

Als sie an Fåfängen vorbeifuhr, kam ihr eine großartige Idee. Statt bei Stadsgården am Hafen entlangzufahren, bog sie nach links in die Folkungagatan ab. Parkte in der zweiten Reihe und rannte zu Watski, einem Geschäft für Wassersport und Bootszubehör, das es dort schon gab, solange sie sich erinnern konnte. Wie passend. Im Schaufenster fand sie allerlei Versöhnungsgeschenke. Ulrika kaufte Stefan eine elegante Kapitänsmütze. Die würde sie ihm überreichen, wenn sie nach Hause käme. Es war doch wichtig, die Liebe zu pflegen.

Drei Tage nach der Verhandlung wurde Love Höglund aus der Untersuchungshaft entlassen, um das Urteil abzuwarten. Das war ein gutes Zeichen, das auf Freispruch hinwies. Er war sentimental und klang ein wenig angetrunken, als er Ulrika in der Kanzlei anrief.

»Du kommst doch wohl zur Beerdigung?«

»Nein, Love, das geht leider nicht. Ich kann hier jetzt nicht weg.«

Ulrika schauderte es beim Gedanken an Viktorias Selbstmord. Viktoria hatte ihr gut gefallen. Es war so unnötig, dass sie sich für diesen drastischen Ausweg entschieden hatte. Aber natürlich, wenn ihr Gewissen sie getrieben hatte ... Ulrika war nicht so ganz überzeugt. Irgendwo in ihrem tiefsten Herzen saß ein bohrender Zweifel daran, ob hier wirklich Viktoria die Schuldige war. Aber solche Gedanken konnte sie sich nicht gestatten. Was sie betraf, so war Love unschuldig und musste deshalb freigesprochen werden. Wenn er nur nicht so verflixt unsympathisch gewesen wäre. Und es passte ihr auch nicht, wegen der Beerdigung gefragt zu werden. Es war aufdringlich, ja, geradezu abstoßend in seiner Intimität. Sie staunte darüber, dass er diese Grenze übertrat und die Distanz zwischen Mandant und Anwältin nicht respektierte. Er war ja wohl schon lange genug dabei, um die Spielregeln zu kennen.

»Ich will mir eine neue Wohnung suchen, sowie das hier vorbei ist. Es ist alles so leer, ich höre lauter Echos. Sogar Annas dauerndes Geschrei war besser als diese verdammte Stille.«

»Ja, das ist sicher eine gute Idee. Ich kann ja verstehen, dass es schwer für dich ist, nach allem, was du durchgemacht hast. Wenn du willst, kann ich vielleicht dafür sorgen, dass du mit jemandem reden kannst. Es würde dir sicher besser gehen, wenn du Hilfe hättest, um zu verarbeiten, was in der letzten Zeit passiert ist. Ab und zu wird alles leichter, wenn man mit jemandem sprechen kann. Und ich habe allerlei Beziehungen.«

Plötzlich war es ihr wichtig, mehr zu tun als nur das, was von ihr erwartet wurde. Vielleicht hatte sie ein schlechtes Gewissen, weil sie vorhin so empfunden hatten. Weil sie kein Mitmensch hatte sein wollen. Aber bei manchen Leuten musste man einfach einen Riegel vorschieben, sobald die fachliche Arbeit getan war. Wenn nicht, dann wurde man von ihnen aufgefressen. So einer war eben auch Love.

»Du meinst, du willst mich zu einem Seelenklempner schicken?«

»Ein Psychologe ist sicher nicht unbedingt notwendig. Es gibt auch andere, die trauernden Menschen helfen können.«

»Du weißt doch Scheiß noch mal gar nichts über Trauer. Du segelst doch bloß durch das Leben und sackst von Leuten wie mir einen Haufen Kohle ein«, nuschelte er in einer der unvorhersagbaren Stimmungsschwankungen von Betrunkenen.

»Du hast wirklich keinen Grund, hier herumzufluchen. Du, ich glaube, es ist besser, wir reden später weiter, wenn du nüchtern bist. Wenn du meinst, du schaffst das ohne Hilfe, will ich dich natürlich zu nichts überreden.«

Ulrika hatte wirklich nicht vor, sich mit ihm auf eine Diskussion einzulassen. Vor allem nicht, wo er getrunken hatte. Sollte er doch denken, was er wollte, und wenn sie ehrlich war, dann ging es ihr an einem gewissen Körperteil vorbei, was er über sie und ihre Trauerfähigkeit dachte. Nie wäre sie auf die Idee gekommen, einer dermaßen idiotischen Bemerkung zu widersprechen. Das Einzige, was für sie etwas bedeutete, war, was Love anging, dass sie hier gute Arbeit geleistet hatte. Trotzdem musste sie einfach gereizt auf der Tischplatte herumtrommeln, nachdem sie den Hörer auf die Gabel gelegt hatte. Seine Kritik war wirklich unverschämt gewesen. Und dabei wäre ein wenig Dankbarkeit ja wohl viel eher angebracht gewesen.

Ehe sie sich an den nächsten Fall machte, rief sie im Sekretariat an und bat Gudrun, in ihrem Namen Blumen zur Beerdigung zu schicken. Danach hatte sie das Gefühl, genug getan zu haben.

Jan Stenberg klopfte leise an ihre Tür.

»Hallo, hast du zu tun?«

»Aber nicht doch, komm rein. Mein nächster Besuch kommt erst in einer ganzen Weile. Ich habe eben mit einem Mandanten in Göteborg gesprochen, Love Häglund, falls du dich an den erinnern kannst. Er ist bis zur Urteilsverkündung auf freien Fuß gesetzt worden.« Ulrika strahlte, als sie das erzählte. Ihre Gereiztheit war wie weggeblasen, als sie daran dachte, wie gut alles gegangen war.

»Ja, dann wird er wohl freigesprochen.«

Jan zupfte leicht an seinen Bügelfalten, als er sich setzte. Er war der Kleidungssnob des Hauses und besaß mindestens fünfzig seidene Schlipse. Die anderen machten sich immer über ihn lustig, wenn er zwei Tage hintereinander mit demselben erschien, sie fragten dann, ob er außer Haus übernachtet habe. Ulrika wusste, dass das viel zu oft vorkam. Es war ein offenes Geheimnis, dass er neben seiner Frau seit zwei Jahren auch ein ehemaliges Fotomodell, das jetzt als Silberschmiedin arbeitete, zur Geliebten hatte. Die Kollegen hatten zu Ulrikas dreißigstem Geburtstag zusammengelegt und bei dieser Frau ein elegantes Armband gekauft. Jan hatte sicher einen Sonderpreis für sie ausgehandelt.

»Was sicher nicht von Dauer sein wird. Wenn er getrunken hat, wird er unausstehlich. Hast du übrigens schon gehört, dass ich mir ein Boot zugelegt habe?«

»Ja, die Klatschwogen gingen vorhin im Pausenraum hoch, und da bin ich doch neugierig geworden. Da mein Nachbar noch nichts gesagt hat, hatte ich schon Angst, er wolle mich um die Provision betrügen«, sagte er mit frechem Lächeln.

»Wie viel hättest du denn kriegen sollen?«, fragte Ulrika im selben Tonfall.

»Er hatte versprochen, mich ins Restaurant Ulriksdal zum Mittagessen einzuladen. Kaltes Büfett, Schnaps, edle Weine, Cognac zum Kaffee, die ganze Chose.«

»Es tut mir schrecklich Leid, dich enttäuschen zu müssen, aber ich habe mich für eine Hochseeyacht entschieden. Die hab ich von einem Mandanten gekauft.«

»Es empfiehlt sich nie, Geschäfte mit Mandanten zu machen. Sieh dich vor, damit du später keine Probleme kriegst«, warnte Jan, plötzlich ernst.

»Ich habe natürlich den Marktpreis bezahlt und mich außerdem davon überzeugt, dass ein nicht ganz sauberer Vorschuss zurückbezahlt worden ist. Mit diesem Typen habe ich selbst gesprochen, und er ist damit zufrieden, dass er das Geld zurückbekommt. Er kann sich das Boot einfach nicht leisten, das wird also kein Problem. Es ist einfach ein unvorstellbar schönes Boot. Sieh mal.«

Jan nahm den Prachtband über Hochseeyachten, den Ulrika in der Mittagspause erstanden hatte, und blätterte zu einem angekreuzten Abschnitt über Olle Enderlein weiter, der mit Fotos und Zeichnungen seiner Boote versehen war, unter anderem gab es auch eine Schwarzweißaufnahme von Ulrikas Boot.

»Das da ist meins«, sagte sie stolz und sah zufrieden zu, wie er das Bild bewunderte.

»Gar nicht schlecht. Dann gratuliere ich. Aber jetzt muss ich wieder an die Arbeit.« Jan legte das Buch auf den Schreibtisch und stand auf. Niemand blieb während der Arbeitszeit bei den Kollegen länger sitzen als unbedingt nötig.

»Übrigens, kannst du nicht mit Olga am Sonntag zu uns kommen? Ich glaube, wir haben uns seit eurem Punschfest nicht mehr gesehen, es wäre doch wirklich an der Zeit. Als Trostpflaster, weil dir die Provision entgangen ist«, fügte sie hinzu, als sie sein Zögern sah.

»Olga ist mit ein paar Freundinnen zum Golfspielen nach Spanien gefahren.«

»Ja, manche haben eben Glück«, sagte Ulrika mit einem Hauch von Neid. Sie selbst war auch eine begeisterte Golfspielerin, nur hatte sie selten Zeit. Das Problem war, dass Stefan sich nicht für Golf interessierte und deshalb auch nur ungern mit den Kindern allein zu Hause gelassen wurde, wenn Ulrika am Wochenende frei hatte, und das war ja vielleicht auch kein Wunder. Sie hoffte, dass sich alle Probleme lösen würden, jetzt, wenn sie im Sommer das Boot hätten. Sie könnten doch nach Fågelbro und zum Golfclub auf Wermdö segeln.

»Kannst du denn nicht allein kommen«, schlug sie vor, »gegen halb zwei? Ich hole dich von der Bahn ab, dann kannst du dein Auto stehen lassen.«

»Gern, wenn das keine Mühe macht. Soll ich etwas Gutes aus dem Weinkeller mitbringen?«

»Unbedingt. Einen Roten. Ich werde Stefan vorschlagen, dass wir den Grill rausholen, wenn das Wetter es erlaubt. Dieser Bootskauf hat wirklich meine Frühlingsgefühle zum Leben erweckt.«

»Ja, und es wird ja wohl auch Zeit. In einem guten Monat ist Mittsommer. Und jetzt scheint dein Besuch gekommen zu sein. Ich sehe, dass Gudrun mit deinen Akten auf dem Weg ist«, sagte er zum Abschied.

Rasch räumte Ulrika den Schreibtisch leer und holte tief Luft. Bei ihrem nächsten Termin ging es um einen Sorgerechtsstreit.

7

In der Mittagspause hatte Ulrika auf der Wache in der Brahegata vorbeischauen können, um sich nach der Möglichkeit zu erkundigen, festzustellen, wessen sterbliche Überreste Ellen damals gesehen und als nicht die von Jenny identifiziert hatte.

Am Vormittag hatte Arne Hult angerufen. Er hatte, abgesehen davon, dass er erzählen wollte, wie weit er mit dem Boot gekommen sei, fragen wollen, ob sie etwas über Jenny in Erfahrung gebracht hatte. Wie alle Mandanten verlangte er sofort ein Resultat. Am besten schon einen Tag, nachdem die Anfrage ins Protokoll eingetragen worden war. Dieses Telefongespräch hatte Ulrika auf Trab gebracht. Ihre Aktivitäten beschleunigt, obwohl Erbangelegenheiten sonst keine hohe Priorität genossen. Sie konnte nicht leugnen, dass Jennys Verschwinden ihre Neugier geweckt hatte, und durch den Bootskauf fühlte sie sich jetzt mit Arne und dessen Familie fast ein wenig verwandt. Vielleicht lag es auch daran, dass sie ihm erzählte, was sie von Jennys Nebenverdienst als ungekrönte Schnapskönigin des Schärengürtels gehört hatte. Normalerweise gab sie solchen Klatsch niemals weiter, aber sie glaubte jetzt doch, die Familie gut genug zu kennen, um sich nach der Schnapsgeschichte erkundigen zu können. Arne beteuerte, dass Jenny niemals etwas mit der Polizei zu tun gehabt habe, und die Behörden hätten auch keine Ahnung davon, dass die Destillieranlage sich weiterhin in Familienbesitz befand. Er erklärte, dass sich einfach keine Gelegenheit ergeben habe, sich dieser Ausrüstung zu entledigen, als der Besitz von Destillieranlagen gesetzlich verboten worden war. »Wir hatten doch immer so schrecklich viel zu tun«, sagte er mit Mitleid heischender Stimme.

Nach diesem Gespräch musste Ulrika einfach im Gesetzbuch nachsehen, welche Strafe auf Schwarzbrennerei stand. Sie konnte sich ja vorstellen, dass die Anlage weiterhin genutzt wurde, wenn auch bei weitem nicht so ausgiebig wie zu Jennys Glanzzeiten und vor allem nicht zu kommerziellen Zwecken. Die Brüder Hult schienen sich zu Abonnenten zu entwickeln. So wurden Mandanten, die sich immer wieder einstellten, in der Kanzlei genannt. Allein schon der Besitz der Anlage konnte zu einem Jahr Gefängnis führen. Sie beschloss, Arne bei Gelegenheit darüber zu informieren.

Der Polizist, mit dem sie in der Mittagspause gesprochen hatte, war interessiert und hilfsbereit gewesen. Er hatte sich nicht weiter darüber gewundert, dass sie wissen wollte, ob ein siebzehn Jahre zuvor im Schärengürtel gefundenes Skelett jemals identifiziert worden sei. Er hatte sie in ein kleines Besucherzimmer hinter der Rezeption geführt. Am Fenster stand eine traurige Pelargonie, die sich nach Wasser sehnte. Mit beeindruckender Entschlossenheit hatte der Mann sich alle Mühe gegeben, Ulrika sofort alle gewünschten Informationen zu beschaffen. Nach einer guten Viertelstunde hatte er jedoch aufgeben müssen. Die gewünschten Auskünfte waren im Computer nicht vorhanden, weshalb er anderswo weitersuchen musste. Er versprach festzustellen, wer damals die Ermittlungen geleitet hatte. Das könne eine oder zwei Wochen dauern, je nachdem, ob die Unterlagen sich noch bei der Polizei befänden oder bereits ins Stadtarchiv überführt worden seien. Sowie er mehr wusste, wollte er Bescheid sagen.

»Ich bin davon überzeugt, dass der Leichnam identifiziert werden konnte. Meines Wissens haben wir keine unidentifizierten Fälle, die so weit zurückreichen. Wir klären ja doch das meiste, auch wenn es seine Zeit dauert«, hatte er fast feierlich erklärt. Damit hatte Ulrika sich begnügen müssen. Todesursache und andere Dinge, die vielleicht von Interesse waren, würde sie erfahren, sowie sie mit dem damals zuständigen Beamten sprechen könnte.

Karolina Bergström war außer sich vor Wut, als sie Ulrika gegenüber im Besuchersessel Platz nahm. Ihr Exmann hatte Klage eingereicht und beanspruchte das Sorgerecht für die gemeinsame dreizehn Jahre alte Tochter. Sie waren zwei Jahre zuvor geschieden worden, nachdem er sich in eine russische Popsängerin verliebt hatte, für deren Europa-Tournee er als Co-Organisator fungiert hatte. Natascha, die Sängerin, hatte alle bisherigen Vorstellungen von Popmusik auf den Kopf gestellt und gehörte nun mit Millionen von verkaufter Alben zu den heißesten Namen der Branche. Sverker, Karolinas Mann, hatte nach Ende der Tournee seine Familie verlassen. Jetzt lebte er mit der Russin in deren Haus in Richmond bei London in Saus und Braus, als Nachbar von Jerry Hall und anderen Prominenten.

Ulrika hatte Karolina bei der Scheidung beraten, die eine ungeheuer bittere Geschichte gewesen war, da die Liebe von Sverker und Natascha zur Romanze des Jahres ausgerufen worden war und alle Zeitschriften, sogar Englands meistgelesene Klatschzeitung »Hello«, das Paar abgebildet hatten. Karolina hatte zuerst die Scheidung verweigert und sich dann alle Mühe gegeben, um Sverker eins auszuwischen. Die gemeinsame Tochter Linda war damals ihre wichtigste Waffe gewesen. Karolina hatte damit gedroht, dass Sverker sie niemals wiedersehen würde, so, wie er sich aufgeführt hatte. Am Ende hatte sie sich besonnen und sich zu gemeinsamem Sorgerecht bereit erklärt, Linda sollte jedoch bei ihr wohnen und bei Sverker und Natascha nur die Ferien verbringen. Aber diese Lösung schien nicht so recht zu funktionieren, da Sverker nun das alleinige Sorgerecht verlangte.

»Nie im Leben lasse ich Linda nach England. Wenn er sie sehen will, dann muss er sich eben herbemühen. Der Mann spinnt doch. Wie soll er sich denn um sie kümmern können? Wir wissen doch, dass sie die ganze Zeit unterwegs sind. Die sind doch nie zu Hause. Man braucht doch bloß eine Zeitschrift aufzuschlagen, und schon sieht man sie in den USA oder Japan oder sonst wo auf der Welt. Wenn er das Sorgerecht bekäme, würde er sie doch nur in irgendein Internat abschieben. Er hat doch keine Ahnung von Kindern. Und früher hat er sich nie um sie gekümmert. Du weißt doch, wie das während unserer Ehe war. Immer musste ich damals alles erledigen. Er kannte nicht einmal den Namen ihrer Klassenlehrerin. Weißt du das noch?« Ihre Augen schleuderten Blitze, und die glatt geföhnten Haare wurden hin und her geschleudert, wenn sie den Kopf bewegte, um ihre Worte zu betonen.

Doch, sicher, Ulrika wusste das noch, ließ Karolina jedoch ausreden. Sicher würde sie dann irgendwann auf das eigentliche Problem zu sprechen kommen. Die Mandanten glaubten ja immer, das juristisch Nebensächliche sei das, worüber man sich vor allem verbreiten müsse.

»Er bezahlt auch nicht so wie abgemacht. Hast du das gewusst? Manchmal muss ich Monate auf den Unterhalt warten. Ich bin überzeugt davon, dass er sich dafür rächen will, dass ich die Wohnung und die Häuser in Sälen und Saint-Tropez behalten habe. Aber was hatte er denn erwartet? Die gehörten ja schließlich mir. Warum hätte ich sie ihm da überlassen sollen, kannst du mir das verraten?« Nein, das konnte Ulrika nicht, auch wenn sie es natürlich nur zu gut wusste. Sverker hatte oft große finanzielle Risiken eingehen müssen, um die wirklich großen Stars nach Schweden holen zu können. Und wie viele auf- oder absteigende Geschäftsmänner hatte er auf Nummer Sicher gehen wollen, weshalb er seine Einnahmen auf seine Ehefrau überschrieben und diese Transaktionen mit einem hieb- und stichfesten Ehevertrag besiegelt hatte. Damals hatte er sich dem Konkurs mehrere Male bedrohlich genähert, hatte sich am Ende finanziell aber immer wieder sanieren können.

Bei der Scheidung hatte Karolina deshalb alles behalten können. Er hatte sich mit der Russin und deren langen Beinen sowie seiner Agentur begnügen müssen, bei der er noch immer der einzige Aktionär war. Die Firma florierte auch nach dem Umzug nach London, und soviel Ulrika wusste, hatte er bereits wieder ein Vermögen verdient.

Der Auslöser im aktuellen Konflikt schien gewesen zu sein, dass Sverker die Osterferien mit Linda und Natascha im Haus in Saint-Tropez hatte verbringen wollen, dass Karolina ihm jedoch verboten hatte, Natascha mitzubringen. Wenn er in ihrem, also Karolinas, Haus wohnen wollte, dann sollte er gefälligst die Güte besitzen, diese verdammte russische Nutte in London zu lassen, das hatte sie ihm zu verstehen gegeben. Und am Ende war dann Linda zu den beiden nach London gefahren. Dort hatte es die ganze Woche geregnet, wie Karolina übellaunig mitteilte, als sei es Sverkers Schuld, dass seine Tochter während der Ferien keine Sonne abbekommen hatte.

»Was hast du denn zu Ostern gemacht?«, fragte Ulrika.

»Jacob und ich wollten in Sälen mit einigen guten Freunden zusammen sein«, erklärte Karolina wie selbstverständlich. Sie wohnte jetzt mit einem Arzt zusammen, der sich auf Schönheitschirurgie spezialisiert hatte. Ulrika war ihm bei gesellschaftlichen Anlässen mehrere Male begegnet, und einmal, als sie über seine Arbeit sprachen, hatte er ihr großzügig versprochen, sich ganz besonders gut um sie zu kümmern, wenn sie eines Tages eine kosmetische Korrektur zu benötigen glaubte. Sie hoffte, dass das noch dauern würde.

»Ja, an sich ist es ja klar, dass du nicht willst, dass er euer altes Schlafzimmer mit seiner neuen Frau teilt.« Ulrika wusste, sie hätte sich zusammennehmen müssen, fügte aber dennoch hinzu: »Aber andererseits habe ich ja auch ein gewisses Verständnis dafür, dass er zu Ostern mit ihr zusammen sein möchte.«

Karolina verzog ärgerlich den Mund.

»Schade, dass es zu diesem Konflikt kommen musste. In der Regel leiden vor allem die Kinder, wenn die Eltern sich nicht einigen können. Linda hängt ja sehr an Sverker und scheint sich mit Natascha gut zu verstehen, wenn ich das richtig mitbekommen habe.«

»Als ob das eine Kunst wäre! Sie wird da doch die ganze Zeit bestochen. Weißt du, dass sie Victoria Beckham und diese Sexbombe Britney Spears kennen gelernt hat? Dieser miese Kerl«, murrte Karolina. »Erpressung, das ist das doch. Er glaubt, dass ich jetzt gekrochen komme und sage, dass sie das Haus im Sommer haben können. Aber da hat er sich geschnitten. Nein, in dem Punkt werde ich nicht nachgeben. Dem lass ich seinen Willen doch nicht. Wenn er Streit will, dann kann er Streit haben.«

»Alles klar. Gibt es noch andere Gründe, aus denen du ihn für ungeeignet hältst, das alleinige Sorgerecht zu übernehmen? Wenn wir schon vor Gericht gehen müssen, dann von Anfang an richtig, finde ich.«

Karolina blieb bis sechs Uhr. Sverker hatte nicht eine einzige schlechte Seite, von der Ulrika nichts wusste. Karolina hatte alles aufgezählt, von schlechten Tischmanieren bis zu konstanter Untreue und mutmaßlichem Kokainkonsum. Letzteres konnte sie zwar nicht beweisen, aber das hinderte sie nicht daran, mehrere Bekannte von Sverker und Natascha zu nennen, die mehr oder weniger offen in der Presse ihre Koksversuche erwähnt hatten.

Als Karolina gegangen war, beeilte Ulrika sich, um ins Sturebad zu kommen. Sie fühlte sich längst nicht mehr frisch und fand, sie brauche frischen Sauerstoff für Leib und Seele, ehe sie nach Hause fahren könnte.

Manchmal schien das Leben nur aus Arbeit zu bestehen. Sie sehnte sich wirklich danach, mit einigen Freundinnen loszuziehen, statt direkt zu Stefan und den Kindern nach Hause zu müssen. An diesem Abend war wirklich allerhand los. Eine Modenschau im NK und eine ziemlich spannende Vernissage. Ulrika wollte sich diese Ausstellung ohnehin ansehen, warum die Sache also nicht damit kombinieren, dass sie Bekannte traf und ein paar Gläser Wein trank? Wenn sie sich nach einem solchen Tag mit Stefan vor den Fernseher setzte, dann bestand die Gefahr, dass sie am Ende die Wände hochgehen würde. Anette war wieder in der Stadt, und mit ihr auszugehen, war immer wunderbar. Sowie Ulrika mit ihrem Trainingsprogramm fertig wäre, würde sie Stefan anrufen und mitteilen, dass es etwas später werden würde. Fünfzig Bahnen mussten reichen. Eine rasche Dusche und neues Make-up, dann war sie zufrieden. Pierre, ihrem Friseur, waren die Strähnchen diesmal wirklich gut gelungen. Er hatte darauf bestanden, auch einige dunkle dazuzugeben, und das erzeugte wirklich einen dramatischen Effekt. Im Großen und Ganzen war Ulrika mit ihrem Aussehen zufrieden. Wenn sie nur ihr Gewicht halten konnte, dann kam kein Mensch auf die Idee, dass ihre Hüften ein wenig zu breit waren und ihr Busen ans Vulgäre grenzte. Ihre Kurven zeigte sie nur zu festlichen Anlässen. Bei der Arbeit kleidete sie sich immer ganz bewusst nüchtern.

Anette Goldman war Ulrikas älteste Freundin. Sie waren schon zusammen auf die Französische Schule gegangen und hatten sich nur getrennt, als Anette und ihr damaliger Mann in Paris gelebt hatten. Als er einige Jahre später an einer Gehirnblutung verstorben war, was an vielen Jahren selbstzerstörerischem Alkoholkonsum gelegen hatte, war Anette nach Schweden zurückgekehrt. Sie gab sich nun alle Mühe, das aufzuholen, was sie während ihrer Ehe versäumt hatte, und sie war inzwischen in Stockholms Vergnügungs- und Kulturszene zu einem bekannten Gesicht geworden, was sie nicht zuletzt ihren Erfolgen als Journalistin verdankte.

Sie ließ den Wagen in der Garage in der Grev Turegata stehen, da stand er nachts immerhin sicher. Ulrika würde ja doch mit dem Taxi nach Hause fahren müssen.

Die Galerie war brechend voll. Noch auf dem Bürgersteig standen Menschen mit Weingläsern und Zigaretten in den Händen, plauderten und amüsierten sich. Niemand schien sich sonderlich für die Ausstellung zu interessieren, alle betrachteten den Abend wohl eher als Party, als Möglichkeit, Bekannte zu treffen und sich im Gewimmel sehen zu lassen.

Es hagelte Wangenküsse, ehe Ulrika und Anette endlich in der Galerie standen und einen Blick auf die Kunst werfen konnten. Anette war sofort verliebt in eine Bronzeskulptur für achttausendneunhundert Kronen, die ein Rad fahrendes Mädchen mit Hut darstellte. Nach einiger Bedenkzeit ließ sie diese Skulptur für sich reservieren. Ulrika fand sie ja auch entzückend, konnte selbst aber nichts kaufen. Nach der Sache mit dem Segelboot musste damit erst einmal Schluss sein. Stefan hatte sich über die Kapitänsmütze zwar gefreut, und sie hatten Frieden geschlossen, aber es wäre absolut nicht angebracht, eine Neuerwerbung nach Hause zu bringen, ohne zuerst seine Meinung eingeholt zu haben. Nicht einmal einen schnöden kleinen Mixer könnte sie sich leisten, wenn sie den häuslichen Frieden nicht gefährden wollte.

»Wollen wir danach im Sallys essen?«, fragte Anette nach einer Weile. »Da war ich schon lange nicht mehr, und ich hab richtig Sehnsucht nach einer guten Pasta. Was meinst du?«

»Gern.« Ulrika hatte seit dem Mittag nichts mehr gegessen und verspürte nach dem Schwimmen und dem trockenen Weißwein einen gewaltigen Hunger. Sie hatte die Pizzaschnitten abgelehnt, die in der Galerie herumgereicht worden waren, und als sie sich dann endlich einen Weg zu dem Tisch mit Möhrenstäbchen gebahnt hatte, hatte irgendwer in den Dip geascht, und deshalb hatte sie auch darauf verzichtet.

Der Oberkellner führte sie sofort zu einem Tisch, obwohl schon mehrere Paare warteten.

»Da siehst du, nur gut, das wir nicht telefonisch bestellt haben, dann hätte er nur behauptet, alles sei voll«, sagte Ulrika lachend. Von den Tischen, an denen sie vorbeikamen, stieg ein wunderbarer Duft auf, und sie wusste schon, was sie essen wollte, noch ehe die Speisekarte gebracht worden war.

»Also erzähl, was alles passiert ist. Wir haben ja eine Ewigkeit nicht mehr unter vier Augen miteinander reden können.« Anette nippte an dem moussierenden Wein, der ihnen als Aperitif angeboten worden war. Auch sie hatte die Speisekarte beiseite gelegt.

»Ich habe den Eindruck, dass ich ununterbrochen gearbeitet habe. Vorige Woche war ich in Göteborg, und das war ganz schön hart. Meine einzige Zeugin hat Selbstmord begangen, sie hat sich vom Balkon gestürzt. Ich weiß, ich hätte das nicht verhindern können, aber trotzdem fühle ich mich auf irgendeine Weise schuldig.« Ulrika schnitt bei dieser Erinnerung unfreiwillige eine Grimasse.

»Wie schrecklich. Du Arme.« Anette legte ihre Hand auf Ulrikas und drückte sie leicht.

»Für die Zeugin war das doch noch viel schrecklicher. Sie hatte so ein hartes Leben. Und bei ihr konnte wirklich die Rede von Schuldgefühlen sein. Weißt du, ab und zu finde ich es zu übel, dass ich einfach keine Zeit habe, um mich mehr zu engagieren.«

»Das geht eben nicht, und das weißt du. Außerdem würdest du niemals etwas schaffen können, wenn du dich für alle und alles engagieren wolltest. Sie war doch nicht einmal deine Mandantin, hast du gesagt. Du verlangst zu viel von dir. Wie ging es denn dann vor Gericht weiter, hast du es auch ohne Zeugin geschafft?«

»Ja, ich habe gewonnen.«

»Da siehst du. Dann hast du doch ein gutes Werk getan.«

»Da bin ich mir nicht so sicher«, antwortete Ulrika, fast wie an sich selbst gerichtet. »Weißt du, ich glaube, ich nehme lieber Rentierfilet als Pasta. Die machen das hier sensationell. Es zergeht geradezu auf der Zunge.«

»Ach, wenn ich doch auch kochen könnte. Stell dir vor, ich hab in meinem ganzen Leben noch kein Rezept gelesen. Hab ich dir erzählt, dass mir mal die Kochseiten in einer Frauenzeitschrift angeboten worden sind?« Anette prustete so laut los, dass mehrere Paare an den Nebentischen sich umdrehten.

»Könntest du nicht mit Stefan zusammen einen Kochkurs besuchen? Heute Abend gab es Würstchen mit Makkaroni!«

»Kein Wunder, dass du dich lieber mit mir treffen wolltest.«

»Apropos kochen, hast du übrigens Lust, Sonntagmittag zu uns zu kommen? Ich habe auch Jan Stenberg eingeladen, der ist gerade Strohwitwer.«

»Das hört sich gut an. Was gibt's denn zu essen?« Anette lachte noch immer.

Dann wurde der Rotwein gebracht. Er hatte Kork. Nach allerlei Diskussionen darüber, ob sie es noch einmal mit derselben Sorte versuchen oder gleich einen anderen Wein nehmen sollten, entschieden sie sich für die zweite Alternative und bestellten eine Flasche McPherson Shiraz, einen australischen Cabernet, der normalerweise von verlässlicher Qualität war.

Ulrika hatte noch nicht einmal an ihrem Wein nippen können, als sie ihn sah. Er hatte ihr den Rücken zugekehrt, aber das machte nichts. Sie hätte ihn überall erkannt. Die kurz geschnittenen Locken, die Art, wie er den Kopf hielt, die breiten Schultern. Plötzlich fühlte sie sich ganz benommen. Ihr Appetit war wie weggeblasen. Was machte er wohl hier? Sie hatte nicht damit gerechnet, ihn jemals wiederzusehen. Nicht, seit sie ihm gesagt hatte, dass Schluss sei. Dass sie sich nicht mehr treffen könnten, weil er ihr inzwischen viel zu viel bedeutete, und vor allem, weil er sich nicht mit dem begnügen wollte, was sie ihm anbieten konnte. Er hatte mehr gewollt, viel mehr.

Jetzt beugte er sich vor, um der Frau, mit der er zusammensaß, etwas zu sagen. Sie hatte kurze blonde Haare, helle, ungeschminkte Augen und trug ein Polohemd. Gar nicht sein Typ. Eigentlich war sie ziemlich hässlich. Und dabei hätte er doch jede haben können. Ulrika merkte gar nicht, dass sie ihr Weinglas liebkoste und den Blick nicht von seinem Rücken losreißen konnte.

»Was ist denn mit dir los? Du siehst plötzlich so komisch aus.« Anette, die ebenfalls Rentierfilet bestellt hatte, hatte bereits mehr als die Hälfte ihrer Portion verzehrt, während Ulrika ihre kaum berührt hatte.

»Pst, da hinten sitzt Nils Petter.«

»Wo?« Anette drehte sich um.

»Er hat uns den Rücken zugekehrt. Ich glaube nicht, dass er mich schon gesehen hat. Das wüsste ich.«

»Wie denn das?«

»Keine Ahnung, aber ich wüsste es.«

»Sollen wir gehen?«

»Nein, ist schon gut.« Plötzlich wollte sie nur noch, dass er merkte, dass sie dort saß. Er sollte sie sehen, sie berühren und sich nach ihr sehnen. Ihre Wangen brannten. Nein, nicht nur die Wangen, ihr ganzer Körper brannte nach ihm. »Du meine Güte, ich glaube, ich sterbe gleich vor Verlangen«, kicherte sie plötzlich.

»Ich muss einfach wissen, wie er aussieht. Ich gehe jetzt aufs Klo. Was hat er an, damit ich ihn nicht verwechseln kann?«

»Dunkelgrünen Pullover mit weinrotem Streifen über der Brust.«

»Woher weißt du das, er kehrt dir doch den Rücken zu.«

»Den hab ich ihm geschenkt.«

Anette schob ihren Teller beiseite und verschwand in Richtung Damentoilette. Auf dem Rückweg machte sie einen Umweg, um an Nils Petters Tisch vorbeizukommen. Ulrika sah, dass er aufblickte, als sie vorbeiging. Sie hätte gern gewusst, ob er sie als eine von Ulrikas Freundinnen erkannt hatte. Vermutlich nicht. Er las ja schließlich keine Klatschzeitungen.

»Meine Güte, der sieht ja vielleicht toll aus. Aber ich hatte ja keine Ahnung, dass er ein Farbiger ist. Das hättest du mir ja wohl erzählen können.« Anette lachte beifällig, als sie sich wieder setzte.

»Ich dachte, das hätte ich. Sein Vater war bei der US-Army und arbeitete hier bei der Botschaft, als er Nils Petters Mutter kennen lernte. Seine Großmutter wäre bei der ersten Begegnung mit ihrem angehenden Schwiegersohn fast durchgedreht. Sie hat ihn mit dem Regenschirm weggejagt.«

»Du bist verrückt.«

»Nein, so war das.« Ulrika lachte bei der Erinnerung an diese Geschichte.

Er hörte sie. Sie sah, wie er erstarrte. Die Frau an seinem Tisch merkte nichts, sondern plapperte einfach weiter, in seliger Unkenntnis der Tatsache, dass er mit seinen Gedanken jetzt woanderes war. Er unterbrach sie mitten in einem Satz.

Ulrika begriff, dass er etwas über sie sagte, denn die Frau schaute auf und musterte Ulrika einen Moment lang mit kühlem Blick, dann sagte sie etwas zu Nils Petter. Der nickte und winkte dem Oberkellner.

»Wir bleiben, bis sie weg sind«, sagte Ulrika leise. »Und ich glaube, dann fahre ich nach Hause. Ich bin wirklich schrecklich müde.«

8

Es war ein wunderbares Wochenende gewesen. Zweiundzwanzig Grad und windstill. Stefan hatte den Grill ausgepackt und sich mit Stahlwolle und Spülpulver darüber hergemacht. Unter seinem eifrigen Schrubben verschwanden Spinngewebe und eingetrocknetes Fett. Zufrieden konnte er feststellen, dass der Grill aussah wie neu, nicht ein einziger Rostfleck war mehr zu sehen. Auch den Grillboden hatte er perfekt gleichmäßig und glühend heiß werden lassen, und entsprechend wurde er auch bewundert.

Axel hatte einen Kumpel eingeladen, denn er fand diese Erwachsenenfeste einfach öde. Der Kumpel wohnte zwei Straßen weiter und hatte schon ein Fahrrad, obwohl er gerade erst fünf geworden war. Axel bewunderte ihn ungeheuer und gab sich alle Mühe, um sich ebenfalls ein Rad zu erquengeln. Die Jungen hatten Würstchen gegessen, die sie selber hatten grillen dürfen. Würstchen ließen sich leichter kauen als Steaks. Zum Dessert hatte es Äpfel im Schlafrock und dazu Vanilleeis gegeben. Henrik, Axels Freund, hatte Ulrika nach dem Essen erzählt, dass er zu Hause seinen Teller ablecken durfte, wenn es richtig gut geschmeckt hatte. Er strahlte wie die Sonne, als sie antwortete, das sei auch hier erlaubt. Aber nur, wenn man noch alle Milchzähne besaß. Große Kinder durften das nicht mehr. Die Jungen hatten einen Moment gezögert und dann rasch entschlossen, an diesem Tag noch einmal klein zu sein. Sie hatten Vanilleeis an der Nase kleben, als sie sich endlich geschlagen gaben. Die Erwachsenen bekamen Filetsteaks mit

Kräuterbutter und Salat. Es war das erste Wochenende, an dem sie draußen essen konnten, ohne zu frieren.

Nach dem Essen hatten sie alle einen langen Verdauungsspaziergang gemacht und den Nachbarn zugesehen, die in ihren Gärten an der Arbeit waren. Die Gäste waren geblieben, bis Elin vor Müdigkeit gejammert hatte. Die viele Aufmerksamkeit hatte sie so aufgeregt, dass sie keinen Mittagsschlaf gehalten hatte. Ulrika hatte den Verdacht, dass es für die Gäste des Guten zu viel war, wenn Elin erst einmal die erste Schüchternheit überwunden hatte und herumtobte, als habe sie Feuer im Hintern. Jan hatte diskret abgewunken, als sie auf ihn klettern wollte, und ausgesprochen nervös ausgesehen, als sie »Hoppe Hoppe Reiter« verlangt hatte, als er gerade seinen Irish Coffee trinken wollte.

Abgesehen von diesem kleinen Zwischenfall war das Essen wirklich ein Erfolg gewesen. Jan und Anette waren zusammen mit dem Taxi in die Stadt zurückgefahren. Ulrika hatte den Eindruck gehabt, dass ihre Wortwechsel fast schon an einen kleinen Flirt heranreichten. Und warum auch nicht? Anette hatte immer schon eine Schwäche für ältere Männer gehabt. Ihr Mann war sogar älter gewesen als ihr eigener Vater.

Auf der Treppe des Theaters Dramaten saßen die Sonnenanbeter und genossen die Wärme, mit nach oben gedrehten Gesichtern und geschlossenen Augen. Endlich schien das schöne Wetter von Dauer zu sein. Vergessen waren Tristesse und dumpfes Grau, Salzränder an den Stiefeln und Mützen, die die Haare zusammendrückten. Alle gespannten und verbissenen Gesichtszüge, die während des Winterhalbjahres vor der Kälte geschützt hatten, waren jetzt der weichen Milde des Sommers gewichen. Es passierte, dass jemand ganz ohne Grund lächelte. Die Tage waren lang geworden, die Abende hell. Die Männer, alte wie junge, spazierten mit der Jacke über dem Arm dahin und schauten sich ungeniert die vorüberkommenden Frauen an, die bunt und einladend aussahen wie Blumenwiesen.

An diesem Morgen fuhr Ulrika zuerst nach Östermalm zur Wache. Mats Sörenson, der Polizist, der ihr zu Beginn ihrer Nachforschungen über die Identität der toten Frau geholfen hatte, hatte tags zuvor in der Kanzlei die Nachricht hinterlassen, er habe allerlei Informationen für sie.

Auf der Wache warteten noch andere, aber Sörensen winkte Ulrika vorbei. Ohne Hemmungen schlüpfte sie hinter den Rezeptionstresen und ging mit sicheren Schritten zu dem ihr angewiesenen Besuchszimmer weiter, dankbar, weil sie nicht Schlange zu stehen brauchte. Nach einigen Minuten kehrte der Beamte mit einem Ordner unter dem Arm zurück. Er sah aus wie ein typischer schwedischer Polizist. Blonde, sehr kurz geschorene Haare, ein offenes Lächeln über einem ausgeprägten Kinn. Durchtrainiert und muskulös, aber für ihren Geschmack über dem Hintern ein wenig zu breit.

»Ach, wie gut, dass Sie heute Morgen gleich kommen konnten. Nach dem Mittagessen fahr ich zu einem Kurs. Sie haben meine Nachricht also erhalten.«

»Ja, danke. Ich wäre gleich gestern gekommen, aber hier ist ja schon um vier Uhr Schluss, deshalb habe ich es nicht geschafft. Was haben Sie herausfinden können?«

»Wirklich so allerlei.« Er blätterte in dem Ordner. »Die Ermittlungen wurden damals von Benny Broberg geleitet. Der ist jetzt in Pension. Ich habe gestern mit ihm gesprochen und er hat gesagt, Sie könnten sich gern bei ihm melden, wenn Sie irgendwelche Fragen haben. Er kann sich an den Fall sehr gut erinnern, hat er gesagt.«

»Konnte die Tote denn damals identifiziert werden?«

»Ja, allerdings erst einige Jahre nach dem Fund.«

»Und wer ist sie?« Ulrika war neugierig, obwohl sie ja schon wusste, dass es sich nicht um Jenny handeln konnte.

»Eine dreiundzwanzig Jahre alte Engländerin namens Irene Miers.« Mats Sörenson blätterte in seinen Unterlagen, bis er das Gesuchte gefunden hatte. Er überflog einen Bericht, dann reichte er ihn Ulrika. Das Papier roch ein wenig nach Staub. An einer der oberen Ecken war das Foto einer jungen blonden

Frau mit halblangen Dauerwellen angebracht. Eine typische Frisur aus den siebziger Jahren.

»Hier steht alles über sie.«

»Wie ist sie ums Leben gekommen?«

»Vermutlich ertrunken.«

»Wissen Sie, ob es einen Verdacht auf ein Verbrechen gab?«

»Den gibt es anfangs ja immer. In diesem Fall war es schwer, die genaue Todesursache festzustellen. Sie hatte schon lange im Wasser gelegen, ehe sie gefunden wurde.«

»Und wie lautete am Ende der Befund?«

»Unglücksfall, möglicherweise Selbstmord.«

»Kann ich mal den Bericht der Gerichtsmedizin sehen?«

»Wieso interessieren Sie sich so sehr für diesen Fall?«

Ulrika dachte einen Moment lang nach, dann antwortete sie:

»Wie schon gesagt, es hängt mit einer Erbauseinandersetzung zusammen. Verstehen Sie, es bestand der Verdacht, bei der Toten könne es sich um eine nahe Angehörige handeln. Es wäre schön, diese Möglichkeit ein für alle Mal ausschließen zu können. Darf ich die anderen Unterlagen also sehen?«

»Nehmen Sie einfach alles mit. Ich habe diesen Ordner für Sie zusammengestellt. Benny Brobergs Telefonnummer liegt hier ganz vorn.«

»Danke, das ist sehr nett.« Ulrika steckte die Unterlagen in ihre Aktentasche. »Und was für einen Kurs wollen Sie nachher besuchen?«

»Es geht um Drogen. Es tauchen ja immer wieder neue Sorten auf.« Er runzelte die Stirn. »Haben Sie auch damit zu tun? Sie machen doch sicher auch Strafrecht, nicht wahr?« Ein Hauch von Misstrauen huschte über sein Gesicht.

»Nein, das würde ich nicht behaupten. Ich habe vor allem mit Körperverletzung und ab und zu einem Mord zu tun«, sagte sie beruhigend.

»Es gibt Anwälte, die niemals Drogenfälle übernehmen, habe ich gehört.«

»Ja, wir können ja Aufträge ablehnen, mit denen wir nichts zu tun haben wollen.«

Das Geplauder ging ihr auf die Nerven. Sie wollte hier weg, sowie die Höflichkeit das gestattete. Sie wollte in die Kanzlei fahren und sich in die Unterlagen vertiefen, ehe sie dann an die Brüder Hult schrieb. Es gab ihr ein vages Gefühl von Triumph, dass sie endlich den Namen der Frau wusste, die einen Moment lang für Jenny gehalten worden war. Es kam ja vor, dass die Behörden sich irrten. Sicher konnte man nie sein. Allein, dass Jenny noch immer draußen auf Morö gemeldet war, war ja an sich schon ein ziemlich bemerkenswerter Irrtum. Sie hätte gern gewusst, wie das möglich sein konnte. Hatte denn wirklich kein Mensch Jenny genügend vermisst, um nach ihrem Verschwinden irgendwelche Nachforschungen anzustellen?

Ulrika hatte sich gerade an die Arbeit gesetzt, als das Telefon klingelte. Es war Anette, die sich für den netten Sonntag bedanken wollte.

»Das war doch wunderbar! Ich begreife wirklich nicht, wie du dich über Stefans Küche beklagen kannst.«

»Wir bekommen ja auch nicht jeden Tag gegrilltes Filet. Bist du gut nach Hause gekommen, oder hat Jan versucht, dich zu seiner Briefmarkensammlung zu locken? Ich fand ja, dass er beim Kaffee seine große Charmeoffensive gestartet hat.«

»Du, er hat nicht den kleinsten Versuch gemacht. Ich war richtig enttäuscht«, sagte Anette mit ihrem berühmten schallenden Lachen.

»Ich glaube nicht, dass du etwas verpasst hast. Er ist wirklich keine lohnende Investition, wenn du meine Meinung hören willst. Nicht genug damit, dass er seit hundert Jahren verheiratet ist. Er hat außerdem seit fast genauso langer Zeit nebenbei ein festes Verhältnis. Manchmal frage ich mich, ob er nicht vielleicht französische Vorfahren hat.«

»Himmel, das hört sich ja spannend an.«

»Vielleicht, wenn man sich mit Krümeln zufrieden gibt. Ich

will ja lieber den ganzen Kuchen, wenn ich es mir aussuchen kann.«

Ulrika öffnete ihre Aktentasche, während sie noch mit Anette sprach, und zog den Ordner heraus, den sie von der Wache mitgebracht hatte. Sie wollte jetzt wirklich an die Arbeit kommen. Der Tag verging so schnell, wenn sie sich nicht zusammenriss. Als sie das Gespräch gerade beenden wollte, fiel ihr noch eine Frage ein:

»Kannst du mir helfen und versuchen, herauszufinden, ob vor achtzehn Jahren etwas über eine weibliche Leiche geschrieben worden ist, die damals auf Värmdö gefunden wurde? Einige Jahre später wurde sie als die dreiundzwanzigjährige Irene Miers aus Brighton identifiziert.«

»Natürlich. Darf man fragen, warum?«

»Es hat indirekt mit einem Fall zu tun, der mich gerade beschäftigt. Wichtig ist es eigentlich nicht. Ich bin nur neugierig, also mach einen Versuch, wenn es nicht allzu große Mühe bedeutet.«

»Kein Problem. Ich melde mich, sobald ich etwas weiß.«

Anette war wirklich großzügig mit ihrer Zeit. Ulrika konnte sich nicht daran erinnern, dass Anette jemals versucht hätte, einen Vorwand anzuführen, wenn Ulrika sie um einen Gefallen gebeten hatte. Ihr fiel eine Episode aus der Zeit ein, als sie dreizehn oder vierzehn gewesen waren. O-beinig und ewig kichernd. Es war während der ersten von Hormonen geplagten Jahre gewesen, in denen sich das ganze Leben um Jungen, Schminke und Klamotten gedreht hatte. Damals hatte sich gerade der Gypsy-Look durchgesetzt, und alle, die begriffen hatten, was Sache war, hatten eben aussehen müssen wie Zigeunerinnen, wenn sie nicht als hoffnungslos out gelten wollten. Nach viel Gequengel hatte Anette von ihrer Mutter Geld bekommen, um sich den ersehnten weiten, schwingenden Rock kaufen zu können. HENNES hatte den Rock in verschiedenen Farben im Schaufenster. Ulrika, die noch nicht genug Geld zusammen hatte, wollte mitkommen und ihren Rat beisteuern, obwohl sie schon beschlossen hatten, dass Anette einen blau gemusterten kaufen sollte und Ulrika, wenn sie erst Geld hätte, einen roten. Als sie in den Laden kamen, gab es nur noch einen roten. Die Verkäuferin hatte erklärt, dass sie auch keinen Nachschub mehr erhalten würden. Ohne zu zögern hatte Anette den roten gekauft und erklärt, Ulrika könne ihn jederzeit leihen.

Ulrika lächelte bei dieser Erinnerung und suchte sich dann die Unterlagen über Irene Miers heraus, die allerdings nicht gerade ausführlich waren. Vermutlich hatte Sörensen allerlei getilgt, ehe er für Ulrika Kopien angefertigt hatte. Sie sah das Vorhandene durch. Als sie den Bericht des Gerichtsmediziners weglegte, war sie sich sicher, dass etwas nicht stimmte, obwohl sie nicht klar sagen konnte, was. Leider hatte sie auch keine Zeit, sich dieser Frage zu widmen, denn jetzt begann der erste Termin des Tages. Vor der Mittagspause sollten noch zwei weitere folgen. Auch der Nachmittag war verplant. Unter anderem musste sie um halb drei im Gefängnis sein.

Aber zwischen zwei Terminen konnte sie immerhin bei Benny Broberg anrufen. Der pensionierte Polizeikommissar meldete sich beim siebten Klingeln, als Ulrika gerade wieder auflegen wollte. Er sei im Garten beschäftigt gewesen, sagte er, schien aber gegen eine Unterbrechung nichts einzuwenden zu haben. Unkrautjäten war wohl nicht die alleranregendste Beschäftigung. Doch, sicher könne er sich an den Fall Irene Miers erinnern, auch wenn das schon viele Jahre her war. Wenn sie wollte, dann könnte sie später am Nachmittag vorbeikommen. Er werde dann Kaffee bereithalten, versprach er. Ein Plauderstündchen sei doch immer willkommen. Ulrika hatte das Gefühl, dass er nicht übermäßig oft Besuch bekam.

Das schrille Geräusch des Notsignals hallte zwischen den Wänden des Treppenhauses wider. Der Fahrstuhl war zwischen zwei Stockwerken stecken geblieben. Wie in einem Käfig saßen dort zwei von Peter Hööks Mandanten sowie ihr Dolmetscher. Die Asylbewerber wirkten völlig verängstigt, als seien sie hier bereits in Abschiebehaft genommen worden.

Die Frau wischte sich immer wieder mit einem Zipfel ihres Kopftuchs die Augen, der Mann war aschgrau im Gesicht. Der Dolmetscher schien die Sache als Einziger mit Fassung zu tragen, doch presste er den Finger krampfhaft auf den Notrufknopf.

Ulrika bückte sich, um auf Augenhöhe der Schiffbrüchigen zu gelangen, und bat sie, ganz ruhig zu bleiben. Sie werde Hilfe holen. Der Dolmetscher übersetzte simultan und die Frau konnte sich ein ängstliches Lächeln abringen. Sie konnte noch nicht alt sein, höchstens zwanzig. Ihr Bauch wölbte sich zum Zeichen einer weit fortgeschrittenen Schwangerschaft. Sie wirkte ein wenig besorgt, als Ulrika aus ihrem Blickfeld verschwand, um den Hausmeister zu holen. Das ging meistens schneller, als darauf zu warten, dass die Fahrstuhlfirma zum Rettungseinsatz eintraf.

Der Fahrstuhl war eine ständige Quelle des Ärgers. Er war zwar frisch überholt, aber dennoch unzuverlässig. Niemals hätte Ulrika ihn betreten, egal, wie schwer sie auch zu tragen hatte. Vier Treppen einige Male pro Tag waren doch nur gut für Bein- und Gesäßmuskulatur.

Peter Höök begab sich zu seinen eingesperrten Mandanten, um ihnen Gesellschaft zu leisten, während sie auf den Hausmeister warteten.

»Warum versuchen wir nicht, sie selbst herauszuholen?«

Ihm ging auf, dass sein ganzer Tagesplan ruiniert sein würde, wenn die Rettung nicht bald passierte. Der Hausmeister hatte sich ein wenig beschwipst angehört, offenbar hatte er wieder sein Quartal begonnen.

»Ja, das tun wir. Der Fahrstuhlkorb ist doch höchstens einen Meter über dem Boden, das müsste also gehen.«

Ulrika wusste aus Erfahrung, dass es möglich war, die Gitter von innen zu öffnen, wenn man nur einen langen schmalen Gegenstand hatte, mit dem man die Sicherheitsverriegelung lösen konnte. Dieser Riegel saß relativ leicht erreichbar hinter der Platte mit dem Handgriff.

Peter erklärte dem Dolmetscher, wie er die Verriegelung

aufstochern konnte. Nach mehreren Versuchen und einem abgebrochenen Kugelschreiber gelang es endlich, das Gitter zur Seite zu schieben, und die Gefangenen konnten herausklettern. Jetzt aber erwies sich der Bauch der Frau als Problem. Peter musste zum Büro hochlaufen und einen Hocker holen, auf den sie steigen konnte.

Der Hausmeister würde sich sicher darüber ärgern, dass er unnötig gerufen worden war. Peter versprach, ihm abzusagen und lieber einen Techniker zu holen. Dieser elende Fahrstuhl musste wirklich noch einmal überprüft werden. Es war eine Schande, wie oft er versagte, wenn man bedachte, welche Miete die Kanzlei zahlte.

Ulrika nahm an, dass Peter diesen Anruf vergessen würde. Zwei Treppen waren für ihn ein langer Weg, wenn er sich solche Belanglosigkeiten merken sollte. Er war der zerstreuteste Mensch, den sie kannte. Trotzdem konnte er Hunderte von Fällen gleichzeitig im Kopf behalten. Er erinnerte sich an die Namen seiner Mandanten, an ihre Religion, ihre politische Überzeugung, ihre Traumata und ihre Kriegserlebnisse. Er wusste, wer mit wem verwandt war und wem warum Asyl bewilligt worden war. Egal, ob tot oder lebendig. Peter war ein wunderbarer Mensch und ein überaus fähiger Jurist. Aber ab und zu brach er unter seiner selbstauferlegten und manchmal einfach unmöglichen Arbeitsbelastung eben zusammen. Es fiel ihm ungeheuer schwer, einen Auftrag abzulehnen.

Der Wagen fand den Weg zum Gefängnis fast wie von selbst. Ulrika hörte sich die Filmmusik zu »Die zwei Türme« aus »Der Herr der Ringe« an. Sie hatte zwei CDs gekauft, eine für zu Hause und eine fürs Auto.

Sie war auf dem Weg zu einem Mandanten, der wegen eines bewaffneten Überfalls in Untersuchungshaft saß. Es war seine erste Haft. Er hatte schon gestanden, deshalb konzentrierte sie sich auf die Folgen. Das Strafmaß variierte zwischen einem und sechs Jahren, es gab also reichlich Spielraum. Dass er bisher nicht vorbestraft war, würde natürlich eine Hilfe sein.

Seit ihrer letzten Begegnung war er arg heruntergekommen. Unrasiert und mit leerem Blick antwortete er kaum, wenn er angesprochen wurde. Aber das ging immer in Wellen. Isolation, Unsicherheit und Angst vor der Zukunft. Ein Großteil ihres Gesprächs an diesem Tag diente deshalb dem Ziel, ihm wieder Mut zu machen. Ihn zu trösten, aufzubauen, und vor allem, ihm Hoffnung zu geben, ohne ihm die Sache zu leicht zu machen. Denn dann würden die Probleme später, wenn das Urteil gefallen wäre, in verstärkter Form wieder auftreten.

»Versuch zumindest, dich zu rasieren, deinetwegen. Du wirst dich besser fühlen, wenn du ein wenig auf dich achtest. Das ist gut für dein Selbstbewusstsein, glaub mir das.«

Er wurde wirklich lebhafter und zog einen zerknitterten Brief aus der Hosentasche.

»Kannst du den hier für mich einwerfen? Der ist für meine Freundin.«

Ulrika fuhr zurück, als habe er sie geschlagen.

»Weißt du nicht, dass ich keine Briefe für dich übermitteln darf? Wegen so was kann ich meine Zulassung verlieren!«

»Da stehen aber keine Geheimnisse drin!«

»Das spielt keine Rolle. Du musst ihn dem Wärter geben.«

»Aber die lesen doch, was ich schreibe.«

»Das weiß ich, aber so ist es eben.«

Trotzig wie ein Kind zerriss er den Brief. Zuerst in der Mitte, dann in vier Teile. Die Fetzen legte er aufeinander und riss dann weiter daran herum, wobei er Ulrika die ganze Zeit vorwurfsvoll anstarrte. Acht Teile, sechzehn Teile. Bei zweiunddreißig war Schluss. Der Konfettihaufen war jetzt offenbar zu kompakt.

»Ich komme am Donnerstag wieder, dann sprechen wir vor der Verhandlung alles noch einmal durch.«

Er war jetzt dazu übergegangen, die Briefreste sorgfältig zu verteilen. In kleinen Flocken rieselten sie auf den Tisch.

»Wenn du willst, kann ich deine Freundin anrufen und sie von dir grüßen.«

»Ist schon gut.«

»Dann sehen wir uns am Donnerstag.«

»Okay.«

Als Ulrika nach dem Gespräch klingelte, spielte er mit abwesender Miene mit den Papierschnipseln herum. Müde fegte er sie in den Aschenbecher, dann ließ er sich vom Wärter zurück in die Zelle führen.

Es war halb fünf. Der Verkehr wurde schon dichter und schlich langsam über die Tranebergsbro. Hinter dem Brückengewölbe fuhren die Freizeitboote einher, mit schäumendem Bugwasser, das sich symmetrisch in weiten Winkeln über die glitzernde Oberfläche des Mälar verbreitete. Der Wind blähte die Segel. Weiß vor Sommerblau. Freiheit und Stille. Die Autoschlange oben gehörte in eine andere Welt, unterwegs zu Alltagsaufgaben und Fernsehern. Weit weg von der frischen Natur, die doch so nah war. Postkartenschön und offen.

Am Wochenende wollten Ulrika und Stefan ihr Boot holen. Sie hatten beschlossen, dass die Kinder auf diesem ersten Segeltörn dabei sein sollten. Sehnsüchtig wartete Ulrika auf diese Reise, wie auf einen Meilenstein in ihrem Leben. Sie sehnte sich danach, ihre Familie so nah bei sich zu haben, dass sie nur die Hand auszustrecken brauchte, um sie erreichen zu können. Danach abends die Kinder ins Bett zu stecken und ihren tiefer werdenden Atemzügen zu lauschen, wenn sie von den Wellen in den Schlaf gewiegt würden. Unter freiem Himmel mit Stefan zusammenzusitzen und einfach zu existieren, ohne andere Ansprüche an das Dasein als eine Decke über den Beinen, falls es nachts kühl würde.

Der Wagen hinter ihr hupte. Die Schlange hatte sich wieder in Bewegung gesetzt. Vor Ulrikas BMW waren fast zehn Meter Platz. Sie fuhr schneller. Der Wagen hinter ihr hupte noch einmal. Verärgert schaute sie in den Rückspiegel, um festzustellen, was denn los sei. Da waren ein roter Ferrari, ein unbekümmertes breites Lächeln und ein Blinken mit dem Fernlicht. Ulrika winkte zurück, als sie Sören Petterson erkannt hatte. Gleich darauf klingelte ihr Mobiltelefon.

»Hallo, hier ist Sören. Wollen wir ein Wettrennen machen?«

»Ein andermal. Ich muss bald abbiegen.«

»Hast du das Urteil schon bekommen?«

»Nein, noch nicht, aber sobald es eintrifft, schick ich es dir.«

»Kannst du mich nicht lieber anrufen?«

»Sicher kann ich das. Ist sonst alles in Ordnung bei dir?«

»Sicher, alles bestens. Ich habe vorige Woche in Solvalla eine halbe Mille eingesackt, da kann ich doch nicht klagen.«

»Ich gratuliere. War das mit eigenem Einsatz ...«

»Natürlich.«

»Gut gemacht.«

Ulrika hob zum Abschied die Hand, als sie in die Straße abbog, in der Benny Broberg wohnte. Sie konnte das Dröhnen des Ferrari bis zur Nr. 21 hören, wo das gelbe Holzhaus des pensionierten Ermittlungsleiters stand, klein und viereckig wie ein Zuckerkästchen zwischen hohen, blühenden Obstbäumen. Der Flieder hatte Knospen. Schon in einigen Wochen würden die aufbrechen. Altmodisch und duftend. Die Zweige eines der großen Büsche hatten sich einen Weg durch ein Loch im Zaun neben dem Tor gesucht, wo einige Bretter fehlten.

Bei diesem Anblick sträubten sich die Haare auf Ulrikas Oberarmen. Jetzt erst ging ihr auf, was sie beim Obduktionsbericht gestört hatte: Der Toten hatten Zähne im Oberkiefer gefehlt.

9

Das Tor quietschte, als Ulrika es öffnete und in den Garten trat. Einige Löwenzahnblüten leuchteten frech auf der ansonsten so gepflegten Rasenfläche. Ein Labrador kam bellend hinter dem Haus hervor, um ihr mitzuteilen, dass sie hier keinen Zutritt habe. Er wohnte hier. Das war sein Revier.

»Bist du gefährlich, oder tust du nur so?« Ulrika streckte die Hand aus, um ihn schnuppern zu lassen. Seine Wachsamkeit war offenbar nur ein Spiel für die Galerie. Er bellte auf halbherzige Weise noch zweimal und wedelte dabei fröhlich mit dem Schwanz. Er fand das Hausbewachen einfach lustig. Ulrika stufte ihn als ungefährlich ein und empfahl ihm, sich zu trollen und lieber Nachbars Katze zu jagen.

»Sie sind die Anwältin Ulrika Stål, nehme ich an. Ich sehe, Sie haben sich schon mit Teddy bekannt gemacht. Ich hoffe, er hat Ihnen keine Angst eingejagt. Er ist gar nicht so gefährlich, wie er aussieht. Er wird langsam alt. Genau wie sein Herrchen.«

Benny Broberg hatte schütteres Haar und einen kräftigen Händedruck. Seine Augen waren hellblau und durchdringend wie bei einem, der an rasche Entscheidungen gewöhnt ist. Er verscheuchte den Hund, der sich vor ihnen ins Haus drängen wollte.

»Treten Sie ein. Sie trinken doch einen Kaffee?« Er hinkte ein wenig, als er vor ihr her in die Küche ging. »Ich hatte im vorigen Jahr eine leichte Gehirnblutung«, erklärte er, ohne dass sie nach der Ursache gefragt hätte. »Geben Sie sich auch mit Nescafé zufrieden?«

»Wenn es nicht zu viel Mühe macht, dann nehme ich lieber eine Tasse Tee. In den letzten Tagen hatte ich immer wieder Magenbeschwerden, und da habe ich meinen Kaffeekonsum gedrosselt.«

Nachdem sie sich über ihre Wehwehchen ausgetauscht hatten, waren sie einander rasch näher gekommen, ohne dass die Sache gar zu intim geworden wäre. Auf diese Weise war der Weg zu einem Gespräch mit hoffentlich größerer Offenheit als sonst geebnet.

In der Gartenlaube stand ein blauer Holztisch. Er war bereits mit Kaffeetassen und Kuchenschüssel gedeckt. Ulrika nahm in der Hollywoodschaukel Platz.

»Sie interessieren sich also für den Fall Irene Miers«, sagte Benny Broberg, nachdem er heißes Wasser in die Tassen gegossen und Ulrika einen Teebeutel gereicht hatte. »Wie ist das möglich, nach so langer Zeit?«

»Ich habe Mandanten, die den Verdacht haben, dass damals, als Irene Miers identifiziert wurde, nicht alles mit rechten Dingen zugegangen ist. Sie sind davon überzeugt, dass die Überreste einer anderen Person gefunden und fälschlicherweise als die von Irene Miers identifiziert worden sind.«

»Und wer sollte es wirklich gewesen sein, was meinen Sie?« Er beugte sich vor und musterte sie voller Interesse.

»Eine Frau, die Jenny Hult hieß.« Ulrika merkte, dass sie über Jenny im Imperfekt gesprochen hatte. Wie von einer Toten. »Sie taucht für eine Weile in den Untersuchungen auf, als mögliches Opfer. Wissen Sie das noch?«

»Sicher, das weiß ich noch sehr gut. Ich hatte mehrere Male mit ihrer Mutter zu tun. Die hieß Ellen Hult, glaube ich. Wie ist es möglich, dass Sie glauben, es könne sich um Jenny handeln?«

Ulrika erzählte, was Arne und Rolf ihr anvertraut hatten. Sie fand selber, dass es ziemlich weit hergeholt klang. Warum hätte Ellen bei der Identifizierung lügen sollen? Oder konnte sie nicht einmal vor sich selbst zugeben, dass Jenny tot war? Oder war ihr Hass so groß, dass sie Jenny noch im Tod dafür bestrafen wollte, dass sie ihr Zuhause verlassen hatte? Gönnte sie ihrer Tochter die letzte Ruhestätte in der Familiengruft nicht?

Ulrika fand diese Überlegungen selber absurd. Und dabei gab sie sich doch alle Mühe, analytisch und sachlich zu wirken.

Benny Broberg hörte ihr aufmerksam zu. Mit keiner Miene verriet er, was er dachte.

»Das klingt wie eine richtig scheußliche Geschichte. Ich kann mir ja vorstellen, wie hart das für ihre Familie war. Aber wenn es sie tröstet, dann kann ich Ihnen versichern, dass von einem Irrtum keine Rede sein kann. Aber selbst wenn, dann würde ich es nicht für möglich halten, so lange Zeit danach noch Klarheit in die Sache zu bringen. Sie müssen wissen, die sterblichen Überreste wurden nach der Identifizierung an Irene Miers' Angehörige in England geschickt. Die hatten lange genug gewartet und wollten sie jetzt nach Hause holen. Wenn ich Ihnen dabei helfen kann, Ihre Mandanten davon zu überzeugen, dass alles mit rechten Dingen zugegangen ist, dann bin ich gern dazu bereit«, sagte Benny Broberg und rieb sich mit den Handflächen über die Hosenbeine.

»Das wäre wirklich eine große Hilfe. Können Sie erzählen, was passiert ist, als Ellen die Tote identifizieren sollte? Darauf kommen sie immer wieder zurück. Das scheint ihnen wirklich Sorgen zu machen.«

»Ellen Hult brauchte zum einen gar nicht mit den Resten konfrontiert zu werden, wir haben ihr die Dinge gezeigt, die wir bei der Toten gefunden hatten. Kleider, Schmuck und solche Dinge. Wir haben ihr Bilder von den Zähnen der Toten gezeigt, da wir keine zahnärztlichen Unterlagen auftreiben konnten. Sie erkannte einen Anhänger, sonst nichts. Ansonsten war sie sich ganz sicher, dass wir nicht Jenny gefunden hatten. Verstehen Sie, wenn man eine Leiche findet, die wegen Verwesung oder aus anderen Gründen nicht identifiziert werden kann, dann muss man andere Wege suchen. Muss den Zustand der Zähne überprüfen, Knochenbrüche, Krankheiten und anderes, was im Körper Spuren hinterlässt. Das alles kann helfen. Aber das wissen Sie ja bestimmt. Wir haben zuerst gedacht, wir könnten es mit Jenny Hult zu tun haben, weil die Tote eine Kette mit mehreren Anhängern um den Hals trug. Und in einem, in so eine kleine Identifizierungsmarke, waren Jennys Namen und Personenkennnummer eingraviert.«

Er bot ihr die Kuchenschüssel an. Sie lehnte mit einer erklärenden Handbewegung in Richtung Magen ab. Teddy, der während der Unterhaltung die guten Sachen auf dem Tisch nicht aus den Augen gelassen hatte, hatte an beiden Seiten der Schnauze lange Speichelfäden hängen. Ulrika widerstand der Versuchung, ihn mit der Serviette abzuwischen. Wenn er sich nur nicht schüttelt und spritzt, dachte sie. Die fliegen sicher weit. Sie rückte noch ein Stück von ihm weg. Die Hollywoodschaukel bewegte sich.

»Zuerst wird überprüft, ob irgendwelche Personen mit dieser Personenkennnummer verschwunden sind«, erzählte Benny Broberg. »Und dann muss natürlich der vorläufige Bericht der Gerichtsmedizin abgewartet werden, damit man weiß, ob Alter und Geschlecht der betreffenden Personen übereinstimmen. Wenn es geht, besorgen wir uns auch ein Passfoto der Person, die wir vermuten, und vergleichen es mit dem Kranium unseres Findlings. Vor allem, um sie aus der Ermittlung ausschließen zu können.«

»Konnten Sie mit Hilfe eines Fotos ausschließen, dass es sich um Jenny handelte?«

»Nein. Wenn das möglich gewesen wäre, hätten wir keinen Kontakt zu den Angehörigen aufzunehmen brauchen. Ich weiß noch, dass Ellen Hult anfangs überaus abweisend war und durchaus nicht über Jennys Aufenthaltsort sprechen wollte. Erst, als ihr klar wurde, dass wir auf Värmdö einen Leichnam gefunden hatten, der möglicherweise der ihrer Tochter war, wurde sie gesprächiger. Und dann brach sie zusammen und berichtete, dass sie seit Jahren nichts mehr von Jenny gehört hatte.«

Er hatte den Faden verloren. In Ulrikas Ohren klang seine Darstellung wie eine Vorlesung für eine Klasse von angehenden Polizisten.

»Sie haben gesagt, dass sich keine zahnärztlichen Befunde besorgen ließen. Wie konnte Ellen mit Bestimmtheit sagen, dass es nicht die Zähne ihrer Tochter waren, von denen ihr da Bilder gezeigt wurden? Von den Vorderzähnen der Toten fehlten doch mehrere. Ich weiß, dass einer der fehlenden Zähne bei Jennys Identifizierung hätte helfen können, da eine Ecke abgebrochen war.«

»Frau Hult war sich ganz sicher, dass die vorhandenen Zähne nicht mit denen ihrer Tochter übereinstimmten. Sie habe im Unterkiefer einen abgeschlagenen Zahn gehabt, sagte sie.«

»Hat sie ›auch‹ gesagt, oder hat sie gesagt, dass Jenny im Unterkiefer einen abgeschlagenen Zahn hatte?«

»Daran kann ich mich nicht mehr erinnern.«

Er runzelte die Stirn und verzog seine Lippen, als ärgere er sich über ihre Wortklauberei. Warum er wohl so reizbar war?

»Die Polizei hat sich natürlich nicht damit zufrieden gegeben. Es gab andere Faktoren, die die Sache entschieden. Unter anderem stellte es sich heraus, dass auch die Größe nicht stimmte. Die Tote war vier Zentimeter kleiner als Jenny, und deshalb haben wir Jenny dann aus der Sache ausgeschlossen. Die weiteren Ermittlungen dauerten ihre Zeit. Am Ende waren es die Kleiderreste, die uns auf die richtige Spur führten. Sie trug Sommerkleider. Einiges stammte aus Spanien, anderes aus England. Wir haben uns an die Kollegen in diesen Ländern gewandt und sind auf diese Weise zum bekannten Resultat gelangt.«

Teddy bellte kurz und seufzte dann resigniert. Er schien unsäglich zu leiden. Die Sehnsucht nach den Leckerbissen musste die pure Qual sein. Benny Broberg warf ihm eine Kokosmakrone hin. Der Hund fing sie in der Luft auf und hatte sie sofort verschlungen. Danach leckte er sich sorgfältig die Schnauze. Er schien zu glauben, dass der Geschmack dort saß. Als er ihn nicht fand, bettelte er verzweifelt um mehr.

Nach einer schroffen Zurechtweisung trottete er zwei Meter weiter. Den Kopf hatte er beschämt gesenkt.

»Meine Frau hat ihn so verwöhnt. Sie hilft im Moment bei ihrer Mutter in Jonköping aus. Die ist vierundneunzig. Meine Schwiegermutter, meine ich«, erklärte er. »Meine Frau findet es schön, ab und zu mal von hier wegzukommen. Es ist nicht immer leicht, mit jemandem zu leben, der schon einmal einen Schlag erlitten hat. Man kann danach nämlich ein wenig reizbar werden. Das gehört mit zum Krankheitsbild.«

»Ach, wirklich? Wie unangenehm.« Ulrika sagte das vor allem aus Sympathie für die Ehefrau.

»Irene Miers und Jenny Hult hatten einige Gemeinsamkeiten«, fuhr Benny Broberg dann fort. Jetzt funkelten seine Augen wieder. »Sie waren gleich alt. Am selben Tag geboren. Auch im Aussehen gab es Ähnlichkeiten. Und Irene Miers hatte ebenfalls schon lange nichts mehr mit ihrer Familie zu tun gehabt, als die sie als vermisst meldete.«

»Jenny hat sich seit fünfundzwanzig Jahren nicht mehr gemeldet.«

»Das ist eine lange Zeit. Bei Miers war auch einiges an Drogenkonsum mit im Spiel.«

Die Sonne verschwand hinter einer Wolke, und sofort wurde es kühler. Fast ein wenig kalt. Benny Broberg fuhr sich über die Stirn, wie um eine Erinnerung hervorzuholen.

»Diese Brüder, die Sie erwähnt haben, wissen sie, dass Sie sich mit Ihren Untersuchungen an die Polizei gewandt haben?«

»Natürlich. Wie schon gesagt, haben sie mich damit beauftragt, festzustellen, was aus Jenny geworden ist.«

»Gilt das auch für den Ältesten? Diesen Östen, oder wie er heißt? Der glaubt ja, dass seine Schwester immer noch lebt?«

»Ja. Warum wollen Sie das wissen?«

»Weil hier irgendetwas nicht stimmt. Ich finde es höchst seltsam, dass bisher noch niemand versucht hat, sie zu finden.«

»Das lag an der Mutter.«

»Ja, das haben Sie gesagt. Aber auch das überzeugt mich

nicht. Warum leiten Sie die Untersuchungen jetzt ein? Warum warten Sie nicht? Ich glaube keine Sekunde lang, dass das nur mit der Erbauseinandersetzung zu tun hat. Dahinter steckt mehr. Jenny ist vor fast fünfundzwanzig Jahren zu Mittsommer verschwunden. Gehen wir davon aus, dass das nicht freiwillig geschehen ist. Wenn sie nun ermordet wurde? Dann wäre der Fall in weniger als einem Monat verjährt. Auf irgendeine Weise kommt mir die ganze Sache ein wenig geplant vor.«

»Wie das, was meinen Sie?«, fragte Ulrika überrascht. Sie konnte ihm hier wirklich nicht folgen.

»Das ist wie dieser Köter hier. Wenn er bellt, dann zeigt er mir und der Umwelt, dass er aufpasst. Aber insgeheim weiß er genau, dass er einen Einbrecher absolut nicht festhalten könnte, weil er alt ist und von der Gicht geplagt. Deshalb bellt er zu spät. Das Berechnende liegt darin, dass er gebellt hat. Er weiß, dass er nicht zum Tierarzt gebracht wird, wenn er so tut, als ob.«

»Ich verstehe nicht, was das mit meinen Mandanten zu tun hat. Sie wollen doch wohl nicht andeuten, dass einer von ihnen etwas mit Jennys Verschwinden zu tun haben könnte?«

Ulrika musste lachen. Ein wenig zu rasch. Sie bereute ihre Worte und wollte sich deutlicher ausdrücken.

»Keiner hatte etwas mit Jennys Verschwinden zu tun. Das ist einfach ausgeschlossen. Und wenn doch, dann hätte derjenige doch noch eine Weile gewartet. Und außerdem: Warum hätten sie mich dann jetzt beauftragt, statt noch zu warten?«

»Ja, warum? Ich finde, dass ich das vorhin mit meinem kleinen Gleichnis sehr deutlich erklärt habe.«

»Wenn ich glauben würde, dass einer meiner Mandanten damit zu tun hat, hätte ich den Fall doch niemals übernommen«, sagte Ulrika empört.

»Nein. Sie hätten sicher gewartet, bis irgendwer verhaftet worden wäre. Das ist der Unterschied zwischen Anwälten und uns von der Polizei. Wir riskieren Kopf und Kragen, um den Schuldigen zu finden. Ihr dagegen könnt über Leichen gehen, um einen Schuldigen freisprechen zu lassen.«

Jetzt wurde Ulrika sauer. Als Anwältin kämpfte sie ja wohl auch für die Gerechtigkeit! Am liebsten wäre sie aufgesprungen und gegangen, aber sie wusste, dass ihr das nichts bringen würde. Sie war mit diesem Mann noch nicht fertig und beschloss deshalb, diese Beleidigung zu ignorieren.

»Sie haben vorhin gesagt, bei Irene Miers seien auch Drogen im Spiel gewesen. Haben Sie damals geglaubt, dass ihr Tod mit einem Verbrechen zu tun haben könnte?«, fragte sie beherrscht und lächelte ihn freundlich an.

»Als wir sie gefunden haben, wies nichts darauf hin. Sie lag einfach da, nachdem das Eis den Anleger weggerissen hatte. Natürlich gab es allerlei Spekulationen darüber, wie sie dorthin gekommen war, aber dafür fand sich dann eine Erklärung. Der Holzrahmen hatte sich verzogen, vermutlich nach einer Kollision mit einem Boot. Damals legten dort auch Dampfer an. Ein Pfosten war zwei Jahre lang locker gewesen, ehe er wieder befestigt wurde. Wir nahmen an, ihr Leichnam sei während der Zeit, in der die Brücke schief war, dort gelandet. Er kann von den Unterströmungen in den Spalt gezogen worden sein. Die Finnlandfähre kommt ja in der Nähe vorbei. Miers kann durchaus über Bord gesprungen oder gefallen sein.«

»Oder sie wurde gestoßen.«

»Ja, auch das. Das haben wir niemals ausschließen können. Wir konnte zwei von ihren Bekannten ausfindig machen. Sie war eine Zeit lang mit einem Schweden zusammen gewesen. Er starb an einer Überdosis, einige Jahre bevor ihr Leichnam gefunden wurde. An sich landeten wir in einer Sackgasse, könnte man sagen. Auch in England wurden Ermittlungen angestellt. Wir haben uns auch sehr viel Mühe gegeben, um herauszufinden, was denn wirklich passiert war. Wir haben einen Mann hinübergeschickt, der dort mit den Kollegen zusammenarbeiten sollte – möchten Sie noch Tee?«

Irene Miers bewegte sich im Takt der Musik. Die Tränen liefen ihr in einer Art von traurigem Glücksgefühl über

die Wangen. Sie fühlte sich ihm so nah. Tausende von Schmetterlingen hoben sich zum Himmel. Wolken aus weißen Flügeln überschatteten die Massen im Hyde Park, die gekommen waren, um Brian zu betrauern und die Stones zu feiern.
Hatten die anderen Gruppenmitglieder gewusst, dass er sterben würde, und deshalb die Larven in Kartons herangezogen? Wie hätte das sonst möglich sein sollen?
Der süße Duft von Hasch und Moschus hing im Wind. Mick trug eine Art weißen Kittel mit tiefer Taille über engen Hosen. Es sah toll aus. Irene wollte sich auch so einen anschaffen. Sie trug ein schwarzes gehäkeltes Oberteil und einen langen Rock. Durch die weiten Maschen waren ihre Brüste zu sehen. Jung, fest und von der Pille angeschwollen. Um den Hals trug sie ein Kreuz an einer langen Kette und an den Ohren große indische Silberringe. Im Zug aus Brighton hatte sie mit einem Typen gesprochen, der ihr angeboten hatte, bei ihm zu übernachten. Er hatte ihr seine Telefonnummer gegeben. Wenn sich nichts Besseres fand, wollte sie ihn nach dem Konzert anrufen. Eins stand fest, nach Hause wollte sie jedenfalls nicht zurück. Die hatten doch keine Ahnung. Die hatten ihr sogar die Fahrt nach London verbieten wollen. Niemand konnte sie daran hindern, zu tun, was sie wollte. Sie war frei. Frei, um zu fliegen wie die Schmetterlinge. Sie streckte die Arme zum Himmel und kniff die Augen zusammen. Die Musik füllte jeden ihrer Nerven. Sie wollte eigene Töne erschaffen. Wollte singen und unsterblich werden.
Die Matratze klebte an ihrer Haut. Es gab kein Laken. Nur eine widerliche Decke aus zusammengenähten Fellstücken. Schwer und viel zu warm. Überall lagen schlafende Menschen herum. Der Gestank von leeren Weinflaschen und überfüllten Aschenbechern mischte sich mit dem ekelhaften Geruch von Sex und ungewaschenen Leibern.

Irene hatte den Mann aus der Bahn nicht anrufen müssen. Im Park hatte sie neue Freunde gefunden. Am besten hatte ihr John gefallen. Sie hatten die ganze Nacht über Existenzialismus diskutiert. Er begriff genau, wie sie dachte. Ehe sie schlafen gegangen waren, hatte er eine Flasche Milch ins Haus geholt und mit ihr geteilt. Die Milch hatte er vor der Tür der Nachbarn gestohlen. Als sie sich geliebt hatten, hatte er einen Popper zerbrochen und sie sniffen lassen. Ihr erster Orgasmus hatte eine Ewigkeit gedauert. Ihr ganzer Körper war zu einem einzigen pulsierenden Schoß geworden. Die Welt außerhalb des Genusses drehte sich so rasch, dass sie sich erbrechen musste. Auf allen vieren hatte sie sich zur Toilette schleppen können. Breitbeinig und mit geschwollener Klitoris. Das Blut war brennend durch ihre Adern gerauscht, so rasch, dass ihre Haut zu bersten drohte. Die Zuckungen in der Scheide hatten sich noch immer nicht gelegt.

Als sie aus dem Badezimmer zurückkam, war John schon mit einer anderen beschäftigt. Sie kroch neben die beiden und ließ sich von ihm streicheln, während er zugleich wütend losfickte.

Irene blieb fünf Monate bei John und seinen Freunden. Bis der Winter kam und sie Strümpfe brauchte, um in der unmodernen Wohnung nicht zu sehr zu frieren. Erst dann flatterte sie weiter. Jung und angesengt, aber noch immer neugierig auf das Leben.

Der kurze Moment, in dem die Sonne hinter der Wolke verschwunden war, hatte Ulrikas Auto nicht abkühlen können. Die Wärme schlug ihr entgegen wie eine Umarmung, als sie die Tür öffnete. Eine Fliege brummte wütend gegen die Windschutzscheibe und versuchte, durch das Glas zu entkommen. Die Flügel bewegten sich so rasch, dass sie kaum zu sehen waren. Ihr Rumpf schimmerte neongrün. Die Beine waren spitz, schwarz und behaart. Ulrika beschloss sofort, im Schönheitssalon von Täby kirkby vorbeizufahren. Hoffentlich hätten sie dort Zeit für eine Wachsbehandlung. Die Fliege verließ den Wagen durch ein offenes Seitenfenster. Als sollte sie mit Wachs behandelt werden. Bei ihrem Ausbruchsversuch hatte sie viele kleine Flecken auf dem Fenster hinterlassen.

In der Lende brannte es. Der Holzspatel zog einen langen Strich und hinterließ dabei einen klebrigen Streifen aus geschmolzenem Bienenwachs. Leichte, fast zärtlich Hände legten auf die gelbe Masse einen Zellophanstreifen. Dann brannte es los. Der Rand ihrer Unterhose wurde von rosafarbenen Papiertüchern bedeckt. Ulrika legte die Hand auf das glatte Papier, um ihre Schamlippen vor einer versehentlichen Behandlung zu schützen. Ein kleines Büschel wollte sie behalten. An den Beinen hatte es bei weitem nicht so wehgetan. Die Haut dort war abgehärteter. Aber obwohl es so brannte, war es schön, so umsorgt zu werden.

Sie hatte auch eine Pediküre bestellt. Das war möglich gewesen, weil sie sich mit einer Auszubildenden zufrieden gegeben hatte. Nachdem sie sich nach der Erfahrung dieses Mädchens erkundigt und erfahren hatte, dass die mehr als ausreichend war und dass außerdem der Preis reduziert werden würde, hatte Ulrika angenommen. Sie war ja ohne Termin gekommen und musste froh sein, dass sie überhaupt drankam.

Unten zu ihren Füßen saß ein perfekt geschminktes junges Mädchen. Zutiefst konzentriert schien sie ihre ganze Seele und ihre jungen Karriereträume in Ulrikas Zehennägel zu legen. Eine Zukunft als Kosmetikerin, was kann sich eine Achtzehnjährige, die Schminke und Schönheitspflege liebt, Schöneres wünschen? Ulrika gab ihr dreißig Kronen Trinkgeld.

»Soll ich für Sie in fünf Wochen einen neuen Termin machen? Wir haben im Juli geschlossen.«

»Ich rufe lieber an. Das passt mir besser. Ich weiß nie, wann ich mich freimachen kann.«

»Heute haben Sie Glück gehabt. Ich kann sonst nur selten

Kundinnen ohne Termin annehmen. Und vor den Ferien wollen alle eine Wachsbehandlung, da werden wir schnell ausgebucht sein.«

»Das muss ich riskieren. Es ist hier übrigens schön geworden, durch die Renovierung.«

»Finden Sie?« Die Kosmetikerin strahlte und vergaß sofort alle Überredungsversuche. »Ich finde helles Lila wunderschön. Zuerst hatte ich ja gedacht, wir könnten uns auch Kittel in dieser Farbe anschaffen, aber das wäre wohl zu viel gewesen, deshalb haben wir die weißen behalten.«

»Ja, weiß macht immer einen frischen Eindruck. Also, ich melde mich. Bis dann.«

Ulrika schaute im Videoladen vorbei, um einen Film auszuleihen. Ihre Beine fühlten sich unter ihren Strümpfen nackt und glatt an. Sie hatte sich die Zehennägel nicht lackieren lassen, weil das Trocknen zu lange gedauert hätte, eine halbe Stunde. Sie konnte das Lackieren ja vor dem Fernseher nachholen. Sie hatten »Moulin Rouge« verpasst, als der im Kino gelaufen war. Aber jetzt hatte sie Glück, der Film war vorhanden.

10

Arne Hult wartete schon am Anleger, als die Fähre einlief. Er hatte sein Moped mitgebracht, um beim Gepäck helfen zu können. Sie hatten nicht viel bei sich. Es war seltsam, Ulrika Stål privat zu sehen, umgeben von ihrer Familie. Er war fast ein wenig verlegen. Sie trug Jeans und ein T-Shirt. Flache Seglerschuhe ließen sie jünger und kleiner wirken. Aber sie war trotzdem fast ebenso groß wie ihr Mann. Der kam Arne vor wie ein Weichei.

»Ich dachte, wir könnten die Lebensmittel hier kaufen«, sagte Ulrika, als sie ihre Tasche auf den Mopedanhänger stellte.

»Darf ich mitfahren?«, bat Axel, nachdem er Arne brav die Hand gereicht und einen Diener gemacht hatte.

»Frag Onkel Hult. Ich weiß nicht mal, ob das erlaubt ist«, sagte Stefan.

»Steig du nur ein, dann fahren wir. Möchte die Kleine vielleicht auch mitfahren?«

»Sie ist ein bisschen schüchtern, es ist besser, wenn ich sie trage.«

Elin saß geborgen in einem Tragetuch vor Stefans Bauch. Wie ein kleines Känguru. Aber sie brüllte neidisch auf, als sie sah, wie ihr Bruder in den Mopedanhänger kletterte und losfuhr. Ulrika grinste bei diesem Ausbruch und drückte ihrer Tochter den Schnuller in den Mund, in dem vergeblichen Versuch, sie zum Schweigen zu bringen. Elin riss den Schnuller heraus und warf ihn trotzig auf den Boden. Danach holte sie noch einmal tief Luft und fuchtelte verzweifelt mit dem Arm hinter dem Moped her.

»Lass sie ein Stück laufen, dann beruhigt sie sich sicher.«

Ulrika half, die Kleine aus dem Tragetuch zu befreien. Das war wirklich nicht leicht, denn Elin wand sich wie ein Aal. Dann wollte sie nicht stehen. Sie setzte sich mitten auf die Straße und fuchtelte wieder wütend drauflos. Rotz und Tränen machten ihr inzwischen vor Anstrengung hochrotes Gesicht nass. Der Schnuller war schmutzig, und weder Stefan noch Ulrika hatten Lust, ihn sauber zu lutschen und noch einen Versuch zu machen.

»Kannst du sie nicht abschalten?«

Eine Möwe kam angesegelt und setzte sich nur wenige Meter von den drei Menschen entfernt hin. Genau das war nötig gewesen, um das Kind zu beruhigen.

»Kumma, Pippi«, teilte sie ihren Eltern mit und schaute sie aus runden, tränenblanken Augen an.

»Was sagt der Pippi?«, fragte Stefan pädagogisch richtig. Er war ja schließlich Lehrer. Zumindest, wenn er nicht an seiner Dissertation arbeitete oder im Erziehungsurlaub war.

»Pip, pip, pip«, erwiderte das Kind glücklich.

»Ha, ha, ha«, lachte die Möwe und flog davon.

Durch diesen Zwischenfall hatte Elin vergessen, dass sie eigentlich stocksauer war. Stattdessen ging sie jetzt los, so rasch ihre kurzen Beinchen das schafften. Ulrika lief hinter ihr her, gab sich aber alle Mühe, Elin nicht einzuholen. Deren Glück war perfekt, wenn sie Mama davonlaufen konnte. Die Freude währte, bis Elin stolperte und sich die Handflächen aufschlug. Nun musste Stefan sie wieder tragen, aber zuerst mussten Mama und Papa auf das Wehweh blasen.

Ganz hinten am Anleger lag es dann, ihr Boot. Ulrika sah es zum ersten Mal im Wasser. Arne Hultwurde gebeten, den neuen Namen, »Impuls«, in goldenen Buchstaben achtern anzubringen. Aus eigenem Antrieb hatte er einen weißen Streifen oberhalb der Wasserlinie gezogen. Das passte richtig gut zu dem lackierten Mahagoni.

»Na, was sagst du?«, fragte sie Stefan mit vor Stolz leuchtenden Augen.

»Du bist fantastisch.«

»Das weiß ich doch, aber was sagst du zu dem Boot?«

»Das ist auch fantastisch. Wollen wir an Bord gehen?«

Als Arne sie herumgeführt und ihnen alles erklärt hatte, erinnerte er Ulrika daran, dass sie ihm und seinen Brüdern ein Gespräch versprochen hatte, ehe sie losfuhr. Sie verabredeten eine passende Uhrzeit. Dann ging Arne, und sie konnten sich in aller Ruhe mit ihrem neuen Familienmitglied bekannt machen.

»Wir drehen erst einmal eine Runde um Morö, dann können wir über Nacht im Hafen von Rödskär liegen. Da ist es gemütlicher als hier. Und wir können zugleich einkaufen«, schlug Ulrika eifrig vor. »Axel, wenn du auf Elin aufpasst, während wir die Segel hissen und alles in Ordnung bringen, darfst du Papa nachher beim Steuern helfen«, versprach sie im nächsten Atemzug.

Dann waren sie endlich startbereit. Axel in seiner neuen Schwimmweste hatte ihnen von seinem Platz in der Sitzgrube her ungeduldig zugesehen. Es war schwer, Elin auf den Knien festzuhalten, sie rutschte immer wieder hinunter. Endlich legten sie ab und fuhren mit lockeren Schoten. Großsegel und Fock flatterten. Was für ein wunderbares Geräusch. Wie Paukenschläge in einer Ouvertüre. Stefan hatte die Impuls auf Halbwindkurs gelegt. Mit seligem Lächeln und der Kapitänsmütze auf dem Kopf sorgte er dafür, dass die Segel sich blähten und das Boot an Tempo gewann. Die Förde verbreiterte sich, und das Gefühl von Freiheit ließ sie alle laut und glücklich lachen.

»Jetzt will ich steuern!« Axel hatte seine kleine Schwester jetzt wirklich satt. Das Leben war zum Leben gedacht, nicht zum Babysitten.

»Komm, dann zeig ich es dir.«

Geduldig ließ er sich unterrichten, aber ihm war anzusehen, dass er eigentlich unbedingt allein am Steuer sitzen wollte. Das Boot legte sich einige Male vor den Wind, ehe er gelernt hatte, den Kurs zu halten.

Morö lag hinter ihnen. Der Wind war frisch, und die Sonne schien aus einem klaren blauen Himmel. Ulrika legte den Kopf auf Stefans Knie und genoss das alles.

»Sollen wir ihn einen Segelkurs machen lassen? Das macht ihm doch offenbar einen Wahnsinnsspaß!«

»Er muss mindestens acht Jahre alt sein, ehe eine von den seriösen Schulen ihn nimmt. Ich kann es ihm doch beibringen, das ist viel witziger.«

»Ja, Herr Lehrer.«

»Du musst sagen, aye, aye, Käptn.«

»Aye, aye, Käptn«, wiederholte Ulrika gehorsam.

Weiter weg von der Juristerei kann man gar nicht kommen, dachte sie, ehe sie unfreiwillig in ihrer Erinnerung danach suchte, was sie vom Studium her noch übers Seerecht wusste. Hugo Grotius' rechtsphilosophisches Prinzip über die »Freiheit der Meere« hatte sich festgesaugt wie ein Egel und setzte ihr zu wie ein alter Ohrwurm. Ulrika konnte sich nicht mehr daran erinnern, ob dieses Prinzip 1606 oder 1626 veröffentlicht worden war. Als ob das hier und jetzt irgendeine Rolle gespielt hätte. Nach dem Zweiten Weltkrieg war es jedenfalls aufgehoben worden.

»Schau mal, ein Seeadler!« Stefan zeigte zum Himmel hoch, und andächtig betrachteten sie den mächtigen Vogel, der über Granholmen schwebte. Das hier war die Freiheit des Meeres und sonst nichts. Die geplante Tour um Morö kam ihnen plötzlich zu kurz vor. Stefan half Axel beim Ändern des Kurses, und nun segelten sie nach Nordwesten. Aber nach einer Weile hatte Axel keine Lust mehr, am Steuer zu stehen.

»Ich will an Land und auf die Felsen klettern. Seht mal, was da für schöne Kletterfelsen sind. Bitte, bitte, können wir nicht anhalten?«, quengelte er, noch ehe seine Eltern über diesen Vorschlag überhaupt nachdenken konnten.

Ulrika schaute Stefan fragend an. Sie hatten es ja nicht eilig, warum also nicht.

Axel war außer sich vor Begeisterung. Seine Hilfsbereitschaft kannte keine Grenzen. Er holte Taue, öffnete die Luke am Bug und versuchte sogar, den Anker zu heben. Als sie angelegt hatten, verwandelte er sich von einem Seemann in einen Bergsteiger. Ulrika sah zufrieden, dass der Felsen, den er hier bezwingen wollte, nicht übermäßig steil war, so dass er den Sturz überleben würde, falls er losließe. Sie und Stefan nahmen Elin zwischen sich und suchten sich einen leichteren Weg, um oben auf den kleinen Alpinisten zu warten. Mit roten Wangen und glücklich zog er sich unter den anfeuernden Rufen seiner Eltern über die Kante. Sein Triumph war jedoch nicht von Dauer.

»Kumma, Pippi«, verlangte Elin und ließ die Hände ihrer Eltern los, um auf den Vogel zu zeigen.

Der Seeadler flog so dicht an ihnen vorüber, dass sie die Federn seiner Flügel erkennen konnten. Er war riesengroß.

»Meine Güte. Wenn die Insel jetzt ihm gehört«, sagte Axel beeindruckt.

»Pippi, kumma, Pippi.«

Sie ließen den Vogel nicht aus den Augen. Der ließ sich in sicherem Abstand von den Menschen auf einem Tannenwipfel nieder.

»Glaubst du, dass wir ihn stören, wenn er hier brütet?«, fragte Ulrika.

»Nicht, wenn wir vorsichtig sind. Fändest du es nicht spannend nachzusehen, ob es hier wirklich einen Adlerhorst gibt? Ich hab noch nie einen gesehen, angeblich sind die doch riesengroß.«

Sie gingen näher auf den Waldrand zu. Ihre Augen durchsuchten jeden Wipfel. Der Vogel starrte sie von seinem Aussichtsplatz her misstrauisch an. Der Wald war verwildert und ungepflegt. Hier konnte es auch Schlangen geben. Wenn sie nicht diese spannende Suche angetreten hätten, dann hätte Ulrika eine andere Insel vorgeschlagen, eine mit leichter zugänglicher Natur. Sie stampfte mit den Füßen auf, um eventuelle Kriechtiere in die Flucht zu schlagen.

Stefan sah es als Erster. Sie selbst begriff nicht, was sie da vor sich hatte. Einen riesigen Haufen aus verfaulten Zweigen und Ästen, am Fuße einer offenbar vom Blitz gespaltenen Tanne.

»Das hier war irgendwann sicher mal ein Adlernest«, sagte Stefan voller Überzeugung. »Seht ihr, dass der Baum unter dem Gewicht zusammengebrochen ist?«

»Du glaubst nicht, dass das der Blitz war?«

»Doch, das kann durchaus möglich sein. Auf jeden Fall ist das alles schon sehr lange her. Das sieht man am Moos.«

Axel wurde neugierig und wollte sich die Sache genauer ansehen. Ulrika, die an die Schlangen dachte, hielt ihn fest. Ohne zu wissen, warum, fand sie das alte Adlernest unheimlich. Sie schauderte.

»Kommt, wir gehen zurück zum Boot.«

Sie nahmen einen anderen Weg. Die Insel war so klein, dass sie sie leicht umrunden konnten. Am Westufer waren die Felsen weniger schroff. Unten am Strand gab es mehrere mit Wasser gefüllte Felsspalten. Eine Handbreit tiefes, sonnenwarmes Salzwasser, das nur auf planschende Kinder zu warten schien. Ulrika und Stefan legten sich bäuchlings auf die Felsen und schauten den Kindern beim Spielen zu.

»Schau mal, da hat jemand Buchstaben eingeritzt«, Stefan fuhr mit den Fingern über den Felsen.

»Eine Felsenmalerei, meinst du?« Ulrika erhob sich auf die Ellenbogen, um besser sehen zu können.

»Nein, ganz und gar nicht. Aber es ist schwer zu sehen, was hier steht. Es sieht aus wie ein Pluszeichen und daneben, das soll wohl Jonny oder so ähnlich heißen.«

»Lass mal sehen«, sie reckte sich. »Müsste da nicht noch ein Name stehen? So wie man das auf Baumstämmen macht?«

»Vielleicht hat die Frau mit ihm Schluss gemacht, ehe er so weit gekommen war. Stell dir mal vor, welches Kopfzerbrechen der Typ damit zukünftigen Forschern bereiten wird.« Stefan rückte seine Brille gerade. »Fahren wir zurück, ehe es zu spät wird?«

Die Welt ist klein. In einem der Boote im Hafen von Rödskär saß ein alter Bekannter von Stefan. Er säuberte gerade seinen Fang und war so in seine Arbeit vertieft, dass er gar nicht bemerkte, dass die Impuls anlegte. Erst, als er die Fischabfälle über Bord warf, sah er sie und rief nach ihnen. Es gab ein fröhliches Wiedersehen. Noch schöner war, dass seine neue Freundin und deren zwei Kinder dabei waren. Ein Mädchen von elf Jahren und ein fünfjähriger rothaariger Junge.

Axel schloss sofort Bekanntschaft mit den anderen Kindern. Josefin, so hieß das Mädchen, wurde von den Jungen zum Mitspielen eingeladen. Sie lehnte aber erwachsen ab und fragte Ulrika, ob sie nicht auf Elin aufpassen könne. Sie liebte Babys.

Da Ehemann und Kinder nun gut beschäftigt waren, machte Ulrika sich auf den Weg zu den Hult-Brüdern. Unterwegs traf sie Östen. Sie hatten sich zuletzt bei der Besprechung in der Kanzlei gesehen. Er kam ihr älter vor, obwohl es doch wirklich nicht so lange her war. Sein Gesicht wirkte ledern, zerfurcht und müde. Seine Haare unter der Mütze waren lang und ungepflegt, die Bartstoppeln schienen mehrere Tage alt zu sein. Er roch nach Salzwasser und frischem Fisch. Seine Hände waren groß und verschmutzt, mit Trauerrändern unter den Nägeln und schwarzer, zerrissener Nagelhaut.

»Sie müssen schon entschuldigen, dass ich so aussehe. Ich dachte, ich könnte noch nach Hause gehen und mich umziehen.«

»Fahren Sie doch einfach los. Ich finde den Weg schon.«

»Der Weg ist schöner, wenn Sie durch den Wald gehen. Da gibt es eine Abzweigung, die zu uns führt. Der Weg gabelt sich nach einigen Kilometern, und dann biegen Sie nach links ab. So können Sie sich gar nicht nicht verirren.«

»Wenn ich in einer Stunde nicht da bin, dann müssen Sie das Gelände durchkämmen.«

»Ich glaube nicht, dass das nötig sein wird. Sorgen Sie einfach dafür, dass Sie die Sonne links haben, dann kommen Sie schon ans Ziel.«

Er stieg auf sein Rad und fuhr los. Seine Beine hoben und

senkten sich scheinbar ohne Anstrengung. Sein Rücken war muskulös und breit wie eine Scheunenwand. Es war ein Damenrad. Ulrika hätte gern gewusst, ob es Ellen gehört hatte.

Es war wirklich schöner, durch den Wald zu gehen. Weite Teppiche aus Maiglöckchen dufteten betäubend und weckten kindliche Pflückwünsche in ihr, denen sie jedoch widerstand. Was würde das denn für einen Eindruck machen, wenn sie bei drei älteren Mandanten mit einem Maiglöckchenstrauß in der Hand einträfe! Die Abzweigung war wirklich nicht schwer zu finden. Der Pfad war gut ausgetreten, an den breitesten Stellen war es fast schon ein Weg. Wenn man vorsichtig war, konnte man hier sicher auch mit dem Rad fahren. Ein wenig später im Sommer würde es hier Blaubeeren und Himbeeren geben. Sie zerkaute ein Sauerampferblatt. Es erinnerte sie an ihre Kindheit. Hier wuchsen sicher auch Pilze. Frühlingspfifferlinge, gab es so etwas nicht? Vielleicht könnte sie ja welche finden! Mit Falkenblick ging sie neben dem Pfad her. Schob vorsichtig das Moos auseinander, wich Farnwedeln und anderen großen Pflanzen aus, hob die untersten Tannenzweige, die aussahen, als könne sich darunter ein Schatz aus goldgelben Hüten verstecken. Es war zu früh. Es gab noch keine Pilze. Immerhin entdeckte sie einen riesigen Ameisenhaufen. Axel hätte den sicher ungeheuer spannend gefunden. Am nächsten Morgen wollte sie mit ihm herkommen und ihn ihm zeigen.

Widerwillig kehrte sie auf den Weg zurück, sie durfte nicht vergessen, dass sie zu einem Termin unterwegs war. Ein jeglich Ding hat seine Zeit. Es war zwar wunderbar, einfach allein zwischen den Bäumen dahinzuwandern, mit dem lichten Grün unter den Füßen, aber diesen Genuss würde sie sich auch später noch gönnen können.

Der Weg gabelte sich, es gab sogar ein schlichtes Holzschild, das den Weg zum Laden zeigte. Ulrika blieb stehen und betrachtete den handgemalten Pfeil, dessen Farbe abgeblättert und verblasst war, während die Buchstaben noch immer klar zu lesen waren. Wie idyllisch.

»Haben Sie sich verlaufen?«

Ulrika fuhr zusammen. Sie hatte ihn nicht kommen hören. Der Mann machte ihr Angst. Sie hatte sich von der Idylle verzaubern lassen, und jetzt fühlte sie sich betrogen.

»Durchaus nicht. Mir hat das Schild nur so gut gefallen. Ich komme mir vor wie in eine andere Welt versetzt.«

»Ach, wirklich?«, fragte er überrascht, als habe er sich das noch nie überlegt. »Es gefällt Ihnen also hier draußen?«

Er kam näher. Sein Gesicht war größtenteils von einem üppigen rotbraunen Bart bedeckt. Seine Stirn war sommersprossig. An seinem Gürtel hing ein Fahrtenmesser. Ulrika kam er ein wenig sonderbar vor. Instinktiv trat sie einen Schritt zurück.

»Ja, es ist sehr schön hier.«

»Ich habe Sie noch nie gesehen. Sind Sie ein Sommergast?«

»Nein, das kann ich nicht behaupten. Wir sind nur übers Wochenende mit dem Boot hier.«

Sie wollte sich nicht in ein Gespräch mit diesem Fremden verwickeln lassen. Es war ihr unangenehm, dass er sie heimlich beobachtet hatte. Wo mochte er hergekommen sein? Sie fürchtete sich zwar nicht direkt, aber diese Begegnung war ihr doch unangenehm. Der Mann war bewaffnet, und zweifellos war sie mit ihm in diesem Teil des Waldes allein. Seit der Weggabelung war ihr sonst kein Mensch begegnet.

»Entschuldigen Sie, aber ich bin in Eile.«

»Ach, sind Sie das. Wo wollen Sie denn hin?« Er war redselig und neugierig.

»Zum Laden.«

»Zu Hults, meinen Sie.« Klang seine Stimme jetzt nicht schroff und hart? Nein, das war sicher nur Einbildung. Der Mann machte noch immer ein freundliches Gesicht.

»Ja, genau … und jetzt muss ich wirklich weiter. War nett, Sie kennen gelernt zu haben.«

War es nett gewesen? Nein, wirklich nicht. Ulrika beschleunigte ihre Schritte. Verfolgte er sie? Das war schwer zu sagen. Ihr Herz hämmerte. Sie wurde schneller und lief dann los. Plötzlich rief er:

»Stehen bleiben! Hören Sie? Stehen bleiben, habe ich gesagt!«

Sie rannte schneller. Sie hörte, dass er sie verfolgte. Keuchend. Ein Zweig brach, es klang wie ein Schuss. Dann hatte er sie eingeholt. Er packte ihren Arm, um sie festzuhalten.

»Ich wollte Sie nicht erschrecken. Sie brauchen keine Angst zu haben. Ich bin nicht gefährlich.« Er schien mit den Tränen zu kämpfen. Dann machte er plötzlich kehrt und lief davon.

Auf dem Wasser drängte sich der schmutzige Seifenschaum. Östen hatte sich seit mehr als einer Woche nicht mehr richtig gewaschen. Inzwischen verbrachte er fast seine gesamte Zeit auf Stenskär, wo er im Bootshaus schlief. Er fischte und redete mit den anderen alten Männern, wenn er Gesellschaft brauchte. Das reichte ihm. Er wollte seine Ruhe haben und ohne Einmischung machen, was ihm passte. Wollte weg von den Streitereien der Brüder. Die gingen ihm auf die Nerven. Führten sich alle beide auf wie Waschweiber. Geizkrägen, die nur über Geld redeten. Solange diese Narren im Haus waren, konnte er dort nicht mehr wohnen. Seit dem Tod der Mutter schien der Teufel in sie gefahren zu sein. Sie schienen das Erbe gar nicht schnell genug verteilen zu können. Wozu immer das nun gut sein sollte. Bisher war doch auch alles gut gegangen. Als die Mutter die Brieftasche gehütet hatte. Was würden sie wohl machen, wenn jeder seinen Anteil erhalten hatte? Östen war sich sicher, dass sie dann weiter streiten würden. Sie taugten beide nichts, und würden nie im Leben zufrieden sein.

Sie wollten Grund verkaufen, Rolf und Arne, aber das würde erst möglich sein, wenn wegen der Erbschaft alles geklärt wäre. Östen war dagegen. Wenn er den Verkauf verhindern könnte, dann würde er es tun. Man trennt sich nicht von Boden, der sich seit Generationen im Familienbesitz befindet. Das tut man nicht. Auch wenn der Boden nicht mehr genutzt wurde und sich langsam, nach Jahrzehnten der Abholzung, in wogende Wiesen verwandelte, so war er doch für sie da. Und das gab ein Gefühl der Sicherheit. Es war besser als Geld auf der Bank. Ganz früher hatten die Eltern auch Vieh gehabt. Kühe, ein Pferd und einige Schafe. Als Witwe hatte Ellen das nur noch einige Jahre durchgehalten. Dann hatte sie verpachtet. Aber verkaufen, auf diese Idee wäre sie nie gekommen, auch wenn es durchaus Interessenten gegeben hatte.

Er zog ein sauberes Hemd an. Seine Wangen brannten, als er sie mit Rasierwasser einrieb. Jetzt konnte er sich wieder sehen lassen. Die Anwältin konnte jeden Moment eintreffen. Östen lachte vor sich hin, als er daran dachte, dass er sie in den Wald geschickt hatte, um Zeit für das ersehnte Bad zu haben. Der Weg durch den Wald war länger, und es gab dort vieles, was die Aufmerksamkeit ablenken konnte.

Der Duft von frisch aufgebrühtem Kaffee kam ihm entgegen, als er die Treppe hinunterging. Östen hoffte auf frische Heißwecken. Rolf bot eigentlich immer welche an, wenn Besuch kam, vielleicht hatte er ja daran gedacht. Er hatte sich sehr verändert, seit er erfahren hatte, dass es nicht Jenny gewesen war, die Ellen damals identifiziert hatte. Rolf hatte der Anwältin vorgeschlagen, das Grab öffnen zu lassen. Was für ein Blödsinn. Eigentlich geschah ihm das alles recht. Die Sache mit der Erbschaft würde dauern, solange das alles unklar war. Jenny für tot erklären zu lassen, würde ein Jahr dauern, das hatte Ulrika Stål ihnen gesagt. Wenn Östen zu bestimmen hätte, würde Jenny aber nicht für tot erklärt werden. Im Gegenteil. Östen würde alles dafür geben zu erfahren, was aus seiner Schwester geworden war. Wenn sie zurückkäme, würde nie mehr die Rede vom Verkaufen sein. Sie hatte die Wiesen geliebt. Wie ein Schmetterling hatte sie zwischen den Blumen getanzt. Die kleine Jenny, sie war so niedlich gewesen.

Endlich hatte Ulrika den Hauptweg erreicht. Welche Erleichterung. Sie ärgerte sich darüber, dass sie sich so leicht hatte erschrecken lassen. Aber wenn man jeden Tag mit kriminellen Elementen und anderen seltsamen Menschen zu tun hatte, dann wurde man wachsam. Der Mann im Wald hätte durchaus ein Mörder oder ein Vergewaltiger sein können, sagte sie sich, um ihre Ängstlichkeit zu rechtfertigen.

Der Laden war geschlossen. Hinter dem Fenster hing ein umdrehbares Plakat, das diesen Sachverhalt in roten Versalien mitteilte. Über der Türklinke waren außerdem die Öffnungszeiten angebracht. Im Winterhalbjahr war an drei Vormittagen in der Woche geöffnet. Im Frühling und Herbst an fünf Vormittagen. Im Juni und Juli war den ganzen Tag offen, sieben Tage in der Woche.

Die Tür zum Wohnhaus stand sperrangelweit auf. Ulrika klopfte anstandshalber zweimal an, dann ging sie hinein. Sie hörte gleich, dass Östen und Rolf sich stritten. Sie konnte nicht hören, worum es ging, registrierte aber, dass Östen fluchte. Nach kurzem Zögern, ob sie noch einmal hinausgehen und ein weiteres Mal anklopfen sollte, rief sie stattdessen zweimal »Hallo«, um ihr Eintreffen anzukündigen.

Sie hörten sie. Der Streit verstummte. Östen kam ihr entgegen und hieß sie willkommen. Die anderen warteten im Wohnzimmer. Sie habe sich doch nicht verirrt?

»Überhaupt nicht«, versicherte Ulrika lächelnd. Den Zwischenfall mit dem Fremden im Wald behielt sie für sich.

Bei dem Streit war es um Jenny und ihren Anteil am Erbe gegangen. Sie hatten ihren Kaffee noch nicht getrunken, als es wieder losging. Die Brüder fluchten und beschimpften einander. Arne und Rolf gegen Östen. Der verteidigte sich sehr gut. Es war deutlich, dass er es gewöhnt war, zu bestimmen.

Anfangs ignorierte Ulrika die Sticheleien der Männer. Sie war an Scheidungen und Streitigkeiten über das Sorgerecht gewöhnt, aber als Östen aufsprang und Rolf am Kragen packte, hatte sie genug.

»Entweder Sie beruhigen sich jetzt, oder wir brechen das Gespräch für heute ab«, sagte sie in einem Ton, als habe sie es mit Axel und anderen Kindern seines Alters zu tun.

Nachdem sie wie die Fünfjährigen zurechtgewiesen worden waren, rissen ihre Mandanten sich zusammen, auch wenn sie einander noch immer mit scheelen Blicken bedachten.

»Wenn Sie sich nur einigen können, dann wird es sehr einfach sein, eine teilweise Regelung zu finden.«

»Ich werde nie damit einverstanden sein, den Boden zu verkaufen, der unsere Vorfahren in Weltkriegen und bei Rationierungen vor dem Hungertod gerettet hat! Wenn sie nicht gehabt hätten, was der Boden ihnen gab, wären sie allesamt wie die Fliegen gestorben. Kartoffeln und Brot haben sie am Leben erhalten, als die Russen hier einmarschiert sind. Als die gebrandschatzt, geplündert, gemordet und vergewaltigt haben«, verkündete Östen mit einer Beredsamkeit, die Ulrika ihm kaum zugetraut hätte.

Auch die Brüder staunten einen Moment lang. Dann riss Rolf sich zusammen und stellte trocken fest, dass die Vorfahren aus den Kartoffeln sicher Schnaps gebrannt hatten, lange bevor die Russen an Land gegangen waren. Außerdem habe auf Morö seit dem achtzehnten Jahrhundert keine Invasion mehr stattgefunden, wenn man von den Sommerfrischlern absah.

Es fiel Ulrika schwer, ihr Lächeln zu verbergen.

»Aber etwas ganz anderes«, sagte sie dann zu Rolf. »Haben Sie das Foto von Jenny gefunden, das Sie bei meinem letzten Besuch hier gesucht haben?«

»Nein, es ist spurlos verschwunden. Ist das für den Fall irgendwie wichtig?«

»Nein, gar nicht. Ich hatte nur eine Idee, wie man den Prozess beschleunigen und möglicherweise in Erfahrung bringen könnte, was mit Jenny passiert ist. Ich habe eine sehr gute Freundin, die Journalistin ist. Möglicherweise kann ich sie für diese Geschichte interessieren. Wenn Jenny noch lebt, dann muss es doch eigentlich jemanden geben, der sie von dem Foto her erkennt.«

»Wir wollen ja eigentlich kein Aufsehen erregen und nicht in den Zeitungen landen«, sagte Arne skeptisch.

»Sie ist überaus seriös und schreibt vor allem politische Reportagen und Artikel. Sie hat übrigens vor einiger Zeit diese Schiebereien in der EU-Kommission entlarvt.«

Östens Augen leuchteten auf, er schien sich an diese Affäre zu erinnern und vor allem neue Hoffnung zu fassen.

»Ich finde, wir sollten Frau Ståls Rat befolgen«, sagte er in einem Ton, der keinen Widerspruch duldete.

11

Seit dem Freispruch hatte Love Höglund gesoffen. Er war krankgeschrieben. Zuerst hatte er eine Erkältung vorgebracht, und als die verschwunden war, hatte er dem Arzt von seinen Rückenschmerzen vorgejammert. Das hatte auch früher schon geklappt, wenn er keine Lust zum Arbeiten gehabt hatte. Und während er darauf wartete, dass die Lage sich besserte, soff er eben. Irgendeinen Zeitvertreib brauchte er schließlich.

Love soff eigentlich überaus gern. Wenn er nur danach nicht immer so teuflische Kopfschmerzen gehabt hätte. Verkatert und mit Dröhnschädel zu erwachen, war das eine, dass der ganze Kopf aber noch abends vor Schmerzen zu bersten drohte, war noch etwas anderes. Und in der vergangenen Woche hatte er zu allem Überfluss auch noch Ärger mit dem Magen bekommen. Sein Bauch tat weh, und manchmal verspürte er dort einen stechenden Schmerz. Wenn es nur nicht Krebs war! Daran war seine Mutter gestorben. Brustkrebs. Viktoria hatte gesagt, das sei erblich. Viktoria war zwar ungewöhnlich dumm gewesen, aber man wusste ja nie. Sein Vater hatte sich noch vor seinem fünfzigsten Geburtstag zu Tode gesoffen. Das war offenbar erblich. In seiner Familie wurde man eben nicht alt. Love selbst war dreiunddreißig, sah aber älter aus. Seine Haare wurden oben schon dünn, was er dadurch ausglich, dass er sie nicht schneiden ließ.

Margit Björnberg, seine Bewährungshelferin, hatte sich zu einem Hausbesuch angekündigt. Diese miese Kuh konnte ihn einfach nicht in Ruhe lassen. Sie hatte ihm zwar zum Freispruch gratuliert, aber es würde ihn nicht überraschen, wenn sie im tiefsten Herzen enttäuscht wäre, weil er nicht eingebuchtet worden war. Sie war ganz einfach eine verdammte Sau. Allein schon, dass sie einfach mitten am Tag herkam und herumschnüffelte. Dass sie keine Rücksicht darauf nahm, dass er krank war und seinen Schlaf brauchte. Beim Gedanken an Schlaf krümmte er sich vor Schmerz. Sein Magen verkrampfte sich wie nach einem Messerstich. Am Vortag hatte er sogar Blut im Klo gehabt.

Aber alles würde in Ordnung kommen, wenn er nur schlafen konnte. Der Schlaf erschien ihm als unerreichbares Glück. Seit Viktorias Tod hatte er nicht mehr richtig geschlafen.

Kaum hatte er die Augen geschlossen, da schien sie auf ihn zuzufallen. Mit geradem Rücken, Arme und Beine ausgestreckt, als warte sie auf einen Fallschirm, der sich öffnete und den Sturz milderte. Die Linien in ihren Handflächen leuchteten rot. Sie hatte an solche Dinge geglaubt. »Nun sieh dir meine Lebenslinie an«, hatte sie zu Anfang ihrer Bekanntschaft gesagt und ihn dazu gezwungen, die leichte Vertiefung zwischen Daumen und Zeigefinger abzutasten. »Siehst du, wie die sich teilt? Die eine ist lang, die andere kurz. Mein Leben kann unterschiedliche Wege einschlagen, verstehst du, aber welcher wird es wohl sein?« Danach hatte sie auch in seinen Händen lesen wollen. Scheißblödsinn. Er hatte gesagt, sie solle ihm lieber einen blasen. Da hatte sie gelacht und gesagt, er habe doch keine Ahnung.

Love konnte, wenn sie fiel, die Angst in ihren Augen sehen. Jetzt wusste sie, welchen Weg ihr Leben genommen hatte, und dass er nicht die Arme ausstrecken und sie auffangen würde. Immer stand ihr Mund weit offen, er sah das Zäpfchen hinten im Mund vibrieren, als sie schrie und schrie. Wie in einem Disneyfilm. Der Schrei durchschnitt seinen Kopf. Es war dieselbe vollständige Verzweiflung, in die sie gestürzt war, als sie erfahren hatten, dass Anna tot war. Und es war der Schrei, der ihn seit damals verfolgte.

Viktoria hatte ihn durchaus nicht mit Worten angeklagt. Sie war eher von der schweigsamen Sorte gewesen und hatte Love reden lassen. Aber als Anna gestorben war, hatte sie geschrien und alles gesagt. Er hatte sie schlagen müssen, um sie zum Schweigen zu bringen. Zuerst eine Ohrfeige, und als das nicht half, zwei richtige Schwinger. Sie hatte aus dem Mund geblutet, und er hatte sie getröstet. Geweint und getröstet. Wo ihm diese Schläge doch genauso wehgetan hatten. Er bereute, wie immer.

Verzeihung, Verzeihung. Liebe kleine geliebte Viktoria. Verzeih mir. Ich werde dir nie wieder etwas tun. Das war doch nicht so gemeint.

Sie hatte sich beruhigt und ihm verziehen, wie immer. Versprochen, zu ihm zu halten, ihm zu helfen, wo er sie doch so brauchte. Sie hatte begriffen, dass sie allein sein würde, wenn er in den Knast müsste. Niemand würde sich um sie kümmern, wenn er nicht bei ihr wäre. Sie musste doch begreifen, dass es außer ihm keinen gab, der sie wollte? Schluchzend hatte sie versprochen, alles zu tun, um ihm seine Freiheit zu sichern.

Wenn sie nicht gesprungen wäre, hätte er das wohl kaum geschafft. Viktoria hatte sich hundertprozentig hinter ihn gestellt. Sie hatte sich das Leben genommen und sich für ihn geopfert, ihm den endgültigen Beweis ihrer Liebe geschenkt. Dadurch hatte sie gezeigt, dass sie ihm verziehen hatte. Sie musste die ganze Zeit gewusst haben, dass er Anna doch niemals hatte umbringen wollen. Warum konnte sie ihn da nicht in Ruhe lassen? Warum konnte sie nicht mit Schreien aufhören?

Love spürte, dass er die Wohnung verlassen musste. Nach einem Umzug würde Viktoria verschwunden sein. Und dann könnte er einen neuen Anfang machen. Sich einen guten Job suchen, sich eine neue Frau suchen und ein neues Kind machen.

Die Türklingel ertönte. Sein Kopf dröhnte. Love trank einen Schluck direkt aus der Flasche, dann schleppte er sich aus dem Bett. O verdammt, wie die Wohnung aussah! Er musste sich eine Frau suchen, die ihm beim Aufräumen half.

»Du hast dir beim Aufmachen aber Zeit gelassen.« Margit Björnberg schien mehr denn je dazu aufgelegt zu sein, sich hier einzumischen.

»Ich hatte geschlafen«, log er. »Du weißt doch, ich bin krankgeschrieben.«

»Du riechst nach Schnaps.«

»Scheiße, nein!«

»Doch, das tust du. Meinst du vielleicht, so was merke ich nicht?« Sie trat einen Schritt auf ihn zu, um sich in seiner Fahne zu suhlen und ihre eigene Unfehlbarkeit zu bekräftigen. »Darf ich reinkommen, oder reden wir hier draußen weiter?«

»Es ist nicht gerade aufgeräumt.«

»Ich bin nicht gekommen, um die Wohnung zu inspizieren«, sagte sie mit lauter Stimme.

Love zog bei diesem Lärm den Kopf ein. Seine Birne drohte in Fetzen gesprengt zu werden. Er kniff die Augen zusammen und klammerte sich an den Türstock. Er atmete kurz und ruckweise.

»So, wie du dich anstellst, könnte man dich fast wirklich für krank halten. Aber steh hier nicht rum und ertrinke in Selbstmitleid, sondern geh lieber rein.«

Sie schob ihn vor sich her wie eine Schubkarre. Setzte ihn auf das Sofa und fragte, was ihm denn wehtue. Ihre Blicke wanderten im Zimmer umher. Margit Björnberg entging nichts. Flaschen und zerbrochene Gläser, Teller mit verschimmelten Essensresten, zottig und schwarz. Ihr entging nicht ein einziges Detail von Dreck und Verfall, obwohl das Zimmer hinter herabgelassenen Rollos im Dunkeln lag.

»Wie lange ist das hier schon so?«

»Seit ich rausgekommen bin.«

»Du musst aufhören zu trinken.«

»Das ist nicht so verdammt leicht.«

»Wenn man will, dann kann man.«

»Vielleicht will ich nicht.«

»Wenn du dich nicht zusammenreißt, kann ich für Zwangsbetreuung sorgen. Du schadest dir selbst damit, dass du dich so aufführst. Begreifst du nicht, dass es dich dein Leben kosten kann, wenn du nicht aufhörst zu saufen?«

»Ich kann nicht schlafen, verdammt noch mal.«

»Wann hast du den nächsten Termin beim Arzt?«

»In einer Woche.«

»Ich sorge dafür, dass du früher hinkannst. Danach musst du dich zusammenreißen. Ich glaube, es wäre eine gute Idee, wenn du eine Weile von hier fortkämst. Ein Tapetenwechsel könnte dir vielleicht dabei helfen, Ordnung in dein Leben zu bringen.«

»Aber mit mir will doch niemand die Wohnung tauschen.«

»Das ist ja wohl auch kein Wunder, so, wie das hier aussieht. Welcher Spekulant würde hier wohl investieren? Weißt du eigentlich, wie es hier stinkt?«

Sie ging zum Balkon, um die Tür zu öffnen und ein wenig frische Luft hereinzulassen.

»Von dort ist sie gesprungen.«

»Das weiß ich.« Margit Björnberg sah sich auf dem Balkon um. Sie suchte nach Spuren von Diebesgut. Ehe sie ging, wollte sie auch noch einen Blick in Küche und Schlafzimmer werfen. Sie nahm ihre Aufgabe als Bewährungshelferin ernst und wollte nichts dem Zufall überlassen, auch wenn sie dabei ihre Befugnisse überschritt. Love von der Kriminalität fern zu halten, war ihre wichtigste Aufgabe. Seine Gesundheit und sein Wohlbefinden kamen erst an zweiter Stelle. Aber es wäre doch wirklich ein Erfolg für sie, wenn sie ihn wieder auf die Beine bringen könnte. Sie wusste, dass Gelder für ein neues Programm für Drogen- und Alkoholabhängige bereitgestellt worden waren. Die Stadt hatte zu diesem Zweck mehrere Häuser in Stockholms Schärengürtel gemietet.

»Ich scheiße auch Blut«, sagte Love plötzlich.

Der Spaziergang zum Boot zurück war eine Wohltat. Frische Luft und Bewegung hatten eine einzigartige Wirkung, wenn es darum ging, Unlustgefühle zu verscheuchen. Das Gespräch mit den Brüdern war gereizt und streitsüchtig verlaufen. Es war so typisch, kaum war Geld im Spiel, schon war Schluss mit der Harmonie. Ulrika begriff durchaus, dass nicht Jennys Schicksal an sich an den Streitigkeiten schuld war, sondern dass es im Grunde um Arnes und Rolfs Habgier und um eine gewisse Sturheit von Östen ging. Der Boden, der verkauft werden konnte, war der eigentliche Knackpunkt, nicht Jennys Verschwinden. Wenn sie überhaupt wirklich verschwunden war.

Als Ulrika gehen wollte, war Östen nach oben verschwunden und nach einer Weile mit einem Foto von Jenny zurückgekehrt.

»Ich dachte, das könnten Sie vielleicht brauchen, wenn Sie mit dieser Journalistin sprechen wollen«, hatte er gemurmelt und Ulrika das Bild gereicht.

»Hast du in meinem Zimmer herumgeschnüffelt?«, hatte Rolf beim Anblick des Fotos wütend gerufen. »Das gehört mir. Das war das Foto von Jenny, das ich neulich gesucht habe«, fügte er zur Erklärung für Ulrika hinzu.

»Was sollte ich wohl in deinem Zimmer verloren haben? Das Foto lag zwischen Mutters Papieren. Ich hatte sie an mich genommen, bis nach der Beerdigung alles zur Ruhe gekommen war. Ich dachte, wir könnten es einrahmen. Jetzt, wo nur noch wir übrig sind, meine ich.«

Rolf hatte skeptisch ausgesehen, hatte die Sache aber nicht weiter verfolgt. Doch Ulrika hatte sehen können, dass er Östens Erklärung nicht glaubte.

Diesmal ging sie nicht durch den Wald. Sie redete sich ein, das läge vor allem daran, dass sie jetzt wusste, dass es über die Straße schneller gehen würde, und nicht daran, dass das Unbehagen von ihrer Begegnung mit dem Unbekannten ihr noch im Kopf herumspukte. Eigentlich hätte sie die Brüder fragen sollen, ob sie ihn kannten, denn dann hätte sie das Problem abhaken können. Wenn er auf Morö wohnte, dann hätte sie sicher seine ganze Lebensgeschichte erfahren, vermutlich auch noch die seiner Eltern. Klatschen war eine angenehme Beschäftigung, und es gehörte irgendwie dazu, über die Vorgänge auf den anderen Höfen im Bilde zu sein, das wusste sie. Deshalb kam ihr ja das Schweigen, mit dem auf Jennys Verschwinden reagiert wurde, so seltsam vor. Sie hatten vorhin darüber gesprochen, und alle drei Brüder hatten beteuert, dass niemand je wieder von der Schwester gehört hatte.

Aus dem Wald hörte sie ein Knacken: Ulrika schaute sich über die Schulter um. Auf der Insel gab es viel Wild. Elche und Rehe. Und gut genug in Form, um einen Zusammenstoß mit einem Elch zu überstehen, war sie wirklich nicht. Da wäre ihr der Alte von vorhin noch lieber gewesen. Vermutlich war der wirklich so harmlos, wie er behauptet hatte. Leute, die in kleinen Orten leben, haben eine ganz andere Mentalität als die Städter, dachte sie. Die Neugier auf Fremde war ganz natürlich. Er hatte sich sicher nicht verstellt, sondern es bestimmt ehrlich bereut, sie erschreckt zu haben. Wenn er seine Entschuldigung nur nicht auf diese ungeschickte Weise vorgebracht hätte! Ihr einfach hinterherzulaufen! Wie unglaublich töricht. Er hatte ihr doch fast Todesangst eingejagt!

Jetzt konnte Ulrika den Hafen sehen. Die salzige Meeresbrise duftete nach Ferien. Die Möwen lachten und schrien, und aus der Entfernung konnte sie die Kinder unten beim Anleger spielen hören. Schade, dass sie nicht mehr Zeit hatten, um die Insel zu erforschen. Am nächsten Tag würden sie das Boot nach Hause bringen. Sie würden den größten Teil des Tages brauchen, um die Marina zu erreichen, wo sie einen Liegeplatz gemietet hatten. Falls sie nicht den Motor nahmen, natürlich, aber dafür hatten sie sich das Segelboot ja nicht zugelegt.

Ulrika lief das letzte Stück. Axel hatte sie entdeckt, rannte seiner Mama entgegen und sprang an ihr hoch. Er war richtig schwer geworden. Sie musste ihn zweimal anheben, bis er auf ihrer Hüfte saß und die Beine um ihre Taille schlingen konnte, um nicht abzurutschen.

»Können wir noch einen Tag bleiben? Bitte, Mama, hier ist es so lustig«, bettelte er.

Axels neuer Spielkamerad stand daneben, ernst und mit leicht besorgter Erwartung. Er hörte gespannt zu, ob der Überredungsversuch wohl von Erfolg gekrönt sein würde.

Statt zu antworten ließ Ulrika ihren Sohn auf den Boden gleiten. Er ließ ihre Hände nicht los, sondern zerrte daran und verlangte eine sofortige Antwort. Alles drehte sich bei seinem Wunsch darum, seinen Willen durchzusetzen. Er verzog flehend sein Gesicht. Ulrika riss sich zusammen, er sollte nicht sehen, wie sehr sie sich über diese dramatische Szene amüsierte. Es würde ihn zu sehr verletzen, wenn sie ihn auslachte, während er seine ganze Seele in dieses Schauspiel legte.

»Liebling, jetzt geh weiter, damit ich zum Boot kann. Papa wartet.«

»Er ist bei uns im Boot und trinkt mit Palle Bier«, teilte der Kumpel hilfsbereit mit. »Darf Axel auch morgen bleiben?«, wagte er endlich zu fragen, als er sah, dass Ulrika zum Boot ging.

»Ich glaube, diesmal geht das nicht, aber wir können uns vielleicht für nächstes Wochenende verabreden. Seid ihr oft mit dem Boot unterwegs?«

Der Junge konnte keine Antwort mehr geben. Die anderen hatten Ulrika entdeckt und versuchten, sie zu sich zu rufen. Sie befreite sich von Axels Händen und bückte sich, um ihn auf die Wange zu küssen. Er zog den Kopf ein und lief weg. Ihm war nämlich eingefallen, dass man sich nicht von seiner Mama küssen lassen darf, wenn ein Kumpel das sieht. Sonst macht man sich womöglich lächerlich.

»Hallo, ich bin Annelie«, stellte Palles Freundin sich vor, dann bot sie Ulrika etwas zu trinken an. Sie war so rothaarig wie ihr Sohn Kalle. Wogen aus ungebärdigen Locken rahmten ihr Gesicht ein. Sie hatte blasse Haut und sommersprossige Schultern. Ihre Augen waren goldgrün und interessant.

Ulrika bat um eine Cola. Sie war nach dem langen Spaziergang durstig. Als Annelie unten im Boot verschwand, um das Getränk zu holen, stellte Ulrika fest, dass die kleine Elin fehlte.

Die Männer tranken Bier, die großen Kinder spielten auf dem Anleger. Josefin saß auf dem Vorderdeck und war in einen Comic vertieft.

»Wo ist Elin?«, fragte Ulrika besorgt.

»Die hält Mittagschlaf.«

»Noch immer? Es ist doch fast schon sechs. Sie wird heute Nacht nicht schlafen können, wenn du sie nicht weckst.«

»Ja, da hast du Recht. Das ist sicher besser so. Aber sie ist auch erst nach vier Uhr eingeschlafen.« Stefan stellte seine Bierflasche weg und ging zu Annelie nach unten.

Palle schlug vor, dass sie zum Essen blieben. Er hatte vormittags einen ganzen Eimer Heringe gefangen. Sie waren schon gesäubert und vorbereitet. Mit vereinten Kräften könnten sie Heringe braten und dazu Kartoffelpüree machen. Bier genug hatten sie, und ein Schnäpschen könnten sie auch noch anbieten, lockte er. Ulrika rannte zur Impuls hinüber und holte eine Dose Pfirsiche, eine Vanillestange, ein paar Weintrauben und einige Bananen, um einen Obstsalat zu improvisieren. Das aßen auch Kinder gern.

Es war immer spannend, neue Menschen kennen zu lernen. Palle war sie bisher nur einmal begegnet, auf einer Hochzeit. Aber damals hatte sie nicht richtig mit ihm reden können, obwohl sie es gern getan hätte. Es waren so viele Bekannte da gewesen, die sie lange nicht mehr gesehen hatte, und da war die Zeit nur so verflogen. Ulrika glaubte sich zu erinnern, dass sie damals gar nicht mit neuen Bekannten hatte reden können, abgesehen von ihrem Tischherrn und einem ungeheuer witzigen Mathematiklehrer, der ihnen gegenüber gesessen hatte. Das war der Nachteil von so großen Veranstaltungen. Ansonsten waren Feste ja wunderbar.

Annelie war Lektorin in einem größeren Verlag. Sie träumte davon, irgendwann zur Verlegerin zu avancieren. Sie erzählte Anekdoten aus der Verlagswelt, und alle bogen sich vor Lachen. Ohne direkt damit zu prahlen, erzählte sie außerdem von bekannten Autoren, die ihr begegnet waren. Unter anderem der Nobelpreisträger des vergangenen Jahres. Stefan war dermaßen beeindruckt, dass er mehr oder weniger an ihren Lippen hing. Gemeinsame Interessen können Menschen bisweilen enger zusammenbringen, als deren Ehepartner zu schätzen wissen.

Ulrika merkte, dass auch Palle sich nach einer Weile ein wenig aus der Unterhaltung ausgeschlossen fühlte. Sie selbst hatte schon seit einiger Zeit mehr als genug, hielt es aber für unter ihrer Würde, ein anderes Thema anzuschneiden. Das wäre zu deutlich gewesen. Stefan sollte ihr keine schnöde Eifersucht vorwerfen können. Sie schlug deshalb gleich nach dem Kaffee vor, sich aufs eigene Boot zurückzuziehen. Die Kinder mussten ins Bett.

»Du hast es aber eilig«, sagte Stefan.

Ulrika gähnte, um ihn glauben zu machen, sie wolle aufbrechen, weil sie müde sei.

»Findest du?«

»Ja, ich wäre gern noch ein bisschen geblieben.«

Das kann ich mir vorstellen, dachte Ulrika und war sehr zufrieden damit, dass sie ihn weggeschleppt hatte, ehe er sich von Annelie gar zu sehr faszinieren ließ. Stefan war keiner, der heimlich eine Affäre haben könnte. Er war viel zu ehrlich. Nicht, dass Ulrika glaubte, er könne mit so einem Gedanken auch nur spielen. Aber sie wollte ihn auch nicht in Versuchung führen lassen. Annelie war einwandfrei sein Typ.

»Ich auch«, log sie. »Aber es wird wirklich spät, und es dauert auch seine Zeit, die Kinder für die Nacht fertig zu machen und ins Bett zu bringen. Und wir waren so lange draußen. Seeluft macht wirklich müde.«

»Nicht zu müde, hoffe ich? Wir müssen das Boot doch einweihen.«

Als Antwort bekam er eine zufriedene Umarmung.

Sie merkten sofort, dass jemand an Bord gewesen war. Ulrika war ganz sicher, dass sie die Tür zur Kajüte geschlossen hatte, nachdem sie die Zutaten für den Nachtisch geholt hatte. Jetzt schlug sie im Wind hin und her. Ein Sitzkissen lag auf dem Boden. Sie schaute Stefan besorgt an, sie konnten ja nicht wissen, ob der Eindringling noch an Bord war. Es gab allerdings nicht gerade viel zu stehlen. Ulrika hatte ihre Handtasche bei sich gehabt, und das Boot war noch nicht vollständig eingerichtet.

»Ich gehe nach unten«, sagte Stefan.

»Ich komme mit. Axel, pass mal einen Moment auf Elin auf, Papa und ich gehen schnell nach unten und machen Licht, damit wir nachher nicht stolpern.«

Ulrika ließ die Kinder auf dem Anleger und ging hinter Stefan her. Wenn noch jemand an Bord war, dann würden sie ihn zu zweit eher überwältigen können.

Ein schwerer, süßer Parfümgeruch schlug ihnen entgegen, als sie sich der Kajüte näherten. Sie wechselten einen überraschten Blick, und ihre Besorgnis ließ nach. Eine wohl parfümierte Einbrecherin wirkte irgendwie weniger beängstigend als ein Einbrecher ohne Rasierwasser. Ulrika öffnete die Tür und machte Licht. Sie konnte niemanden sehen, aber der Duft war so intensiv, dass die Frau einfach noch da sein musste. Sie rief zweimal vorsichtig »Hallo«, bekam aber keine Antwort.

Vorsichtig ging sie, dicht gefolgt von Stefan, die Treppe zur Kajüte hinunter. Alle Sinne waren angespannt. Ein wachsamer Blick in die Sitzgrube, dann schlich sie sich an den Bänken vorbei nach vorn.

Und dann sah sie ihn. Irgendwer hatte einen großen Strauß Maiglöckchen auf den Tisch gelegt. Vorhin war der noch nicht dort gewesen. Die Kinder waren die ganze Zeit in Sichtweite gewesen, sie konnten es also nicht gewesen sein. Wer war unbemerkt aufs Boot geschlichen und hatte die Blumen hingelegt? Ulrika hätte den Strauß gern über Bord geworfen, aber Stefan hinderte sie daran.

»Wir stellen sie ins Wasser, und dann kommen sie in die Sitzgrube. So stark, wie die duften, können wir sie heute

Nacht nicht hier haben. Und morgen findet sich sicher eine Erklärung für alles, wart's ab.«

Ulrika begriff nicht, wie er so ruhig bleiben konnte. Er führte ein zu beschütztes Leben.

Stefan füllte ein Saftglas mit Wasser, als sei das die natürlichste Reaktion auf der Welt, und arrangierte die Blumen so, dass die Blätter die Stängel mit den zarten Glöckchen schützten. Es sah aus wie ein winziger Brautstrauß. Ulrika rief die Kinder, die brav auf der Brücke gewartet hatten. Sie hob Elin an Bord. Axel konnte selber klettern.

»Wen hast du eben gerufen?«, fragte Axel.

»Da war jemand hier und hat uns Blumen gebracht. Ich dachte, er oder sie sei vielleicht noch da«, sagte Ulrika und zeigte den Strauß. Elin durfte daran riechen.

»Maiglöckchen sind giftig«, teilte Axel mit. »Man kann sterben, wenn man das Wasser trinkt.«

12

Der Augenblick der Verwirrung, der kurze Moment zwischen Wachen und Schlafen, ehe sie sich an einem neuen Ort daran erinnern konnte, wo sie war, machte Ulrika jetzt immer Angst. Die Panik war bedrohlich nahe, und ihr Herz machte rasche, unregelmäßige Schläge, ehe die Ruhe zurückkehrte, als ihre Gedanken sich klärten. Die Angst eines entsetzlichen Erlebnisses in Belgien, als sie bewusstlos geschlagen und im Kofferraum eines Autos entführt worden war, steckte ihr noch immer im Leib, auch wenn die Erinnerungen rascher verblichen als die Narbe auf ihrer Stirn, die sie unter einem gut geschnittenen Pony verbarg. Dann war da noch etwas, das sie geträumt hatte. Sie versuchte, es hervorzulocken. Ein Friedhof. Grabsteine mit Namen, die sie nicht lesen konnte. Mehr nicht. Ein Erinnerungsfragment war verschwunden.

Ein stilles Wiegen, ein leises Gluckern, eine Andeutung von Steifheit im Rücken, wegen der neuen Koje. Diesmal war sie sicher zu wissen, wo sie war. Zufrieden wie eine Katze streckte Ulrika sich in der Koje, die sie und Stefan am Vorabend bezogen hatten. Sie hatten die Sofas im Salon benutzt. Es war ein wenig anstrengend gewesen, aber am Ende hatten sie es doch geschafft. Zusätzliche Decken zwischen den Lagern, und sie hatten ein einladendes Doppelbett gehabt.

Jetzt bewegte Stefan sich. Ulrika kniff die Augen zusammen und stellte sich schlafend. Wenn sie Glück hatte, dann würde er aufstehen und Frühstück machen. Er wachte meistens hungrig auf. Und sie hatte Glück, und so breitete sich bald wunderbarer Kaffeeduft in der Kajüte aus, und Stefan machte sich in der engen Pantry zu schaffen. Er gab sich alle Mühe, leise zu sein. Sie konnte sich vorstellen, wie er vorsichtig Türen und Klappen schloss, um sie nicht zu wecken. Ob er sie mit Frühstück im Bett überraschen wollte? Jetzt schaute er zu ihr herüber und sah, dass sie wach war.

»Hallo, hast du gut geschlafen?«

»Wunderbar, und du?«

»Wie ein Stein. Willst du draußen oder drinnen frühstücken?«

»Ist es draußen warm genug?«

»Ich glaube schon.«

»Brauchst du Hilfe beim Tischdecken?«

»Nein, das geht schon. Bleib du ruhig noch ein bisschen liegen.«

Kein Wunder, dass sie ihn mit Falkenaugen bewachte. Keine sollte sich einbilden, bei ihrem Mann landen zu können. Stefan gehörte ihr. Annelie hatte sich mehr um ihn bemüht als unbedingt nötig. Ulrika hatte vor, sich genauer über die Beziehung von Palle und Annelie zu informieren, ehe sie die Bekanntschaft vertiefte. Von Tanz auf der Landungsbrücke konnte keine Rede sein, so lange sie sich ihrer Sache nicht sicher war.

Ulrika zog einen Trainingsanzug an und steckte ihre Haare zu einem kleinen Knoten hoch, ehe sie hinausging. Stefan hatte in der Sitzgrube gedeckt, auf dem Tisch standen die Maiglöckchen vom Vorabend. Es war ein Mysterium. Sie tranken Kaffee aus großen Plastikbechern und sahen zu, wie die Fischkutter von der Morgenarbeit zurückkamen und ihren Fang löschten. Nach und nach erwachten die umliegenden Boote zum Leben. Palle und Annelie winkten ihnen zu. Sie sahen so verliebt aus, dass Ulrika ihr Misstrauen vergaß.

Axel bekam einen heftigen Wutanfall, als ihm aufging, dass sein Überredungsversuch vom Vortag misslungen war und dass sie wirklich noch am Morgen lossegeln würden. Er weinte und flehte, und als das nichts half, wurde er richtig sauer.

Alle waren saublöd und nichts machte Spaß. Er würde von zu Hause weglaufen und hasste alle Boote. Er tat Ulrika Leid. Es ist nicht leicht, Kind zu sein und nichts bestimmen zu dürfen. Die Jungen hatten am Vortag so lustig miteinander gespielt, und da war es doch nicht schwer zu verstehen, dass die Welt für ihn zusammenbrach, weil das Spiel nicht fortgesetzt werden konnte. Sie hatten angeln fahren wollen und danach baden, obwohl die Wassertemperatur noch immer bei sechzehn Grad lag. Eine Holzhütte lockte, und sie mussten sich auch noch den Ameisenhaufen ansehen. Außerdem gab es noch andere Kinder, deren Bekanntschaft sie später am Tag hatten machen wollen.

In einer solchen Situation empfehlen Leute, die sich mit Kindererziehung auskennen, vermutlich, niemals nachzugeben. Es ist vermutlich unerhört wichtig, dem Kind klar zu machen, dass die Eltern entscheiden und dass sich Tränen, Wutausbrüche und Drohungen nicht lohnen. Stefan neigte auch ein wenig in diese Richtung, wenn man ehrlich sein wollte. Ulrika dagegen, die durch ihren Beruf mit Vergleichen vertraut war, fand, man könne auch zu Hause diesen Weg einschlagen. Sie schlug also Axel vor, das Problem bei einem Glas Saft zu diskutieren. Er durfte Kalle dazuholen, damit auch der sich an den Verhandlungen beteiligen konnte.

Nach dem Glas schüttelten sie einander feierlich die Hand und hatten einen Ausflug zum Ameisenhaufen, ein Bad, von dem Ulrika jetzt schon wusste, dass es nur zwei Sekunden dauern würde, und das Beste von allem verabredet, einen Besuch auf der Feuerwache Gustavsberg zusammen mit Axel. Außerdem verlängerten sie den Aufenthalt auf Morö bis nach dem Mittagessen, was bedeutete, dass die Impuls auf dem Heimweg streckenweise den Motor benutzen musste. Ulrika war sehr stolz auf ihren Sohn. Axel hatte sich so gut geschlagen, dass er später sicher ein überaus erfolgreicher Verhandlungsführer werden könnte. Seine Zukunft war gesichert. Im Job hätte Ulrika ihrem Gegner niemals so viele Zugeständnisse gemacht.

Zwei Mädchen von vielleicht sieben hatten das Gespräch von weitem verfolgt. Als sie näher kamen, war zu sehen, dass es sich um Zwillinge handelte.

»Bist du das, die Arnes Boot gekauft hat?«, fragte die eine neugierig.

»Ja, das bin ich.«

»Ich heiße Moa und sie heißt Malin.« Das Mädchen zeigte auf seine Schwester.

»Ich heiße Ulrika. Woher wisst ihr, dass ich Arnes Boot gekauft habe?«

»Das hat unser Opa gesagt. Wir sollten dir gestern Blumen bringen, aber du warst nicht da, und da haben wir sie auf den Tisch gelegt.«

»Das war lieb. Warum wollte er das denn?«

»Weil er dir Angst gemacht hatte.« Die Mädchen kicherten. Allein die Vorstellung, jemand könne vor ihrem Opa Angst haben, war der Witz des Tages.

»Er ist total lieb.«

»Das glaub ich sofort. Wie heißt euer Opa denn?«

»Er heißt Birger Österholm.«

»Dann grüßt ihn von mir und sagt ihm vielen Dank.«

Die Mädchen rannten Hand in Hand weg, dankbar für diesen Auftrag. Schmächtig und noch immer ein wenig winterbleich unter ihren heruntergerutschten Kniestrümpfen.

»Sie waren gestern hier, und da war noch ein Junge dabei«, teilte Axel mit. »Aber der war viel kleiner. Gehen wir jetzt zum Ameisenhaufen?«

Birger Österholm sah sie auch diesmal, versuchte aber nicht, sie in ein Gespräch zu verwickeln. Es war scheußlich gewesen, als sie sich gefürchtet hatte. Er hatte noch lange darunter gelitten, als Moa und Malin bereits zurückgekommen waren.

An diesem Tag hatte sie zwei kleine Jungen bei sich. Ihre Kinder, nahm er an. Er ging ein Stück hinter ihnen her, um zu sehen, was sie nun vorhatte. Ob sie wieder zu Hults wollte oder ob sie einfach nur einen Spaziergang machte. Er wusste durchaus, wer sie war, das hatte er schon begriffen, als sie gesagt hatte, dass sie zum Laden wollte. Was wollte sie dort, wo doch geschlossen war? Eine Anwältin aus Stockholm hatte Arne Hults Yacht gekauft, die Anwältin, die Östen damals wegen der Fahrerei im Suff verteidigt hatte. Die Hults hatten sich damals alle Mühe gegeben, um die Sache unter den Teppich zu kehren. Das hatten sie sich aber nur eingebildet. Solche Dinge konnte man nicht geheim halten. Damals hatte er wirklich keine so große Klappe gehabt, dieser Östen. Ellen hatte mit ihm zum Gericht gehen müssen, um seine Hand zu halten. Birger hätte gern gewusst, ob die Anwältin oder Ellen ihn gerettet hatte. Es hätte ihn nicht gewundert, wenn es Ellen gewesen wäre. Sie war keine, die sich so leicht geschlagen gab. War daran gewöhnt, ihren Willen durchzusetzen. Er konnte sich sehr gut daran erinnern, wie das gewesen war.

Als Birger Österholm die Schule verlassen hatte, war es ihm gegangen wie so vielen anderen. Er wurde in die Wirklichkeit hinausgeschleudert, wurde mit den Wurzeln aus seinem Dasein gerissen. Auf Morö gab es keine Arbeit, er musste auf dem Festland nehmen, was er bekommen konnte. Er arbeitete als Handlanger auf großen Baustellen. Zuerst in Årsta, dann in Haninge, dann endete er unten in Hammarbyhamnen. Es war eine schwere und anstrengende Arbeit, aber der Körper gewöhnte sich daran und die Muskeln wuchsen. Später wurde die Sache auch nicht viel besser, aber immerhin hatte er nicht mehr am ganzen Körper Schmerzen, wenn er abends schlafen ging.

Man brauchte nicht viel im Kopf zu haben, um zu begreifen, dass Menschen wie er ausgenutzt wurden. Daran, einfach durch harte Arbeit hochzukommen, war nicht einmal zu denken. Eine starke und billige Arbeitskraft soll nicht ausgebildet werden, sie wird einfach benutzt. Zementsäcke und Bretter zu tragen und Schubkarren voller Ziegel zu schieben, das wurde ihm angeboten. Wenn ihm das nicht passte, sollte er sehen, wie er zurechtkam.

Nach und nach besserte die Lage sich ein wenig, und er hielt die Augen offen, um so viel wie möglich zu lernen. Ab und zu erledigte er allerlei für die älteren Kollegen, und deshalb hatten sie Geduld mit ihm und ließen ihn zuschauen und so viele Fragen stellen, wie er wollte. Birger hatte sich vorgenommen, auf dem Bau so viel Wissen zu sammeln, dass er eines Tages auf die Inseln zurückkehren und dort sein Brot verdienen könnte. Die Sommergäste brauchten doch immer wieder jemanden für die Reparaturen an ihren Ferienhäusern. Als Handwerker müsste er dort also eine Zukunft haben.

Eines stand immerhin fest: dass er für das Großstadtleben nicht im Geringsten geschaffen war. Immer litt er unter schrecklichem Heimweh. Die Mädchen konnte er nicht beeindrucken, in seiner ganzen Zeit auf dem Festland konnte er bei keiner Einzigen landen. In einem Fall wäre es fast so weit gekommen, aber er hatte einen Rückzieher gemacht, als er gemerkt hatte, dass er die Gummis in seiner anderen Hose vergessen hatte. Als er dann zum Militär einberufen wurde, schickte man ihn nach Umeå. Der Teufel selbst schien dabei die Finger im Spiel gehabt zu haben. Birger selbst hatte sich für Vaxholm beworben, um näher an zu Hause zu sein.

In der Woche vor seinem Dienstantritt war er zu seinen Eltern gefahren, um sich noch einmal umsorgen zu lassen. Birger wäre gern geblieben. Aber er hatte sich nicht vom Dienst befreien lassen können, weil er nicht einmal Plattfüße hatte. Aber nach seiner Entlassung wollte er versuchen, so schnell wie möglich so viel zu verdienen, dass er nicht nach Stockholm zurückkehren müsste.

Umeå war in vieler Hinsicht kälter als alles, was er je erlebt hatte. Und die Mädchen dort waren noch unzugänglicher als die in Stockholm.

Am Ende wurde er von Ellen Hult gerettet. Und das in mehr als einer Hinsicht. Er fühlte sich an einem der letzten Tage auf Morö vor seiner Abreise in den Norden wie vom Blitz getroffen.

Eines Morgens kam sie vorbei. Birger hatte mit einer Tasse

Kaffee auf der Treppe gesessen und in einer Zeitschrift gelesen, die seine Mutter abonniert hatte. Plötzlich stand Ellen vor ihm, im Gegenlicht. Mit schmaler Taille und so weit offener Bluse, dass er die Rundung ihrer Brüste ahnen konnte. Überwältigt hatte er die Augen zusammengekniffen, um jedes Detail in sich aufnehmen zu können. Ellen war so verlockend und schön, dass er sich räuspern und schlucken musste, um seine Stimme unter Kontrolle zu bekommen. Zum ersten Mal dachte er an sie als an eine Frau. Ihre Oberschenkel zeichneten sich unter ihrem Kleid füllig und stark ab, wie verbotene Schatten.

»Ich dachte mir doch, dass du das bist, auch wenn ich mir nicht ganz sicher war. Du bist also wieder zu Hause«, sagte sie mit einer Stimme, die klang, als denke sie an etwas anderes. »Kann ich mich ein bisschen setzen?«

Ohne auf Antwort zu warten, ließ sie sich neben ihm auf der Treppe nieder. Sie duftete nach Maiglöckchen. Birger würde den Duft nie mehr riechen können, ohne an diesen Moment zu denken. Jetzt, vierzig Jahre später, konnte er ihr damaliges Gespräch immer noch Wort für Wort wiedergeben.

»Du bist ja früh auf«, sagte sie, als das Schweigen zu lang wurde.

»Man gewöhnt sich an das frühe Aufstehen.«

»Deine Mutter hat gesagt, dass du in Stockholm auf dem Bau gearbeitet hast. Und ich sehe, das hat einen richtigen Kerl aus dir gemacht.« Ihr Blick liebkoste seine schwellenden Muskeln.

Sie hatte es auf ihn abgesehen. Das wusste Birger instinktiv, obwohl es das erste Mal war. Das erste Mal in seinem Leben. Er hatte keine Ahnung, was von ihm erwartet wurde, was er für sie tun sollte. Sie war so viel älter. So erfahren. Würde sie ihn abweisen, wenn er etwas falsch machte? Oder schlimmer noch, würde sie lachen?

»Was liest du denn da?« Sie streckte die Hand nach der Zeitschrift aus. Ihre Hand streifte dabei seine. Er nahm sie, ohne zu wissen, ob er sich noch mehr trauen würde.

»Du hast schöne Hände.« Sie trug ihre Trauringe, obwohl sie seit mehreren Jahren verwitwet war. »Willst du dir damit die Männer vom Leib halten?«, fragte er kühn und strich mit dem Finger über das blanke Gold.

»Nicht alle«, sagte sie lächelnd, und danach ging alles wie von selbst. Seine Lenden waren so wund gewesen, dass es ihm bei Dienstantritt schwer gefallen war, aufrecht zu gehen.

Nach seiner Entlassung schlug Ellen ihm vor, Land von ihr zu pachten. Birger glaubte, das Geschäft seines Lebens gemacht zu haben. Er glaubte, sich auf diese Weise ernähren zu können und zudem ein warmes Bett zu haben. Die Götter mochten wissen, dass er sich bei beidem große Mühe hatte geben müssen. Sie war eine anspruchsvolle Geliebte gewesen, die zugleich ungeheuer auf ihren guten Ruf achtete. Niemand durfte etwas von ihrer Beziehung erfahren. Birger musste sich nachts zu ihr schleichen, wenn Kinder und Nachbarn schliefen.

Natürlich war dann doch alles herausgekommen. Er hatte wohl manchmal ein wenig zu viel gesagt und gegenüber den anderen Männern, die hinter ihr hersabberten, geprahlt. Ellen war damals ein toller Fang gewesen, obwohl sie die vier Kinder hatte. Es war damals schwer gewesen, in diesem Teil des Schärengürtels ein stattlicheres Frauenzimmer zu finden. Und wo sie den Laden, das verpachtete Land, die kleinen Inseln und die Fischgründe hatte, konnte sie sich, die Kinder und auch einen neuen Mann im Haus durchaus ernähren. Himmel, was war sie wütend gewesen, als ihr aufgegangen war, dass er den Mund nicht gehalten hatte. Sie hatte auf ihn eingeschlagen, bis er grün und blau gewesen war.

»Aber können wir denn nicht heiraten, dann hat das Gerede ein Ende«, fragte er schließlich. Doch so nah wollte sie ihn nicht an sich heranlassen. Alles sollte unter ihren Bedingungen ablaufen, so war sie eben. Danach hatte er monatelang nach ihr seufzen müssen, ehe sie ihn wieder zu sich gelassen hatte. Inzwischen schien das ganze Abenteuer doch an Reiz verloren zu haben. Ihm war klar geworden, dass sie ihn immer so weit auf Distanz halten würde, wie es ihr gerade passte.

Später war er dann dankbar dafür gewesen, dass sie ihn damals abgewiesen hatte, auch wenn es ihn ärgerte, dass sie ihm das gepachtete Land nicht wie versprochen verkauft hatte. In der Hinsicht hatte sie ihn übers Ohr gehauen, die miese Kuh.

Vielleicht wäre alles anders gekommen, wenn er Jenny in Ruhe gelassen hätte. Ja, aber nichts ließ sich ungeschehen machen. Was geschehen war, war geschehen, und das Leben war auch nach diesem Fehler gar nicht so schlecht gewesen, wenn er ehrlich sein sollte.

Vielleicht sollte er es doch wagen, noch einmal mit dieser Anwältin aus Stockholm zu sprechen. Wenn die Zwillinge Recht hatten, dann hatte sie sich doch immerhin über die Blumen gefreut.

»Sie trauen sich also doch noch in den Wald, obwohl ich Sie gestern so erschreckt habe?«

Diesmal stürzte sie bei seinem Anblick nicht davon. Sie lächelte, offen und furchtlos. Birgers Herz wurde warm. Er hätte sie umarmen mögen, aber dann wäre sie sicher wieder weggelaufen.

»Ja, ein Stück weiter hinten gibt es einen Ameisenhaufen, und ich finde, der ist das Risiko wert. Das ist der größte, den ich je gesehen habe. Ich wollte ihn meinem Sohn noch zeigen, ehe wir wieder wegmüssen.« Sie stellte ihm die Kinder vor. Nur eines war ihr Sohn, wie er nun erfuhr. »Übrigens, danke für die Blumen. Das war wirklich nicht nötig.«

Ulrika registrierte, dass er sich über ihren Dank freute. Wenn er wüsste, welche Sorgen diese Geste ihr und Stefan gemacht hatten. Sie überlegte, ob er vielleicht nicht ganz richtig im Kopf sein könnte. Vermutlich nicht, er sah ganz normal aus, nicht einmal sein Bart war so wild und üppig wie in ihrer Erinnerung. Seine Augen leuchteten wie muntere Halbmonde.

»In diesem Jahr gibt es ungeheuer viele Maiglöckchen. Früher gab es hier auch Orchideen.«

»Ach, das klingt ja wunderbar. Leider weiß ich nicht sehr viel über Blumen.«

»Nein, das kann ich mir denken. In Ihrer Branche haben Sie es wohl vor allem mit Paragrafen und solchen Dingen zu tun, stelle ich mir vor.«

»Woher wissen Sie, was ich von Beruf bin?« Ulrika setzte ihren unterbrochenen Spaziergang fort und gab ihm zu verstehen, dass er sie ein Stück begleiten dürfe.

»Hier draußen passiert nicht so schrecklich viel. Und wenn es dann etwas Neues gibt, dann wissen das gleich alle. Es ist doch kein Geheimnis, dass Sie sich um Ellen Hults Hinterlassenschaft kümmern. Und unter uns, ich weiß auch, dass Sie damals Östen in der Alkohol-am-Steuer-Sache verteidigt haben, obwohl er sich alle Mühe gibt, sie unter den Teppich zu kehren.«

Ulrika lachte, ohne sich zum Wahrheitsgehalt dieser Aussage zu äußern. »Sie scheinen mit den Brüdern Hult ja gut befreundet zu sein.«

»Nein, das kann man nicht gerade behaupten.« Birger Österholm bohrte die Hände in die Hosentaschen und bewegte seinen Oberkörper leicht verlegen hin und her.

Er erinnerte Ulrika an einen widerspenstigen Zeugen. An so einen, dem man ein wenig um den Bart gehen muss, ehe er sich sicher fühlt, so dass man ihm die gewünschte Antwort aus der Nase ziehen kann.

»Nicht? Aber man kann ja auch nicht mit allen zu tun haben«, stellte sie in einem Tonfall fest, der ihm mitteilen sollte, dass sie ihn missverstanden hatte. Weshalb er nun erklären wollte, was wirklich passiert war.

»Wir haben uns überworfen, weil ich damals von Ellen Land gepachtet hatte.« Er zog sich die Mütze vom Kopf und setzte sie wieder auf. »Sie wollten mir dieses Land nicht verkaufen, obwohl mir das zugesagt worden war.«

»Nach Ellens Tod?«

»Nein, verdammt, das ist inzwischen schon fünfundzwanzig Jahre her.«

»Das war damals, als Jenny weggegangen ist, meinen Sie?« Ulrika umging das Wort »verschwinden« im Zusammenhang mit Jenny.

»Ja, so ungefähr. Aber unsere Auseinandersetzung war etwas früher, wenn man das so sagen kann. Jenny ist im Sommer gegangen, die Pacht hätte im Frühling verlängert werden sollen. Wenn Rolf sich nicht eingemischt, sondern die Sache Ellen und mir überlassen hätte, wie vorher auch immer, dann wäre es kein Problem gewesen.« Er verscheuchte eine Libelle, die ihm zu nah gekommen war. »Ich habe mich in all den Jahren dermaßen mit diesem Land abgemüht. Aber jetzt würde ich es nicht mal dann nehmen, wenn sie es mir vor die Füße schmissen.«

»Warum wollte Rolf es Ihnen nicht überlassen, wo die Familie selbst doch keine Verwendung dafür hatte?«

»Das hatte sicher allerlei persönliche Gründe. Ich glaube eigentlich, er wollte sich vor Ellen wichtig machen. Und man kann wohl auch sagen, dass Eifersucht mit im Spiel war.«

Manchmal war es besser zu schweigen, statt Fragen zu stellen, wenn man sich eine Antwort wünschte. Ulrika schämte sich nicht eine Sekunde dafür, dass sie hier in einem Bereich herumschnüffelte, den zu betreten sie kein Recht hatte. Während sie zuhörte, was Birger ihr erzählen konnte, behielt sie die vor ihr herrennenden Jungen aufmerksam im Auge. Sie johlten und schrien, wahrscheinlich spielten sie Indianer.

»Wenn ich das Land damals hätte kaufen können, dann wäre das gut gewesen. Als ich den ersten Pachtvertrag unterschrieb, habe ich damit gerechnet, dass es eines schönen Tages mir gehören würde. Mein Vater besaß nämlich das angrenzende Grundstück, das nicht besonders groß war, aber es war doch fruchtbarer, guter Boden. Verstehen Sie, meine Geschwister hatten keinerlei Interesse an Landwirtschaft. Sie waren schon längst aufs Festland gegangen, gleich nachdem sie mit der Schule fertig gewesen waren. Beide Parzellen hatten irgendwann zum selben Hof gehört, waren aber Ende des neunzehnten Jahrhunderts aus Erbgründen geteilt worden. Wenn man sie wieder zusammengelegt hätte, hätten sie ertragreich werden können. Aber wenn man nur kleine Landfetzen hat, braucht man noch einen Nebenverdienst, um zurechtzukommen. Und jetzt, wo die Grundstückssteuern dermaßen wahnsinnig in die Höhe geschossen sind, ist man ja gezwungen, das wenige zu verkaufen, was man hat, um hier überhaupt noch leben zu können.«

»Ja, die Grundsteuern sind für viele ein Problem. Aber es gibt Möglichkeiten, die Festsetzung überprüfen zu lassen. Ich nehme an, das wissen Sie.«

Birger Österholm nickte, um zu zeigen, dass er darüber informiert sei. Ulrika hatte einen Stein im Schuh. Sie musste stehen bleiben, um ihn hinauszuschütteln. Sie stützte sich auf seinen Arm, als sei das das Natürlichste auf der Welt.

»Aber was haben Sie dann gemacht, als Sie das Grundstück nicht kaufen konnten? Sie sind doch trotzdem hier draußen geblieben, wenn ich das richtig verstanden habe.«

»Ich hatte in den Jahren davor einiges zurückgelegt, um irgendwann das Grundstück kaufen zu können. Man musste auch noch andere Arbeit machen, um etwas auf die hohe Kante legen zu können. Schreinerarbeiten und was immer sonst zu finden war. Ich nahm also mein Geld und kaufte mir ein Wassertaxi. Und jetzt habe ich zwei. Mein Sohn fährt eins davon. Er ist der Vater der Zwillinge«, erklärte er stolz.

»Sie meinen also, dass Rolf damals ein Auge auf Ihre Frau geworfen hatte?«

»Wieso meinen Sie das?«

»Haben Sie nicht eben gesagt, dass Eifersucht dahinter steckte, dass Sie das Grundstück nicht kaufen konnten?«

»Doch«, er lachte herzlich. »Aber das hatte nichts mit meiner Frau zu tun. Sie war damals mit einem anderen verlobt. Wir haben erst viel später geheiratet. Den Jungen hatte sie schon, als wir uns kennen gelernt haben, müssen Sie wissen. Nein, dass Rolf auf mich sauer war, hatte ganz andere Gründe.«

»Ach, und welche, wenn ich so neugierig sein darf, das zu fragen?« Ulrika bedachte ihn mit einem interessierten und leicht flirtenden Lächeln.

»Es lag daran, dass Rolf es nicht ertragen konnte, dass Jenny und ich etwas miteinander hatten. Und deshalb lief dieser Trottel zu Ellen und klatschte. Wie das ärgste Waschweib, kaum war er uns auf die Schliche gekommen. Er war immer schon eifersüchtig auf Jenny gewesen, hatte sie, als sie noch klein waren, gekniffen und geschlagen, wenn niemand hinsah. Ich kann Ihnen sagen, es wurde später auch nicht viel besser, aber da konnte sie sich immerhin wehren. Er war ein richtiger Mistkerl. Er wusste ja, dass Ellen wütend werden würde, wenn sie davon erführe, und dass sie alles versuchen würde, um der Sache ein Ende zu setzen ...«

Er schien noch mehr sagen zu wollen, schwieg dann aber doch.

»Eine seltsame Geschichte, das mit Jenny«, sagte Ulrika nachdenklich. »Wir haben ziemlich viel über sie gesprochen, die Brüder und ich. Niemand hat von ihr gehört, seit sie damals weggegangen ist. Wissen Sie, was danach aus ihr geworden ist?«

»Keine Ahnung, sie war einfach weg. Sie hatte wohl die ganze Schufterei hier draußen satt, stelle ich mir vor. Sie haben sie doch behandelt wie eine Sklavin. Kost und Logis bekam sie, aber keinen Lohn, höchstens ab und zu mal ein kleines Taschengeld. Wenn sie nicht noch eine andere Einkommensquelle gehabt hätte, dann weiß ich wirklich nicht, wie sie sich hübsche Kleider und alles andere, wonach sie sich sehnte, hätte leisten sollen.«

»Sie meinen die Destillieranlage? Das war ja offenbar ein lohnendes Nebengeschäft für eine, die gute Nerven und ein dehnbares Gewissen hatte.«

»Ich weiß ja nicht, ob das so viel mit dem Gewissen zu tun hat. Die, die sich trauen, das Risiko auf sich zu nehmen, haben wohl immer schon gebrannt. Sie hatte gute Nerven und viel Geschäftssinn, die Kleine.

»Wundert es Sie nicht, dass sie sich in all den Jahren nie wieder gemeldet hat?«

»Nein, nicht besonders. Sie war sicher so dankbar dafür, dass sie hier weggekommen war, dass sie versuchte, uns zu vergessen, sowie sie ihre Füße aufs Festland gesetzt hatte. Sie wollte mehr vom Leben, als sie hier bekommen konnte. Das wusste Ellen auch. Am Ende musste sie das akzeptieren, auch wenn die Brüder etwas anderes behaupten. Sonst hätte sie ihre Tochter ja wohl kaum aufs Festland übergesetzt. Denn das muss ich sagen, wenn sie nicht damit einverstanden gewesen wäre, dass Jenny wegwollte, dann hätte sie sie nicht einmal die Fähre nehmen lassen. Ellen konnte es einfach nicht ertragen, dass jemand sich ihr widersetzte.«

»Ach, und ich dachte, Jenny sei mehr oder weniger durchgebrannt.«

»Nein, davon konnte wirklich nicht die Rede sein. Ich habe mit eigenen Augen gesehen, wie Ellen Jennys Tasche in ihr Boot gestellt hat. Es war ganz früh am Johannistag, ich kam gerade herein, nachdem ich einige Netze überprüft hatte.«

Jetzt waren nur das Rauschen der Bäume und der Gesang der Vögel zu hören. Die Jungen waren weiter vorn verstummt, sicher hatten sie etwas Spannendes entdeckt. Warum hatten die Brüder ihr verschwiegen, dass Ellen Jenny gefahren hatte? Sie hatten Ulrika erzählt, Ellen habe später an diesem Tag Jennys Brief gefunden und sei außer sich vor Zorn gewesen. Hier stimmte doch etwas nicht. Sie musste sich danach erkundigen, ehe sie die Insel verließ.

»Die Jungs haben offenbar den Ameisenhaufen gefunden«, sagte Birger Österholm lachend und schaute auf die Uhr. »Aber ich muss jetzt wirklich nach Hause. Meine Frau wartet mit dem Essen.«

Ulrika schaute lange hinter ihm her. Er musste so ungefähr in Östens Alter sein. Zum ersten Mal dachte sie an Jenny als an eine Frau mittleren Alters. Früher hatte sie sie immer als junge Frau von Anfang zwanzig vor sich gesehen. Lag das daran, dass sie im tiefsten Herzen nicht glaubte, dass Jenny älter geworden war?

Als Ulrika das Haus erreichte, war nur Rolf da. Sie bat um Entschuldigung für ihr unangemeldetes Erscheinen. Aber das macht doch nichts, hereinspaziert, hereinspaziert. Er strich sich die wenigen noch vorhandenen Haare glatt und zwinkerte ihr hingerissen zu. Flehte sie geradezu an, doch hereinzukommen. Mit seinen stechenden Augen starrte er ihre nackten Beine ein wenig zu lange an. Sie trug Shorts und ein T-Shirt. Glaubte er, sie sei gekommen, um ihn unter vier Augen zu treffen? Fast sah es so aus. Na ja, es konnte nicht schaden, ihn seine Hormone ein wenig spüren zu lassen. Die Jungen spielten auf dem Hofplatz, sie würde nicht lange bleiben.

Ohne Umschweife erzählte sie, was sie über Jennys Aufbruch gehört hatte. Rolfs Gesicht veränderte sich wie durch Zauberhand. Für einen kurzen Moment fürchtete sie schon einen Wutausbruch. Verschwunden waren das schmeichlerische Lächeln des Charmeurs und seine viel sagenden Blicke. Jetzt blitzten seine Augen und seine Oberlippe hob sich, als habe er vor, die Botin erst einmal zu beißen.

»Was zum Teufel redet der alte Idiot da für einen Scheiß!«, spuckte er geradezu heraus. »Es ist einfach unvorstellbar, dass Mutter sie gefahren haben könnte. Total unmöglich! Kann er verraten, wie das vor sich gegangen sein soll? Ich habe doch mit eigenen Augen gesehen, wie entsetzt sie war, als sie den Zettel gefunden hatte. Er ist einfach nur ein kurzsichtiger geiler Bock, dem man lieber aus dem Weg gehen sollte. Hüten Sie sich vor ihm. Auf den ist kein Verlass.«

Mehr brauchte er nicht zu sagen. Ulrika hatte längst begriffen, dass Rolf für Birger Österholm nicht gerade viel übrig hatte. Sie bedankte sich freundlich für die Auskünfte und versprach, sich zu melden, wenn es etwas Neues gäbe.

Auf dem Rückweg zum Boot kam ihr der Gedanken, dass sie auf dem Felsen vielleicht gar nicht »Jonny« gelesen hatte. Unter dem Kreuz hätte auch Jenny stehen können. Ihr Magen krampfte sich zusammen, und sie spürte, wie sich die Haare in ihrem Nacken sträubten. Sie musste sofort mit Stefan reden.

»Wer zuerst beim Boot ist!«, rief sie den Jungen zu, dann rannte sie los.

Stefan hatte schon gepackt. Das Boot war startbereit, und Elin trug ihre Schwimmweste. Sie sah aus wie das Michelinmännchen.

»Hast du alles geschafft?«

»Ja, sicher«, sie zögerte einen Moment. »Glaubst du, wir könnten bei der Insel mit dem Adlernest vorbeischauen?«

»Warum das?«

»Ich möchte mir noch einmal den Namen auf dem Felsen ansehen.«

»Und warum das?«

»Ich frage mich, ob da nicht auch Jenny stehen kann.«

»Das ist durchaus möglich. Aber dazu brauchen wir doch nicht zurückzufahren.«

»Du glaubst also auch, dass da Jenny stand? Und kann es ein Kreuz gewesen sein und kein Pluszeichen?«

»Das kann man sicher nach Belieben auslegen. Warum interessiert dich das plötzlich so sehr?«

»Es kann doch als Grabstein gedacht gewesen sein.«

Stefan lachte kurz auf. »Aber wo ist dann das Grab?« Plötzlich wurde er ernst. »Du meinst doch wohl nicht, dass wir uns auf die Suche nach einem Grab machen sollten? Mit den Kindern? Jetzt mach aber mal einen Punkt!«

Ulrika zuckte mit den Schultern und konnte ihr Unbehagen abschütteln, ehe sie an Bord sprang.

»Nein, du hast schon Recht. Das war keine gute Idee. Vergessen wir's.«

13

Oben in der Cafeteria des Sturebads war es ziemlich leer. Die Nachmittagsgäste waren weg und die Feierabendschwimmer noch nicht eingetroffen, und es gab Platz genug, im Becken und bei den Geräten. Ulrika war früh aus der Kanzlei gekommen, hatte ihre fünfhundert Meter schon hinter sich und saß jetzt mit einem Glas Mineralwasser Anette gegenüber, die darauf wartete, dass ihr persönlicher Trainer auftauchte.

»Ich habe vor einiger Zeit einen Typen verteidigt, dem vorgeworfen wurde, Bodybuildern anabole Steroide zu verkaufen. Kannst du dir das vorstellen? Er hatte das sogar kleinen Jungs von siebzehn, achtzehn Jahren angedreht. Die sind doch noch nicht mal ausgewachsen. Ich kann nicht begreifen, wie die so blöd sein können, sich diesen Risiken auszusetzen. Weißt du, dass manche sich Öl in die Muskeln spritzen, um die zum Schwellen zu bringen? Ich habe Bilder gesehen, die so widerlich waren, dass man eigentlich gar nicht glauben mag, dass irgendwer seinen Körper freiwillig so entstellt. Vor allem an einen Mann kann ich mich erinnern. Er hatte Muskeln, die sich wanden wie Schlangen. Das ist doch total krankhaft.« Ulrika verzog angeekelt das Gesicht.

»Sagst du das, weil ich einen persönlichen Trainer habe?«

»Das war nur eine Assoziation, die dann ein wenig zu weit geführt hat.« Ulrika musste über sich lachen. »Nein, ich finde, seit du mit dem Training angefangen hast, hast du eine wirklich tolle Figur bekommen«, sagte sie beruhigend. »Und du hast auch abgenommen, oder nicht?«

»Nein, im Gegenteil. Muskeln wiegen mehr als Fett.«

»Dann habe ich jedenfalls zu viele Muskeln auf den Hüften.«

»Ich dachte, nach Elins Geburt seist du alles wieder losgeworden?«

»Das schon, aber als Bootsbesitzerin nimmt man auch zu. Das liegt an der Seeluft. Ich habe vor jeder Mahlzeit einen Bärenhunger, von den Zeiten zwischen den Mahlzeiten ganz zu schweigen.«

»Vielleicht bist du wieder schwanger. Weißt du nicht mehr, wie viel du dann immer gegessen hast?«

»Nein, ich kann mit Sicherheit sagen, dass ich das nicht bin. Wir haben beschlossen, eine Weile zu warten, ehe wir uns noch mehr zulegen. Ich finde, Stefan sollte mit seiner Dissertation ein wenig weiter kommen, ehe wir die Familie erweitern.«

»Warum denn?«

»Ich glaube, das ist wichtig für sein Selbstbewusstsein.«

»Meinst du, er hat damit Probleme?«

»Überhaupt nicht, aber ich glaube, es wäre trotzdem gut für ihn, mit seiner Forschung ein Stück weiterzukommen. Danach kann er sich dann noch zwei Jahre Zeit lassen und bei den Kindern zu Hause sein, das gefällt ihm doch so gut. Er hat ja zweimal die Woche Hilfe im Haushalt, also kann er weg, wenn er das braucht.«

»Mit ihm hast du wirklich Glück gehabt. Er ist fantastisch.«

»Ja, das ist er.« Ulrika lächelte glücklich, als habe dieses Kompliment ihr gegolten.

Ein blonder Mann von Mitte zwanzig winkte Anette zu.

»Zwei Minuten!«, rief sie und sah Ulrika an, um sich zu entschuldigen. »Ich glaube, ich habe galoppierende Alzheimer entwickelt. Jetzt hätte ich doch fast vergessen, dir zu erzählen, dass ich allerlei über Irene Miers herausgefunden habe.« Sie öffnete ihre Tasche und reichte Ulrika einen großen braunen Umschlag. »Als sie noch lebte, hat sie durchaus mehr Aufmerksamkeit erregt als nach ihrem Tod. Lies es doch einfach selbst. Bis dann«, und damit war sie verschwunden.

Der Umschlag war nicht zugeklebt. Ulrika öffnete ihn und zog einige Fotokopien von alten Zeitungsartikeln hervor, die chronologisch sortiert waren.

Irene Miers hatte Ende der siebziger Jahre ihre fünfzehn Minuten im Scheinwerferlicht genossen, als Freundin eines schwedischen Punkmusikers, dessen Glanztage davon gekrönt wurden, dass er in der englischen Hitparade auf dem zweiten Platz gelandet war. Irene war in die Zeitungen geraten, als sie ohne Arbeitserlaubnis bei mehreren Konzerten seiner Band Synthesizer gespielt hatte. Einige Klatschartikel berichteten von der Angst, die sie und ihr Punk davor hatten, dass sie ausgewiesen werden könnte. Anette hatte sogar einen kleinen Artikel aufgetan, der berichtete, dass die Liebe der beiden diesen Belastungen nicht standgehalten hatte. Dieser Artikel war in der Woche von Jennys Verschwinden erschienen.

Ulrika fragte sich, wie sie einen Zusammenhang zwischen beiden Frauen finden sollte. Warum hatte Irene bei ihrem Tod Jennys Anhänger um den Hals getragen? Sie konnte einen kleinen Stich der Enttäuschung darüber nicht unterdrücken, dass Anette Jennys Verschwinden nicht interessant genug gefunden hatte, um darüber zu schreiben. Nicht einmal, als Ulrika ihr von dem Namen auf dem Felsen erzählt hatte.

Leicht abwesend überflog Ulrika die übrigen Unterlagen. Unter anderem gab es einen einige Jahre später erschienenen Artikel, der berichtete, dass der Punk an einer Überdosis gestorben war. Ulrika war damals noch nicht alt genug gewesen, konnte sich aber vage daran erinnern, dass in der Schule von diesem Ereignis die Rede gewesen war. Wen könnte sie danach fragen? Auf die Schnelle fiel ihr aus ihrem Bekanntenkreis niemand ein, der alt genug war, um sich in seiner Jugend für Punkmusik interessiert zu haben. So weit reichte ihre Fantasie nicht.

Über den Fund der Frauenleiche unter dem Anleger war nicht sonderlich viel geschrieben worden. Er hatte offenbar nicht als Sensation gegolten. Eine tote Frau war uninteressant, wenn sie nicht ermordet worden oder von höherem gesellschaftlichen Status gewesen war, als Irene Miers ihn erreicht hatte. Sie war dermaßen in Vergessenheit geraten, dass nicht die geringste kleine Notiz mitteilte, dass sie identifiziert worden war.

Als sie die Sturegalerie verließ, schaute Ulrika im Buchladen vorbei und kaufte einen Stapel Taschenbücher für die Bordbibliothek.

Die Nacht war sternenklar. Sie hatten das Fenster offen gelassen, als sie schlafen gegangen waren. Jetzt hatte der Mond seine Runde gedreht und schien wie ein Scheinwerfer durch Ulrikas geschlossene Augenlider. Daran hätte sie vorher denken müssen. Sie hatte doch schon vor Tagen gesehen, dass der Mond immer voller wurde. Bei Vollmond war das immer so, Sie konnte ohne Schlafmittel nicht einschlafen. Sie seufzte und ging ins Badezimmer. Na ja, immerhin verwandelte sie sich nicht in einen Werwolf. Auch ein Trost, dachte sie und überprüfte im Badezimmerspiegel in aller Eile ihr Aussehen, während sie die Tablette mit einem Mund voll Wasser hinunterspülte. Es würde mindestens eine halbe Stunde dauern, bis die wirkte. Und da könnte sie sich inzwischen auch nützlich machen.

Auf bloßen Füßen schlich sie die Treppe hinunter. Die Elchkuh an der Wand in der Diele, die verschmähte Trophäe eines unbekannten Jägers, hieß sie unten willkommen. Auch sie fand offenbar keinen Schlaf. Ulrika kannte sonst keinen Menschen mit einem dermaßen schrillen Wandschmuck. Bei der Elchjagd galt offenbar nur ein vielendiges Geweih. Die Kuh war wirklich schwer aufzutreiben gewesen, aber als sie nun ausgestopft und stolz hier hing, fanden Ulrika und Stefan beide, dass sie sich dort überaus gut machte und Geld und Mühe durchaus wert war.

Im Internet fand sie alle Information, die sie suchte. Raven Joe, so hatte der tote Punkmusiker sich genannt, war in seiner Szene offenbar eine Art Kultfigur gewesen. In Wirklichkeit hatte er Ralf Joelsson geheißen, wie sie nun erfuhr. Zwei Mitglieder seiner alten Band waren noch immer in der Musikbranche tätig. Ulrika notierte die Informationen, die sie für ihre weitere Suche zu brauchen glaubte, dann schaltete sie den Computer aus und ging nach oben, gerade rechtzeitig, ehe die Tablette einen narkotischen Wachrausch verursachte, statt sie schlafen zu lassen. Am nächsten Tag wollte Ulrika mit Axel die Feuerwache Gustavsberg besuchen.

Axel war auf der Autofahrt dermaßen aufgekratzt, dass Ulrika sich einen Schalter zum Ausstellen wünschte. Er plapperte ohne Punkt und Komma und machte einen ohrenbetäubenden Lärm, der einen ausrückenden Löschzug darstellen sollte. Als sie endlich am Ziel waren, war er dermaßen aufgeregt, dass er nicht einmal bemerkte, dass die Wache neben einem McDonald's lag.

Erik erwartete sie schon vor der Wache. Axel gab ihm die Hand und machte einen tiefen Diener. Dann wurde er verlegen und drängte sich an Ulrika.

»Das legt sich, sowie er die Autos sieht«, sagte Erik mit einem Nicken und meinte damit Axels Schweigsamkeit und seinen gesenkten Blick.

»Dürfen Kinder denn oft herkommen und sich umsehen?«

»O ja«, sagte Erik belustigt.

»Sicher gut für die zukünftige Rekrutierung.«

»Es macht wirklich Spaß. Vor allem mit Kindergärten, wenn die Kinder noch klein sind.«

Er führte sie durch das Foyer und zeigte ihnen, wo die Heimwehr untergebracht war, dann betraten sie die große Halle mit den Löschfahrzeugen. Die waren riesengroß, rot und leuchtend. Axel ließ Ulrikas Hand los und schlich zu seinem neuen Idol Erik hinüber. Er hätte sich fast den Nacken ausgerenkt, um Blickkontakt aufzunehmen.

Ein schwacher Rauchgeruch schwebte ihnen entgegen, als Erik die Tür des größten Fahrzeugs öffnete und Axel hochhob, ehe er sich dann selbst hineinzog. Ulrika zögerte einen

Moment, als sie an ihren engen Rock dachte, dann aber siegte ihre Abenteuerlust und sie streckte die Hand aus, um sich helfen zu lassen.

»Wir haben hier starke Jungs, die Sie gern hochheben«, lachte Erik, als der erste Versuch misslang.

»Wenn ich meinen Rock anhebe, geht es sicher.«

Und das tat es. Ulrika lachte herzlich, als sie im Wagen saß und es sich neben Axel, der sich seinerseits an Erik drängte, bequem machte.

»Du möchtest doch eine Runde fahren, wo du schon mal hier bist, was?«, fragte Erik und ließ den Motor an.

Axels Augen leuchteten, als sie über den vor der Wache gelegenen Wendeplatz fuhren.

»Kannst du das Tatü-Tata einschalten?«

»Aber sicher. Halt dich fest. Jetzt geht's los.«

Axel strahlte dermaßen, dass er alle damit ansteckte, die ihn sahen, als er aus dem Auto stieg. Er hatte eine Million Fragen, die geduldig beantwortet wurden. Er durfte in das Zimmer blicken, wo die Feuerwehrleute schliefen, und wo sie trainierten, wenn sie nicht im Einsatz waren. Sie hatten auch einen Fernsehraum und eine Küche, in der es für jeden einen kleinen Kühlschrank gab.

»Damit wir uns nicht streiten, wenn jemand andrerleuts Wurstbrote geklaut hat«, wurde ihm als Erklärung genannt. Axel durfte einen Helm aufprobieren und zusehen, wie die Schläuche gesäubert wurden. Nichts konnte diesem neugierigen Fünfjährigen entgehen. Er war einfach unersättlich.

»Und du willst sicher auch mal die Stange runterrutschen, stell ich mir vor?«

»Jaaa!« Es folgten einige überglückliche Sprünge.

»Ist das nicht ein bisschen gefährlich?«, fragte Ulrika mit einem Blick nach oben.

»Aber nein, das geht schon. Ich halte ihn zuerst fest, und Sie fangen ihn hier unten auf. Das Rutschen ist immer das Lustigste. Wenn sie erst einmal angefangen haben, dann wollen sie gar nicht mehr aufhören.«

Viermal musste reichen. Die Wangen glühten, und es war klar, was Axel später werden wollte. Es stand auf seiner Stirn geschrieben.

»Haben Sie vielen Dank dafür, dass wir kommen durften. Wenn ich Ihnen irgendwie behilflich sein kann, dann melden Sie sich bitte.«

»Es war doch nur lustig, dass Axel hier war. Ich bin gern mit Kindern zusammen. Wie ist Ihr Fall eigentlich ausgegangen? Haben Sie Jenny ausfindig machen können?«

»Nein, noch nicht, aber ich arbeite daran. Früher oder später werde ich sicher erfahren, was mit ihr passiert ist. Ich bin keine, die so leicht aufgibt.«

Es zeigte sich, dass Love Höglunds Qualen weder von Krebs noch von einem Gehirntumor oder einem blutenden Magengeschwür verursacht worden waren. Es stellte sich jedoch heraus, dass er an einem Magenkatarrh, einer leichteren Nebenhöhlenentzündung und zwei dicken Hämorrhoiden litt. Ihm wurde ein Medikament verschrieben, außerdem erhielt er einen Ordner mit Ratschlägen zur Verbesserung seiner bisher gelinde gesagt zweifelhaften Kost. Der Arzt verschrieb ihm Penizillin gegen die Nebenhöhlenentzündung und verbot ihm strengstens, während der Behandlung Alkohol zu trinken. Außerdem musste er vor jeder Mahlzeit ein äußerst scheußliches faserreiches Gelee zu sich nehmen. Sollte das alles nicht helfen, wurde mit einer Operation gedroht. Love fühlte sich beleidigt und betrogen.

Und doch passierte etwas Seltsames. Obwohl er nicht im Sterben lag, wie er erwartet hatte, schienen sich plötzlich alle um ihn zu kümmern, und das nutzte er sofort aus. Bisher war er ein elendes, versoffenes Wrack gewesen, voller Selbstmitleid und Hass auf die Umwelt, jetzt aber kehrte er ohne größere Probleme zurück ins Leben und zu seinem früheren Ich. Das heißt, er war nun kein von Selbstmitleid erfülltes Wrack mehr. Ansonsten war er unverändert.

Die Bewährungshelferin Margit Björnberg wandte sich an

das Sozialamt, das ihm einen Platz in einem Behandlungsheim besorgte. Anfangs hatte er sich widersetzt, doch nach und nach sah er ein, dass es Vorteile haben könnte, sich als kooperativ zu erweisen, und im Grunde hatte er gegen einen Tapetenwechsel ja auch gar nichts einzuwenden.

Es sollte eine Behandlung nach dem Minnesota-Modell sein. Sie gehörte zu einem kombinierten Programm für Suchtkranke und Kriminelle und fand auf einer Insel im Stockholmer Schärengürtel statt, wo die Insassen vier Wochen lang nüchternes Leben lernen und zugleich die Möglichkeit erhalten sollten, ihre Moral- und Wertmaßstäbe zu ändern. Aus purem Wohlwollen, oder weil sie ein schlechtes Gewissen hatte, weil sie nicht früh genug eingegriffen hatte, um Loves Baby vor den tödlichen Misshandlungen zu retten, versprach die Sachbearbeiterin vom Sozialamt außerdem, ihm nach Möglichkeit bei der Beschaffung einer neuen Wohnung zu helfen.

»Ich war so krank und niedergeschlagen, dass ich einfach nicht sauber machen konnte. Und niemand will die Wohnung haben, so, wie sie jetzt aussieht. Aber ich schaffe das einfach nicht, ich bin doch immer noch krankgeschrieben«, jammerte Love, als er sah, dass sie jetzt auf seiner Seite stand.

Ihm wurde Geld zugesagt, damit er die Wohnung in Ordnung bringen lassen konnte, ehe er sich in das Behandlungsheim auf Morö begab.

Ansonsten wurde es nicht für nötig befunden, ihn vor seiner Abreise in den Entzug zu stecken, weil seine Missbrauchsperiode diesmal nicht von sehr langer Dauer gewesen war. Er war doch vor kurzem erst aus der Haft entlassen worden, Wenn es Probleme gäbe, könnte er sich doch zuerst mit Lightbier behelfen, wurde ihm gesagt, für den Fall, dass er Entzugserscheinungen fürchtete. Was er durchaus nicht tat. Er war ja wohl kein Scheißalkoholiker. Er hatte keine Probleme, er trank nur eben gern.

Ehe er losfuhr, besorgte er sich eine Pistole. Die alte hatte er beiseite geschafft, sowie er erfahren hatte, dass Anna an ihren Verletzungen gestorben war.

Die Hitze stand wie eine tropische Wand vor Ulrika, als sie das Gericht verließ. Sie stellte ihre Aktentasche ab und zog ihre Kostümjacke aus. Die selbsthaftende Gummikante ihrer Stay-up-Strümpfe kratzte ein wenig und irritierte die Haut auf der Innenseite ihrer Oberschenkel. Ihr Magen knurrte. Sie hatte morgens das Frühstück ausfallen lassen und nur eine Tasse Kaffee getrunken. Die Waage hatte den magischen Strich wieder überschritten, also waren jetzt Hunger und Qualen angesagt. Sie hätte sich gern in ein nettes Straßencafé gesetzt und ein leichtes Mittagessen zu sich genommen, aber ihr fiel kein in der Nähe gelegenes ein. Also kaufte sie sich ein wenig Obst und ein Mineralwasser und spazierte zum Kronobergspark. Als sie am Polizeigebäude vorbeiging, musste sie einfach zu Nils Petters Fenster hochschielen.

Der Park sah jetzt anders aus. Sie war seit dem Winter nicht mehr hier gewesen. Das schien eine Ewigkeit her zu sein. »Wenn im Sommer die Arbeit zu schwer wird, setze ich mich mit meinem Butterbrot hier hin«, hatte er gesagt und auf eine Böschung gezeigt, auf der kahle und bereifte Bäume standen. Ihr Atem war in der Luft als kleine Wolken zu sehen gewesen, und sie hatte ihre Lippen an seinen gewärmt. Jetzt warf der Baum einen Schatten. Ulrika legte die Jacke mit dem Futter nach unten auf den Boden, um Grasflecken zu vermeiden, dann setzte sie sich. Nachdem sie sich rasch davon überzeugt hatte, dass niemand sie sah, zog sie Schuhe und Strümpfe aus. Es war ein albernes, aber ungeschriebenes Gesetz, vor Gericht niemals ohne Strümpfe aufzutreten.

Sie aß langsam ihren Apfel und zerkaute vor dem Schlucken sorgfältig jeden Bissen des säuerlichen Fruchtfleischs. Sie hatte außerdem noch eine Pflaume und eine Banane. Aus der Ferne war Verkehrslärm zu hören. Damals hatte der Schnee unter ihren Stiefeln geknirscht. Schneeflocken waren auf Nils Petters Wimpern liegen geblieben. Zarte weiße Kristalle auf seiner dunklen Haut. Jetzt spielten planschende Kinder im Springbrunnen.

Ulrika sah ihn schon aus der Ferne. Niemand bewegte sich

so elegant. Stark und männlich. Spannend. Gerade machohaft genug. Wenn er nur nicht kehrtmachte, sobald er sie entdeckte. Wie neulich im Restaurant. Das hatte sie verletzt. Sie wollte ihn gern wiedersehen. Ein wenig plaudern, die Möglichkeit finden, wieder Freunde zu sein. Der Abschied war so bitter gewesen. Harte Worte, die sie beide nicht so gemeint hatten. Sie hätte am liebsten da weitergemacht, wo sie aufgehört hatten. Aber zu ihren Bedingungen …

Jetzt sah er sie. Er zögerte einen Moment, dann lächelte er und kam auf sie zu. Sie blieb sitzen und wartete, bis er sich neben sie gesetzt hatte.

»Ich hatte gehofft, dass du kommen würdest«, sagte sie mit weicher Stimme.

»Du weißt also noch, dass ich oft herkomme.«

»Du hast mir gefehlt.«

»Und du mir. Das weißt du. Hast du Hunger? Ich habe Butterbrote bei mir.«

»Nein, danke. Ich habe Obst, du kannst die Pflaume haben.«

»Wir teilen sie und pflanzen den Kern als Erinnerung ein. Danach gehen wir zu mir nach Hause und machen ein kleines Kind, das auf den Pflaumenbaum klettern kann, wenn es größer ist«, sagte er lächelnd.

»Du spinnst«, Ulrika lachte und fuhr ihm durch die Haare. »Warum nimmst du nicht die Banane?«

»Willst du nicht einmal einen kleinen Baum mit mir zusammen haben?«

»Doch, wenn ein Pflaumenbaum reicht, dann wäre mir im Moment nichts lieber. Die haben so schöne Blüten.«

Ulrika hörte, wie er Atem holte. Der Schatten eines Zitterns über seinen Lippen, an den sie sich so gut von Augenblicken der Begierde her erinnern konnte. Die verdrängte Liebe flammte mit einer intensiven und wunderbar vertrauten Hitze auf. Und bei Gott, sie hatte sich so sehr danach gesehnt. Wenn er nur wollte, dann würde sie eine Lösung finden. Es musste eine Lösung geben.

»Ich kann nicht versprechen, dass ich mich auf Dauer damit zufrieden geben werde«, sagte er.

Sein scherzhafter Tonfall war plötzlich leise und ernst geworden. Ulrika hatte Angst, ihn ein weiteres Mal zu verlieren.

»Es wäre einfacher, wenn ich wirklich wüsste, was du willst«, sagte er dann und verschränkte die Hände, wie um keine Berührung riskieren zu müssen. »Dann hätte ich doch immerhin eine Chance. Damals bei unserem Verhältnis ist es mir nicht gut gegangen, das weißt du. Deshalb habe ich Forderungen gestellt. Es hat so vieles darunter gelitten, dass ich mir die ganze Zeit den Kopf über die Zukunft zerbrochen habe.«

»Kannst du nicht versuchen, in der Gegenwart zu leben?«

Sie wollte nicht hören, dass es ihm schlecht gegangen war. Für sie war ihre gemeinsame Zeit wunderbar gewesen. Er hatte diese Beziehung mit offenen Augen aufgenommen. Sie hatte kein Geheimnis daraus gemacht, dass sie ihre Familie nicht verlassen wollte. Diese Hoffnung hatte er selbst entwickelt. Er hatte ganz genau gewusst, dass sie ihm nicht alles geben konnte.

»Wenn ich ganz ehrlich sein soll, dann weiß ich nicht, ob ich das alles noch einmal durchmachen will. Es war eine harte Zeit, Ulrika.«

»Für mich auch.«

»Aber der Ball lag die ganze Zeit bei dir.«

Ihr Körper schmerzte vor Verlangen nach ihm. Ihre Leidenschaft ließ sich mit nichts vergleichen, was sie je erlebt hatte. Wie ein Radar hatte die Lust sie zueinander gelenkt. Sie hatten ihre gegenseitige Nähe quer durch die ganze Stadt hindurch spüren können. Wie ein Magnet hatte er sie angezogen. Telepathisch? Vermutlich nicht. Aber ihre Gedanken waren unterbewusst ja immer beieinander gewesen. Und diese Kraft war noch immer vorhanden. In diesem Moment hätte Ulrika alles gegeben, nur um ihn küssen zu dürfen. Sie beugte sich zu ihm vor und spürte ihren Körper an seinem. Sein Herz schlug hart an ihrem, aber diesmal waren seine Lippen kalt.

»Ich muss zurück ins Büro, die Mandanten warten schon. Es war nett, dich wiederzusehen, Nils Petter. Pass auf dich auf.«

Nach zwei Metern blieb sie stehen und zog die Pflaume aus der Tüte. »Fang!«, rief sie und warf sie ihm zu. Automatisch hob er die Arme und fing die Frucht so vorsichtig wie ein zartes Vogeljunges. Ulrika drehte sich eilig um und lief weg. Auf dem ganzen Weg in die Kanzlei versuchte sie sich einzureden, dass es so das Beste sei. So stark war dieses Bedürfnis, dass sie es fast selber glaubte.

Ihr erster Mandant nach dieser Pause war ein Überbleibsel aus der Zeit in Brüssel, wo sie in der dortigen Filiale der Kanzlei eine Vertretung übernommen hatte. Es handelte sich um einen ehemaligen Steuerflüchtling, der jetzt nach Schweden zurückkehren und vorher sicherstellen wollte, dass ihm nichts passieren würde, wie er sagte. Er war von Schweden nach Belgien gezogen, als es noch kein Steuerabkommen zwischen beiden Ländern gegeben hatte. Und das hatte bedeutet, dass er nach dem Verkauf seiner schwedischen Firma überhaupt keine Steuern hatte zahlen müssen. Fünf Jahre hatte es gedauert, bis diese Sache verjährt gewesen war, danach war er noch einige Zeit in Belgien geblieben, damit die Kinder die Schule beenden konnten. Jetzt wollte er sein altes Haus auf Lidingö zurückkaufen und wieder in der Wirklichkeit ankommen. Ulrika informierte ihn über die gesetzlichen Bestimmungen und sie besprachen verschiedene Alternativen. Er war redselig und munter und erzählte während der debitierbaren Zeit über einen Nachbarn in Brüssel, der auf überaus raffinierte Weise große Summen hatte waschen können. Ulrika hörte belustigt zu.

Da sich so gut wie alle Banken weigerten, größere Summen Bargeld anzunehmen, falls deren Herkunft nicht verlässlich belegt werden konnte, war immer größere Findigkeit vonnöten, wenn jemand Schwarzgeld im Sparstrumpf hatte. Der Nachbar war deshalb mit einer großen Tasche voll Geld nach Luxemburg gefahren. Dort hatte er in einer Bank, bei der er bereits ein kleineres Konto unterhielt, ein riesengroßes

Schließfach gemietet. Als er sich dann eine Luxusvilla kaufen wollte, fragte er seinen Sachbearbeiter in der Bank, ob die eine Bürgschaft ausstellen könne, wenn er das Geld im Schließfach als Sicherheit anbot. Was natürlich kein Problem war. Er war ja Kunde der Bank.

»Und?«, fragte Ulrika.

»Danach hat er das Darlehen nicht zurückgezahlt, und die Bank musste auf diese Sicherheit zurückgreifen«, sagte der Mandant mit schallendem Lachen.

»Sehr findig. Gott sei Dank ist Ihr Einkommen so gut belegt, dass Sie nicht zu dermaßen extremen Methoden greifen müssen. Ich kann mir kaum vorstellen, dass die Nordbank auf solche Vorschläge eingehen würde.«

Ehe er ging, sagte er ernst und mit einem intimen Beiklang von Mitgefühl, es sei gut zu sehen, dass die entsetzlichen Ereignisse in Brüssel bei ihr keine bleibenden Schäden hinterlassen hätten und dass sie wieder so sei wie früher. Elegant, furchtlos und intelligent.

Ulrika sagte nichts zu diesem Kompliment, sondern dachte nur: Wenn du wüsstest, wie viel von meinem alten Ich damals verschwunden ist.

Aus dem Pausenzimmer war frohes Lachen zu hören. Auf dem Tisch stand eine riesige Torte.

»Probier doch mal. Peter hat die Torte und eine Flasche Kirschlikör von einem zufriedenen Mandanten bekommen. Bestimmt ist auch für dich noch genug da«, sagte Jan Stenberg und machte ihr Platz.

Ulrika nahm sich einen Becher Kaffee, lehnte die Torte ab, zeigte aber mit den Fingern einen Zentimeter Kirschlikör. Sie schaute sich am Tisch um. Hier hatte sich die schwerere Garde versammelt. Referendare und Sekretärinnen hatten vermutlich schon Kaffee getrunken.

Aus einem plötzlichen Impuls heraus fragte Ulrika: »Hat zufällig irgendwer von euch je von einem Musiker namens Raven Joe gehört?«

Außer Ruben Tikkanen schüttelten alle den Kopf.

»Doch, den kenne ich ziemlich gut«, sagte er in seinem weichen Finnlandschwedisch. »Ich habe vor vielen Jahren in Åbo ein Konzert von ihm besucht.«

Ein kurzes, unerwartetes Trommelsolo mit gespreizten Zeigefingern auf der Tischplatte begleitete diese Mitteilung.

»Sag nicht, dass du früher mal ein Punk warst«, erwiderte Ulrika und lachte bei dieser absurden Vorstellung. Die anderen starrten sie überrascht an. Ruben war rundlich und sanft und hatte sich auf Verkehrsrecht spezialisiert.

»Doch, ein wenig schon«, er lächelte bei dieser Erinnerung hinter der Brille, die er sicherheitshalber aufgesetzt hatte, ehe er sich an der Torte bediente.

14

Der wachhabende Polizist salutierte träge, als Nils Petter Borge nach der Mittagspause zurückkam. Er war bekannt und brauchte sich deshalb nur selten auszuweisen, auch wenn die Wachen im Foyer des Polizeigebäudes ständig wechselten. Nils Petter war mit nur zweiundvierzig Jahren zum Hauptkommissar ernannt worden, als Jüngster in der Geschichte der Truppe. Dass er außerdem tüchtig und überaus sympathisch, eins siebenundachtzig groß, dunkelhäutig und nach Aussage der Kolleginnen das absolute Sexsymbol unter den Uniformträgern war, hatte sicher dazu beigetragen, dass er innerhalb weniger Jahre zu einer Art lebender Legende geworden war.

Die Arbeit bei der Polizei war schon als Kind sein Traumberuf gewesen. Sein schwedischer Stiefvater war Polizist gewesen, sein biologischer Vater aus den USA arbeitete noch immer beim FBI. Seine Arbeit war Nils Petters Leidenschaft und sein größtes Interesse gewesen, bis er im Zusammenhang mit einer Mordermittlung Ulrika Stål kennen gelernt hatte, die damals den Verdächtigen vertreten hatte. Damals hatte sich alles geändert.

Er war auf das gefühlsmäßige Chaos, das Ulrika verursachte, einfach nicht vorbereitet gewesen, er hatte sie in sein Leben eintreten lassen, und dort hatte sie sein eingespieltes Dasein auf den Kopf gestellt. Vor ihr waren die Frauen gekommen, ohne dass er sich hatte anstrengen müssen, und sie waren gegangen, wenn sie merkten, dass er sich weiterhin nicht sonderlich anstrengte. Ulrika hatte ihn für seine früheren Sünden bezahlen lassen. Es fiel ihm schwer, sich auf die Arbeit zu konzentrieren. Ihre Nähe hatte dermaßen gebrannt, wenn sie bei ihm gewesen war, und es war eiskalt gewesen, wenn sie sich ihrer Familie widmete. Am Ende hatte er einfach nicht mehr normal leben können. Er hatte sie immer bei sich haben müssen. Wollte ein Kind von ihr. Wollte Sonntage und Ferien mit ihr verbringen, vor allem aber wollte er in der Gewissheit leben, dass ihre ganze Zukunft noch vor ihnen lag. Gemeinsam. In Ewigkeit. Amen.

Was war er doch für ein Idiot gewesen zu glauben, sie könnte sich nach seinem Willen richten. Ulrika, die nicht einmal zu Verhandlungen bereit war, wenn sie sich etwas in den Kopf gesetzt hatte. Er wusste, dass er sie mit seinem Ultimatum verletzt hatte. »Es war zu schön, um wahr zu sein. Das hätte ich sofort begreifen müssen«, hatte sie gesagt, ehe sie ihn verlassen hatte.

Er hatte eine Ewigkeit gebraucht, um wieder ins Gleichgewicht zu finden. Als er sie nun im Park gesehen hatte, hatte er sie einen Moment lang dafür gehasst, dass sie sich wieder in sein Leben drängte. Dass sie nicht den Anstand besaß, ihm aus dem Weg zu gehen. Jetzt, wo sein Leben endlich wieder weiterging.

»Du hast mir gefehlt«, hatte sie gesagt. Er war inzwischen ausreichend zur Vernunft gekommen, um zu begreifen, dass das nicht unbedingt bedeutete, dass sie jetzt zu einer Entscheidung bereit war. Als sie ging, hatte er eingesehen, dass er entscheiden musste, wie das Leben nun weitergehen sollte. Als er die Pflaume aufgefangen und deren sonnenwarmes Gewicht in seiner Hand gespürt hatte, hatte er gewusst, dass er teilen müsste, wenn er überhaupt etwas haben wollte. Aber nicht mit Ulrika, sondern mit Stefan.

Er wartete schon seit über einer Stunde auf der anderen Straßenseite, als sie endlich die Kanzlei verließ. Ihre Aktentasche war schwer, ihre Schulter ein wenig gebeugt. Erst jetzt merkte er, dass sie ihre Frisur verändert hatte. Sie hatte sich einen Pony schneiden lassen. Dadurch sah sie ein wenig mädchenhaft aus. Nils Petter stieg aus dem Auto und ging ihr entgegen. Sie wirkte nicht überrascht von seinem Anblick, sondern einfach froh.

»Hast du Zeit, etwas zu trinken?«

»Wo denn?«

Bei mir zu Hause, hätte er gern gesagt. »Vielleicht in der T-Bar, da ist es immer nett, und wir können draußen sitzen«, sagte er stattdessen.

»Oder wir setzen uns auf deinen Balkon. Da sind wir ungestörter«, sagte sie, und ihre Augen lachten.

»Fährst du mit mir?«, bat er, er hatte Angst, sie könne sich die Sache sonst unterwegs anders überlegen.

»Nein, es ist besser, wenn wir zwei Wagen haben.«

Nils Petter war zuerst da. Nervös lief er in die Wohnung hinauf. Strich das Bett glatt und öffnete das Fenster, um ein wenig frische Luft hereinzulassen. Er schaute kurz im Badezimmer nach, ob es präsentabel war. Das war fast der Fall. Er klappte die Klobrille herunter, wischte Zahnpasta vom Waschbeckenrand und hängte ein sauberes Handtuch auf. Das schmutzige Geschirr vom Frühstück konnte in der Küche stehen bleiben.

Was sollte er ihr anbieten? Wein hatte er nicht. Nur Bier und eine kleine Flasche Whisky. Außerdem wusste er, auch wenn er sich alle Mühe gab, diesen Gedanken zu verdrängen, dass Ulrika später noch Auto fahren würde. Eistee, sie trank gern Tee. Wasser musste her, Zucker, eine Zitrone und einige Teebeutel. Er hatte gerade die Eiswürfel aus der Form geschlagen, als sie an der Tür klingelte.

Sofort war alle Nervosität verflogen. Das Leben ging dort weiter, wo es aufgehört hatte. Vertraut und ersehnt. Ihre Aktentasche glitt mit einem dumpfen Aufprall zu Boden, und im selben Moment fiel Ulrika in seine Arme. Der erste Kuss schmeckte nach Mundspray. Der zweite nach Ulrika.

»Ich hab ein bisschen Eistee gemacht, möchtest du?«

»Später.«

Wie ein Magnet presste sie sich an seine Brust. Sie schien in ihn hineinkriechen zu wollen. Nils Petter spürte, wie Wärme und Lust ihren Körper vibrieren ließen. Die Hände, die sich zuerst um seinen Nacken geschlossen hatten, wanderten jetzt an seinem Rücken abwärts und packten dann seinen Hintern. Sie drückte sich noch fester an ihn und seufzte zufrieden, als sie seine Erregung spürte. Hart und pochend.

»Mmm, ich fühle mich wie berauscht.«

»Dann sollten wir dich wohl erst mal ins Bett bringen«, sagte er lächelnd.

»Ich weiß nicht, ob ich es bis zum Schlafzimmer schaffe.«

»Das musst du aber. Ich hab in der Diele lange nicht staubgesaugt.«

»Das macht nichts, du kannst unten liegen.«

»Ich habe eine bessere Idee«, sagte er zärtlich und hob sie hoch. So leicht, als habe er es mit einem Kind zu tun.

Ihre Lippen waren geschwollen und ihre Wangen brannten. Ulrika betrachtete im Rückspiegel ihr glühendes Gesicht. Viertel nach elf. Sie musste langsam fahren, wenn Stefan schon eingeschlafen sein sollte, wenn sie nach Hause kam. Er war zwar gutgläubig, aber alles andere als dumm. In Zukunft würde sie vor dem Nachhausefahren die Rötung mit Eis bekämpfen. Nils Petter hatte an diesem Abend das Eis auf der Anrichte vergessen. Es war durch die Hitze aus dem Schlafzimmer geschmolzen und auf den Boden getropft. Er hatte gelacht und ihr zum Abkühlen eine Packung tiefgefrorenen Spinat angeboten. Sie hatte abgelehnt.

Auf dem Weg zu Nils Petter hatte sie Stefan angerufen und Überstunden vorgeschützt. Daran war er gewöhnt. Es passierte in regelmäßigen Abständen, auch wenn sie immer wieder versuchte, die dringendste Arbeit mitzunehmen und abends zu Hause zu erledigen. Er hatte keine weiteren Fragen gestellt, sondern nur wissen wollen, ob er das Essen warm stellen sollte.

»Wie lieb von dir, aber das ist wirklich nicht nötig. Es kann spät werden. Ich kann mir kurz was aus der Pizzeria holen, wenn ich Hunger bekomme«, hatte sie mit einem Anflug von schlechtem Gewissen gesagt.

Axel wurde wach, als sie seine Wange streichelte. Sie hatten sich seit dem Vorabend nicht mehr gesehen. Er und Elin hatten noch geschlafen, als sie morgens losgefahren war. Jetzt drehte er sich auf den Bauch und bat sie verschlafen, ihn am Rücken zu kratzen. Sie fuhr mit den Fingernägeln in leichten Spiralenmustern über Nacken und Schultern, Schulterblatt und Rückgrat. Er seufzte zufrieden, wie ein Hundebaby. Die Haare in seinem Nacken sträubten sich und er bohrte sich voller Wohlbehagen in die Matratze. Flüsternd, um Elin nicht zu wecken, erzählte er ihr, was er tagsüber alles erlebt hatte. Unmittelbar vor dem Einschlafen fiel ihm das Allerwichtigste ein. Molly, das gemästete Meerschweinchen der Kinder, war durchgebrannt und wäre fast von einem großen Vogel entführt worden. Axel hatte einen Stein nach dem Vogel geworfen, und der hatte einen Riesenschreck bekommen und war davongeflogen.

»Was für ein Glück, dass du ihn nicht getroffen hast, du hättest ihn doch schlimm verletzen können«, sagte Ulrika.

»Aber der wollte Molly holen«, widersprach Axel, empört über diese Kritik. Er hatte mit einem Lob gerechnet.

»Dann musst du dafür sorgen, dass sie nicht wegläuft, verstehst du. Sie geht doch davon aus, dass du dich um sie kümmerst. Es ist eine große Verantwortung, ein kleines Haustier zu haben.«

Axel gab keine Antwort. Er war schon wieder eingeschlafen. Ulrika zog ihm die Schlafanzugjacke über den Rücken und stopfte die Decke fest, dann ging sie in ihr Schlafzimmer.

Ihre Augen hatten sich an die Dunkelheit gewöhnt. Ulrika zog sich aus, ohne Licht zu machen. Stefan sollte nicht aufwachen und fragen, wie es mit der Arbeit gegangen sei. Ob sie alles geschafft habe. Der Schlaf war viel ruhiger, wenn er nicht in eine Menge Lügen eingehüllt wurde.

Lasse Sandgren wusste sofort, wer Ulrika war, als sie anrief, obwohl sie von ihm nur wusste, dass er damals, als sie noch mit Barbiepuppen gespielt hatte, Gitarrist in Raven Joes Punkband gewesen war. Er war überaus entgegenkommend und versprach, sich natürlich Zeit für sie zu nehmen, wenn sie glaubte, dass er ihr irgendwie behilflich sein könnte. Er konnte sich nur schwer loseisen, aber wenn sie zu ihm kommen könnte, werde er bis halb zehn Uhr abends im Studio sein. Er nannte ihr die Adresse und sagte, dass es vor dem Haus immer Parkplätze gebe. Allein das lohnte die Fahrt doch schon.

Einige Blocks am Karlbergsväg, in Richtung Haga norra, sind hübscher als die anderen. Sie sind altmodischer und gemütlicher. Die Mietshäuser liegen ein Stück von der Straße entfernt, und fast alle haben vorn einen kleinen Garten. Oft ist das nicht mehr als eine eingezäunte Rasenfläche mit einigen Bäumen oder Ziersträuchern, aber es macht doch einen Riesenunterschied.

Das Studio lag in einem alten Kino. Ulrika hielt auf der anderen Straßenseite neben einer Würstchenbude. Der Würstchenduft machte sie sofort hungrig. Doch sie widerstand der Versuchung und lief standhaft über die Straße. Nur wenn sie fastete, sehnte sie sich nach Würstchen, Hamburgern, Dönern und Brötchen. Jetzt brauchte sie nur noch ein Kilo abzunehmen, danach würde sie es sich nie mehr gestatten, übergewichtig zu werden. Das war die Mühe nicht wert.

Die Haustür war unverschlossen. Sie betrat das Foyer. Es gab keine Rezeption. Was für eine Atmosphäre. Obwohl das Lokal verräuchert war und es keine Fenster gab, so wirkte es doch gepflegt und zeitlos. Links vom Eingang lag ein wenig erhöht der Technikraum. Der Techniker schien alle Hände voll zu tun zu haben. Ulrika wollte keine Aufnahme stören, indem sie an die Fensterscheibe klopfte. Sie würde warten, bis er sie sah und ihr ein Zeichen gab, hereinzukommen.

Aus irgendeinem Grund mochte sie sich aber nicht hinsetzen, deshalb lief sie herum und sah sich die vielen Fotos von bekannten Musikern an, die die Wände schmückten. Sie erkannte sehr viele. Raven Joe fand sie zwar nicht, aber sie sah Leute wie Quincy Jones, Jerry Williams und Cornelis Vreeswijk. Aus dem Studio waren vereinzelte Akkorde und eine dünne Melodie zu hören. Hier war sicher sehr viel Musik geboren worden. Kein Wunder, dass ihr ein wenig feierlich zu Mute war.

Endlich konnte sie Blickkontakt mit dem Tontechniker aufnehmen. Er lächelte und winkte sie zu sich.

»Du bist sicher Ulrika Stål«, sagte er, als sie sich durch das Meer aus Ausrüstungsgegenständen einen Weg zu ihm gebahnt hatte. »Ich heiße Robban. Lasse hat dich schon angekündigt. Setz dich doch so lange dahinten hin. Ich glaube, die werden bald eine Pause machen.«

Er zeigte auf ein langes Ledersofa, das zwischen Mischpult und Studiofenster stand. Ulrika hätte ihm lieber beim Arbeiten über die Schulter geschaut. Die Ausrüstung mit ihren Hunderten von Knöpfen und Rädchen sah ungeheuer kompliziert aus, und es juckte sie richtig in den Fingern, sich wenigstens einen Teil davon erklären zu lassen. Ein Apparat sah aus wie eine Telefonanlage, sie konnte sich einfach nicht vorstellen, wozu er gut sein sollte.

Jetzt wurde unten im Studio gespielt. Der Kontrollraum füllte sich mit Musik. Robban setzte sich wieder an das Mischpult und überließ Ulrika ihrem Schicksal.

Sie fand diese Aufnahme interessant. Die Zeit flog nur so dahin. Fast fand sie es schade, als der Gitarrist, bei dem es sich offenbar um Lasse Sandgren handelte, sie dann ins Studio rief.

»Na, wie fandest du das?«

»Gut«, lachte Ulrika. »Sehr gut. Ich war dermaßen auf Hardrock eingestellt, dass ich meinen Ohren zuerst nicht trauen wollte, als ihr losgelegt habt.«

»Ja, da gibt es schon einen gewissen Unterschied. Aber lass uns draußen weiterreden, sonst kann Robban alles hören«, sagte er und zeigte auf die Lautsprecher. »Möchtest du etwas trinken?«

Sie setzten sich in die Nähe der Kaffeemaschine. Ulrika begnügte sich mit einem Glas Wasser und einer Novalucol, denn ihr Magen hatte sich noch immer nicht wieder beruhigt. Lasse nahm einen Becher Kaffee.

»Wie ich schon am Telefon gesagt habe, versuche ich, einen Zusammenhang zu finden zwischen Irene Miers und einer Frau, die Jenny Hult hieß, ich meine: heißt«, korrigierte sie sich. »Sie ist ungefähr gleichzeitig mit Irene Miers verschwunden. Du weißt doch, dass Irene Miers gestorben ist, kurz nachdem ihre Beziehung zu Raven zu Ende gegangen war?«

Lasses Blicke irrten durch den Raum, ehe er antwortete.

»Doch, davon habe ich gehört. Ein Bulle hat damals in der ganzen Szene herumgefragt. Damals hatten wir die Band aber schon lange aufgelöst. Und verdammt, ich konnte mich damals an nichts erinnern. Und wenn ich ehrlich sein soll, dann glaube ich auch jetzt nicht, dass ich irgendwie behilflich sein kann. Herrgott, das ist doch fünfundzwanzig Jahre her«, sagte er und machte eine so heftige Handbewegung, dass der Kaffee überschwappte. »Ich meine, damals haben wir doch alle ziemlich wild gelebt, wenn du verstehst, was ich meine. Ja, natürlich nicht wie Raven und Irene«, korrigierte er sich. »Wenn du in einem Lexikon den Begriff selbstzerstörerisch nachschlägst, dann findest du sicher ein Bild der beiden als strahlendes Beispiel.«

»Ach, so schlimm war das also? Weißt du, welche Drogen sie genommen haben?«

»Irene fuhr auf alles ab, glaube ich. Auch wenn sie nicht so schwere Sachen eingeworfen hat wie Raven. Sie nahm vor den Auftritten Speed, also Amphetamin, und danach brauchte sie einen Joint, um wieder runterzukommen. Ab und zu machte sie auch einen LSD-Trip, aber ich glaube nicht, dass das bei der Arbeit vorkam. Dann wäre sie bestimmt nicht so gut gewesen. Am Synthi war sie doch die reinste Teufelin.«

»Hast du eine Ahnung, warum die beiden Schluss gemacht haben?«

»Sie hatten wohl keine Lust mehr.« Er zuckte mit den

Schultern. »In der letzten Zeit hatten wir privat nicht mehr viel miteinander zu tun. Du müsstest mit Clifford Barnes reden, unserem Drummer von damals. Der weiß sicher mehr. Ich glaube, die hatten die ganze Zeit Kontakt. Als Raven starb, war er bei Clifford in England zu Besuch. Und hat eine Überdosis genommen.«

Die Musiker traten jetzt wieder an. Ulrika war klar, dass das Gespräch seinem Ende entgegenging.

»Ich würde dir gern noch schnell ein Foto von Jenny Hult zeigen.«

Lasse vertiefte sich in das Foto wie in eine private Erinnerung. Dann aber schüttelte er zu Ulrikas Enttäuschung den Kopf.

»Nein, ich glaube nicht, dass sie mir je begegnet ist. Sie hat Ähnlichkeit mit irgendeiner Bekannten, aber ich weiß einfach nicht, wer das sein könnte. Und leider sagt ihr Name mir auch nichts. Frag Robban, der hat sicher Cliffords Adresse, wenn du glaubst, ein Gespräch mit ihm könnte sich lohnen.«

Da kannst du ganz sicher sein, dachte Ulrika, als sie sich von ihm verabschiedete.

15

Raven Joe hatte alles auf eine Karte gesetzt. Seine Verspieltheit war verflogen, er war fast schon paranoid. Nachts verfolgten ihn die Albträume und ließen ihn erschöpft aufwachen. Im Traum sah er Irene tot im Wasser liegen. Seegras umschlang ihre Haare wie dünne hellgrüne Schlangen. Sie lag dicht unter der Wasseroberfläche und hatte ihr Gesicht den Sternen zugekehrt. Genau wie damals, als er sie gefunden hatte.

Sonst war seine Erinnerung leer. Raven hatte keine Ahnung, was damals wirklich passiert war. Er konnte sich nur daran erinnern, dass er wie ein Zombie ins Wasser gewatet war und sie an Land getragen hatte. Ihr Körper war so schwer und schlaff gewesen, dass er sie kaum hatte halten können.

»Was zum Teufel sollen wir jetzt machen!«, hatte er voller Panik geschrien.

»Wir müssen sie verstecken!«

Dankbar dafür, dass jemand anders das Kommando übernommen hatte, hatte er gehorsam den Leichnam zum Steg getragen und geholfen, einige Bretter zu lösen, um ihn darunter zu verbergen. Für einen Moment hatten unter der Wasseroberfläche die Konturen ihres Körpers geschimmert.

»Sie wird aufgetrieben werden. Hol den Anker und leg ihn auf sie.«

In seiner Nervosität war ihm die Kette ins Wasser gefal-

len, als er sie losmachen wollte. Er wusste, dass er ertrinken würde, wenn er danach tauchte. Also war er in das Loch zwischen den Brettern gestiegen und hatte einige Steine verschoben und sie damit beschwert. Ihre Hand hatte sein Bein gestreift. Er war hysterisch geworden und hatte Hilfe gebraucht, um wieder nach oben zu kommen. Irenes Hand an seinem Bein. Raven hatte es später nie mehr ertragen können, wenn jemand sein Bein berührte. Vorsichtig hatten sie die Bretter zurückgelegt und die Nägel in ihre alten Löcher geschlagen. Gleich darauf war alles vorüber gewesen, aber in seiner Erinnerung dauerte diese Szene an, so lange er lebte. Warum hatten sie sie versteckt? Warum sollte sie ausgelöscht werden? Warum konnte er sich nicht daran erinnern, was damals passiert war?

Sie waren losgefahren. Hatten das feuchte Grab hinter sich zurückgelassen. Raven hatte sich alle Mühe geben müssen, das Tempo zu drosseln, bis sie das offene Meer erreicht hatten. Dann hatte er Gas gegeben. Das Boot hatte sich mit wütendem Gebrüll aufgebäumt, das ihn dann doch geweckt hatte. Draußen auf dem Kanholmsfjärd hatten sie Irenes Habseligkeiten über Bord geworfen.

Das Studio gab eine Pressemeldung heraus, nach der die Beziehung zwischen Raven Joe und Irene Miers beendet war. Eine Tatsache, die nur zwei Zeitungen überhaupt für erwähnenswert hielten.

Kurze Zeit darauf stieg der Schlagzeuger Clifford Barnes aus der Band aus und fuhr zusammen mit Ravens neuer Freundin nach England zurück. Raven vermisste eigentlich Clifford mehr. Er war das Rückgrat in der Band gewesen, auch wenn jedes einzelne Mitglied davon überzeugt gewesen war, besser zu sein als alle anderen, und jetzt endlich die Chance zu bekommen, das unter Beweis zu stellen.

Es gab aber keine neuen großen Hits mehr. Und immer

weniger Auftritte. Nie konnten sie sich einigen, und schließlich zerfiel die Gruppe dann. Niemand konnte in alle Ewigkeit von alten Erfolgen zehren.
Die Musik war das Einzige, wovon Raven sich nicht im Stich gelassen fühlte. Sie war überall, um ihn herum und in ihm. Nach einiger Zeit ging ihm auf, dass die Klänge rausmussten. Sie mussten befreit werden.
Clifford freute sich, von ihm zu hören. »Cool, man. Ja, komm rüber, dann werden wir ja sehen, was wir zu Stande bringen.«
Und es klappte, Teufel, und wie es klappte. An den ersten Tagen wohnten sie mehr oder weniger in Cliffords Studio draußen in Richmond und jamten ihre Stücke. Am dritten Tag konnten sie mit dem Hintergrund anfangen. Clifford konnte eine Truppe guter Musiker zusammenbringen. Alles stimmte, in sieben Tagen vollendeten sie ebenso viele Stücke. Raven war davon überzeugt, dass sie, wenn erst alles fertig abgemischt wäre, von jedem Stück eine Single auskoppeln könnten.
Endlich lag das Leben wieder vor ihm. Sogar seine Angst hatte nachgelassen. Alles hätte gut gehen können, wenn sie nicht zurückgekehrt wäre und ihm abermals alles zerstört hätte.

Ulrika fuhr nach ihrem Besuch im Studio bei ihren Schwiegereltern vorbei. Sie hatte sie schon länger nicht gesehen, und obwohl sie mehrmals in der Woche mit ihnen sprach, sehnte sie sich doch nach einer Begegnung. Marianne kam nach ihrem Beinbruch nun endlich wieder auf die Füße. Sie habe sich an die Nägel gewöhnt, sagte sie, und die Krankengymnastik sei nicht mehr so schmerzhaft. Anfangs hatte sie Ulrika schrecklich Leid getan. Die Reha war so hart gewesen, dass sie bei jeder Behandlung vor Schmerzen geweint hatte. Ulf hatte weniger gearbeitet, um zu Hause bleiben und sich um seine Frau kümmern zu können. Das hatte ihm allerdings gut getan. Man konnte sehen, wie gern er

Marianne bei ihren Ausflügen zu allerlei kulturellen Veranstaltungen begleitete.

Bis zu Mariannes Sturz hatte er viel zu viel gearbeitet. Er schien neue Aufträge einfach nie ablehnen zu können. Als glaube er, jedes Haus, das er entwerfen könne, sei das Letzte. Möglicherweise hatten ihm die Jahre der Arbeitslosigkeit ärger zugesetzt, als die anderen ahnten.

Damals waren Marianne und er unfreiwillige Pioniere gewesen. Marianne hatte die Familie mit ihrem Gehalt als Bibliothekarin so gut über Wasser gehalten, wie das überhaupt nur möglich gewesen war, Ulf war einige Jahre lang bei den Kindern zu Hause geblieben. Das war sehr gut gegangen, und Stefan dachte sehr gern an diese Zeit zurück. Er hatte damals seinen Vater wirklich kennen gelernt, und, das fand Ulrika, noch dazu ein modernes männliches Rollenbild gesehen. Als Ulf es endlich gewagt hatte, zusammen mit einem Kollegen sein eigenes Architekturbüro zu eröffnen, hatte sich das als überaus einträglich erwiesen. Die Aufträge waren nur so hereingeströmt, und ihre finanzielle Lage hatte sich zusehends verbessert. Jetzt hatten sie mehr als genug und genossen das Leben, so lange das noch möglich war.

»Du musst uns alles über das Boot erzählen. Wir sind ja so neugierig«, sagte Ulf und beugte sich in seinem Sessel eifrig vor. Sein Gesicht strahlte. Er hatte früher selbst ein Segelboot gehabt und an Regatten teilgenommen. Das Interesse war noch immer vorhanden, und er ließ sich nie zweimal darum bitten, seinen Erfahrungsschatz zu öffnen, sondern erzählte immer von neuem begeistert über die Mühen bei den verschiedenen Rennen.

»Warum kommt ihr am nächsten Wochenende nicht mit? Marianne, du bist doch sicher ausreichend wiederhergestellt, um dich aufs Meer hinauszuwagen«, schlug Ulrika vor, als Ulf zum soundsovielten Mal erzählte, wie sein Boot im Ärmelkanal bei einem entsetzlichen Sturm gekentert war und die ganze Besatzung total unterkühlt im Wasser gelegen hatte, bis sie endlich gerettet worden waren.

»Unser Boot ist wirklich angenehm. Wir haben Toilette und Dusche. Ihr könnt unsere Betten haben, dann schlafen wir vorn in der kleinen Kajüte«, drängte Ulrika, als sie Mariannes Zweifel sah.

Damit war es abgemacht. Marianne fand den Vorschlag wunderbar. Sie war so herrlich offen. Nie würde sie auf die Idee kommen, dass der Takt es vorschrieb, das Angebot des besten Platzes abzulehnen, wenn sie den gern haben wollte. Ebenso wenig würde sie sich aber dazu überreden lassen, wenn sie glaubte, ihn nicht zu brauchen. Eifrig fingen sie an, Pläne zu schmieden.

»Eigentlich brauchen wir gar nicht aufs Wochenende zu warten«, sagte Ulrika, der gerade eine hervorragende Idee gekommen war. »Ich muss Ende der Woche für zwei Tage nach England. Ihr könnt doch mit Stefan und den Kindern schon mal losfahren, und ich komme so rasch wie möglich nach. Ich bin überzeugt, dass er, wenn er nur Gesellschaft hat, viel lieber losfährt, als zu Hause auf mich zu warten. Und ich habe gehört, dass das Wetter hält«, fügte sie hinzu, ohne davon überhaupt irgendeine Ahnung zu haben.

Auf dem Heimweg führte sie zwei Telefongespräche.

16

Eines Tages war plötzlich Jane aufgetaucht und hatte wie ein Gespenst aus der Vergangenheit durch das Studiofenster geschaut. Lächelnd und mit einer Zigarette in der Hand. Ihre blonden Haare umgaben ihren Kopf wie eine Wolke. Ihre Kleidung war teuer, und um den Hals hing eine dicke goldene Kette, an der als einziger Schmuck eine eingefasste römische Münze befestigt war. Clifford hatte nicht erwähnt, dass sie noch immer da war. Er hatte nur ganz nebenbei erwähnt, dass er verheiratet war und ein Kind hatte. Raven hatte das Gefühl zu ersticken. Nach zwei Versuchen sah er ein, dass er auch gleich aufhören konnte. Er musste auf irgendeine Weise zur Ruhe kommen. Whisky würde da sicher helfen. Im Schrank stand eine Flasche. Vielleicht könnte er sich später etwas Stärkeres besorgen. Er füllte ein Glas. Eis gab es nicht.

Es musste der Schock gewesen sein, Jane wiederzusehen, daran erinnert zu werden, wie sie ausgesehen hatte, als sie auf den Knien gelegen und die Nägel in den Steg eingeschlagen hatte, sicher hatte ihn das aus dem Gleichgewicht geworfen. Und wenn von nun an die Angst ihre Krallen in ihn schlug, dann sah er Jane vor sich. Verbissen und verängstigt. Jetzt war sie kühl, selbstsicher und duftete nach teurem Parfüm. Er selbst war schweißgebadet, nervös und stank nach altem Suff.

»Hallo, wie geht's dir denn so?« Nicht einmal ihre Stimme war dieselbe.

»Gut, morgen fangen wir mit Mischen an.«
Er nahm einen großen Schluck Whisky und steckte sich eine Zigarette an. Es fiel ihm schwer, ein Gesprächsthema zu finden. Er wollte fort von hier und den vielen wütenden Erinnerungssplittern, die sie durch ihre bloße Anwesenheit aktivierte. Er kniff die Augen zusammen und zog den Rauch in seine Lunge. Wenn er doch nur einen Joint gehabt hätte!
Sie lächelte ihn an. »Wir wollen heute Abend ins Tramps, kommst du mit?«
Raven wollte nicht, nahm das Angebot aber an. Er hatte Angst, ausgeschlossen zu werden. Wenn er sich nur zusammenreißen und es wagen könnte, sich ihr zu nähern, würde die Erinnerung vielleicht zurückkehren. Die Bilder würden nicht mehr umherflattern. Ungreifbar, wie wirbelnder Schnee. Wenn er sich nur daran erinnern könnte, was geschehen war, ehe sie Irene begraben hatten, dann würde er wieder zur Ruhe kommen, das wusste er.
Kaum hatten sie sich gesetzt, da entdeckte Clifford einige Tische weiter Bekannte, mit denen er unbedingt reden wollte. Er nahm sein Glas und schlenderte mit den Worten hinüber: »Bestellt mir ein T-Bone mit baked potato. Ich bin gleich wieder da.«
»Béarnaise oder Roquefort?«
Jane schien es überhaupt nichts auszumachen, mit Raven allein zu sein. Sie lächelte unerschütterlich und plauderte weiter wie zuvor. Nur ihr Äußeres hatte sich verändert. Sie wirkte so glamourös und weltgewandt, und das störte ihn. Türsteher und Oberkellner hatten sich vor ihr verbeugt, und kaum hatten sie sich gesetzt, da stand auch schon eine Flasche Champagner auf dem Tisch. Mehrere Gäste hatten sie begrüßt, als sie hereingekommen waren. Aufgesetzte Herzlichkeit, Wangenküsse, Komplimente für ihr Aussehen, ihr tolles Kleid und das ganze andere leere Scheißgerede, mit dem manche

gern um sich warfen. Wenn Raven es nicht besser gewusst hätte, hätte er meinen können, Jane sei hier der Star, nicht Clifford.
Sie trug ein geflochtenes Stirnband mit eingewebten Gold- und Silberfäden. Ihre Schultern waren nackt und zeigten ihren geschmeidigen Körper. Ihre Oberarme waren rund, und die Muskeln über dem Bizeps bildeten ein deutliches V. V für Victory, hatte sie lachend gesagt, als er zum ersten Mal einen Kommentar zu ihren Muskeln abgegeben hatte.
Ob sie wohl noch immer so stolz auf ihre Kraft war, oder zeigte sie die nur noch aus Eitelkeit? Er neigte eigentlich dazu, an die zweite Alternative zu glauben. Niemand konnte so unbeschwert sein, bestimmt spielte sie das. Sie hatte sich ihr neues Leben auf den Leib schneidern lassen. Jane griff mit strahlender Selbstverständlichkeit zu.
»Du bist ja hoch gestiegen«, sagte er säuerlich.
»Ja, und ich habe mir jeden Millimeter verdient«, erwiderte sie.
Unfreiwillig fühlte er sich von ihr beeinflusst. Sie schien ihn in ihr Magnetfeld zu holen, wo er haften blieb. Intimität hüllte sie ein. Wärmte ihn und ließ ihn leicht und glücklich werden. Lag das am Kokain, oder wurde er wirklich von Janes Schwingungen so stark beeinflusst? Und spielte das alles überhaupt eine Rolle? Das Gefühl war vorhanden, und das war schön. Sie war so sehr da. Auf einmal wusste er, was sie antworten würde, wenn er sie nur fragte. Dass er nicht schon längst auf diese Idee gekommen war. Es kam ihm so einfach vor, sie zu bitten, das zu erzählen, was sie einst voller Panik zu verschweigen beschlossen hatten.
»Was ist damals eigentlich mit Irene passiert?« Die Frage rutschte ihm einfach so raus, sein Mut reichte jedoch nicht, um ihren Blick zu erwidern.
»Du meinst also, dass du dich noch immer nicht erinnern kannst?«, fragte sie mit verdutztem Ernst.

»Nein, ich kann mich an rein gar nichts erinnern.« Er lachte angespannt. Es war wohl doch keine so gute Idee gewesen. Sein Zwerchfell zitterte, und sein Hals schnürte sich zusammen. Unfreiwillig wackelte er mit dem Kopf. »Ihre Schwester hat einige Male angerufen, um zu fragen, ob ich etwas von ihr gehört hätte. Und es ist einfach unangenehm zu behaupten, dass ich nichts weiß, wo sie da unter diesem verdammten Steg liegt.« Er wagte noch immer nicht, sie anzusehen, als er das sagte, aber er registrierte, wie ihre Hand zitterte, als sie sich eine neue Zigarette anzündete. Ihr Glas war leer. Sie winkte dem Kellner, der Champagner nachschenkte. Die Blasen zischten. »Vielleicht sollte man anonym Anzeige erstatten oder so? Ich meine, damit wenigstens der Leichnam gefunden wird? Ich habe so schreckliche Albträume, verstehst du.«
»Das würde ich an deiner Stelle lassen.«
Sie packte sein Kinn und zwang ihn, ihr in die Augen zu blicken. Das mochte liebevoll aussehen, aber Raven kam sich vor wie in einem Schraubstock. Zwei Tische weiter lachte Clifford laut über etwas, das seine Freunde gesagt hatten.
»Jetzt hörst du mir mal ganz genau zu. Verstehst du nicht, dass du im Knast landest, wenn du nicht die Klappe hältst? Ich dachte, in der Hinsicht wären wir uns einig.« Ihre Finger bohrten sich in seine Haut. Es tat weh. Er riss sich los, wagte aber nicht, ihrem Blick auszuweichen.
»Warum sollte ich im Knast landen, was meinst du damit?« Plötzlich hatte er Angst. Paranoia. O verdammt.
Sie lachte spöttisch. »Raven, du hast Irene umgebracht. Deshalb solltest du weiter die Klappe halten. Du solltest nie nie mehr im Leben diese Sache auch nur mit einem Wort erwähnen. So lange du lebst. Ist das klar?«
Ihm stieg das Blut in den Kopf. Das Stimmengewirr im Lokal verstummte, als habe sich ein Deckel über seine Ohren geschoben. Diesmal war sie diejenige, die seinem

Blick auswich. Er konnte sich noch immer an nichts erinnern. Sogar die bleichen Erinnerungssplitter waren verschwunden.

»Wie ist das passiert?«

»Du hast sie erwürgt.«

»Wisst ihr schon, was ihr essen wollt? Die Küche empfiehlt ...«

Raven achtete nicht auf die Spezialitäten dieses Abends. Sein Hunger war verflogen. Hatte es den je gegeben? Jane bestellte für alle. Das Letzte, was Raven hörte, ehe er zum Kotzen auf die Toilette ging, war die Frage des Kellners, ob er sein Steak blutig wolle.

Nach dem Essen wollte Jane tanzen. In der Discothek bekamen sie einen Tisch und eine Flasche Wodka. Raven fiel es schwer, auf dem Hocker, auf den er sich quetschte, das Gleichgewicht zu halten. Der Hocker war zu niedrig. Seine neuen Stiefel aus Schlangenleder kniffen, und sein Körper schien überall zu jucken. Er fühlte sich rastlos und fand die Musik entsetzlich. Kaugummipop. Es half nichts, dass er ein Glas nach dem anderen kippte, mit jeder Minute wurde er nüchterner und nervöser. Er brauchte frische Luft. Clifford wanderte wie immer im Lokal umher. Jane unterhielt sich mit einem langhaarigen Typen mit großer Brille, der am Nebentisch saß. Einem Filmproduzenten, wie sie erklärt hatte, ehe sie Raven den Rücken kehrte.

Der Typ legte die Hand auf Janes Oberschenkel und streichelte ihn zaghaft. Raven sah, wie sie die Hand wegnahm und scherzhaft seinen Hals packte, wie um ihn zur Strafe zu erwürgen. Sie schüttelte ihn ein wenig, und der Typ ging auf das Spiel ein. Er riss den Mund auf und fuchtelte mit den Armen, als versuche er, Luft zu schnappen und sich zu befreien.

Genau wie damals Irene.

Jane drehte sich um und warf Raven über ihre Schulter einen kalten Blick zu. Sie schien sich davon überzeugen

zu wollen, dass er wirklich alles gesehen hatte. Dass er sah, dass das, was sie gesagt hatte, nicht verschwinden würde, sondern sich dort in sein Bewusstsein einätzte, wo es bisher nur blanke Unschuld gegeben hatte.
Plötzlich stellten sich Scherben von zerbrochenen Erinnerungsbildern ein. Mit scharfen Kanten, wie bei einem zerbrochenen Spiegel. Sie stürzten ihm entgegen, ohne dass er sich dagegen wehren konnte. Stachen ihn, quälten ihn. Er musste fort von hier. Der Hocker stürzte um, als er aufsprang. Ohne ein Wort zu sagen rannte er die Treppe hoch, hinaus in die schwere, stinkende Nachtluft, in die engen Gassen hinter der James Street. Er musste dieser Qual ein Ende machen. Mit geübtem Blick musterte er die umherstreunenden Menschen. Ein Dealer. Er brauchte einen Dealer.
Als er sich die Nadel in den Arm bohrte, hörte er aus der Ferne Janes Stimme. »Erwürgt. Du hast sie erwürgt.« Zum ersten Mal seit damals sah er Hände, die erbarmungslos Irenes Kopf unter Wasser pressten. Blut quoll ihr aus dem Mund. Wie im Zeitraffer sah er sie kämpfen, um sich von dem tödlichen Griff um ihren Hals zu befreien. Er hatte das Gefühl, das alles als Zuschauer zu erleben. Und dabei hoch über allem zu schweben. Wie in einer Kinovorstellung, bei der er im Boot saß. Wie gelähmt, zu sehr zugedröhnt, um sich bewegen zu können. Was er noch immer nicht begriff, war, warum er Irene getötet hatte. Ich werde sie morgen fragen, das konnte er noch denken, ehe der Krampf einsetzte und das Heroin ihm sein Leben nahm.

Als Ulrika Stefan erzählte, was sie und die Schwiegereltern beschlossen hatten, hielt er das für eine hervorragende Idee. Er machte sich sofort daran, den Segeltörn zu planen und alles vorzubereiten. Er packte, als wollten sie einen Monat ausbleiben und nicht nur ein langes Wochenende.

»Besser, wir bunkern jetzt genug, dann brauchen wir nicht

vor jeder Fahrt so viel einzukaufen. Bald ist doch Mittsommer«, brachte er als Rechtfertigung vor.

Er war so eifrig, dass Ulrika sich einfach mit ihm freuen musste. Sie saß im Arbeitszimmer und bereitete ihre Reise nach London vor. Die Türen standen offen, deshalb konnte sie sehen, was die anderen machten und eine gewisse Gemeinschaft mit ihnen fühlen. Axel half beim Packen, und die kleine Elin gab sich alle Mühe, um alles wieder herauszureißen. Am Ende mussten sie sie ins Ställchen setzen, um überhaupt fertig zu werden. Da schrie sie wie ein Nebelhorn, bis Axel ihr mit gebieterischer Stimme erklärte, wenn sie jetzt nicht den Mund hielte, würde sie nicht mitgenommen. Sie begriff die Drohung zwar nicht, aber der Tonfall des großen Bruders reichte aus, damit sie vor lauter Angst den Daumen in den Mund schob und der übrigen Familie den Rücken kehrte.

»Ich nehme noch zwei Kartenspiele mit, die können im Boot liegen. Kannst du nicht ein paar neue, fetzige aus London mitbringen?«, rief Stefan zu Ulrika hinüber.

»Sicher, soll ich auch versuchen, ein Schachspiel zu besorgen? Eines mit Magneten unter den Figuren? Das kann bei Seegang doch praktisch sein.«

»Tu das, und bitte, kauf auch Tee. Versuch, dir die Zeit zu nehmen, um bei Fortnum & Mason vorbeizuschauen und deren Hausmischung zu kaufen.«

»Ist notiert. Sonst noch was?«

»Komm bald zurück.«

Sie hatten beschlossen, getrennt einzuchecken. Wer zuerst kam, sollte für den anderen einen Platz freihalten. Nebeneinander sitzen, in der Wartehalle Kaffee trinken oder vom Flughafen aus ein Taxi teilen, kann man in aller Welt machen, es fällt trotzdem nicht sofort auf, dass man gemeinsam verreist, aber beim Einchecken ist das anders. Nicht dass es wahrscheinlich war, dass irgendwer sie für ein Paar halten könnte, aber wozu ein unnötiges Risiko eingehen?

»Unser erster gemeinsamer Urlaub«, hatte Ulrika gelockt,

als sie ihn nach dem Besuch bei ihren Schwiegereltern aus dem Auto angerufen hatte. Und das stimmte. Es kam ihr wirklich wie ein Urlaub vor, obwohl sie einen Termin hatte und Nils Petter seine Reise mit einem Besuch bei Scotland Yard legitimieren konnte. Aber ansonsten konnten sie machen, was sie wollten.

»Verzeihung, ich glaube, Sie sitzen auf meinem Platz«, sagte Nils Petter zu Ulrika, nachdem er seine Tasche oben im Fach verstaut hatte. Ulrika saß bereits angeschnallt am Fenster und hatte eine Zeitung aufgeschlagen.

»Tut mir Leid, das war mir gar nicht aufgefallen, ich mache sofort Platz«, scherzte sie zurück und öffnete ihren Sicherheitsgurt.

»Nein, um Himmels willen, bleiben Sie sitzen. Ich kann den Gangplatz nehmen, falls Sie unterwegs aus dem Fenster schauen möchten.«

Sie zeigte ihm diskret den Finger, was er aber geflissentlich übersah. Dann küsste er sie auf die Wange, sowie er sich gesetzt hatte und die übrigen Fluggäste sie nicht sehen konnten. Sie tranken zum Essen Rotwein und aßen ziemlich wohlschmeckendes Hähnchen in brauner Soße mit gekochtem Gemüse und der kleinsten Portion überbackener Kartoffeln, die eine Großküche jemals zu Stande gebracht hatte. Als Vorspeise gab es einen kleinen Krabbensalat mit Ei und Majonäse, den beide übersprangen. Majonäse auf dem Brot in einem Flugzeug war nicht die beste Kombination, wenn man nicht extrem risikofreudig war. Nils Petter sah nicht richtig satt aus. Ulrika gab ihm ihr Brot und den dreieckigen Streichkäse zum Trost für die magere Mahlzeit. Das Stückchen Schokolade behielt sie. Endlich hatte sie dieses letzte störende Kilo abgenommen, da konnte sie sich wieder einen Leckerbissen gönnen.

London flimmerte in der Hitze. Die Stadt schien nicht mehr zu atmen. Alles stand still. Der Asphalt war weich. Die Baumwipfel schrien nach Wasser und Wind im Laub, um sich Luft zuzufächeln. Aber trotzdem war es wunderbar. Für den ersten

Abend hatte Nils Petter Karten für »Mamma mia« besorgt. Ulrika hatte das Gefühl, ihre Kindheit noch einmal zu erleben. Sie kannte alle Lieder auswendig und staunte darüber, wie geschickt der Produzent alles zu einem überzeugenden und unterhaltsamen Musical kombiniert hatte. Nils Petter war anfangs ein wenig unsicher gewesen. Aber bald hatte er sich mitreißen lassen und die Vorstellung ebenso genossen wie Ulrika, obwohl er sich in einem seltsamen Zwischenalter befand und nie begriffen hatte, was an ABBA so fantastisch gewesen sein sollte.

Sie hatten für die Pause schon Drinks bestellt, um nicht Schlange stehen zu müssen. Ulrika konnte hören, dass im Publikum sehr viel Schwedisch gesprochen wurde, weshalb sie sofort auf der Hut war. Sie schaute sich um, konnte aber keine Bekannten entdecken. Nils Petter spürte ihre Unruhe und blieb auf gebührender Distanz, aber er war ihr doch so nah, dass sie sein Rasierwasser riechen und ihn flüstern hören konnte, was er mit ihr vorhatte, wenn sie nur erst wieder im Hotel wären.

Ulrika merkte, dass einige aus dem Publikum neugierig zu ihr hinüberlugten. Sie wusste, dass das an einer Fernsehserie lag, an der sie kürzlich mitgewirkt hatte. Danach hatten die Zeitungen so allerlei geschrieben, und die Ereignisse in Brüssel hatten dann noch das Ihrige getan. Sie hatte sich geschmeichelt gefühlt und angenommen, als sie zur Mitwirkung aufgefordert worden war. Jede Möglichkeit, sich und die Kanzlei zu vermarkten, musste wahrgenommen werden, hatte sie ihre Eitelkeit verteidigt. Die Möglichkeiten, für sich selbst und die eigenen Fähigkeiten Reklame zu machen, werden durch die Regeln der Anwaltskammer streng begrenzt, und deshalb war die Sendereihe ihr wie ein Geschenk des Himmels erschienen. Der Reklamewert war enorm gewesen. Sie hatte als Anwältin davon profitiert und der Kanzlei viele neue Mandanten gebracht. Im Moment aber hätte sie es vorgezogen, nicht so publicitygeil gewesen zu sein. Es könnte durchaus seine Nachteile haben, wiedererkannt zu werden.

»Die Schattenseiten der Prominenz«, scherzte Nils Petter, der ihre Gedanken gelesen zu haben schien. Sie tranken ihren Wein aus und gingen zurück in den Saal.

Der zweite Teil war noch besser als der erste. Gegen Ende der Vorstellung sprang das Publikum auf und tanzte im Mittelgang. Begeistert und in bester Stimmung verließen sie das Theater, um etwas zu essen und dann ins Hotel zurückzukehren.

»Möchtest du tanzen gehen?«

»Gern, wenn du willst, aber ich habe keine Ahnung, wohin. Hier gibt es ja wohl vor allem Clubs«, sagte Nils Petter.

»Wir können ins Tramps gehen. Da gibt es auch ein Restaurant. Und das Essen ist eigentlich ziemlich gut.«

»Und das ist also kein Club?«

»Yes, Sir, it is, aber das braucht uns nicht zu stören.« Stolz schwenkte Ulrika ihre eingeschweißte Mitgliedskarte.

»Du überraschst mich immer wieder von neuem. Glaub ja nicht, dass ich fragen werde, wieso du da Mitglied bist.«

»Und glaub du nicht, dass ich dir auf die Nase binden werde, wie ich das geschafft habe.« Sie winkte einem Taxi und bat den Fahrer, sie in die James Street zu bringen.

Als sie dort ankamen, drängten sich auf der Straße die Fotografen. Sie schauten zerstreut zu Ulrika und Nils Petter hinüber, um sich davon zu überzeugen, dass hier keine großen Tiere versuchten, mit einem schnöden Taxi inkognito anzukommen. Als sie feststellten, dass davon nicht die Rede sein konnte, warteten sie weiter auf die Berühmtheit, wegen der sie gekommen waren. Nils Petter hatte noch nicht einmal bezahlen können, als auch schon Bewegung in die Menge kam. Kameras wurden gehoben, Blitzlichter eingestellt, und dann jagte alles einem sich nähernden cremeweißen Rolls-Royce entgegen.

Der Chauffeur öffnete die Tür und ein meilenlanges wohlgeformtes Bein in schwarzen Netzstrümpfen wurde herausgestreckt. Die Kameras blitzten so intensiv, dass es taghell war.

Nach den Beinen kamen ein überaus kurzer Rock, zwei teure Silikonbrüste in einer transparenten Bluse und das derzeit berühmteste Lächeln der Popwelt.

»Wer um alles in der Welt ist das denn?«, fragte Nils Petter.

»Eine russische Sängerin namens Natascha. Sag bloß nicht, du hättest noch nie von ihr gehört!«

»Hab ich da was Wesentliches verpasst?«

»Sie ist eigentlich ziemlich gut.«

Sverker Bergström hatte nun auch aussteigen können. Gut angezogen trat er neben seine berühmte Gattin und lächelte in die Kameras, um der versammelten Presse ihre Bilder zu ermöglichen. Dann entdeckte er Ulrika und riss sich los, um sie zu begrüßen. Er war überschwänglich, umarmte sie herzlich und küsste sie mehrere Male auf die Wange. So, wie er sich aufführte, hätten sie die allerbesten Freunde sein können, die durch eine Laune des Schicksals auseinander gerissen worden waren und nun nach langer Trennung auf wundersame Weise wieder vereint wurden. In Wirklichkeit war es doch ganz anders: Er traf vor einem der bekanntesten Nachtclubs von London auf die Anwältin seiner verhassten Exfrau. Auch Natascha kam angeschlendert, um sich vorstellen zu lassen. In ihrem Kielwasser schwamm eine Meute von Fotografen, die jeden ihrer Schritte überwachte. Auch sie war überaus locker und küsste Ulrika und Nils Petter, obwohl sie beide noch nie gesehen hatte.

Das Blitzlicht war so intensiv, dass es ihnen für einen Moment schwarz vor Augen wurde. Ulrika konnte nicht mehr in Deckung gehen.

»Can I have your name, Madam? Sir, sind Sie auch im Showbusiness? Hab ich Sie nicht in irgendeinem Film gesehen? Woher kommen Sie? Und in welcher Beziehung stehen Sie zu Natascha?«

Es war schwer, die Fragen zu ignorieren, die hier auf sie einhagelten. Ulrika fand, es reiche wirklich, mitzuteilen, dass sie Sverker aus Schweden kenne und weder bekannt noch wichtig sei. Nils Petter verhielt sich wie ein Taubstummer. Als sie endlich den Schutzraum erreichten, den der Club für seine Gäste darstellte, war ihr Adrenalinpegel zum Anfassen hoch. Ulrika fragte sich, ob Nataschas Agent oder der Oberkellner des Tramps der Presse den Tipp gegeben hatte, wo Sverker und Natascha den Abend verbringen wollten.

»Ich komme mir vor wie nach einem Kreuzfeuer. Hast du eine Ahnung, was das eigentlich sollte?« Nils Petter schien sich bei diesem Zwischenfall nur mäßig amüsiert zu haben.

»Nicht die geringste. Komm, jetzt fragen wir, ob wir einen Tisch bekommen können. Ich bin total ausgehungert.«

Da betraten Natascha und Sverker das Restaurant. Sie ließen den Oberkellner mitteilen, Ulrika und Nils Petter seien an ihrem Tisch in der Discothek willkommen, wenn sie mit Essen fertig wären.

17

Die Insel war angenehm. Durchaus nicht so einsam und trist, wie Love sich das vorgestellt hatte. Am Anleger wimmelte es nur so von Menschen. Einheimische, Familien mit Kindern, die hier Urlaub machten, und allerlei fesche Bräute, die nachsehen wollten, ob irgendwelche Bekannten mit dem Dampfer kamen, oder die nur ein paar Worte wechseln wollten. Es war das Ereignis des Tages. Eine Frau in gestreiftem Hemd und engen Shorts kicherte entzückt, als er ihr zuzwinkerte. Dummerchen, stellte er fest. Leichte Beute, genau wie Viktoria. Die war so schüchtern gewesen, als er sie im Masthugget aufgelesen hatte, dass sie kaum ein Wort herausgebracht hatte. Errötend war sie auf seinen Soziussitz geklettert und hatte ihm die Arme um den Leib gelegt. Sie hatte fester zugepackt, als er Gas gegeben hatte. Sie hatte ihre Finger so fest verflochten, dass er sie hatte aufstemmen müssen. Ihre Wangen hatten geglüht und ihre Augen vor ängstlicher Begeisterung geleuchtet, als sie die Kneipe erreicht hatten, die das Hauptquartier des Motorradclubs bildete. Später hatte sie gelernt, das Tempo zu lieben. Ihr Körper hatte sich seinem angepasst, wenn er so tief in die Kurven ging, dass sie den Asphalt riechen konnten. Sie waren über die Straßen geflogen. Ihre Hände hatten ruhig an seinen Hüften geruht, so leicht, dass er fast vergessen hätte, dass sie da war. Ab und zu hatte er ihre Existenz auch wirklich vergessen. Er konnte mit seinen Kumpels ins Haus gehen und sie auf dem Parkplatz stehen lassen. Sie wartete immer. Anspruchslos. Schweigsam, ohne

Vorwürfe. Dankbar, wenn er zurückkam. Bei Viktoria war Love der Liebe näher gekommen als je zuvor in seinem Leben.

Der Bus stand schon da, würde aber erst in zehn Minuten fahren. Drin war es stickig, obwohl mehrere Fenster geöffnet waren. Aber das werde sich bessern, wenn erst einmal der Motor liefe, versprach der Fahrer. Es sei verboten, den beim Warten im Leerlauf zu haben, fügte er hinzu, als sei das eine Neuigkeit. Love stellte seine Tasche in den Bus und machte so lange einen Spaziergang durch den Hafen. Da wehte doch immerhin ein frischer Wind. Warum unnötig in einem Bus sitzen und gebraten werden. Grillen konnte er sich noch im Alkoholikerheim lassen. Was immer er dort auch zu suchen haben mochte.

Im Hafen drängten sich Sport- und Fischerboote. Kinder in bunten Schwimmwesten wuselten in kleinen Booten umher. Manche ruderten, andere paddelten in Kajaks, die bei jeder Kursänderung zu kentern drohten. Einigen kleinen Bengels waren sogar Außenbordmotoren anvertraut worden. Diese Brut, die noch nicht alt genug zum Mopedfahren war, schaffte zwanzig, dreißig Knoten. Er sah ihnen gleichgültig zu.

Sein Interesse galt den großen Motorbooten. Rasch kalkulierte er den Gesamtwert des Bootsparks, der hier so idyllisch vor sich hindümpelte, einfach an Bojen und Anleger vertäut. Man könnte einfach mit einer Mille oder zwei in See stechen. Die Leute waren so blöd, dass sie wahrscheinlich sogar den Zündschlüssel stecken ließen, wenn sie an Land gingen. So verdammt einfach ... die hätten sich mal schön vorsehen sollen, wenn er nicht auf Lundagården erwartet worden wäre.

Was er bei der Anmeldung nicht begriffen hatte, war, dass es sich hier um geschlossenen Vollzug handelte. Er sollte vier Wochen festsitzen, sowie er erst einen Fuß hinter die Türen des verdammten Minnesota-Modells gesetzt hatte. Freiwillig noch dazu, verdammt. Sie hatten sich zusammengerottet, diese Weibsbilder von Sozialamt und Bewährungshilfe. Als ob so eine Scheißoberklassenmethode aus Amerika bei ihm funktionieren könnte. Er war keiner, der sich von einer Menge Halleluja beeinflussen ließ. Er wusste nicht einmal, ob er das überhaupt wollte.

Auf der Busfahrt konnte er sehen, dass es einen Kiosk, einen Tanzplatz, Läden, Bäckerei und scheißviel Wald und Natur gab. Der nächste Schnapsladen lag in Vaxholm, falls er es gar nicht mehr aushielt.

Das Behandlungsheim entpuppte sich als älteres Holzhaus mit großer Veranda und Schlingpflanzen. Am Flaggenmast wehte ein Wimpel und der Weg war frisch geharkt, als Love eintraf. Dieser pompöse Rahmen machte ihm zu schaffen. Ein Bunker mit Stacheldrahtsperren hätte viel besser zu seiner Stimmung gepasst. Die Flagge gehisst, im Namen der Nüchternheit. Allein deshalb hätte er am liebsten kehrtgemacht. Halbmast wäre passender gewesen, wo die Flasche doch jetzt begraben werden sollte.

Es gehörte zur Behandlungsphilosophie, dass die Klienten während der Kurszeit nicht allein sein mussten. Es gibt keine Einzelzimmer, erklärte die Hausmutter, als sei das das natürlichste und lustigste von der Welt, als Love sich darüber beklagte, dass in seinem Zimmer zwei Betten stünden. Vierundzwanzig Stunden am Tag und vier Wochen lang im Kollektiv zu leben, war das eine, sein Zimmer zu teilen etwas ganz anderes. Wenn es nötig wäre, würde er den Säufer, mit dem zusammen er schlafen sollte, ja wohl noch rausekeln können. Das Zimmer hatte geblümte Tapeten und weiße Tagesdecken. Eine verschwommene Pastellzeichnung eines Sonnenuntergangs erinnerte ihn an die mentale Finsternis, die ihm bevorstand. Die erste Behandlung sollte um drei Uhr erfolgen. Bis dahin konnte er sich umsehen und sich mit den anderen Klienten bekannt machen. Insgesamt waren sie zu zehnt, wie er nun erfuhr.

Ehe die Hausmutter verschwand, wollte sie mit ihm zusammen seine Tasche auspacken.

»Nur um sicherzugehen, dass du nichts mitgebracht hast, was nicht hierher gehört«, sagte sie und öffnete die Tasche mit einer Selbstverständlichkeit, als sei sie Loves Mutter oder seine Frau. »Wenn du Alkohol bei dir hast, dann sag das lieber gleich, dann kümmere ich mich darum.«

»In meiner Tasche gibt es nichts, worum du dich kümmern musst.«

»Auch keine Medizin?«

»Das kann dir ja wohl egal sein.«

»Das kann schon sein, aber ich muss selbst nachsehen. Du brauchst dich deshalb nicht zu schämen.«

Energisch zog sie alles aus der Tasche und verteilte es auf dem Bett. Love schaute ihr spöttisch zu. Hielt sie ihn für blöd? Die Pistole hatte er an einem sicheren Ort versteckt, ehe er ins Haus gekommen war, und etwas anderes, was sie hätte konfiszieren können, gab es nicht. Sie öffnete seine Toilettentasche. Dabei entwickelte sie großes Interesse an den wenigen Tabletten, die von der Behandlung der Nebenhöhlenentzündung noch übrig waren, und ließ sie dann in ihrer eigenen Rocktasche verschwinden.

»Zum Teufel. Die brauch ich gegen meine Kopfschmerzen. Du kannst doch sehen, dass ich die vom Arzt habe.«

»Das ist kein Problem. Dir wird das zugeteilt, was du brauchst. Wir haben hier die Regel, dass die Klienten keine Medikamente auf dem Zimmer haben dürfen.«

»Und was wirst du mit meiner Hämorrhoidensalbe anstellen? Willst du mich dreimal am Tag damit einschmieren?«

Sie war nicht verärgert. Im Gegenteil wirkte sie leicht belustigt.

»Die darfst du behalten. Ich glaube, wir können Vertrauen zu dir haben, dass du damit nicht gegen die Regeln verstößt und dir eine Überdosis verpasst.«

Als sie gegangen war, ließ er sich der Länge nach aufs Bett fallen, auf seine Habseligkeiten, ohne sich die Schuhe auszuziehen. Reise und Ankunft hatten ihn ganz einfach entkräftet.

Im Aufenthaltsraum lief der Fernseher. Entweder stimmte mit dem Ton etwas nicht, oder er war ausgedreht. Love schiss doch darauf, was der Grund war. Es gab hier auch einen Pingpongtisch und ein Bücherregal, mit dünnen Büchern und einem Stapel Zeitungen. Das war alles. Vielleicht gab es ja einige Motorzeitschriften? Er ging hinüber, um genauer nachzusehen. Aber er hatte sich zu früh gefreut. Es gab keine einzige Zeitschrift, nur eine Menge Broschüren. Ein kurzer Blick auf die Buchtitel konnte ihn auch nicht aufmuntern: »Ein Tag nach dem anderen«, »Die zwölf Schritte«, »Vater trinkt«, »Die Flasche im Gras«, »Morgen höre ich auf«. In dieser Bibliothek gibt es sicher keine langen Warteschlangen, dachte er. Was für ein Dreck. Es gab nichts, in dem er blättern könnte, um sich die Zeit zu verkürzen. Obwohl er sich für Bücher nicht interessierte, ärgerte er sich doch darüber, dass es keine interessanten gab. Ein leeres Bücherregal war wirklich der Gipfel. Ebenso mies wie ein Barschrank ohne Schnaps. Verdammt, was sehnte er sich von hier fort.

Ulrika wurde vom Verkehrslärm geweckt. Ihr Kopf dröhnte vor Müdigkeit und von einem unverkennbaren Kater. Ihr Mund war trocken wie eine Wüste. Vorsichtig, um Nils Petter nicht zu wecken, stand sie auf und holte sich aus der Minibar eine Dose eiskalte Cola light. Sie trank in langen, gierigen Zügen, rülpste diskret, ging dann mit einer Flasche Mineralwasser ins Badezimmer und löste eine Kopfschmerztablette darin auf. Sie wusch sich das Gesicht mit kaltem Wasser, ehe sie es wagte, in den Spiegel zu schauen. Erstaunt musterte sie sich. Ihre Haare waren zerzaust, ja, fast verfilzt nach all den Liebesstunden, aber sie waren doch noch immer glänzend und lebendig. Ihre Augen funkelten und ihre Lippen waren geschwollen und rot. Man kann sehen, dass ich verliebt bin, dachte sie und lächelte sich an.

Sie waren erst um halb zwei ins Hotel zurückgekehrt, und das war nach schwedischer Zeit noch eine Stunde später. Es war so nett gewesen mit Natascha und Sverker, dass die Zeit einfach verflogen war. Ulrika hatte sie natürlich nach Clifford Barnes fragen müssen, den sie beide kannten, wie sich nun herausstellte. Natascha hatte seine private Telefonnummer in ihr Mobiltelefon einprogrammiert und sie sofort Ulrika gegeben, die nur seine Studionummer hatte in Erfahrung bringen können.

»Wenn er nicht im Studio ist, kannst du es ja bei ihm zu Hause versuchen«, hatte sie gesagt, als sei das das Natürlichste von der Welt.

Ulrika bedankte sich und hoffte, dass ihre eigenen Bekannten nicht so leichtfertig mit Telefonnummern umgingen. Es wäre doch eine Katastrophe, wenn die Mandanten, oder schlimmer noch, deren Gegner, bei ihr zu Hause anriefen, wie es anfangs vorgekommen war, ehe sie die Notwendigkeit einer Geheimnummer erkannt hatte.

Schweigend zog sie einen Trainingsanzug an, schnürte ihre Turnschuhe, streifte sich ein Gummiband um die Haare und schlich sich hinaus. Wenn man schon in London war und am Hyde Park wohnte, dann musste man da auch joggen, Kater hin oder her. So eine Gelegenheit durfte sie sich nicht entgehen lassen. Auf dem Weg hinaus bestellte sie das Frühstück für in einer Dreiviertelstunde aufs Zimmer. Dann würde sie noch duschen können.

Nils Petter war wach, als sie zurückkam. Er hatte bereits Frühstück für eine Person kommen lassen und lag mit einer Zeitung im Bett.

»Ich konnte nicht auf dich warten. Ich hatte einen Bärenhunger.«

»Wir können ja zum Ausgleich nachher zusammen etwas trinken.«

Sie ging in die Dusche, ohne die Tür zu schließen. So fühlte sie sich ihm näher. Nach einer Weile kam er hinterher.

»Wir haben zehn Minuten, bis dein Frühstück kommt«, sagte er, als er in sie hineinglitt.

»Hast du die Kette vorgelegt?«

»Nein, ich habe die Tür angelehnt.«

»Du machst Witze.«

»Willst du nachsehen?«

»Nein.«

Er drückte sie gegen die Wand und biss sie sanft in den

Hals, ein Stück unterhalb des Ohres, weil er wusste, dass sie dort empfindlich war. Er steigerte den Druck, und das Wasser peitschte ihre Körper, und sie leckte die Tropfen auf, die über ihr Gesicht liefen. Ihr Orgasmus war so intensiv, dass ihre Beine unter ihr nachgaben. Behutsam wickelte er sie in ein Badetuch.

»Du scheinst heute ein bisschen empfindlich zu sein«, sagte er und trocknete ihre Haare.

»Nicht mehr. Ich hab vor dem Laufen ein Treo genommen. Jetzt geht es mir sehr gut. Hast du die Tür wirklich angelehnt?«

»Nein.«

»Wenn ich das gewusst hätte. Dann hätte ich mich mit dem Kommen nicht so beeilt.«

»Sag doch die Wahrheit, du konntest dich nicht mehr zurückhalten.«

Ein diskretes Klopfen teilte mit, dass Ulrikas Frühstück eingetroffen war. Nils Petter schloss auf, holte das Tablett herein und stellte es auf den Tisch. Ihm fiel ein, dass sie nicht gern im Bett aß, wenn sie erst einmal aufgestanden war. Sonst aber gern. Vor dem Essen rief Ulrika unten im Schönheitssalon an und vereinbarte einen Termin, um sich die Haare aufföhnen zu lassen. Das würde schneller gehen, als es selbst zu tun. Nils Petter musste um zehn bei Scotland Yard sein. Ihr Termin war eine halbe Stunde später. Danach wollten sie sich im Restaurant San Lorenzo am Beauchamp Place treffen und zu Mittag essen.

Unterwegs rief sie in Clifford Barnes' Studio an. Seine Sekretärin wusste nicht, wann er dort eintreffen würde, oder ob das heute überhaupt der Fall sein würde. Ob Ulrika eine Nachricht hinterlassen wolle? Ulrika nannte ihren Namen und ihre Telefonnummer, dann rief sie seine Privatnummer an. Dort meldete sich seine Frau.

Als sie den Hörer aufgelegt hatte, stellte Jane resigniert fest, dass die Vergangenheit sie jetzt einholte. Nicht dass das noch von Bedeutung gewesen wäre. Sie hatte alles als Jugendsünden abgehakt. Es war so lange her und so unwichtig. Es war so viel Zeit vergangen, seit sie das Alte hinter sich gelassen hatte, dass die meisten Erinnerungen verblasst waren. Die Jugendjahre hatte sie so gut verdrängt, als hätten die einer anderen gehört. Sie war niemals eine gewesen, die alles Vergangene immer wieder durchging und besprach. Clifford interessierte sich auch nicht für das, was damals passiert war. Alter Schrott, so nannte er es. Ihn faszinierte alles, was neu war. Er war ein Lebenskünstler. Sensibel, positiv und mit einem Hauch von Bohemien. In ihm entwickelten sich immer wieder neue Töne, an denen er dann eifrig arbeitete, damit sie wuchsen und eine Harmonie ergaben. Ravens Tod hatte für ihn eine neue musikalische Ära beginnen lassen.

Einige Monate nach der Beerdigung, die sie nicht besucht hatten, hatte Clifford die gemeinsamen Aufnahmen veröffentlicht und war zum Genie ausgerufen worden. Einige Jahre lang, ehe er sich aus der Öffentlichkeit zurückgezogen hatte und es interessanter fand, zu komponieren und die Musik der Kollegen zu produzieren, hatte er zur absoluten musikalischen Elite gehört und jede Minute dieser Zeit geliebt. Er hatte Tourneen gemacht, bis er mehr oder weniger zusammengebrochen war. Jane meinte, sich zu erinnern, er habe damals in zehn Monaten siebenundzwanzig Länder besucht.

Zwischendurch versuchte er, so viel wie möglich zu Hause bei seiner Familie zu sein. Er hatte aus Australien angerufen und fast geweint, weil er den ersten Kindergartentag ihrer Tochter verpasst hatte. Lola war drei Jahre alt gewesen und zum Fressen süß in ihrer Schuluniform mit dem Filzhut mit Band und der blauen Clubjacke mit dem Schulemblem auf der Brusttasche. Dass es möglich war, so kleine Jacketts zu nähen, dazu weiße Hemden, einen gestreiften Schlips und einen kratzigen Faltenrock. Sie hatte für ihr Pausenbrot eine kleine rosa Plastikdose gehabt. Für Käsebrot, Milch und eine Banane. Alle anderen Kinder hatten außerdem Bonbons und Plätzchen, das hatte sie ihrem Papa nach diesem Schultag hoffnungsvoll am Telefon erklärt. Atemlos hatte sie versprochen, ganz lieb zu Mama zu sein und der Erzieherin zu gehorchen, wenn sie nur jeden Tag einen Schokokeks mitnehmen durfte, bis er zurückkam.

Jane hatte damals Zwillinge erwartet und war strahlend und üppig gewesen. Sie waren jung, schön, reich und verliebt gewesen, also, wie gesagt, warum sich über das Vergangene den Kopf zerbrechen?

Das Haus zitterte ein wenig. Das merkte sie nicht mehr. In ihrem ersten Jahr in Maida Vale hatte sie sich manchmal beunruhigt. Die U-Bahn verlief tief unter ihrem Garten, und jeder Zug verursachte ein kleines Erdbeben. Einmal in Kalifornien hatten sie ein richtiges Erdbeben erlebt. Stärke Fünf auf der Richterskala, wie sie später erfahren hatten. Anfangs hatten sie alle nicht reagiert, sie waren einfach davon ausgegangen, dass ein Zug vorbeifuhr. Sie waren vor dem Fernseher sitzen geblieben, bis die Fensterscheiben klirrten und ein Bild zu Boden fiel. Da erst war Clifford zum Leben erwacht und hatte sich daran erinnert, wo sie waren. Verängstigt hatte er Jane angeschrien, in Los Angeles gebe es keine U-Bahn, dann war er ins Schlafzimmer gestürzt, hatte die Kinder geweckt und war mit ihnen in die Nacht hinausgerannt. In der Überzeugung, dass das Hotel wie ein Kartenhaus einstürzen und sie alle lebendig begraben würde.

Keuchend und außer sich hatten sie mit den weinenden und verschlafenen Zwillingen auf den Armen vor dem Hoteleingang gestanden und sich gefragt, wo sie Zuflucht suchen könnten. Lola hatte das alles lustig gefunden und gefragt, ob Batman sie nicht bald retten würde. Erst nach einer Stunde hatte Clifford die Rückkehr aufs Zimmer gewagt. Die übrigen Gäste hatten die Straße, wo sie sich irritiert und besorgt zusammengedrängt hatten, bereits wieder verlassen. Die meisten waren ohnehin in ihren Zimmern geblieben, und das Personal kam mehrere Male heraus und versicherte ihnen, es bestehe wirklich keine Gefahr mehr. Diesmal werde es kein Nachbeben geben, erklärten sie.

»Wie können die da so sicher sein?«, schnaubte Clifford und rief seinen Anwalt an. Als ob der mehr wissen könnte. Am Ende hatten der Verkehr und die Ruhe überall sie davon überzeugt, dass sie auf ihr Zimmer im siebten Stock zurückkehren konnten. In dieser Nacht hatte Clifford darauf bestanden, dass die Kinder bei ihnen schliefen. Im Bett war es eng und kuschelig gewesen. Am folgenden Tag hatten sie ihre Tickets umbuchen lassen und waren nach London zurückgekehrt. Kalifornien hatten sie nie wieder gesehen.

Ansonsten waren sie viel gereist. Jane selbst hatte sich in Südfrankreich verliebt, und sie konnte Clifford mehrmals pro Jahr dort hinlocken. Sie hatten in einem alten Dorf oben in den Bergen ein wunderbares kleines Haus mit Weinranken auf der Terrasse und traumhaftem Ausblick gefunden, das sie für einen Spottpreis gekauft hatten. Das Glück wohnte direkt unter den Wolken und schien an manchen Tagen zum Greifen nah.

Die Anruferin wollte mit Clifford sprechen. Sie hatte sich als schwedische Anwältin vorgestellt, Ulrika Stål. Als Jane wissen wollte, worum es ging, ehe sie das Gespräch durchstellte, hatte die Anwältin gesagt, sie suche nach Informationen über Raven Joes ehemalige Freundin, Irene Miers.

»Warum denn das?«

»Ich bin auf der Suche nach einer Erbin.«

»Von Raven Joe?«

»Nein, ich suche eine Schwedin namens Jenny Hult. Ich habe nämlich Grund zu der Annahme, dass es zwischen ihr und Irene Miers einen Zusammenhang gibt. Ich hatte gehofft, Ihr Mann könnte mir helfen. Es wird nicht lange dauern«, hatte sie gesagt, als Jane noch immer zögerte, das Gespräch zu Clifford durchzustellen.

Es gibt keinen Zusammenhang. Jedenfalls keinen, der es lohnt, darin herumzuwühlen, hätte Jane sagen können, wenn Ulrika sie gefragt hätte. Clifford wusste nichts von der ganzen Sache. Woher hätte er ahnen sollen, dass Jenny gestorben war, auf einer kleinen schwedischen Insel, unter dem Schatten der breiten Flügelspanne eines Seeadlers?

Irene hatte sie gefunden.

Zu spät erkannte Jenny, dass ihre Mutter wieder krank geworden war. Sie wollte den Stein auf Jenny werfen, nicht auf den Adler, wie Jenny zuerst gedacht hatte. Ellen hatte eine dünne blaue Ader auf der Stirn, die pochte, wenn sie wütend wurde. Jetzt lebte die Ader oberhalb der vor Wut schwarzen Augen ihr eigenes Leben.
»Teufelsblitze«, hatten die Geschwister das früher genannt. Die Brüder hatten Jenny damit Angst gemacht, wenn sie nicht ihren Willen tun wollte.
Der Stein traf sie an der Stirn. Es klang schrecklich, als die Haut platzte, aber seltsamerweise tat es nicht weh. Jenny spürte, wie das Blut heiß und nass an ihrem Gesicht hinabfloss und ihre Blicke trübte. Ehe Ellen noch einen Stein warf, konnte Jenny einen Arm heben. Sie musste wieder auf die Beine kommen, um sich zu wehren. Der nächste Stein könnte sie sonst erledigen. Ihre Mutter war fast so stark wie sie selbst.
Jetzt tat es weh, verdammt weh. Aber nicht dort, wo sie getroffen worden war, sondern in der Kehle. Wo die Tränen festsaßen. Lieber guter einziger Gott. Mach, dass Mutter sich beruhigt und keine Steine mehr nach mir wirft.
Sie erkannte, dass es durchaus möglich war, dass Ellen sie in diesem Zustand lieber umbringen als gehen lassen würde. Wie hatte es nur so weit kommen können? Jenny rutschte noch mal aus, als sie versuchte, auf die Füße zu kommen. Ellen bückte sich wieder nach einem Stein.
»Hör auf!«, schrie Jenny. »Warum verschwindest du nicht und lässt mich mein Leben leben?«
Ihre Stimme war heiser. Seltsamerweise hatte sie keine Angst mehr vor ihrer Mutter. Etwas sagte ihr, dass sie gewinnen würde. Auch wenn Ellen sie umbrächte, würde sie gewinnen. Dann würde sie wirklich gewinnen. Mit dieser Schuld würde die Mutter nicht leben können. So-

wie sie wieder gesund wäre, würde ihr Gewissen sie zerfressen. Denn dann war sie ihrer Familie gegenüber die Güte selber. Wenn sie Jenny tötete, würde sie selber sterben. Sie würde langsam vernichtet werden.
»Ich soll also verschwinden?«
»Ja.«
»Vielleicht hole ich dich später. Im Moment kann ich dich nicht mehr sehen.«
Dann verschwand sie. Überrascht, ohne wirklich zu begreifen, dass sie hier ausgesetzt worden war, starrte Jenny ihrer Mutter hinterher, so lange die noch zu sehen war. Nach einer Weile hörte sie, wie das Boot angelassen wurde. Bald war Ellen verschwunden. Nur das Geschrei der Meeresvögel störte die Stille. Die Fahrrinne lag einige Minuten entfernt. Es konnte lange dauern, bis hier ein Boot vorbeikam. Die Insel der Seeadler war ungastlich und lockte nur selten Gäste an. Der Vogel drehte eine letzte Runde über ihrem Kopf, ehe er sich auf eine Tanne setzte und den Eindringling wütend anstarrte. Die Jungen, die sich vom Nest her alles angesehen hatten, hatten die Aufregung bald satt und verschwanden hinter dem Nestrand.
Jenny war wie benommen. Sie presste die Hand auf ihre Stirn. Die Hand wurde klebrig und die Wunde brannte. Sie musste die Wunde waschen und einen Verband auflegen, damit die Blutung aufhörte. Unsicher stieg sie zum Wasser hinunter.
Auf einem Stein am Wasser stand ihre Tasche. Die hatte die Mutter also nicht mitgenommen. Dann könnte es dauern, bis sie zurückkam, um sie zu holen. Jenny kannte diese Stimmungswechsel gut genug, um einzusehen, dass ihre Mutter sie bestrafen wollte. Als könnte das ihren Entschluss, von zu Hause wegzugehen, noch beeinflussen. Nie im Leben! Diesmal war die Mutter zu weit gegangen. Viel zu weit. Nach diesem Erlebnis war es unmöglich, noch etwas mit der Familie zu tun zu haben.

Die Liebe war verschwunden. Wenn Jenny nur diese Felsen hier verlassen könnte, würde sie nie wieder zurückkehren.
Das Wasser schlug gegen den Felsen. Erschöpft stellte Jenny fest, dass ihre Reisetasche nass werden würde, wenn sie sie nicht an Land holte. Aber das brachte sie nicht über sich. Stattdessen zog sie sich langsam aus. Ihr Kleid hatte vorne Blutflecken. Es war ein neues Kleid. Ihr schönstes. Sie hatte es zum Johannisfest gekauft. Wenn diese Flecken sich nun nicht herauswaschen ließen!
Erst jetzt kamen die Tränen.
Dann kam der Zorn.
Und lange danach kam Irene.

18

Ulrika sprang in ein Taxi und nannte dem Fahrer die Adresse, während sie darauf wartete, zu Clifford Barnes durchgestellt zu werden.

»Er spricht gerade auf der anderen Leitung, könnten Sie wohl noch einmal anrufen«, fragte die Gattin, als Ulrika ihr gesagt hatte, worum es ging.

»Ich kann auch gern warten.«

Sie klemmte den Hörer mit ihrer Schulter fest, legte sich die Aktentasche aufs Knie und sah vor der kommenden Besprechung noch einige Unterlagen durch. Niemals ein Gespräch aufgeben, wenn man erst einmal jemanden erreicht hat, das war eine ihrer Maximen. Lieber viele Einheiten bezahlen, als riskieren, dass die Telefonsprechstunde zu Ende ist oder die gesuchte Person bis zum nächsten Versuch verschwunden ist. Das Taxi hatte die Oxford Street erreicht, als sich endlich jemand meldete. Es war wieder die Gattin, die mitteilte, das andere Gespräch werde wohl noch dauern. Ob Ulrika vielleicht in einer halben Stunde noch einmal anrufen könne.

»Wie lange wird er denn im Haus sein?«

»Vermutlich bis Mittag.«

»Eigentlich würde ich ihn lieber persönlich sprechen. Ich möchte ihm einige Fotos zeigen. Könnte ich vielleicht gegen zwölf vorbeikommen?« Ulrika merkte, wie die Frau zögerte, und biss gereizt die Zähne aufeinander. Frau Barnes war wirklich ein effektiver Puffer zwischen ihrem Gatten und der Umwelt. Ehe die Frau etwas sagen konnte, fügte Ulrika deshalb so liebenswürdig wie möglich hinzu: »Wie schon gesagt, es wird nur wenige Minuten dauern. Ich wäre wirklich dankbar, wenn sich das machen ließe.« So leicht wollte sie sich nicht geschlagen gegen.

»Ja, das ist schon möglich«, sagte die Frau endlich zögernd. »Geben Sie mir Ihre Telefonnummer, für den Fall, dass es ihm ungelegen kommt«, fügte sie hinzu, als brauche sie selbst eine Rückzugsmöglichkeit.

Ulrika gab ihr die Nummer und ließ sich die Adresse nennen. Sie hatte vor, während der Besprechung ihr Telefon auszustellen und danach direkt nach Maida Vale zu fahren. Dieses Risiko wollte sie durchaus eingehen. Sie spürte, dass eine Begegnung mit Clifford Barnes sich lohnen würde.

Der Mann in der Gesprächsgruppe sah aus wie ein Wiesel. Seine Haare wuchsen ihm spitz in die Stirn. Er hatte scharfe Züge und von Nikotin und Kaffee braun gefleckte Zähne. Ungebeten hatte er die Führungsrolle an sich gerissen. Er saß lässig zurückgelehnt in seinem Sessel und hatte das eine Bein locker über das Knie gelegt. Sein Fuß trommelte mechanisch auf dem abgenutzten Holzboden. Seine mageren Hände waren um das Knie verschränkt, an seinem kleinen Finger saß ein Siegelring. Love wusste ohne hinzuschauen, dass das Wiesel unter den Fingernägeln Trauerränder hatte. Obwohl er versuchte, das zu verbergen, wurde es einfach dadurch deutlich, dass er von der schmuddeligen Sorte war. So einer mit eleganten Anzügen und braunen Flecken in der Unterhose. Ein eitler Wicht, der sich für etwas Besseres hält als die anderen. Wenn er etwas sagen sollte, zeigte er die irritierende Unsitte, zuerst mit einem zischenden Geräusch Luft durch seine Zähne einzusaugen. Als brauche er zusätzlichen Sauerstoff, um seine unschätzbaren Lebenserfahrungen weitergeben zu können.

Nachdem er sich eine lange, ermüdende Darstellung darüber angehört hatte, wie vortrefflich dieser Mann doch war, und welchen außerordentlichen Durchblick er besaß, was sein eigenes Krankheitsbild anging, weshalb es drei Jahre gedauert hatte, bis er sich einen Rückfall geleistet habe, hatte Love die Nase voll.

»Was soll das denn? Sich einen Rückfall leisten, Mann! Sag lieber gleich die Wahrheit. Du hast wieder losgesoffen, wie jeder andere Suffkopp auch«, sagte er höhnisch. Was für ein Trottel. Am liebsten hätte er diesem Mistkerl eins auf die Fresse gegeben, aber er fand, das sei der Mühe nun doch nicht wert.

Das Wiesel, das Åke hieß, hob die Oberlippe zu etwas, das ein nachsichtiges Lächeln vorstellen sollte. So eines, mit dem man ein Kind bedenkt, das aus purem Unwissen eine lächerliche, aber doch irgendwie niedliche Bemerkung gemacht hat.

»Hier drücken wir uns eben so aus. Wir sind alle Alkoholiker. Du auch, auch wenn du das noch nicht zugeben willst. Wir sagen nicht, dass wir einen Rückfall haben, wir sagen, dass wir uns einen leisten. Wir allein und sonst niemand sind dafür verantwortlich. Aber auch du wirst noch begreifen, worum es hier geht, und dann mehr verstehen.« Mehrere von den anderen Anwesenden murmelten zustimmend. »Willst du deine Erfahrungen nicht mit uns teilen?« Aller Augen richteten sich auf Love. Und der hätte plötzlich weinen mögen.

»Das hat doch noch Zeit.«

Er verlagerte sein Körpergewicht von der einen Hinterbacke auf die andere, holte hörbar Luft und schluckte. Wegen seiner Nebenhöhlengeschichte lief ihm die ganze Zeit die Nase. Er wollte sich jetzt aber nicht die Nase putzen, das hatte mit seinem Wunsch zu weinen zu tun. Es kam ihm männlicher vor, die Nase einfach hochzuziehen.

Mit spöttischer Miene betrachtete er die Gruppe. Er brachte niemandem hier ein Gefühl der Zusammengehörigkeit entgegen. Die Probleme der anderen ließen sich mit seinen nicht vergleichen. Und wenn man ganz ehrlich sein sollte, dann hatte er doch eigentlich gar keine Probleme. Wenn er nur gleich nach seiner Entlassung eine neue Wohnung und eine geregelte Finanzlage hätte haben können, dann hätte er sich zu diesem Zirkus hier doch nie und nimmer bereit erklärt.

Etwas ganz anderes war doch diese Diplomatenalte, die überall auf der Welt gewohnt hatte, mit Kronleuchtern und Repräsentation und dem ganzen Kram. Und jetzt schwamm sie in Selbstmitleid, weil sie jeden Tag Champagner trinken musste. Ganz zu schweigen von der traurigen Geschichte des Zahnarztes, der Desinfektionsalkohol mit Cola gemischt hatte, weil er zu faul war, um in den staatlichen Alkoholladen zu gehen. Was verband Love denn wohl mit solchen Leuten? Das waren doch Luxusalkoholiker.

Und dann war da dieser erbärmliche Beamtentyp, ein ehemaliger Buchprüfer, der seine Saufereien darauf schob, dass er seine Stelle verloren und dass seine Frau daraufhin die Kinder genommen und ihn verlassen hatte. Bestimmt hatte der Geld unterschlagen. Und war deshalb gefeuert worden. Das lag doch auf der Hand. Aber der saß hier herum und log ihnen die Hucke voll. Außerdem fand Love, der Buchprüfer sei selbst daran schuld, dass seine Alte ihn verlassen hatte. Bestimmt hatte er ihr nicht gleich von Anfang an gezeigt, wer der Chef war. Und wenn er sein Haus nicht so bestellt hatte, wie sich das gehörte, dann durfte er nur sich selbst Vorwürfe machen. Frauen hatten zu lernen, wer das Sagen hatte, sonst wurden sie unmöglich. Love hätte dem Typen wirklich so einiges beibringen können. Schließlich hatte seine Frau für ihn ihr Leben geopfert. War freiwillig gestorben, damit er nicht in den Knast musste. Darauf konnte er ja wohl stolz sein. Wenn hier einer mit dem schönen Geschlecht umgehen konnte, dann war das Love.

»Gott, gib mir den Mut, um zu ändern, was ich ändern kann, die Gelassenheit, um das zu lassen, was ich nicht ändern kann, und die Weisheit, das eine vom anderen zu unterscheiden«, beteten nun alle im Chor.

Und damit war die Gesprächsrunde beendet. Jetzt folgte eine Pause mit Kaffee und Plätzchen. Alle hatten einen enormen Bedarf an Süßigkeiten. Haus Lundagården betrieb einen eigenen kleinen Kiosk, wo Schokolade und Süßigkeiten verkauft wurden, damit die Klienten zum Einkaufen nicht in den

Ort gehen mussten. Hier sollten nämlich alle immer zusammen sein. Die Gemeinschaft sollte Kraft und Selbsterkenntnis vermitteln. Weshalb man wirklich nirgendwo seine Ruhe hatte.

Nach dem Kaffee waren physische Aktivitäten angesagt. Love wollte sich dem Krafttraining widmen. An Joggingrunden war hier nicht zu denken, er wollte das jedenfalls nicht.

Vor ganz kurzer Zeit hatten sie erst eine restlos irrwitzige Übung machen müssen, bei der sie über ein Seil gehen sollten, um ihre Angst zu überwinden. Zuerst hatte er sich absolut geweigert, weil er davon überzeugt war, dass er vor gar nichts Angst hatte. Doch als die anderen ihn dann als Feigling verspottet hatten, hatte er es ihnen wirklich gezeigt. Wenn er etwas besaß, dann ja wohl Gleichgewichtssinn. Jedenfalls wenn er nüchtern war, und das war er nun ja leider schon seit einer ganzen Woche. Nicht dass er sich direkt nach Alkohol gesehnt hätte, aber er konnte auch nicht leugnen, dass ein Schnäpschen ihm jetzt wirklich geschmeckt hätte.

Vielleicht sollte er lieber die Diplomatin verführen? Sie hieß Kerstin, genau wie seine Mutter. Und sie schien wirklich einen guten Fick zu brauchen. Sie war zwar schon ziemlich alt. Mindestens fünfundvierzig. Aber was spielte das für eine Rolle, ihr Körper konnte ja durchaus noch durchgehen. Die übrigen drei Frauen aus der Gruppe hätte er nicht einmal angefasst, wenn er dafür bezahlt worden wäre.

Eine von ihnen war jünger. Sie war erst nach ihm gekommen. Sie war eine harte Nuss, die er nicht richtig in den Griff bekam. Anfangs hatte er versucht, mit ihr zu sprechen, aber sie hatte kein Interesse gezeigt und war eigentlich ganz schön unverschämt ihm gegenüber gewesen. Sie hatte so breite Schultern wie eine Diskuswerferin und eine freche Klappe. Schon bei der ersten Gruppensitzung hatte sie klar und deutlich erklärt, sie heiße Olivia und sei Alkoholikerin. Love beschloss, sie als Lesbe abzutun.

Zuerst wollte sie nicht über ihren Beruf sprechen. »Das ist jetzt nicht wichtig«, hatte sie gesagt. Als ob es eine Rolle gespielt hätte. Puffmutter oder Gehirnchirurgin. Warum sollte es Love interessieren, womit sie ihr Brot verdiente? Das war ihm doch völlig schnurz.

Am dritten Tag erzählte sie, dass sie bei der Polizei war. Was für eine miese Kuh! Love war außer sich gewesen. Wenn er etwas überhaupt nicht ausstehen konnte, dann waren das Polizistinnen. Es wäre besser für die Menschheit gewesen, wenn Olivia sich zu Tode gesoffen hätte, statt anderen Leuten Behandlungsplätze wegzunehmen. Er packte seinen Gürtel, zog die Hose ein wenig hoch und machte sich auf die Suche nach Kerstin.

Der Supermarkt war geschlossen. Für wie lange, das ließ sich nicht voraussagen. Der Filialleiter Sören Sörensson hatte einen Herzinfarkt erlitten, und die Ärzte hatten ihm gerade noch das Leben retten können, ehe seine Frau an einer Gürtelrose erkrankt war.

Rolf Hult hatte sich seit dem Tod seiner Mutter nicht mehr so wohl gefühlt. Der Laden blühte und gedieh, und er hatte jede Menge Kundschaft. Vor dem Wochenende hatte die Schlange weit über den Hofplatz gestanden. Er hatte zwei Aushilfen anstellen müssen, um mit dem Ansturm fertig zu werden. Er hatte zwar von Anfang an klargestellt, dass es nicht von Dauer sein würde, sondern nur für diese Art von Flitterwochen, aber trotzdem.

Er hatte schließlich gehört, dass eine Gürtelrose lange dauern konnte, und über Herzinfarkte wusste man ja genug. Das wussten alle. Falls dem Mann nur kein Herzschrittmacher eingesetzt würde. Aber auch das brauchte doch seine Zeit, konnte man annehmen.

Wenn er wirklich Glück hatte, konnte der Supermarkt den ganzen Sommer geschlossen bleiben. »Man kann ja nur hoffen«, wie er seinen Brüdern im Vertrauen sagte. Der Kundschaft gegenüber spielte er natürlich den Besorgten. Was Sörenssons geballtes Pech anging, und auch in Bezug auf seine eigene fast unmenschliche Arbeitsbelastung. Aber für guten

Service tat man schließlich alles. Man durfte nicht nur an sich denken und sich auf die faule Haut legen, wenn man gebraucht wurde. Nein, wirklich nicht. Er war dafür verantwortlich, dass die Kundschaft bekam, was sie brauchte, jetzt, wo niemand sonst sich darum kümmern konnte. So war es, das war die reine Wahrheit.

Der tägliche Kassensturz konnte nun glatt eine Stunde dauern. Abends, nach Feierabend, saß er müde und zufrieden da und zählte Geld. Mit Papier und Bleistift und Gummibändern, die er um die Geldscheine zog. Denn sowie er gesehen hatte, worauf das alles hinauslief, hatte er damit aufgehört, Kreditkarten zu akzeptieren. Die waren ein notwendiges Übel gewesen, mit dem er sich hatte abfinden müssen, um sich der Konkurrenz gegenüber behaupten zu können. Jetzt, wo es keine Konkurrenz gab, konnte er machen, was er wollte. Und das war ihm nur recht so. Für die Stammkunden spielte es keine Rolle. Die Leute von den Schäreninseln waren nicht an den Umgang mit Plastikgeld gewöhnt. Für sie wie für Rolf galt nur Bargeld. Der Geldhaufen im Safe wuchs.

Dieser Sommer würde wohl der beste werden, den er je erlebt hatte. Der Rubel rollte, wie zu den Glanzzeiten seiner Schwester, als sie unter dem Tresen »Himbeersaft« verkauft hatte.

Der Verkehr in London war unverändert. Stillstehend und stinkend auf den Hauptstraßen und millimetereng, aber beweglich in den Nebenstraßen, wenn es möglich war, zwischen den doppelten Reihen der geparkten Fahrzeuge hindurchzukommen.

»Hier werden Falschparkern also noch immer die Reifen blockiert?«

Ulrika nickte zu einem Wagen hinüber, an dem sie gerade vorüberfuhren, dessen Hinterreifen mit einer gelben Metallplatte und einem kräftigen Hängeschloss gesichert waren. Der Wagen steckte fest wie in einem Schraubstock. Die Windschutzscheibe war von der aufgeklebten Mitteilung bedeckt, dass es verboten sei, die Kralle eigenhändig zu entfernen. Auf der Straße hockten zwei jüngere Männer und bearbeiteten das Schloss wütend mit einer Metallsäge.

Der Fahrer lachte über den Versuch der Knaben, das Gesetz in die eigenen Hände zu nehmen. »Hoffentlich schaffen die das. Manchmal habe ich wirklich das Gefühl, dass die Verkehrspolizei hinter der nächsten Ecke auf der Lauer liegt. Sie bekommen eine Provision, wissen Sie. Sie brauchen dreißig Sekunden, um den Reifen zu sperren. Mein Schwiegersohn hat letzte Woche Pech gehabt, er hatte seinen Wagen nur zwei Minuten stehen lassen. Und das kostete ihn dann hundertzwanzig Pfund. Geld, das er wirklich dringend brauchte. Sie haben erst neulich etwas Kleines bekommen. Mein erstes Enkelkind«, fügte er stolz hinzu. »Wissen Sie, an welchem Ende der Straße das Haus liegt? Von hier aus ist es Einbahnstraße.«

»Leider nein. Ich bin zum ersten Mal hier.«

»Wir machen einfach einen Versuch«, sagte er und bog nach rechts ab, was sich als Fehler erwies. Statt irgendwelche Umwege zu fahren, bat Ulrika ihn anzuhalten. Zu Fuß kam sie leichter voran. Er hielt vor dem Kanal, wo die Hausboote vor sich hin dümpelten. Wäscheleinen und Blumenkästen mit Pelargonien ließen diese Idylle unwiderstehlich pittoresk wirken. Kein Wunder, dass dieser Teil Londons »Little Venice« genannt wurde.

Das Haus der Familie Barnes war beeindruckend. Groß wie eine Mietskaserne, mit eigenem Parkplatz. Rosenbeete und zwei große Kamelienbäume zu beiden Seiten der Einfahrt vollendeten das Bild von Oberklasse. Hinter den Fenstern waren schwere Portieren zu erkennen, und der wie ein Löwenkopf geformte Türklopfer war aus Messing. Ulrika klopfte mehrere Male vergeblich. Sie wollte fast schon aufgeben, als sie eine diskret angebrachte Klingel entdeckte. Sie drückte darauf. Ein wenig länger und ein wenig härter als sonst, wenn sie nicht so lange hatte warten müssen.

Die Frau, die ihr öffnete, musste früher ungeheuer gut ausgesehen haben. Jetzt hatte sie eine leicht verlebte, aber doch spannende und attraktive Ausstrahlung. Sie war noch immer attraktiv, obwohl sie für ihr Alter viel zu lange Haare trug. Ulrika kam sie vor wie ein überwinterter Luxushippie. Sie trug ausgefranste Markenjeans mit breitem Gürtel und ein tief ausgeschnittenes weißes T-Shirt mit Stickereien und hätte damit einer Modezeitschrift der siebziger Jahre entstiegen sein können. Ulrika registrierte, dass sie beide die gleiche Uhr trugen. Sie stellte sich vor.

»Ich habe versucht anzurufen, aber Ihr Telefon war offenbar ausgeschaltet«, sagte die Frau und musterte Ulrika, wie um sich zu überzeugen, dass sich hier keine Bewunderung einschleichen wollte. »Mein Mann musste leider vor einiger Zeit das Haus verlassen. Er lässt Sie grüßen und Sie bitten, mir die Bilder zu geben, er meldet sich dann, wenn er sie sich angesehen hat.«

»Ich fahre morgen. Es wäre sehr gut, wenn ich ihn vorher treffen könnte.«

»Er wollte zum Tee wieder zu Hause sein«, sagte Mrs Barnes, als handele es sich dabei um eine konkrete Uhrzeit.

Ulrika zog ihr Telefon aus der Handtasche. »Offenbar habe ich nach der Besprechung vergessen, es wieder einzuschalten. Was für ein Pech. Aber von jetzt an werde ich wieder jederzeit zu erreichen sein«, sagte sie und lächelte, wie um sich zu entschuldigen. Na ja, man kann eben nicht jedes Mal gewinnen, dachte sie, als sie den Briefumschlag mit den Fotos überreichte. Sicherheitshalber hinterließ sie auch noch ihre Visitenkarte. Auf die Rückseite schrieb sie den Namen ihres Hotels und ihre Zimmernummer. »Ich habe keinen Brief dazu gelegt, weil ich doch sicher war, dass ich ihn antreffen würde, aber wir können das sicher per Telefon klären, wenn er wieder da ist. Das ist bestimmt kein Problem. Ich bin ihm wirklich dankbar dafür, dass er sich die Zeit nimmt, mir zu helfen.«

Kaum hatte Jane die Tür geschlossen, als sie auch schon den Briefumschlag aufriss. Obenauf lag ein schlechtes Foto von Irene. Es sah aus wie ein vergrößertes Passbild. Janes Herz hämmerte, als sie das dahinter liegende Bild herauszog. Das war besser. Sie schaute es lange an, ehe sie es wieder in den Umschlag steckte.

»Clifford!«, rief sie dann und ging die Treppe zum Souterrain hinunter. »Hier war eine Frau, die ein paar Fotos für dich abgegeben hat. Was sagst du zu diesem hier?« In ihrem Mundwinkel spielte ein Lächeln.

Nils Petter erhob sich, als Ulrika auf den Tisch zukam. Es saß in dem etwas erhöhten, helleren Restaurantteil, unter einer der vielen hohen Palmen. Das Lokal war wie üblich voll besetzt. Das Publikum war elegant und gepflegt. Die Besitzerin schien als Einzige nicht zu diesem Milieu zu passen. Sie erinnerte in ihren dunklen, unförmigen Kleidern und ihren Gesundheitsschuhen an eine schlichte, ein wenig grau gesprenkelte italienische Hausgehilfin. Die Gäste wetteiferten um ihre Gunst, und ihr Glück war vollkommen, wenn sie vortrat und mit den prominentesten Gästen einige Worte wechselte. Das Restaurant war eins von Prinzessin Dianas Lieblingslokalen gewesen, und die Besitzerin hatte als eine ihrer Vertrauten gegolten. Ulrika und Nils Petter hatten über das Hotel einen Tisch reservieren lassen.

»Du kommst aber spät. Ich dachte, das sei für eine Anwältin eine Todsünde.«

»In der Nähe von Harrods war das pure Verkehrschaos. Ich musste von der Walton Street aus zu Fuß gehen, sonst wäre ich nicht mal zum Kaffee hier gewesen. Hast du schon bestellt?«

»Ich habe einen Blick auf die Speisekarten geworfen. Worauf hast du denn Lust?«

»Pasta.«

Das Essen wurde bald serviert, es war sehr gut zubereitet und heiß. Anfangs aßen sie schweigend und genossen ihr Zusammensein. Nils Petter musste danach zurück zu Scotland Yard, um sich einen weiteren Vortrag anzuhören. Nach einer Weile erzählte er, dass sie während des Vormittags über die Entwicklung der Kriminalität gesprochen hatten und darüber, wie man globale Methoden und Gesetze entwickeln könnte, um gemeinsam deren Ausweitung zu bekämpfen. Der Nachmittag sollte der technischen Entwicklung und den Möglichkeiten internationaler Zusammenkopplung von Computerbasen und Karteien gewidmet werden. Es hörte sich ungeheuer interessant an, und Ulrika wäre gern dabei gewesen, aber das Seminar war für die Allgemeinheit nicht zugänglich. Deshalb beschloss sie, sich die moderne Abteilung der Tate Gallery anzusehen.

»Die Ermittlungsarbeit wird dadurch in Zukunft enorm erleichtert werden«, sagte Nils Petter, so glücklich wie ein Junge, der eben erfahren hat, dass es den Weihnachtsmann wirklich gibt.

»Dann besteht ja vielleicht sogar für mich die Hoffnung, dass ich eine Frau ausfindig machen kann, die vor –«, sie schaute auf das Datum ihrer Uhr, »vierundzwanzig Jahren und dreihundertdreiundsechzig Tagen spurlos verschwunden ist. Eine Information, die ich seit über einem Monat mit mir herumschleppe.«

»Was weißt du sonst noch über sie? Vielleicht kann ich sie als Beispiel zum Üben nehmen.«

Ulrika war plötzlich verlegen. War es nicht ein wenig übertrieben, ihren Liebhaber auf der Jagd nach einer Erbin die allerneuesten Methoden von Scotland Yard testen zu lassen? Der Fall war doch im Grunde reichlich unwichtig. Es war ein Fall, den sie normalerweise einem Referendar überlassen hätte. Aber diese Überlegung verdrängte sie sofort. Kein Auftrag war weniger wert als ein anderer. Alles musste mit derselben Sorgfalt behandelt werden. Außerdem hatte er es ja angeboten. Sie notierte, was sie wusste, und reichte ihm den Zettel.

»Du hast nicht die Möglichkeit in Betracht gezogen, dass sie nicht mehr am Leben ist?«

»Doch, immer wieder.«

»Glaubst du, sie kann umgebracht worden sein?«

»Vielleicht.«

»Denn dann ist der Fall übermorgen verjährt.«

»Das weiß ich.«

Er musterte sie forschend. Mit seinem Polizistenblick, wie sie das nannte. Er verfügte über so viel Erfahrung, dass er instinktiv wusste, dass sie ihm noch nicht alles gesagt hatte.

»Hat es einen besonderen Grund, dass du in diesen Bahnen denkst, oder fällt das unter deine Schweigepflicht?«

»Nein, es hat nichts mit der Schweigepflicht zu tun. Nach Jenny suche ich wegen einer Erbschaftssache. Aber ich kann mir einfach kein klares Bild von dem Fall machen. Es gibt so viele Widersprüche.« Ulrika erzählte, was sie über Irene wusste.

»Das ist viel einfacher zu untersuchen. Wenn du willst, kann ich mir nach unserer Rückkehr die ganzen Unterlagen noch einmal ansehen. Du hast wahrscheinlich nur ein wenig an der Oberfläche fischen dürfen.«

Sie baten um die Rechnung und Nils Petter legte seine Kreditkarte in den Korb mit den Pfefferminzbonbons, als sie gebracht wurde.

»Die nehmen hier keine Karten. Ich habe Bargeld. Du kannst mich dann ja zum Abendessen einladen.«

19

Die Zeit verging so rasch, bald würden sie London verlassen und nach Hause fliegen müssen. Und dabei waren sie doch eben erst angekommen. Jetzt würde es eine Zeit dauern, bis sie wieder eine Möglichkeit finden würden, zusammen zu erwachen. Es war so leicht gewesen, sich daran zu gewöhnen. Ulrika wusste, dass es ihr fehlen würde. Aber sie konnte sich einfach nicht vorstellen, zwischen den zwei Männern eine Entscheidung zu treffen. Sie liebte sie beide gleichermaßen. Ab und zu stellte sie sich vor, wie sie in einer bigamistischen Großfamilie lebten, wo sie und Nils Petter Kinder bekommen könnten, die dann zusammen mit Axel und Elin aufwachsen würden. In einer utopischen Gemeinschaft mit zwei Papas und einer Mama, in der alle zufrieden waren und in Harmonie lebten.

Sie hatte sich zuletzt als Kind in Tagträume vertieft, und sie staunte darüber, wie schön es war, eine heimliche Nische in sich zu haben, in die sie sich verkriechen konnte, und sei es nur für einen Augenblick. Ein Versteck, zu dem die Wirklichkeit keinen Zutritt hatte. Die Tagträume waren ihre eigene Schöpfung, die sie steuern konnte, wie sie wollte. Sie waren fesselnd und ungefährlich, so lange sie die Selbstkontrolle besaß, die Träume auch wieder abzustellen.

Schon als Kind hatte sie eingesehen, dass sie ihr Leben in Fantasie und Wirklichkeit einteilen musste, sie durfte es sich nicht zur Gewohnheit werden lassen, in die Träume zu fliehen, wenn Einsamkeit, Schule und Ungerechtigkeiten ihr zu viel wurden.

Nils Petter hatte, nachdem sie sich einem ersten Streit bedrohlich genähert hatten, versprochen, das Thema Stefan nicht mehr zur Sprache zu bringen. »Jedenfalls nicht in nächster Zeit«, hatte er scherzend hinzugefügt, mit einem ernsten Unterton, als er sah, wie erleichtert sie von seinem Rückzug war. Die Tendenz, ihre Familie ins Spiel zu bringen, wenn alles gerade wunderbar war, war eine Unsitte, die sie auch früher schon an ihm bemerkt hatte. Er hatte noch immer nicht gelernt, das richtige Gleichgewicht zu finden, es kam noch immer vor, dass es zwischen ihnen zu einem kleinen Machtkampf kam. Er war daran gewöhnt, bestimmen zu können, und er mochte sich nicht so recht damit abfinden, dass er warten musste, bis sie die Zeit und die Möglichkeit fand, sich ihm zu widmen.

Geduld, er würde Geduld lernen müssen. Eines schönen Tages würden alle Probleme sich lösen. Und bis dahin musste er wohl einfach dankbar dafür sein, dass sie wieder zueinander gefunden hatten. Warum sollte er das, was er schon hatte, aufs Spiel setzen, nur weil er sich mehr wünschte?

Clifford Barnes meldete sich nicht. Ulrika hatte es mehrere Male versucht, bei ihm zu Hause und im Studio. Bei seinem letzten Anruf bei ihm zu Hause fragte sie seine Frau, ob er sich die Fotos angesehen und, wenn ja, etwas dazu gesagt habe.

»Er hat nur gesagt, dass das ein schlechtes Foto von Irene Miers war.«

»Und das andere, was hat er zu dem von Jenny Hult gesagt?«

»Das fand er besser.«

Ulrika merkte, wie ihre Verärgerung wuchs. Diese Frau war schnippisch und unverschämt. Jane Barnes wusste sehr gut, dass die Qualität der Bilder und das Aussehen der Frauen hier absolut keine Rolle spielten. Wollte diese Person sich über Ulrika lustig machen, oder was sollte das alles?

Höflich und beherrscht erklärte sie noch einmal, worum es hier ging. Dass sie Jenny Hult suchte und hoffte, dass frühere Bekannte von Irene Miers sie auf die richtige Spur bringen könnten.

»Es tut mir Leid. Wir können Ihnen da wirklich nicht behilflich sein. Aber viel Glück auf jeden Fall.«

Auch Nils Petter hatte nichts über Jenny in Erfahrung bringen können.

»Wenn sie noch lebt, dann hat sie sich jedenfalls kein Verbrechen zu Schulden kommen lassen«, hatte er kommentiert, als ob das irgendetwas mit der Sache zu tun haben könnte.

Ulrika musste ein wenig lachen, als sie an die Schnapsbrennerei dachte. Wie zum Ausgleich für das magere Resultat versprach er, ihr nach ihrer Heimkehr sämtliche Unterlagen über Irene Miers zu besorgen. Er könne sich nicht denken, dass die aus irgendeinem Grund gesperrt sein könnten, sagte er.

»Aber du musst dich schon auf die alte Wache schleppen und dort im Archiv selber alles nachlesen. Danach können wir uns ja treffen und eventuelle Fragen besprechen. Ich möchte eigentlich vor allem wissen, wieso du immer so schön bist.«

Der Abschied ging gut. Nils Petter fuhr mit dem Schnellzug nach Stockholm, Ulrika mit ihrem Wagen, der auf dem Langzeitparkplatz gestanden hatte, nach Täby kirkby. Beim Auspacken sah sie, dass sie aus Versehen ein Hemd von Nils Petter eingesteckt hatte. Wie gut, dass Stefan auf Segeltörn war, sonst packte er nämlich immer aus. Ulrika versteckte das Hemd ganz unten im Sack für die chemische Reinigung. Es war nämlich ihre Aufgabe, alles in die Reinigung zu schaffen, was nicht in der Maschine gewaschen werden durfte. Sie ging immer zu Expo in der Nybrogata, die sie für besser hielt als die lokale Reinigung. Das machte keine Mühe, ihre Kanzlei lag ja gleich in der Nähe.

Rasch zog sie Freizeitkleidung an. Packte eine Sporttasche und setzte sich wieder ins Auto. Stefan, die Schwiegereltern und die Kinder warteten mit der Impuls draußen auf Resarö. Sie hatten einen Hecht von gut zwei Kilo gefangen, den sie abends in Folie grillen wollten. Stefan hatte sie gebeten, zwei Flaschen guten Wein mitzubringen. Frischen Meerrettich hatten sie selber auftreiben können.

Die Familie empfing Ulrika mit offenen Armen. Der Fisch

lag schon auf dem Grill, die Kartoffeln waren fast fertig. Glücklicherweise hatte der Verkehr keine größeren Probleme gemacht, Ulrika hatte nicht gewagt, das auch nur zu hoffen. Die große Neuigkeit war, dass Elin jetzt jedes Mal Bescheid sagte, wenn sie auf den Topf musste. Nicht ein einziges Mal war das während Ulrikas Abwesenheit schief gegangen. Das war doch ein gutes Omen für den Sommer. Allein die Vorstellung, keine Windelpakete mit auf See nehmen zu müssen ... Sie hatten ohnehin immer schon genug geladen.

Während des Essens umhegte Marianne ihre Enkelkinder. Säuberte und zerlegte für Elin den Fisch und hörte sich mit der unendlichen Geduld einer Großmutter Axels niemals endendes Geplapper an. Er redete ununterbrochen. Es war unterhaltsam, das schon, aber nur in kleinen Dosen. Und ermüdend, absolut, wenn man selber nie zu Wort kam. Ruhe und Schweigen senkten sich über sie, als sie die Kinder endlich ins Bett geschafft hatten. Elin hatte gemeutert. Sie wollte für die Nacht keine Windel anziehen. Die brauche sie nicht mehr, jetzt, wo sie auf dem Töpfchen sitzen könne. Das Kind trug den Sieg davon. Stefan legte ihr sicherheitshalber ein saugfähiges Frotteehandtuch unter und hoffte das Beste.

Ulf schenkte mehr Wein ein, und Ulrika zeigte die Kartenspiele, die sie in London gekauft hatte. Sie saßen in der Sitzgrube und spielten in der hellen Sommernacht Canasta. Eine Eiderente und sieben daunenweiche Junge flogen, wie auf eine Schnur aufgereiht, vorbei. Die Wellen schlugen leise glucksend gegen das Schiff. Die ruhige Schönheit war überwältigend. Jetzt, wo es dunkel wurde, legte sich ein dunkelblauer Schleier über rote Wolken, und als die Sonne kurz vor Mitternacht im kobaltblauen Meer versank, loderte der ganze Horizont. Ulf steckte sich eine Zigarre an. Marianne nahm seine Hand, und so saßen sie schweigend da und genossen es, einander nach vierzig gemeinsamen Jahren noch lieben zu können. Ulrika empfand eine tiefe Zuneigung zu ihren Schwiegereltern. Von Anfang an hatten sie sie behandelt wie eines ihrer eigenen Kinder.

Die Meteorologen versprachen weiterhin warmes Wetter. Alle fanden es schade, dass sie in die Stadt zurückfahren mussten.

»Bleibt doch einfach hier«, schlug Ulrika vor. »Ich kann in der Woche zweimal herauskommen. Das Pendeln macht mir nichts aus. Es könnte sogar ein Vorteil sein, vor dem Urlaub noch einiges wegzuarbeiten. Dann brauche ich kein schlechtes Gewissen zu haben, wenn ich abends spät nach Hause komme«, fügte sie hinzu, als Stefan offenbar Gewissensbisse entwickelte, weil er hier bleiben konnte, während sie sich im flirrendheißen sommerlichen Stockholm müde arbeitete.

Sie beschlossen, Ulrika den Wohnungsschlüssel von Ulf und Marianne zu geben, damit sie sich dort um die Blumen kümmern konnte. Die Vorstellung, zu toten Topfpflanzen nach Hause zu kommen, war das Einzige, was Marianne noch zögern ließ.

Ulrika verdrängte alle Bedenken, als sie in dieser Nacht in Stefans Armen einschlief. Langsam, aber sicher würde sie sich ihrem neuen Leben anpassen. Dort würde es Platz für Stefan und für Nils Petter geben. Alles würde sich finden, wenn sie die Sache nur vorsichtig anging.

Am ersten Arbeitstag der Woche nahm Ulrika sich zwei neue Fälle vor. Es ging einmal um Alkohol am Steuer und einmal um Körperverletzung mit Todesfolge. Karolina Bergström rief an, während Ulrika im Gericht war, und bat um einen Termin. Es sei sehr eilig, am liebsten wäre sie sofort gekommen, erzählte Gudrun, als Ulrika in die Kanzlei zurückkam.

»Ich habe sie für Dienstag eingetragen«, sagte die Sekretärin und reichte Ulrika die Reinschriften von allem, was sie am Morgen diktiert hatte.

»Worum ging es denn diesmal?«

»Ich hatte den Eindruck, dass ihr noch immer die Sache mit dem Sorgerecht auf den Nägeln brennt.«

»Seltsam, ich dachte, da hätten sie sich schon lange geeinigt. Ich habe ihren Exmann und dessen neue Frau ja sogar in

London getroffen. Wir sind uns zufällig über den Weg gelaufen.«

»Ist das der, der mit dieser russischen Sängerin verheiratet ist?«

»Mit Natascha, ja. Das war richtig spannend. Da kann man doch wirklich von einem Weltstar reden. Aber sie ist wirklich sympathisch. Intelligent und ziemlich witzig, wenn man sich erst einmal mit ihr angefreundet hat. Sie sind ja etwas Besonderes, diese Mädels aus dem Osten. Irgendwie direkter, als wir das sonst gewöhnt sind.«

»Hast du wirklich die Popsängerin Natascha getroffen?« Ruben Tikkanen kam gerade herein und mischte sich voller Interesse ins Gespräch.

»Ja, höchstpersönlich. Wir haben in London einen gemeinsamen Abend verbracht. In einem Nachtclub.«

»Nicht schlecht. Da wär ich gern dabei gewesen. Meine Tochter hat mehrere CDs von ihr. Mir gefällt vor allem ›Secret Religion‹, das hat echt Tiefe. Wusstest du, dass Text und Musik von ihr selbst stammen?«

Ulrika schüttelte den Kopf. »Du überraschst mich doch immer von neuem, Ruben. Wenn ich nicht gewusst hätte, dass du früher mal Punk warst, dann hätte ich nie geglaubt, dass du dir diese Art Popmusik anhörst.«

»Du warst doch wohl kein Punk?«, kicherte Gudrun skeptisch.

»Hast du denn keine Vergangenheit?«, wich er in seinem singenden Finnlandschwedisch aus und sah lächelnd zu, wie die Sekretärin leicht errötete.

»Ruben, ich würde dich gern etwas fragen. Hast du einen Moment Zeit?« Ulrika legte die Hand auf seinen Arm.

»Nur, wenn wir dabei Kaffee trinken können. Ich brauche einfach eine Pause.«

In der Maschine war noch Kaffee, Ulrika schnupperte daran. Er stand noch nicht lange genug, um bitter geworden zu sein. Sie füllte zwei Tassen und gab Zucker in Rubens und einen Schuss Milch in ihre eigene. Ruben nahm sich eine Hand voll Butterkekse aus der Plätzchenschüssel, dann setzte er sich ebenfalls.

»Möchtest du?« Er bot Ulrika Kekse an, aber die lehnte ab.

»Wie gut kannst du dich an die Musiker aus Raven Joes Band erinnern?«

»Ziemlich gut, glaube ich. Wieso?«

»Sie hatten eine Zeit lang eine Frau, die allerlei Ärger kriegte, weil sie keine Arbeitsgenehmigung hatte. Sie starb dann später unter ziemlich tragischen Umständen. Kannst du dich an sie erinnern?«

»Sehr gut. Ich wusste nicht, dass Irene Miers nicht mehr lebt. Tut mir Leid, das zu hören. Sie war mit Raven Joe zusammen, wusstest du das? Ich war selbst ein wenig in sie verliebt. Und am Synthi war sie toll.« Er nickte bei dieser Erinnerung. Als könne er in Gedanken die Musik von damals hören. »Ich habe mehrere Konzerte von ihnen besucht. Du hättest sie mal hören sollen. Schade, dass sie auf den Platten nicht dabei ist. Weißt du, wie sie gestorben ist?«

Ulrika erzählte, während Ruben seine Kekse verzehrte. Zwei auf einmal, bestrichen mit Marmelade und Butter. Er machte ein besorgtes Gesicht.

»Sie kam mir nicht vor wie die Sorte Mensch, die sich in ihrem Kummer verbeißt. Ich kann mir eigentlich gar nicht vorstellen, dass sie Selbstmord begangen haben könnte. Bestimmt war es ein Unfall.«

»Es könnte doch auch Mord gewesen sein?«

»Das ist eine Berufskrankheit bei dir. Bist du sicher, dass du keinen Keks willst?«

»Ganz sicher. Ich habe vor zwei Tagen mit der Frau von Clifford Barnes telefoniert. Sie wollte mich absolut nicht zu ihm durchstellen, obwohl ich mehrmals angerufen habe. Ich hatte gehofft, er könne etwas über Irene erzählen. Weißt du, ich habe das Gefühl, dass sie das fehlende Glied in einem Fall sein kann, mit dem ich gerade zu tun habe.«

»Du könntest sie doch fragen, was sie weiß. Heißt sie nicht Jane? Ich bin fast sicher, dass sie vor ihrer Heirat mit Raven

Joe zusammen war. Dass sie Irene mehr oder weniger abgelöst hat.« Er trank einen Schluck Kaffee und fegte die Krümel der Keksorgie auf den Boden. »Ja, so war das. Die Mädchen nahmen das damals nicht so genau in der Szene. Ehe AIDS und das alles aufkam.«

Ulrika staunte über seine Kenntnisse. Sie fand es seltsam, dass Cliffords Frau das selber so gar nicht erwähnt hatte. Aber natürlich, wenn sie es sich genauer überlegte, dann war das vielleicht kein Wunder. Jane Barnes musste inzwischen über fünfzig sein und hatte sicher keine große Lust, ihre Verflossenen und deren frühere Beziehungen mit Unbekannten zu diskutieren.

Die Ausrüstung im Trainingsraum konnte Love überhaupt nicht beeindrucken. Pressstange, Hanteln, Trainingsrad und eine Rudermaschine. Er stemmte eine Runde Schrott und testete dann das Sprungseil. Wenn es doch wenigstens einen Punchingball gegeben hätte! Verdammt, nur mit einem Sprungseil konnte man ja wohl nicht fürs Boxen trainieren. Er schlug einige Male in die Luft, schnaufte und sprang herum. Das Training machte ihn müde, deshalb hörte er bald wieder auf. Eine Stunde physisches Training, das war die Vorschrift. Als sei er irgendeine Scheißmaschine, die durch Bewegung hochgebracht werden musste.

Durch das Fenster sah er Kerstin. Sie ging allein auf den Wald zu, in einem hellblauen Trainingsanzug und Turnschuhen. Loves bisherige Anbaggerversuche hatten nichts gefruchtet. Sie war immer zu sehr damit beschäftigt gewesen, sich auf das Nüchternbleiben zu konzentrieren. Sie nahm das Programm wirklich ernst.

Bei der Gruppentherapie war an den Tag gekommen, dass sie alles Mögliche nahm und schon seit mindestens zehn Jahren nicht mehr ohne Schlaftabletten, Beruhigungspillen und schmerzstillende Mittel ausgekommen war. Und da war es vielleicht kein Wunder, dass sie für seine Charmeoffensive nicht zugänglich gewesen war. Jetzt schien sie über das Schlimmste hinweg zu sein, und da mochte sich ein neuer Versuch vielleicht doch lohnen. Er war absolut davon überzeugt, dass er leichtes Spiel haben würde, wenn sie erst einmal weich geklopft wäre.

Sie hatte unter chronischen Kopfschmerzen gelitten und immer stärkere Medikamente nehmen müssen, um sich überhaupt auf den Beinen halten zu können, hatte sie gesagt.

Love hatte sie gefragt, ob sie sicher sei, dass sie nicht auch eine Nebenhöhleninfektion verschleppt hatte. »Das habe ich, und es tut wahnsinnig weh«, hatte er ihr anvertraut.

Danach hatte sie immerhin freundlicher gewirkt und sich beim Essen sogar neben ihn gesetzt. Aber an mehr hatte sie, wie gesagt, kein Interesse.

Jetzt sah er seine Chance. Nachts hatte er geträumt, dass sie ins Zimmer kam und sich rittlings auf ihn setzte. Er war mit einer Riesenstange erwacht, von der er sich in aller Einsamkeit hatte befreien müssen. Wichsen lag ihm sonst überhaupt nicht. Er sah keinen Grund, Energie für Dinge zu verschwenden, die so ein Mädel genauso gut erledigen konnte.

Nun rückte die Woche der Angehörigen näher. Dabei sollten die Heiminsassen ihr vergangenes Elend mit einem Menschen teilen, der ihnen nahe stand. Die Angehörigen sollten auf diese Weise Verständnis für die Krankheit entwickeln und erkennen, wie erbarmungslos der Alkoholismus Menschen trifft, die dafür empfänglich sind. Aber vor allem sollten Familienmitglieder, Arbeitskollegen, beste Freunde oder wer auch immer sich einfand, genügend Vertrauen entwickeln, um zu glauben, dass dieser Besserungsversuch wirklich ernst gemeint war.

Kerstins Sohn wollte zu ihrer Unterstützung anreisen. Sie machte sich deshalb schreckliche Sorgen, das hatte Love bereits mitbekommen. Sie hatte ihn während seiner Kindheit so böse im Stich gelassen. Der Diplomat selbst saß dreitausend Kilometer weit weg in seiner Villa und war zu sehr mit Repräsentieren beschäftigt, um sich hier nützlich machen zu können. Dafür hatte er versprochen, im Sommer die Ferien mit ihr auf ihrer Insel vor Sandhamn zu verbringen.

Love hatte seine Bewährungshelferin in Anspruch nehmen müssen, um seine Schwester zur Teilnahme zu bewegen.

»Ich will nichts mit dir und deinen Kumpels zu tun haben!«, hatte sie am Telefon geschrien, als er sie gefragt hatte. »Weißt du, dass deine so genannten Freunde noch immer herkommen und wegen des Geldes nerven, das du ihnen schuldest? Nächstes Mal sage ich ihnen, wo du bist. Begreifst du nicht, dass ich an meine eigene Familie denken muss? Und was stellst du dir vor, soll ich Freddy und die Kinder etwa allein lassen? Nur um loszufahren und mir eine Menge Scheißgerede und Lügen anzuhören, darüber, dass du mit dem Saufen aufhören und endlich ein anständiges Leben führen willst? Du, das glaube ich erst an dem Tag, an dem ich es mit eigenen Augen sehe. Aber wirklich erst dann.«

»Aber die Kinder, Ulla, verdammt, die sind doch groß genug, um sich um sich und um Freddy zu kümmern. Ich war doch jünger als die heute sind, als ich von zu Hause durchgebrannt bin«, hatte er gefleht. Verzweifelt, weil sie einfach kommen musste. Er hatte sonst niemanden, und plötzlich erschien es ihm als lebenswichtig, den anderen im Kurs zu zeigen, dass er während der Angehörigenwoche nicht ganz allein war.

»Und jetzt siehst du, wo dich das hingebracht hat«, hatte sie sarkastisch geschnaubt.

Sie hatte immerhin versprochen, niemandem seinen Aufenthaltsort zu verraten. Er brauchte eine Frist, um die Kohle zu beschaffen, die er den anderen schuldete.

Aber auf dieses Versprechen war kein Verlass gewesen. Am Vortag hatte Jocke angerufen und gesagt, wenn er die fünfzig Riesen bis Mittsommer nicht geliefert hätte, dann könnte er gleich Ausschau nach neuen Kniescheiben halten.

Kerstin war reich, das war ihr schon aus der Ferne anzusehen. Wenn er sie erst aufs Kreuz gelegt hätte, würde er sie fragen, ob sie ihm das Geld leihen könnte. Oder es ihm vielleicht sogar schenken. Und sei es nur, damit er ihrem Mann, dem Diplomaten, gegenüber die Fresse hielt.

Nicht dass Ulrika eine Art Adrenalinkick verspürt hätte, als sie zum ersten Mal den Karton mit allen polizeilichen Unterlagen über Irene Miers auf den Knien hielt. Nils Petter hatte alles für sie besorgt, und jetzt saß sie auf der alten Wache an einem Bibliothekstisch und las. Es gab so viel, dass sie gar nicht wusste, wo sie anfangen sollte.

Die Fotos machten sie traurig. Ein Skelett, teilweise mit Steinen bedeckt, aufgenommen aus allen möglichen Winkeln. Es ließ sich nicht beweisen, dass die Steine als Gewicht benutzt worden waren, sie konnten auch beim Zusammenbrechen des Anlegers dort gelandet sein. Es gab eine unglaubliche Menge an Vernehmungsprotokollen. Ulrika legte die, die sich auf die Zeit vor der Identifizierung bezogen, zur Seite, nachdem sie Ellens Aussage gelesen hatte. Was sie interessierte, waren die späteren Vernehmungen, die nach der Identifizierung durchgeführt worden waren. Lasse Sandgren war vernommen worden, die anderen Bandmitglieder ebenfalls.

Die Vernehmung von Clifford und Jane Barnes fand Ulrika bei denen, die in England gemacht worden waren. Ihr fiel ein, dass Benny Broberg, der Ermittlungsleiter, ihr erzählt hatte, dass die Polizei einen Kollegen nach England geschickt, dass das jedoch auch zu nichts geführt hatte.

Als sie dann aber das Protokoll von Janes Vernehmung durchsah, kam ihr ein Gedanke. Und bei dem Verdacht überzog ihr ganzer Körper sich mit Gänsehaut.

Jetzt brauchte sie Nils Petters Hilfe.

20

Karolina Bergström hatte auf einem früheren Termin bei Ulrika bestanden. Die Sache könne einfach nicht warten. Der Termin ließ sich auch verschieben, weil Ulrikas Familie auf See war und Ulrika deshalb die Abende frei hatte. Jetzt saß Karolina im Besuchersessel und rang wie in einem griechischen Drama die Hände. Zum ersten Mal erlebte Ulrika sie dermaßen außer sich.

Sverker habe angerufen und erzählt, dass Tochter Linda, die ihre Sommerferien in London verbringen sollte, behauptete, Jacob, Karolinas Lebensgefährte, habe sich mehr als einmal an ihr vergriffen. Das Mädchen hatte auf dieser Darstellung beharrt, als Karolina verlangt hatte, selbst mit ihr zu sprechen. Sverker hatte energisch klargestellt, dass er Linda nach der abgemachten Zeit nicht nach Schweden zurückschicken wolle. Und wenn Karolina sich widersetzte, drohte er mit Anzeige und einem neuen Streit um das Sorgerecht.

»Sie lügt! Sie will sich nur wichtig machen. Es ist doch vollkommen absurd zu glauben, Jacob könne irgendein Interesse an Linda haben. Er liebt sie wie sein eigenes Kind. Außerdem hätte ich doch etwas gemerkt. Meine Güte, sie ist erst dreizehn. Ein kleines Kind. Und Jacob ist ja wohl nicht pädophil!«

Ulrika versuchte, sich in dieser Geschichte so viel Klarheit zu verschaffen, wie das überhaupt nur möglich war. Linda hatte ihren Eltern ausführlich erzählt, unter welchen Umständen die Übergriffe passiert waren, detailliert, frühreif und ein wenig vulgär hatte sie geschildert, wozu Jacob sie gezwungen habe. Um zu belegen, dass sie die Wahrheit sagte, hatte sie Sverker ihr Tagebuch lesen lassen. Der hatte die entsprechenden Seiten kopiert und an Karolina geschickt.

Ulrika las und stellte zu ihrer Verzweiflung fest, dass die Aufzeichnungen des Mädchens echt und selbst erlebt wirkten. Nachdem sie sich so viele Jahre mit Sozialrecht befasst hatte, hatte sie doch einen tiefen Einblick in das nehmen müssen, was sich in Form von Inzest und anderen sexuellen Übergriffen in vielen Familien insgeheim abspielte. Ulrika hatte vor Gericht in solchen Fällen immer wieder Kinder und Eltern vertreten und konnte deshalb die Signale erkennen.

Jetzt lag ein schwerer Balanceakt vor ihr. Ihre dringlichste Aufgabe war es natürlich, Karolina zu vertreten und dafür zu sorgen, dass die ihre Tochter zurückerhielt, ohne dass das Mädchen dabei Schaden erlitt. Aber dazu musste Karolina die Augen aufmachen und die Wahrheit suchen. Denn natürlich war vor allem die Sicherheit der Tochter wichtig. Natürlich konnte die Geschichte erfunden sein und auf Teenagerfantasien und dem Wunsch beruhen, immer bei Papa und dessen berühmter neuer Frau zu wohnen, mit allem, was dazugehörte. Wenn Linda nach Hause kam, bestand das Risiko, dass Jugendamt und Polizei eingeschaltet würden, und das konnte zu ungeahnten Konsequenzen führen. Bei einer offiziellen Untersuchung des Falls riskierte Linda, für eine Übergangszeit in einem Kinderheim untergebracht zu werden, während Jacob wohl mindestens eine Nacht in Haft verbringen müsste.

So schonend wie möglich schilderte sie Karolina die juristische Lage, worauf Karolina restlos schockiert wirkte. Sie tat Ulrika sehr Leid, aber sie wusste nicht, wie sie sie trösten sollte.

»Das Beste wäre natürlich, wenn du nach London fahren und mit ihr reden könntest, vielleicht zusammen mit einem Kinderpsychologen. Du musst verstehen, dass es sehr wichtig ist, dass du ihre Geschichte nicht einfach abtust. Du musst ihr Sicherheit und Vertrauen schenken, damit sie sich traut, sich die Sache anders zu überlegen, wenn sie nun die Unwahrheit gesagt hat. Linda muss spüren, dass sie sich auf dich verlassen kann. Dass du sie liebst, egal, was passiert sein mag.«

»Ich habe ihr gesagt, dass Jacob und ich nach London kommen werden, um mit ihr zu reden. Ich dachte, es würde ihr schwerer fallen, ihm einfach so ins Gesicht zu lügen. Aber sie will uns beide nicht sehen, hat sie gesagt. Was passiert, wenn sie ihre Anschuldigungen nicht zurückzieht?«

»Im Moment geht es nicht darum, dass sie irgendetwas zurückzieht. Es ist absolut notwendig, die Wahrheit herauszufinden. Natürlich wünschen wir uns alle, dass sie zugibt, dass das alles gar nicht stimmt. Aber du musst doch verstehen, dass sie dich und Jacob nicht gemeinsam treffen will.«

»Wie sollen wir denn dann herausfinden können, was wirklich passiert ist. Was stellst du dir vor? Sverker darf nicht dabei sein, wenn ich mit ihr spreche. Das ist doch klar. Er wird sie nur bedrängen, an ihrer Geschichte festzuhalten. Kannst du nicht mitkommen?«

»Ich glaube nicht, dass das so gut wäre. Ich bin Anwältin, keine Psychologin.«

»Genau. Deshalb fände ich das ja so gut. Sehr gut sogar. Du kennst Sverker, du kennst mich, und Linda weiß, wer du bist. Sie hat alle Fernsehsendungen gesehen, an denen du mitgewirkt hast, und bewundert dich sehr. Ich meine, ich werde natürlich alles bezahlen, Honorar und Hotel und alles. Ich wäre einfach so dankbar, wenn du mitkommen könntest.«

»Ich weiß nicht, ob das geht, ich habe bald Urlaub«, sagte Ulrika zögernd und streckte die Hand nach ihrem Terminkalender aus. »Möglicherweise irgendwann nach dem fünfzehnten Juli.«

»Kannst du wirklich nicht mehr vor Mittsommer? Glaubst du nicht, es wird ihr schwerer fallen, nach einer so langen Zeit noch alles zurückzunehmen?«

»Ja, das ist nicht ausgeschlossen.« Ulrika überlegte eine Weile, dann fasste sie einen Entschluss. »Na gut, wenn du dich um die praktischen Dinge kümmern kannst, dann kann ich morgen Nachmittag losfahren, aber nur unter der Bedingung, dass ich spätestens am Donnerstagabend zurück bin.«

Jocke tauchte aus dem Nirgendwo auf. Er brauchte keine Drohungen auszustoßen, Love wusste, was Sache war. Wenn er nicht bezahlte, würden seine Schulden pro Monat um fünfzig Prozent wachsen, außerdem würde er wohl mit zerschlagenen Kniescheiben rechnen müssen. Das brauchte er nicht persönlich zu nehmen. So war das für alle. Er hatte selbst schon in einigen Fällen an solchen Strafaktionen teilgenommen.

»Hast du die Kohle besorgt?«

»Sicher, kein Problem. Morgen früh kriegst du sie.«

»Um zehn, am selben Ort.«

»Um zehn.«

Eigentlich hätte er den Arsch abknallen müssen. Aber er wusste ja, was dann passieren würde. In seinen Kreisen schoss man sich nicht gegenseitig über den Haufen. Außerhalb der Clique, das schon, aber nicht innerhalb. So was rächte sich. Auch wenn er den Leichnam irgendwie beiseite schaffen könnte, würden die anderen durchschauen, wer dahinter steckte. Jocke war zu clever, um zum Kassieren loszufahren, ohne seine Kumpels darüber zu informieren.

Schade, dass Kerstin nicht reif gewesen war. Zuerst hatte sie ihn ein wenig grabbeln lassen, dann hatte sie losgeheult. Blöde versoffene Kuh. Sie hatte sich über ihren Alten verbreitet. Darüber, wie er sich für sie eingesetzt hatte, und dass sie sein Vertrauen nicht aufs Spiel setzen wollte. Sie hatte dermaßen von dieser Scheißinsel gefaselt, die sie im August besuchen würden, dass Love am Ende glaubte, noch mit verbundenen Augen den Weg dorthin finden zu können. Nein, Kerstin war erledigt. Die würde niemals seinetwegen zur Brieftasche greifen. Das Geld musste er anderswo besorgen.

Er hatte nicht genug Zeit, um sich ein Boot unter den Nagel zu reißen. So etwas wollte vorbereitet sein, und er hatte hier in der Gegend keine Kontakte. Für so einen großen Wurf brauchte er mehr Zeit, aber diese Zeit hatte er nicht. Also musste er das Geld stehlen. Aber wo, in dieser verdammten Saltkrokan-Idylle?

Sie hatten beschlossen, auf Morö Mittsommer zu feiern. Die Kinder würden Leiterwagen fahren, Blumen pflücken und beim Schmücken des Mittsommerbaums helfen können. Alle würden Sack hüpfen und zur Musik des Spielmannszugs mit Blumenkränzen in den Haaren Ringelreihen tanzen und dazu singen »Zum Tanze, da geht ein Mädel mit goldenem Band« und »Wir sind drei Musikanten, wir komm'n aus Skaraborg«, sie würden wie kleine Frösche hüpfen und Tauziehen und Lose kaufen und Würstchen essen und alles machen, was sonst noch zu einer Mittsommerfeier gehörte. Stefans alter Freund Palle, seine Freundin Annelie und deren zwei Kinder würden auch zu ihnen stoßen.

Als Stefan erfuhr, dass Ulrika nicht wie abgemacht am Mittwochabend kommen würde, weil sie noch einmal nach England fliegen musste, beschloss er, dass sie dann auch gleich langsam nach Morö segeln konnten, statt an der Küste auf sie zu warten. Sie konnte doch mit dem Wagen nach Sollenkroka fahren und von dort ein Wassertaxi nehmen. Das wäre nicht das erste Mal. Marianne ließ sie ein wenig besorgt grüßen und erinnerte sie daran, dass sie versprochen hatte, die Blumen zu gießen.

Ulrika ging das Risiko ein, die Nacht bei Nils Petter zu verbringen. Stefan würde sie niemals nach halb zwölf im Haus anrufen, und sie hatte ihren Anschluss in der Kanzlei auf das Mobiltelefon umstellen lassen, falls er abends mit ihr reden wollte. »Ich will ganz lange arbeiten«, hatte sie gesagt, dann hatte sie aufgelegt.

Karolina hatte ein Hotel in der Nähe von dem Haus ausgesucht, das Sverker und Natascha in einem von Londons exklusivsten Vororten bewohnten. Sie wollte Linda so nah sein wie überhaupt nur möglich. Sie nahmen vom Flughafen aus ein Taxi. Als sie durch den Richmond Park fuhren, sahen sie sicher hundert Kronhirsche, die dort ästen. Stellenweise kam der Fahrer deshalb nur im Schritttempo voran. Ein großer Bulle ging nur zwei Meter vor ihnen über die Straße. Statt dem Wagen auszuweichen, blieb er stehen und brüllte zweimal drohend. Ulrika fand ihn wunderbar. Karolina machte ein eher ängstliches Gesicht.

Sverker war über ihren Besuch nicht nur entzückt gewesen. Linda müsse sich doch nach diesen traumatischen Erlebnissen erst wieder beruhigen. Am Ende hatte er aber zugestimmt, dass sie sich alle bei ihm zu Hause treffen konnten. Nur Natascha sollte an diesem Gespräch nicht teilnehmen.

Linda wirkte zuerst beschämt, als sie ihre Mutter sah, um sich dann gleich darauf bitterlich weinend in ihre Arme zu werfen.

»Es war nicht meine Schuld. Ich schwöre dir, ich habe nicht damit angefangen!«, schluchzte sie.

Auch Karolina weinte und beteuerte, Linda doch gar keine Vorwürfe machen zu wollen.

Sverker hatte die Fäuste geballt und schien sie, weil kein anderes Ziel vorhanden war, gegen die Wände hämmern zu wollen.

Sie hatten vorher abgemacht, dass Ulrika und Sverker im Hintergrund bleiben sollten, damit Linda sich durch ihre Anwesenheit nicht unter Druck gesetzt fühlte.

Ziemlich bald begriff Karolina, dass ihre Tochter sich ihre Geschichte unmöglich ganz aus den Fingern gesaugt haben konnte. Als Linda detailliert berichtete, wie Jacobs erigierter Penis aussah, konnte, wenn Ulrika nach Karolinas Gesicht ging, an der Wahrheit ihres Berichts kein Zweifel mehr bestehen.

»Du wirst ihn nie mehr wieder sehen müssen, Liebling«, versprach sie weinend.

Sverker schien widersprechen zu wollen, aber Ulrika gab ihm ein Zeichen, so lange zu warten, bis die Erwachsenen unter sich wären. Linda brauchte sich ihre Diskussion über die gesetzliche Lage nun wirklich nicht anzuhören. Sie hatte schon mehr als genug durchgemacht.

Linda zuliebe beschlossen die Eltern, zusammen zu Mittag zu essen. Ulrika lehnte ihre Einladung ab. Sie würden sich am folgenden Tag mit Sverkers Anwalt treffen und versuchen, eine einvernehmliche Lösung zu finden, die das früher vereinbarte gemeinsame Sorgerecht nicht tangierte.

Ulrika fühlte sich erleichtert, als sie das Haus verlassen hatte. Die Luft war viel kühler als in der vergangenen Woche, als sie mit Nils Petter hier gewesen war. Während des Wochenendes hatte es heftig geregnet, und das Wetter sollte, so die Langzeitprognose, weiterhin wechselhaft bleiben.

Sverker hatte angeboten, ihr ein Taxi zu bestellen, aber das hatte sie abgelehnt. Sie wollte einen Spaziergang machen, um vor ihrem nächsten Termin ein wenig Sauerstoff zu tanken. Am liebsten hätte sie eine ausgiebige Runde gejoggt. Ihr Körper fühlte sich nach dem Flug und der darauf folgenden gefühlsgeladenen Begegnung mit Linda und deren Eltern steif an. Bei solchen Gelegenheiten kroch die Spannung ihr zwischen die Schulterblätter und setzte sich im Nacken fest. Meistens half eine Massage, aber es war zu spät, um eine zu bestellen, und außerdem hatte sie keine Ahnung, an wen sie sich dafür wenden könnte. Das Hotel hatte keinen entsprechenden Service. Es gab ein paar Ansichtskarten und Souvenirs, dazu ein Restaurant, mehr nicht. Ulrika ließ zweimal die Schultern rollen und streckte den Rücken, ein leichtes Stretchen, das von den wenigen Menschen, die mit schäumenden Biergläsern in den Händen vor der Kneipe standen, nicht bemerkt wurde. Niemand sprach sie an, als sie vorüberging, sie konnte ungehindert die Atmosphäre in sich aufnehmen, ohne in Verlegenheit zu geraten. Runde, geschliffene Fenster aus Milchglas. Große Ampeln mit Kaskaden von Blumen hingen vor der ganzen Fassade. Dass die nicht gestohlen wurden! Wenn sie nichts vorgehabt hätte, hätte sie sich auch gern mit einem Glas Bier hier hingesetzt. Aber sie ging rasch weiter, durchquerte einen kleinen Park mit einigen Bänken und hohen Laubbäumen. Sie entschied sich für die befahrenste Straße. Nach einer Viertelstunde war sie entspannt genug, um nach einem Taxi zu winken.

Der Buchprüfer schlief. In dieser Hinsicht hatte Love Glück gehabt. Es war nicht weiter schwierig gewesen, mit diesem Mann das Zimmer zu teilen. Sie hatten keinerlei Gemeinsamkeiten, abgesehen davon, dass sie beide gern einen tranken und dass keiner von ihnen eine Familie hatte. Sie sprachen nie miteinander. Abends schlief der Buchprüfer ein und war danach bis zum Wecken am nächsten Morgen für seine Umgebung verloren. Er musste nachts nicht einmal pinkeln. Er war mit anderen Worten das perfekte Alibi. Wenn Love behauptete, die ganze Nacht im Bett gelegen zu haben, würde niemand das Gegenteil beweisen können. Das Personal ging nach den abendlichen Aktivitäten nach Hause und die Festung wurde von einer einzigen Nachtwache bewacht, die ebenfalls einnickte, sowie die Lampen gelöscht wurden. Es war also kein Problem gewesen, sich unbemerkt durch den Hintereingang davonzuschleichen. Niemand würde ihn oder den Schlüssel vermissen, bis er wieder zurück wäre.

Er blieb auf dem Weg. Es war noch immer hell. Sie hatten hier einen Orientierungslauf gemacht, noch eine der physischen Aktivitäten, aber dieses eine Mal eben keine sinnlose. Ihr war es zu verdanken, dass Love die Abkürzung zum Dorf fand, auch wenn der Pfad nicht ganz so weit führte. Die Ortschaft sei eine Verlockung, hatte der Therapeut erklärt, als sei hier die Rede von irgendeinem Scheiß-Las Vegas, und nicht von einem Kaff mit höchstens fünfzig Einwohnern und einem Laden, der nichts Stärkeres verkaufte als Lightbier und Weinbrandbohnen. Die ganze Bande hatte einige Kilometer vorher die Straße überqueren müssen. Love hatte alles von der Busfahrt her wieder erkannt. Und als er an das Lightbier dachte, war ihm die Idee gekommen.

Die Tür öffnete sich mit einem Klicken. Lächerlich einfach. Manchmal fragte man sich doch, warum die Leute sich überhaupt die Mühe machten abzuschließen. Kein Einbruchsalarm. Nur ein umdrehbares Pappschild mit der Mitteilung, dass der Laden geschlossen sei.

Trotz seines Umfangs konnte Love sich sehr geschmeidig bewegen, wenn er wollte. Lautlos schlich er ins Haus. Drinnen war es ziemlich dunkel. Die Rollos waren heruntergelassen, aber doch nicht so weit, dass er gewagt hätte, Licht zu machen. Seine Augen mussten sich eben an die Dunkelheit gewöhnen. Nach einigen Minuten fühlte er sich sicher genug, um weiterzugehen, ohne über irgendein Möbelstück zu stolpern und dadurch Lärm zu machen. Jetzt brauchte er nur noch die Kasse zu knacken, die Kohle herauszufischen und sich zu verziehen, ohne irgendwen zu wecken. Rasch und einfach. Genau die Art von Job, die ihm gefiel. Er nahm sich ein Bier und leerte es, ehe er ans Werk ging.

Das Schloss an der Kasse war nicht so leicht zu öffnen wie das der Haustür. Love brauchte zwei Bier, ehe er es geschafft hatte. Die Scheißkasse war leer. Zweihundert Eier als Wechselgeld, mehr nicht. Er merkte, wie der Zorn in ihm aufstieg. Der Safe, es musste einen Safe geben. Die Insel besaß weder Postamt noch Bank. Der Laden würde die Tageseinnahmen erst am folgenden Tag loswerden können, falls nicht jemand mit der Abendfähre aufs Festland gefahren war, um das Geld in einem Bankschließfach zu deponieren. Was ja wohl kaum vorstellbar war.

Love landete zuerst im Lager, dann hatte er das Büro gefunden. Dort stand er. Groß, schwer und verdammt altmodisch. Ohne Sprengstoff würde der wohl kaum zu knacken sein. Verdammt, wo er doch schon so weit gekommen war. Die Vorstellung, was ihm passieren würde, wenn er die fünfzigtausend nicht bis zum Morgen auftreiben könnte, machte ihm zu schaffen. Er musste sich die Kombination besorgen.

Vom Büro aus gelangte er direkt ins Wohnhaus. Er hielt die Pistole in der Hand. Besser, man war vorbereitet. Die Leute auf dem Lande hatten oft Schrotgewehre und Elchstutzen zu Hause, und er war keiner, der Risiken einging.

Kein Schlafzimmer im Erdgeschoss, und das erste Zimmer oben war leer. Im nächsten schlief jemand, das spürte er. Vorsichtig drückte er auf die Klinke und schob die Tür auf. Die Gardinen flatterten vor dem offenen Fenster. Love schlich sich ans Bett. Die Fußbodenbretter knarrten ein wenig. Wenn nur niemand aufwachte und losschrie!

Der Mann drehte sich um und schlug in dem Moment die Augen auf, als Love ihm die Pistole in den Mund schob.

»Ein einziger Mucks und du bist tot.«

Rolf Hult sah schon fast so aus. Die Angst breitete sich aus und umklammerte sein Herz. Seine Beine wollten ihn nicht tragen, er schwankte, als er aus dem Bett stieg. Love trat ihm in den Bauch und ermahnte ihn, es ja nicht mit irgendwelchen Tricks zu versuchen.

Auf zitternden Beinen ging Rolf Hult mit der Pistole im Rücken die Treppe zum Büro hinunter. Er fiel vor dem Safe auf die Knie, doch als er ihn öffnen wollte, hatte er die Kombination vergessen. Ein Schlag auf den Kopf mit der Pistole frischte seine Erinnerung auf. Die Tür glitt auf und legte seine sorgsam durchgezählten Bündel von Banknoten frei. Love stieß einen Pfiff aus. Dieser Anblick war die zusätzliche Mühe wirklich wert. Er füllte sich die Taschen seiner Kutte und stopfte den Rest in die hintere Hosentasche. Es mussten mindestens hunderttausend sein. Und er konnte sich schon denken, dass es sich um Schwarzgeld handelte. Sonst hätte der Alte das ja wohl nicht zu Hause aufbewahrt. Love atmete schwer unter seiner Kapuze, die er zusammengezogen hatte, so dass nur seine Augen zu sehen waren. Jetzt brauchte er nur noch eine Rolle Isolierband und ein Seil, dann wäre die Sache erledigt.

Diesmal konnte Ulrika die Straße finden. Sie sagte dem Fahrer, wie er fahren sollte, um auch in der Einbahnstraße das gesuchte Haus zu erreichen. Diese Information wusste er allerdings nicht zu schätzen. Er fahre seit dreißig Jahren Taxi, sagte er, und in ganz London gebe es keine Straße, die er nicht kenne wie seine eigene Westentasche. Drei Jahre Ausbildung, vorher gab es nämlich keine Taxilizenz, jawoll.

Ulrika bat um Entschuldigung und erklärte, dass sie seine professionellen Kenntnisse nun wirklich nicht anzweifeln wolle, dass sie bei ihrem vorigen Besuch in dieser Straße jedoch ganz andere Erfahrungen gemacht habe.

»Sind Sie da mit einem Minicab gefahren? Mit so einem Schrotthaufen ohne Federung, mit Startkabeln auf dem Rücksitz und einem Kanaken am Lenkrad, der bei jeder roten Ampel auf der Karte nachsehen muss, um überhaupt die richtige Himmelsrichtung zu finden?«

Sie fand, dieser Ausfall sei keinerlei Kommentar wert, sondern bezahlte einige Pfund extra und bat ihn zu warten, weil sie nicht sicher sei, ob jemand zu Hause war.

Die Tür wurde geöffnet, noch ehe sie klingeln konnte, und zwei Jugendliche kamen herausgestürzt. Sie blieben stehen, als sie Ulrika sahen.

»Verzeihung, suchen Sie jemanden?«

»Ja, Mrs Barnes. Ist sie zu Hause?«

»Mama, hier ist Besuch für dich!«, schrie der Junge mit lauter Stimme, dann nahm er das Mädchen an der Hand und beide rannten die Treppe hinunter. Sie waren schon verschwunden, als Jane zur Tür kam. Sie zeigte keinerlei Überraschung darüber, dass sie Ulrika wiedersah.

»Hallo, Jenny«, sagte die auf Schwedisch. »Hast du dir schon gedacht, dass ich zurückkommen würde?«

»Ja, ich hatte so meine Ahnungen. Komm rein.«

21

In dem Moment, in dem Jenny ihren alten Namen hörte, war ein Vierteljahrhundert voll Glück und Harmonie ausradiert und sie wurde in einen Tunnel voller Erinnerungen gesogen, in dem jeder Atemzug sie an Hoffnungslosigkeit und Sehnsucht nach einem Leben erinnerte, in dem es wirkliche Freude gab. In dem der Alltag nicht immer von der Angst davor überschattet wurde, dass ihre Mutter wieder krank werden könnte.

Sie erschauderte bei der Erinnerung an die Einsamkeit auf der Insel. Lange Winter voller Kummer, kurze Sommer voller Arbeit. Und, wie sie damals gedacht hatte, ein Leben umgeben von Idioten und Dorftrotteln, auch wenn sie später eingesehen hatte, dass viele von ihnen Menschen wie sie gewesen waren, die sich in der Freiheit wohl fühlten, die die Einsamkeit ihnen bieten konnte.

Plötzlich hatte sie so viele Fragen. Wie sah es zu Hause aus? Wer war noch da? Die Erinnerungen stiegen in ihr auf. Jenny sehnte sich nach ihren Brüdern, vor allem nach Östen, der ihr nahe gestanden hatte. Er war jetzt alt. Wie sein Leben wohl verlaufen war? Und Arne, der so gut ausgesehen hatte, dass die Mädchen ihm keine Ruhe gelassen hatten. Überrascht riss sie sich zusammen, als sie das vertraute Brennen hinter der Nase spürte, das die aufsteigenden Tränen ankündigte. Seltsam, dass die Erinnerung noch immer so wehtat. Dass ein kleiner Blick in die Vergangenheit sie noch immer so traurig stimmen konnte.

»Neulich hast du gesagt, dass es um eine Erbschaft geht. Um wessen Erbschaft?«, fragte sie. Es kam ihr ungewohnt vor, Schwedisch zu sprechen.

Sie saßen einander jetzt in tiefen Sofas gegenüber. Im Hintergrund sang Elton John aus einem unsichtbaren Lautsprecher. Jennys Körpersprache berichtete von Abneigung und Verzweiflung.

»Ellen Hults. Deine Mutter ist tot, Jenny.«

»Sie wollte mich wie einen Hund krepieren lassen. Hast du das gewusst?«

»Nein, woher hätte ich es wissen sollen?«

Ulrika musterte die andere Frau ganz offen, ohne in Verlegenheit zu geraten. Sie interessierte sich wirklich für das Schicksal, das sie hier vor sich hatte, und sie hoffte außerdem, Jenny würde ihr sagen, warum sie sich einen neuen Namen und ein neues Land gesucht und ein neues Leben angefangen hatte.

Ja, woher hätte irgendwer das wissen sollen? Jenny musterte nachdenklich ihre Hände. Sie konnte noch immer den nassen Baumwollstoff fühlen, als sie versucht hatte, ihr blutiges Kleid in dem kalten Salzwasser zu waschen. Sie spürte, wie die sonnenwarmen Felsen, auf die sie sich neben ihr nasses Kleid gelegt hatte, ihre eiskalte Haut aufgetaut und sie durch und durch erwärmt hatten. Der glatte Stein hatte hart gegen ihre Wange gedrückt, und die Fliegen waren um die Wunde auf ihrer Stirn herumgesummt.

Sie erinnerte sich daran, wie sie sich mühsam von ihrem Steinbett erhoben und ängstlich den Gürtel aus den Schlaufen gezogen hatte, um ihn als Druckverband um ihren Kopf zu binden. Er war nie wieder sauber geworden. Das Blut war in die Stickerei eingezogen und hatte sie für ewig besudelt. Erschöpft war sie dann zu Boden gesunken und eingeschlafen.

Als sie erwachte, stand die Sonne im Zenit. Der Seeadler war verschwunden. Ihr Kopf dröhnte und ihre Kehle brannte vor Durst. Die Angst davor, dass ihre Mutter nicht zurückkommen könnte, hätte sie fast um den Verstand gebracht.

Denn dann könnte es eine Ewigkeit dauern, bis ein anderes Boot vorbeikam. Sie hatte überlegt, als ihr Kleid endlich getrocknet war, ob sie das wohl färben könnte. Vielleicht könnte sie es in Tee einlegen, um ihm denselben Farbton zu geben wie die getrockneten Blutflecken nun hatten. Sie hatte sich auch gefragt, wie lange ein Mensch wohl durchhalten kann, bis er verdurstet.

Die Antwort kannte sie noch immer nicht.

»Nach drei Tagen wurde ich gefunden. Ich war total ausgetrocknet.«

»Das klingt entsetzlich. Wo ist das alles passiert?«

»Man muss sich im äußeren Schärengürtel gut auskennen, um die genaue Stelle zu finden, es war auf einer kleinen Insel im Westen von Morö, wo sie mich ausgesetzt hat. Dort gab es nur Felsen, Unterholz und ein Adlernest.«

»Der Seeadler brütet noch immer da in der Gegend.«

»Ach, noch immer?« Jenny konnte es fast nicht glauben, dass sie hier mit dieser Fremden über das Vogelleben im Schärengürtel diskutierte. Das ganze Szenario war einfach absurd. Wenn wenigstens Clifford zu Hause gewesen wäre. Er hätte gespürt, dass sie diese Erinnerung nicht wollte. Er hätte das Gespräch auf ein anderes Thema gebracht und sie von dieser Frau befreit. Sie bereute, sie hereingelassen zu haben. Wie hatte sie nur so dumm sein können? Es musste an der Überraschung gelegen haben, obwohl sie doch mit dem Besuch gerechnet hatte. Niemand hatte sie gezwungen. Und doch versuchte sie, Konversation zu machen. Wie eine Idiotin. Auf Schwedisch und wohlerzogen.

»Ich hatte sie schon damals für mehr oder weniger ausgerottet gehalten. Damals wurden so viele Gifte und Abfälle in die Natur geleitet. Die Leute hatten ja keine Ahnung. Die Hechte hatten am ganzen Körper dicke Beulen. Die Leute wagten kaum noch, Fisch zu essen«, sagte sie ausdruckslos und fuhr mit dem Daumennagel über die Tischplatte. Hin und her, so fest, dass sich eine Kerbe bildete. Sie rieb mit dem Zeigefinger daran herum, wie um die Kerbe zum Verschwinden zu bringen. Auf der Insel, wo sie auf den Tod wartete, hatte sie ihren Namen mit einem Stein in den Fels geritzt. Buchstabe für Buchstabe, damit ihre Mutter ihn bei ihrer Rückkehr sehen sollte. Damit sie sich immer daran erinnerte. Ob sie wohl jemals zurückgekommen war?

»Weißt du, warum sie dich dort zurückgelassen hat?«

Jenny fuhr sich mit der Hand durch die Haare und seufzte. Ulrika fiel auf, dass sie auf der Stirn eine hässliche Narbe hatte.

»Sie konnte es nicht ertragen, dass ich selber über mein Leben bestimmen wollte.«

»Deine Brüder haben erzählt, dass Ellen nach deinem Verschwinden einen Zusammenbruch erlitten hat. Sie war dann wohl den ganzen Sommer nervenkrank. Weißt du, woran sie litt?«

»Sie war vielleicht manisch-depressiv. Schwer zu sagen. Wir haben nie offen darüber gesprochen. Stattdessen haben wir uns alle Mühe gegeben, um sie zu beschützen … während sie doch im Grunde uns beschützt hat«, antwortete Jenny mit abwesendem Blick.

Deshalb ist Mutter also nicht zurückgekommen, um mich zu holen. Sie hatte mich vergessen. Ich hätte wirklich sterben können, wenn nicht Irene und Raven gekommen wären.

Die Berührung weckte sie. Fingerspitzen, sanft wie Tau, fuhren über ihren nackten Arm.

»I thought you were dead.«

Zuerst reagierte Jenny nicht auf die fremde Sprache. Dann begriff sie, dass die andere sie für tot gehalten hatte. Langsam setzte sie sich auf, um auf Augenhöhe zu gelangen. Ihr Rücken war steif. Ihre Zunge fühlte sich dick und geschwollen an. Sie hatte, seit sie von ihrer Mutter verlassen worden war, nur Tau getrunken und Sauerampfer gegessen. Nie zuvor hatte sie sich im Sommer so sehr nach Regen gesehnt. Nicht einmal in dem Sommer, in dem sie sich den Zahn abgebrochen hatte und in dem

der Pastor wegen der anhaltenden Dürre bei jeder Predigt um Regen gebetet hatte, während die Erdbeeren von Hand gegossen werden mussten.
»Ich heiße Irene. Und du?«
»Jenny.«
»Hi, Jane, nice meeting you.«
Jenny machte sich nicht die Mühe, diesen Fehler zu korrigieren.
»Hast du etwas zu trinken?«
»Im Boot. Komm mit.«
Jenny nahm die ausgestreckte Hand und ließ sich führen, folgsam wie ein Kind. Wenn sie doch nur auf der Insel geblieben wäre. Mit der Dämmerung war der Regen gekommen. Doch inzwischen hatte sie sich bereits in Raven verliebt, und Irene war zu ihrer besten Freundin geworden. Zu Jane. Sie hatte diesen Namen ausgekostet und war zu dem Schluss gekommen, dass er besser schmeckte als Jenny. Er hörte sich spannend und selbstständig an. Das erschien ihr als gutes Zeichen.
Wie die beiden sie umsorgt hatten. Sie hatten sie gefüttert und umhegt. Hatten die Wunde auf ihrer Stirn untersucht, die bereits heilte und entsetzlich juckte. Bereitwillig füllten sie ihr Glas mit Whiskylikör, boten ihr Zigaretten und sich selbst an.
Irene behauptete etwas zusammenhanglos, ihr Unterbewusstsein habe das Schicksal beeinflusst und das Boot zu Jane gelenkt. Ihre Begegnung habe in den Sternen gestanden, schwärmte sie weiter. Sie war total high und versuchte die anderen davon zu überzeugen, dass sie eine Hexe sei. Jenny war noch nie ein Mensch wie Irene begegnet. Sie war total fasziniert.
»Was bist du für ein Sternzeichen, Jane?«
»Zwilling.«
»Ich auch«, sagte Irene mit bedeutungsvollem Lächeln. »Ich bin am 11. Juni 1950 geboren. Und du?«
»Am 11. Juni 1950«, kicherte Jenny.

Sie musste Irene ihre Erkennungsmarke zeigen, damit die ihr glaubte. Irene war dermaßen begeistert, dass Jenny ihr den Anhänger einfach schenken musste. Zum Dank bekam sie einen schön geschnitzten Totenkopf aus Jade, den Irene von ihrer eigenen Halskette löste. Ein Kuss besiegelte dann ihre Freundschaft.
»Bis dass der Tod uns scheidet.«
»Bis dass der Tod uns scheidet.«

»Du bist also nie wieder zurückgekehrt?«

Jenny schob ihren Erinnerungen einen Riegel vor und konzentrierte sich auf die Frau, die ihr gegenüber auf dem Sofa saß.

»Nein, ich hatte die Nase voll. Das kannst du mir glauben«, sie lachte mit perfekten Zähnen. Die hatte sie in England als Erstes regulieren lassen. Als Nächstes war ihre Nase an die Reihe gekommen, mit der war sie nie richtig zufrieden gewesen. Die Narbe auf der Stirn hatte sie als Erinnerung an den Teufelsblitz auf der Stirn ihrer Mutter behalten. Sie jeden Morgen im Spiegel zu sehen reichte, um ihr jegliche Lust auf eine Heimkehr zu nehmen.

»Wusstest du, dass Irene Miers bei ihrem Tod deine Erkennungsmarke um den Hals trug? Deshalb hat die Polizei damals zuerst dich für ertrunken gehalten.«

»Nein, das wusste ich nicht. Ich bin der Frau doch nie begegnet.«

»Wirklich nicht?« Ulrika machte ein überraschtes Gesicht. »Und ich hatte so gehofft, du würdest dieses Rätsel für mich lösen können. Ich habe mir so sehr den Kopf darüber zerbrochen, wieso sie die Marke haben konnte. Denn die hat mich doch sogar auf die richtige Spur gebracht, sonst hätte ich dich nie gefunden.«

Jenny zuckte mit den Schultern. »Es kann schon sein, dass ich sie irgendwann Raven gegeben habe. Ich weiß es einfach nicht mehr. Vielleicht hat er sie ihr geschenkt. Wir waren vor langer Zeit kurz zusammen. Aber das weißt du vielleicht schon.«

»Ja, aber ich dachte die ganze Zeit, ihr hättet euch kennen gelernt, als zwischen Raven und Irene schon Schluss war.«

»Ja, an sich stimmt das«, sagte Jenny zögernd und schien in ihren Erinnerungen zu suchen. »Aber nachdem ich mit Clifford zusammengekommen war, haben sie ihre alte Beziehung wohl wieder aufgenommen. Ich meine mich zu erinnern, dass Raven bei seinem letzten Besuch hier in England so etwas gesagt hat. Ehe er dann die Überdosis genommen hat.«

Die Nacht, in der sie sie gefunden hatten, verschwand in einem fantastischen Rausch. Sie redeten, lachten und sangen. Raven schrieb für Jane ein Lied, und danach beschloss Jenny, nie wieder ihren alten Namen zu benutzen. Jetzt war sie Jane, eine neugeborene Frau mit einem eigenen Lied. In der Dämmerung sagte Raven, er sei dabei, sich in sie zu verlieben. Irene war an Deck gegangen und hatte sich in den Regen gesetzt, um den Sternen beim Aufgehen zuzusehen.

»Wir sind eine Frau, die alles teilt. Bis dass der Tod uns scheidet«, hatte sie vorher noch gesagt. Als sie nachmittags erwachten, saß sie noch immer oben und wartete auf ihre Sterne.

»Wir müssen auf sie aufpassen«, sagte sie, und ihre Pupillen sahen aus wie abgrundtiefe Löcher.

»Na gut, jetzt fahren wir. Diese Insel kennen wir jetzt.« Raven hob den Anker und das Boot flog über die Wellen davon.

Die Frauen saßen am Bug und ließen sich den Wind ins Gesicht wehen.

»Wie war es? Wie findest du ihn?«

»Er ist wunderbar«, antwortete Jane glücklich.

Irene nahm ihre Hand und drückte sie. »Ich wusste, dass er dir gefallen würde«, sagte sie zufrieden.

Sie legten an einem alten Dampferanleger an. Die Mittsommerfeiern waren beendet, und die Bucht gehörte ihnen. Jane, in die Jenny sich in weniger als vierundzwan-

zig Stunden verwandelt hatte, hatte sich noch nie so frei gefühlt. Raven und Irene teilten einen Joint, während Jane etwas zu essen machte.
»Wir sind die perfekte Familie«, kicherte Irene und reichte Jane ein Stück Zucker. »Lass das auf der Zunge zergehen, dann wirst du das Leben so sehen, wie es wirklich ist. Glaubst du mir nicht? Wo ich doch deine Seele bin«, sagte sie verletzt, als Jane zögerte.
Und warum nicht, so ein Versuch konnte doch Spaß machen. Jane hatte noch nie etwas Stärkeres ausprobiert als schwarz gebrannten Schnaps. Und ein einziges Mal konnte doch nicht so gefährlich sein. Sie war hier doch unter Freunden.
Das Wasser spülte an ihren Beinen hoch. Kitzelte und streichelte. Das Universum öffnete sich, und Gott sprach zu Jane. Er schenkte ihr die Fähigkeit, zwischen Gut und Böse zu unterscheiden, und gab ihr das ewige Leben. Sie konnte jetzt den Zusammenhang zwischen allen Lebewesen sehen und verstand den Kreislauf, in den auch das Leblose eingebunden war. Sie hörte die Natur flüstern und konnte die Gedanken der Menschen lesen.
Irene trat vor sie und schaute in den Sonnenuntergang. Jane sah, wie Irenes Konturen sich langsam auflösten und wie sie sich in eine Dämonin verwandelte, die drohte, alles Gute zu zerstören, wenn sie nicht aufgehalten würde. Jane wurde von einem heftigen Zorn erfüllt. Sie hatte das Gefühl, von einer unsichtbaren Hand aufgehoben und gezwungen zu werden, das Übel ins Meer zu jagen, wo die Sonne bereits ertrunken war. Sie fiel über Irene her wie ein wildes Tier. Mit einem dumpfen Knurren griff sie ihr Opfer an und schlug mit Kräften zu, die aus ihrem Inneren zu stammen schienen. Sie schlug, um zu töten. Immer wieder schlug sie auf die Sendbotin des Teufels ein. Irene riss sich los und wollte fliehen, stolperte jedoch und fiel in knietiefes Wasser. Jane setzte sich auf ihre Brust. Ihre Hände schlossen sich um Irenes Hals

wie ein Fuchseisen, als sie das Böse nach unten drückte. Irenes Gesicht veränderte sich unter der Wasseroberfläche. Aus ihren Augen leuchtete Hass, und Blut strömte in langen Fäden aus ihrem Mund, wie die Fühlfäden einer Qualle, als sie nun um ihr Leben kämpfte. Gott schloss seine Tür, als ihr Widerstand nachließ. Jane hatte ihre Pflicht erfüllt, und Gott hatte sie bei diesem Auftrag geleitet. Sie hatte ein Zeichen erhalten. Jetzt war sie allein und hatte schreckliche Angst.
Als sie am nächsten Tag in Ravens Wohnung in der Stadt erwachte, wusste sie zuerst nicht, wo sie war. Aber nach und nach stellte die Erinnerung sich wieder ein. Halluzinationen, Angst und Panik, die sie in der Nacht zuvor empfunden hatte, krochen unter ihre Haut und drohten, sie endgültig um den Verstand zu bringen. Sie würde verrückt werden wie ihre Mutter, wenn sie sich nicht zusammenriss. Wenn sie sich aber aus dieser Not retten könnte, würde sie nie wieder etwas Böses tun.
In Ravens Erinnerung klafften tiefe Lücken, die Jane sich zu Nutze machte. Ihre Liebe zu ihm war in nüchternem Zustand nicht mehr so stark. Auf Dauer konnte sie seinen Drogenkonsum nicht ertragen, und sie ließ sich zu keinen weiteren Experimenten verlocken. In weniger als einem Monat waren sie einander fremd geworden, und als Jane Clifford kennen lernte, bedauerte niemand das Ende dieser Beziehung.

Nach ihrer Rückkehr ins Hotel trank Ulrika in der Bar einen Whisky. Die Begegnung mit Jenny hatte in ihr eine undefinierbare Unruhe hinterlassen, obwohl dieses Gespräch an sich doch ein Erfolg gewesen war. Jenny hatte ihr eine Vollmacht für die Erbangelegenheit ausgestellt, so dass die Formalitäten jetzt wohl kein Problem mehr darstellen würden. Falls die Brüder sich nun einigen könnten. Jenny hatte sich für die Erbschaft auffällig wenig interessiert und die Unterlagen nur hastig überflogen.

»Wie ungehörig von mir, ich hätte natürlich etwas zu Trinken anbieten müssen«, sagte Jenny ein wenig halbherzig, machte aber keine Anstalten, sich vom Sofa zu erheben.

Ulrika lehnte dankend ab. Sie hatte gespürt, dass Jenny allein sein wollte. Sie sah müde und traurig aus, obwohl sie lächelte. Ihre Muskeln schienen ihre Gesichtszüge nicht richtig festhalten zu wollen. Sie hatte erleichtert gewirkt, als Ulrika sich endlich verabschiedet hatte.

»Wenn noch etwas sein sollte, dann weißt du ja, wo du mich findest«, hatte sie gesagt, um Ihren bisherigen Mangel an Gastfreundschaft auszugleichen. Kein Wort über die Brüder. Keine Frage. Kein Gruß. Ulrika fragte sich, ob sie wohl jemals den wahren Grund erfahren würde, aus dem Jenny dermaßen konsequent mit ihrem alten Leben gebrochen hatte.

Nach einer Weile breitete die Wärme des Alkohols sich in ihrem Körper aus und dämpfte ihre Unruhe. Ulrika war nun endlich zufrieden mit ihrem Tag, nahm sich ein paar Erdnüsse und zerkaute sie langsam. Sie hatte das Abendessen vergessen, und jetzt war die Küche geschlossen. Ein männlicher Gast, der schon seit einer Weile versucht hatte, ihren Blick einzufangen, kam mit Schlafzimmeraugen angeschlichen. Rasch unterschrieb sie die Rechnung und ging auf ihr Zimmer. Wenn die Besprechung am nächsten Morgen gut liefe und wenn es nicht regnete, könnte sie sich vielleicht vor dem Rückflug in Wimbledon noch ein Spiel ansehen. Das wäre doch wirklich eine spannende Erfahrung. Vor dem Eingang wurden Schwarzmarktkarten verkauft, das hatte sie bereits in Erfahrung gebracht.

Love war schon lange nicht mehr mit einem dermaßen wunderbaren Gefühl im Leib erwacht. Sein Einsatz hatte ihm hunderttausend und ein paar Zerquetschte gebracht. Wenn er von hier fort käme, würde er gut bei Kasse sein. Sein Alibi hatte geschnarcht, als er sich nach getaner Tat ins Zimmer geschlichen hatte. Niemand hatte ihn gesehen, das Geld hatte er zusammen mit Pistole und Kutte sorgfältig versteckt. Der

Alte würde ihn nie im Leben identifizieren können. Es war das perfekte Verbrechen gewesen. Scheiße, warum konnte nicht alles so einfach sein? Dann wäre er inzwischen Millionär. Aber jetzt musste er einfach einen kühlen Kopf bewahren und sich eine Zeit lang bedeckt halten. Lundagården war im Moment das perfekte Versteck. Wer würde denn hier schon nach einem Einbrecher suchen?

Er wäre am liebsten sofort losgestürzt, wollte aber keinen Verdacht erregen, indem er Frühstück und Morgengruppe schwänzte. Er landete neben der Bullensau, die die Nasenlöcher aufriss und schnüffelte, als sie sich setzte. Love rutschte ein Stück von ihr weg. Scheißlesbe, spielte hier die Sauberkeitspatrouille, dabei stank er doch gar nicht. Wenn die sich nicht vorsah, würde sie sich eins aufs Maul einfangen.

Kerstin wollte mit ihm spazieren gehen. Jetzt war er ihr also willkommen. Bestimmt hatte sie sich die Sache überlegt. Hatte sich seufzend im Bett gewälzt, beim Gedanken daran, was ihr hier entging. Er beschloss, sich gerade so abweisend zu zeigen, dass ihr Interesse nicht erlosch. Sie hatten noch zwei Wochen. Würde doch nett aussehen, wenn er zum Treffen mit Jocke mit einer Diplomatenalten am Arm aufkreuzte. Die würde vielleicht große Augen machen, wenn er die Kohle hinblätterte, aber es half nix, an diesem Tag musste er allein gehen.

Jocke wartete wie verabredet auf dem Pfad. Etwas an seiner Haltung sagte Love gleich, dass hier irgendetwas nicht stimmte.

Vorsichtig schaute er sich um, konnte aber keine Falle entdecken. Der Wald war dicht, aber nicht dicht genug, um irgendwelche Kumpels von Jocke zu verstecken. Natürlich war es eine Ehrensache, dass man sich aufeinander verlassen konnte, aber ein wenig Wachsamkeit konnte ja auch nicht schaden. Man wusste doch nie, ob nicht doch irgendwer die Klappe zu weit aufgerissen hatte. Irgendeine kleine Leiche hatten sie ja alle im Keller. Love fragte sich, was Jocke wohl ausgebuddelt haben mochte, und wünschte, er hätte die Pistole oder zumindest ein Messer mitgenommen. Er ballte die Fäuste und legte das letzte Stück mit lässig federnden Schritten zurück.

»Tja.«

»Tja. Hast du die Kohle?«

»Sicher, kein Problem. Ich hab die Knete hier.« Er klopfte sich auf die Jackentasche.

»Schön. Und was macht die Sauferei?«

Love fand es gar nicht gut, dass Jocke ihm offenbar den Ausstieg nicht zutraute. Er hatte keine Probleme. Er war nur hier, um sich auszuruhen, bis das Sozialamt eine neue Wohnung für ihn aus dem Ärmel geschüttelt hatte.

»Doch, verdammt, das läuft gut. Ich hatte was mit dem Magen, verstehst du, und da fand ich so eine Runde Ruhe doch ganz gut. Noch zwei Wochen, dann ist man wieder Mensch.«

»Aha, ja.«

Jocke musterte Love von Kopf bis Fuß. Er wollte noch mehr, das hing in der Luft. Am Ende beschloss er aber sichtlich, die Sache auf sich beruhen zu lassen, und rieb auffordernd Daumen und Zeigefinger aneinander. Fünfzigtausend wechselten die Jackentasche. Danach gab es nicht mehr viel zu sagen. Love wollte schon gehen, doch Jocke packte ihn am Arm.

»Du, eins hab ich mir überlegt. Wie zum Teufel hättest du rechtzeitig geblecht, wenn ich dich nicht gefunden hätte?«

»Ich hätte meiner Schwester die Kohle mitgegeben«, log Love. »Sie kommt doch Ende dieser Woche zu Besuch.«

»Du hast das Geld also die ganze Zeit gehabt?« Jocke hob die Oberlippe zu etwas, das ein Lächeln vorstellen sollte.

»Mehr oder weniger. Wieso?«

»Ach, einfach so. Ich hatte nur so eine Vorstellung, du könntest vielleicht etwas mit diesem Raubmord zu tun haben.«

»Was denn für ein Raubmord, Mann? Von dem hab ich gar nichts gehört«, sagte Love so lässig er konnte und gab sich alle

Mühe, um sich nicht zu krümmen, als sein Magen sich verkrampfte. O Scheiße, und er hatte doch gedacht, sein Magenkatarrh sei geheilt.

»Reichlich miese Kiste. Irgendwer ist heute Nacht im Laden unten im Dorf eingebrochen. Der Besitzer ist dabei draufgegangen. Heut Morgen war am Anleger der Teufel los.«

»Ach, wirklich? Nein, wie gesagt, damit hab ich nichts zu tun. Du, ich muss jetzt los. Bis demnächst.«

Love kehrte Jocke den Rücken zu. Wie zum Teufel war das denn bloß passiert? Der Opa hatte doch noch gelebt, als er ihn verlassen hatte!

22

Der Regen prasselte gegen die mit Blei eingefassten Fenster der Kanzlei. Sie lag im zweiten Stock eines edwardianischen Gebäudes unten am Flussufer. Die Gegend mit ihren dunklen, alten Klinkerbauten in den engen Gassen mit dem Kopfsteinpflaster hätte auch aus einem Film sein können. Auf den Dächern ragte ein Gewirr aus Schornsteinen auf. Nur Gaslaternen und Pferdedroschken fehlten noch, dann wäre die Szenerie perfekt gewesen.

»Man rechnet fast damit, dass jeden Moment Sherlock Holmes zur Tür reinkommt«, sagte Karolina und kicherte.

»Eher noch Jack the Ripper.«

»Wie ist das eigentlich ausgegangen, haben sie den je erwischt?«

»Nein, der läuft noch immer frei rum«, antwortete Ulrika mit gespieltem Ernst, fügte aber sofort hinzu, als sie Karolinas entsetztes Gesicht sah: »Das sollte doch nur ein Witz sein.« Sie streichelte beruhigend den Arm ihrer Mandantin. Konnte die wirklich so begriffsstutzig sein? Offenbar.

Sie hatten auf der ganzen Fahrt in die Stadt über Linda gesprochen. Karolina schien sich noch nicht richtig entschieden zu haben. Im einen Moment erschienen ihr Kastration und lebenslange Haft als noch zu geringe Strafe für Jacob. Im anderen reichte es vielleicht, ihn auf die Straße zu setzen und ihn seiner Schande zu überlassen.

»Bill Wyman hat es mit einer Dreizehnjährigen getrieben, als er gerade so alt war wie Jacob. Als sie achtzehn war, hat er sie geheiratet. Jetzt sind sie allerdings geschieden«, sagte sie zwischendurch, als sei das ein mildernder Umstand.

»Wer ist Bill Wyman?«

»Einer von den Rolling Stones.«

»Ach, von dem hab ich noch nie gehört. Ist der neu?«

»Nein, der ist schon vor Jahren ausgestiegen.«

»Ach so«, sagte Ulrika, als könne das alles erklären.

Am Ende schien Karolina zu dem Schluss gelangt zu sein, dass es vielleicht besser für Linda sein würde, bei ihrem Vater bleiben zu dürfen, zumindest für ein Schuljahr. In der Nähe gab es offenbar eine schwedische Schule, die einen guten Ruf genoss. Auf diese Weise könnte sie jederzeit wieder ihre alte Schule in Schweden besuchen.

»Vielleicht schon nach Weihnachten, wenn sie ein wenig Distanz zu allem gewonnen hat«, fügte Karolina hoffnungsvoll und mit schwachem Lächeln hinzu. Vielleicht vor allem, um sich darüber zu trösten, dass sie es nicht geschafft hatte, ihre Tochter in ihrem eigenen Haus zu beschützen. »Ich glaube, wir lassen das mit der Anzeige. Es wäre für Linda eine zu arge Belastung«, sagte sie dann und schaute auf die Uhr. Sverker war noch nicht aufgetaucht. »Ich meine, wenn sie will, kann sie das später ja immer noch nachholen.«

»Sicher, die Möglichkeit besteht schon, auch wenn ich nicht dazu raten würde. Diese Art von Verbrechen sollte man sofort angehen. Aber andererseits ist die Verjährungsfrist ja lange genug, und Linda kann sich das in aller Ruhe überlegen, wenn sie älter ist. Was hat sie denn gesagt? Habt ihr gestern überhaupt über diese Frage gesprochen?«

»Sie findet es schrecklich peinlich, darüber zu sprechen, außerdem leidet sie unter entsetzlichen Schuldgefühlen.«

»Das arme Kind.«

Karolina nickte stumm. Sie sah müde aus. Ulrika nahm an, dass sie nicht mehr richtig geschlafen hatte, seit diese Sache an den Tag gekommen war.

Endlich erschien Sverker, und die Besprechung konnte beginnen.

Ulrika hatte auf eine frühere Maschine umbuchen können. Bei diesem Wetter war an Wimbledon einfach nicht zu denken, da konnte sie auch versuchen, so früh wie möglich zu Hause zu sein. Es war der Tag vor dem Mittsommerabend, und sie sehnte sich nach ihrer Familie.

Das Boot glitt in den natürlichen Hafen im Norden von Morö. Palle und Annelie mit ihrem großen Motorboot waren bereits eingetroffen. Sie hatten nicht lange überlegen müssen, um zu dem Schluss zu kommen, dass es sich empfahl, vor einem so großen Festtag ein wenig entfernt vom Dorf und der Tanzfläche anzulegen. Vor allem, wenn sie nachts doch schlafen wollten. Am Mittsommerabend würden sie natürlich mit den Booten zum Haupthafen fahren, um den Kindern eine Freude zu machen, aber später am Abend, wenn es bestimmt laut werden würde, würden sie zurückkehren.

Es wurde ein überaus fröhliches Wiedersehen, nicht zuletzt für die Kinder, die sich gewaltig nacheinander gesehnt hatten. Axel und Kalle machten sich sofort auf Entdeckungsreise, während Josefin mit Elin spielte wie mit einer kleinen Puppe. Ulf, Stefan und Palle fuhren mit Palles Gummiboot los, um Heringe zu fischen. Marianne und Annelie entspannten sich jeweils mit einem Buch auf ihren Booten. Sie fanden jede Menge Gesprächsstoff, als sie dann gegen Abend feststellten, dass sie das gleiche Buch lasen. Marianne hatte ja viele Jahre als Bibliothekarin gearbeitet, und auch als Frührentnerin hatte sie ihr Interesse an Literatur nicht verloren.

Ulrikas Ankunft am Donnerstagabend, als sie in Arbeitskleidung und mit ihrer Reisetasche direkt vom Flughafen eintraf, führte nicht zu größerer Aufregung. Die anderen machten einfach Platz für sie und teilten die Reste der Mahlzeit mit ihr. Ulrika fühlte sich fast ein wenig vernachlässigt. Stefans und jetzt auch Mariannes Begeisterung für Annelie weckte in ihr noch immer eine unerklärliche Eifersucht. Wenn Axel und Kalle nicht bereits dermaßen gute Freunde geworden wären, hätte sie sich niemals zu dieser gemeinsamen Mittsommerfeier bereit erklärt. Aber nach dem Feiertag wollte sie dafür sorgen, dass die Familien sich so schnell wie möglich trennten. Wenn Axel zu arg protestierte, könnten sie ja immer noch nach Sandhamn fahren. Dort wimmelte es sicher von Kindern in seinem Alter, mit denen er spielen könnte.

Am Morgen des Johannistages hissten sie die Flagge und schmückten die Boote mit Birkenzweigen und Kornblumen. Elin wurde in ein weißes Baumwollkleidchen gesteckt und musste einen Blumenkranz im Haar tragen. Den riss sie ab und warf ihn ins Wasser, noch ehe sie sie überhaupt fotografieren konnten. Axel bestand darauf, seine Kleidung selber auszusuchen. Das hübsche kurzärmlige, hellblau und gelb gestreifte Hemd, das Ulrika ihm gekauft hatte, blieb im Kleiderschrank.

Als sie sich dem Hafen näherten, merkten sie gleich, dass etwas nicht stimmte. Es waren einfach zu viele Polizisten da, die konnten nicht alle nur dazu hergeschickt worden sein, um Suff und kleine Vergehen zu behandeln, die die Mittsommernacht nun einmal mit sich brachte.

»Offenbar ist etwas Schwerwiegendes passiert«, stellte Ulf fest. »Vielleicht sollten wir uns danach erkundigen und erst dann entscheiden, ob wir hier bleiben wollen. Man kann gar nicht vorsichtig genug sein. Vielleicht hat ja einer von deinen alten Mandanten zugeschlagen«, scherzte er mit unruhigem Unterton und schaute seine Schwiegertochter an.

Sie lenkten die Impuls zum Gastanleger, und Ulrika sprang an Land, um Erkundigungen einzuholen. Zur Begeisterung der Kinder hing ein Polizeihubschrauber in der Luft.

Der Polizist salutierte, als sie auf ihn zukam. Am Vorabend habe sich im Dorf ein Raubmord zugetragen, teilte er mit, ohne auf Einzelheiten einzugehen.

»Und Sie haben den Täter noch nicht gefasst, nehme ich an«, stellte Ulrika fest. »Waren dabei Schusswaffen im Spiel?«

»Wieso?«, fragte der Polizist sofort wachsam.

»Ich denke vor allem an die Sicherheit der Menschen, deren

Schiffe hier im Hafen liegen. Wenn der Täter noch auf freiem Fuß und außerdem bewaffnet ist, kann es gefährlich sein, hier in der Nähe zu bleiben.«

»Ich glaube nicht, dass Sie sich darüber Sorgen machen müssen. Soviel ich weiß, waren überhaupt keine Waffen mit im Spiel, und außerdem haben wir alle Mann einberufen, da dauert es sicher nicht mehr lange, bis wir ihn haben, falls er überhaupt noch hier draußen ist, meine ich.« Er musterte sie beifällig, ehe er sich verabschiedete.

»Ach, noch etwas. War das Opfer jemand der Ortsansässigen? Ich bin Anwältin und habe mehrere Mandanten hier auf der Insel.« Ulrika wusste selbst nicht, warum sie diese Frage stellte. Sie wusste nur, dass sie die Antwort wissen musste, ehe sie zum Boot zurückgehen konnte.

Der Polizist zögerte einen Moment, dann sagte er: »Der Laden in Sjötorp wurde ausgeraubt.«

Ulrika spürte, wie das Blut in ihren Kopf schoss. »Aber hoffentlich ist dabei keiner der Brüder Hult zu Schaden gekommen?«, brachte sie in dem Moment heraus, in dem ihr aufging, dass genau das passiert sein musste. Aber welcher mochte wohl der Ermordete sein?

»Ich weiß nichts Genaueres über den Namen des Opfers«, der Polizist musterte Ulrika besorgt und bat dann über Funk einen Kollegen um Auskunft. »Der Verstorbene war ein gewisser Rolf Hult«, sagte er dann mit ernster Stimme und bat um Ulrikas Namen und Adresse, falls sich noch Fragen ergeben würden.

Ulrika beschloss, im Laden anzurufen, ehe sie zum Boot zurückging. Dort meldete sich Östen. Er war hörbar geschockt. Er habe Rolf am Morgen gefunden, berichtete er. Er hatte wie immer die Nacht im Bootshaus verbracht, hatte sich dann aber vor der Mittsommerfeier waschen wollen. Er hatte zwei Kästen Bücklinge mitgebracht, die Rolf bestellt hatte, und die hatte er zuerst in den Laden bringen wollen.

Die Bürotür hatte offen gestanden, und da hatte er angenommen, der Bruder sitze über seiner Buchhaltung und sei dermaßen darin vertieft, dass er Östens Rufe nicht gehört habe. Als er hineingegangen war, hatte er den Schock seines Lebens erlitten. Rolf hatte leblos auf dem Boden gelegen, an einen umgekippten Stuhl gefesselt, den er vermutlich bei seinem Befreiungsversuch selbst umgestoßen hatte. Sein Gesicht war blutverschmiert gewesen. Sein Mund war mit Isolierband verklebt gewesen. Der Gerichtsmediziner ging davon aus, dass er erstickt war, Genaueres würde sich jedoch erst nach der Obduktion sagen lassen.

»Er würde sich bestimmt nicht gern aufschneiden lassen«, sagte Östen und putzte sich die Nase. »Aber daran können wir wohl nichts ändern. Es wird wohl so kommen. Das Schlimmste ist, dass ich Arne noch nicht erreicht habe. Ich glaube, er ist mit dem Boot unterwegs. Er wollte sich mit irgendeinem Frauenzimmer treffen, hat er gesagt. Einer Lehrerin. Was soll werden, wenn er erst nach dem Wochenende zurückkommt? Ich kann das nicht alles allein schaffen. Es ist doch so viel zu erledigen.« Seine Stimme zitterte ein wenig.

»Können Sie nicht versuchen, ihn über Seefunk suchen zu lassen?«, schlug Ulrika vor.

Ihr wirbelten die Fragen nur so durch den Kopf. Aber sie bot nicht an, zum Haus zu kommen. Als Anwältin könnte sie im Moment wirklich nicht viel helfen, und außerdem wartete ihre eigene Familie auf sie. Stefans Geduld würde sich nicht mehr lange strapazieren lassen, und auch sie selbst hatte sich auf diese Tage mit ihrer Familie gefreut. Sie nannte Östen ihre Mobilnummer, für den Fall, dass er doch noch ihre Hilfe brauchte. Sie musste die Nummer zweimal wiederholen, ehe er sie notiert hatte.

Alle wollten wissen, was passiert war, als Ulrika zum Boot zurückkam. Nur ein kleiner Einbruch im Laden, sagte sie so leichthin wie möglich, um nicht Axels Interesse zu erwecken. Kaum war er außer Hörweite, erzählte sie, was sie gehört hatte. Alle fanden es schrecklich, zumal Ulrika das Opfer gekannt hatte. Trotzdem beschlossen sie, wie geplant an Land zu gehen. Es wäre den Kindern gegenüber ungerecht, sie um dieses Vergnügen zu bringen. Aus der Ferne konnten sie bereits Spielmannsmusik hören.

Mit Decken und Picknickkörben wanderten sie zum Festplatz. Unterwegs stießen sie auf einen mit Laub geschmückten Leiterwagen, auf den die Kinder aufsteigen durften. Josefin versprach, auf Elin aufzupassen, damit die unterwegs nicht hinausfiel. Sie bei den Erwachsenen zu behalten, wäre nicht anzuraten, wenn sie ihre intakten Trommelfelle behalten wollten. Die Kinder strahlten wie kleine Sonnen, als sie losfuhren.

Die Mittsommerstange war bereits aufgerichtet worden und ragte stolz über der frisch gemähten Wiese auf. Am Rand, wo das Gras nicht angerührt worden war, wurden die Decken ausgebreitet, und zwischen Butterblumen und Veilchen der Kaffee ausgepackt. Die Allerkleinsten tanzten unter der Leitung eines Trachtentänzers einen Ringelreihen. Stefan legte sich glücklich ins Gras und horchte auf den Sommer.

Am späten Nachmittag gingen sie zurück zu den Booten. Die Polizei war jetzt weniger sichtbar als zuvor, und der Hubschrauber war verschwunden. Sie freuten sich darauf, in ihrer eigenen Bucht ihre Ruhe zu haben. Dort wollten sie baden und alles gemütlich angehen. Abends wollten sie zusammen mit Freunden von Palle und Annelie feiern, die mit ihrem Segelboot zu ihnen stoßen würden, nachdem sie alle in der Nähen wohnenden Verwandten besucht hatten.

Alle machten sich nützlich. Die Kinder sammelten Tannenzapfen für den Grill, die Erwachsenen deckten in der Nähe des Anlegers einen langen Tisch. Was hatten sie für ein Glück, dass sie diesen perfekten Ort gefunden hatten.

Annelie und Palle schienen wirklich ineinander verliebt zu sein, weshalb Ulrika gleich viel ruhiger wurde. Sie hatte Östen noch einmal angerufen, um sich nach seinem Befinden zu erkundigen. Am Abend würde der Seefunk nach Arne suchen lassen, erzählte er. Er war noch immer total geschockt. Die Polizei hatte außerdem auf irgendeine seltsame Weise von den Meinungsverschiedenheiten unter den Brüdern erfahren und sich danach erkundigt.

»Als ob sie den Verdacht hätten, ich hätte ihn umgebracht«, hatte er gesagt und dabei ein wenig genuschelt. In Ulrikas Ohren hatte es eher wie »ummebach« geklungen. Sicher hatte er sich mit einem Schnaps gestärkt. Und das sollte ihm gegönnt sein, dem Armen.

Jetzt fiel ihr ein, dass sie von ihrer Begegnung mit Jenny erzählen müsste, aber sie beschloss, eine passendere Gelegenheit abzuwarten. Jetzt hatte Östen wirklich genug andere Sorgen. Vielleicht spielte hier auch Jennys Desinteresse eine Rolle. Wenn Östen sie nun nach allem, was passiert war, anrufen wollte, und sie sich ihm gegenüber ebenso abweisend verhielt wie bei Ulrika! Das wäre einfach nicht gut. Diese Enttäuschung wollte sie ihm im Moment ersparen.

Dann glühte endlich der Grill. Das Fleisch wurde aus der Marinade genommen und auf das Gitter gelegt. Der Roséwein war bereits entkorkt worden, und die Stimmung hob sich. Axel und Kalle wollten Würstchen grillen, Josefin dagegen blieb im Boot und las Harry Potter. Sie hatte sich überaus bereitwillig angeboten, Elin zu hüten.

Es war schon fast elf, als Josefin doch noch herüberkam. Die Jungen wollten nicht ins Bett, obwohl ihnen die Augen schon zufielen. Es gab schließlich nur zwei Nächte im Jahr, in denen die Kinder so lange aufbleiben durften, wie sie wollten. Mittsommernacht und Silvester. Und das musste man ausnutzen, auch wenn die Augen brannten.

»Wo ist Elin?«, fragte Ulrika erschrocken, als sie Josefin sah.

»Die schläft in unserem Boot. Ich hab nach ihr geschaut, ehe ich gegangen bin, und die Tür von außen abgeschlossen, sie kann also nicht weglaufen, falls sie aufwacht.«

Love fühlte sich gar nicht wohl in seiner Haut, als er ins Behandlungsheim zurückkehrte. Auf dem Weg hatte er sich immer wieder umgeschaut, ob er verfolgt würde. Er brannte darauf, mehr über den Raubüberfall zu hören, wollte aber keine aufdringlichen Fragen stellen. Er durfte seine Neugier ja nicht verraten. Deshalb schloss er sich einer Arbeitsgruppe an, die vor dem Haus im Gras saß und anhand eines der zahllosen Videos, die sie am Vorabend gesehen hatten, über die bösen Folgen des Alkohols diskutierte. Love hatte zwar nicht alles mitbekommen, fand aber nicht, dass das einen großen Unterschied machte. Sein ganzer Körper prickelte vor Nervosität, und er musste sich gewaltig zusammenreißen, um sich nichts anmerken zu lassen.

Als er zwei Polizisten auf das Tor zukommen sah, wäre er fast durchgedreht. Aber jetzt musste er cool bleiben. Wenn er das schaffte, dann würde alles gut gehen. Typisch, dass sie vor dem Haus saßen. Jetzt konnte er sich nicht davonschleichen, ohne Misstrauen zu erwecken. Sie kamen auf das Haus zu und versuchten, ausweichende Blicke aufzufangen. Niemand sagte etwas, bis die Polizisten die Gruppe erreicht hatten. Dann machte sich das Wiesel wie immer zum Sprecher. Love empfand zum ersten Mal eine gewisse Sympathie für den Kerl.

»Können wir Ihnen irgendwie behilflich sein, Herr Wachtmeister?«, fragte er und lächelte mit seinen tabakbraunen Zähnen.

Und das konnten sie. Love, wie die anderen in der Gruppe, teilte mit, dass sie sich am Vorabend ein Video angesehen hatten, um danach zu Bett zu gehen. Nein, er hatte nichts Außergewöhnliches gehört oder gesehen. Aber sie sollten sich doch bei den anderen Insassen erkundigen. Vielleicht wusste da jemand etwas. Worum es denn überhaupt gehe? Und dann wurden Loves böse Ahnungen bestätigt. Der Alte war tot. Aber wie war er ums Leben gekommen? Wenn doch endlich irgendwer danach fragte! Sicher waren sie alle so neugierig wie er. Aber er wollte eben nicht auffallen. Die Sache war ohnehin schon schrecklich genug. Die Bullen hatten die Namen von allen notiert. Auch die Bullenlesbe Olivia hielt sich bedeckt. Sie schämte sich wohl vor ihren Kollegen dafür, dass sie hier trockengelegt werden musste.

Am Ende konnte das Wiesel seine Neugier nicht mehr bezähmen. Er wollte so viel wie möglich wissen, und deshalb begleitete er die Polizisten zur Heimleitung. Die anderen konnten sehen, wie er mit den Armen herumfuchtelte. Als er wieder auftauchte, hatte er allerlei Informationen an sich gebracht, die er nun mit selbstzufriedener Miene mit den anderen teilte. Für Love wurde das alles besonders unangenehm. Nicht genug damit, dass er jetzt so gut wie sicher wusste, dass er durch diesen verdammten Knebel den Opa selbst umgebracht hatte, Olivia drückte ihn noch dazu gegen einen Kirschbaum und behauptete mit drohender Stimme, er habe morgens eine Fahne gehabt.

»Bist du gestern Abend abgehauen, um einen zu trinken?«, fragte sie misstrauisch und starrte ihn durchdringend an.

»Verdammte Pisse. Ich hab keine Ahnung, wovon du hier redest«, fauchte er und ging zu Kerstin hinüber. Sie wirkte froh und dankbar, als er auftauchte und zeigte, dass er ihr noch immer wichtig war, obwohl sie ihn doch abgewiesen hatte.

Im Laufe des Tages wurde immer deutlicher, wie gefährlich es für ihn wäre, noch länger hier zu bleiben. Bisher wusste niemand, dass er schon einmal gesessen hatte, aber wenn die Bullerei hier noch weiter herumschnüffelte, dann würde das sicher herauskommen. Olivias Behauptung, dass er am Tag nach dem Mord eine Fahne gehabt habe, konnte ihm helfen fortzukommen, ohne Verdacht zu erregen. Er beschloss, bei der nächsten Gruppensitzung ein falsches Geständnis abzulegen. Zu sagen, er habe am Strand ein paar Flaschen Bier gefunden und sich einen Rückfall gestattet. Diese Geschichte würden sie ihm sicher abkaufen. Wenn er dann verschwand, würden alle davon ausgehen, dass der Suff und nicht der Überfall ihn dazu veranlasst hatten. Es würde leicht sein, sich an diesem Abend davonzuschleichen. Dem Mittsommerabend. Konnte es denn einen besseren Zeitpunkt geben, um einen trockengelegten Alkoholiker in Versuchung zu führen? Alle würden verstehen und verzeihen.

Um halb elf war in Lundagården Ruhe eingekehrt. Niemand schien einen Grund zum Aufbleiben zu sehen, wo sie ja nichts trinken durften. Love schlich sich durch den Hintereingang davon, diesmal machte er sich aber nicht die Mühe abzuschließen. Er holte Geld, Pistole und Kutte aus seinem Versteck. Dann wollte er sich so schnell wie möglich ein Boot unter den Nagel reißen und aufs Festland übersetzen. Das konnte nicht schwer sein. Die Leute waren ja jetzt schon sternhagelvoll. Und Boote gab es überall.

Eins wartete schon auf ihn, es war neben zwei Segelbooten an einer Tanne vertäut. Die Besitzer saßen am Ufer und sangen Lieder von Evert Taube. Der Schlüssel steckte in der Tür. Was für Idioten. Sie hörten nicht einmal, wie er den Anker hochzog und den Motor anließ. Langsam glitt er hinaus aufs Meer und ließ Morö hinter sich zurück.

23

Schon nach einer halben Stunde hatte Josefin die Gesellschaft der Erwachsenen satt. Die waren so langweilig. Klimperten auf der Gitarre herum und sangen jede Menge öder alter Lieder, deren Text sie nicht kannte. Sie sehnte sich nach ihrem Boot, wo das Buch wartete, und wenn sie ganz ehrlich sein sollte, dann lockte der Schlaf noch mehr als Harry Potter. Die Jungen schliefen schon und lagen unter ihren Decken zusammengerollt jeder auf einem Kissen. Josefin fand sie hoffnungslos kindisch, da sie sich weigerten, richtig ins Bett zu gehen. Sie sagte gute Nacht und ging vorsichtig den kurzen Weg zurück. Es war jetzt ziemlich dunkel, da die Sonne untergegangen war, aber sie konnte doch sehen, wohin sie ihre Füße setzte.

Der Anblick kam so unerwartet, dass ihr Gehirn zuerst nicht registrierte, dass das Motorboot verschwunden war. Als ihr die Wahrheit dann aufging, war die so entsetzlich, dass Josefin glaubte, es Palle nie und nimmer sagen zu können. Er würde so böse werden. Sie musste das Boot entdecken, ehe die anderen sein Fehlen bemerkten. Sie rannte immer weiter und weiter am Strand entlang und suchte. Blieb einige Male stehen und schaute aufs Wasser hinaus, wo die Inseln zu einer soliden Masse verschwammen. Aber so weit das Auge reichte, was kein Motorboot zu sehen. Ihr Herz hämmerte, und ihre Panik wuchs. Wenn die anderen das nun für ihre Schuld hielten! Wenn sie ihr Vorwürfe machten und glaubten, sie habe die Vertäuung gelöst, ehe sie an Land gegangen war. Und das

Buch. Wenn sie ihr Buch nun nicht zurückbekäme! Wenn sie es doch mitgenommen hätte, wie sie es anfangs ja gewollt hatte.

Das Boot war vielleicht in die andere Richtung getrieben, auch wenn sie nichts gesehen hatten. Sie waren ja alle so in ihre Lieder vertieft gewesen, dass sie es vielleicht nicht bemerkt hatten. Sie machte kehrt und rannte zurück und betete aus ihrem ganzen elfjährigen Herzen, dass es vor den Augen der Erwachsenen auf Grund lief, damit die es einfach von der Sandbank lösen und zurück an Land bringen könnten. Ihre Füße flogen wie von selbst über verschlungene Wurzeln und lockere Steine, die sie zu Fehltritten verlocken wollten, als sie weiterstürzte, eine Ewigkeit lang, wie ihr schien. Ihr Wunsch nach dieser Lösung war so intensiv, dass sie wusste, dass alles gut werden würde, wenn sie nur erst wieder bei ihrer Mama wäre.

Sie zitterte am ganzen Leib, als sie endlich zu den anderen zurückkam. Verzweifelt sah sie, dass das Boot durchaus nicht in der Bucht lag. Und jetzt, erst jetzt, fiel ihr ein, dass auch Elin an Bord war. Ihre Angst steigerte sich zur Hysterie. Ulrika war doch so streng. Ihre Stimme versagte, als sie Bericht erstatten wollte. Sie brachte keinen Ton heraus. Einen Moment lang war sie überzeugt, dass alles ein böser Traum war, aus dem sie aufwachen könnte, wenn sie es nur versuchte. Sie schloss die Augen und wünschte sich das. Während sie sich noch einbildete zu schlafen, spürte sie, wie ihre Mutter unruhig und tröstend die Arme um sie legte.

»Aber geliebtes Kind, was hat dir denn so schreckliche Angst gemacht?«

Noch ehe die anderen die Bedeutung von Josefins verwirrtem Bericht erfasst hatten, hatte Love die Fahrrinne erreicht. Nachtluft und frischer Wind im Gesicht taten ihm gut. Zum ersten Mal seit sehr langer Zeit fühlte er sich frei und glücklich.

Niemand hatte bemerkt, wie er das Boot gestohlen hatte. Er

hatte in aller Ruhe arbeiten können, den Anker hochziehen und losfahren, die Leute hatten an ihrem Lagerfeuer gesessen und gefeiert. Sie würden wohl nie wieder Taube hören können, ohne an diese Mittsommernacht denken zu müssen. Ihr Lied wurde über das Wasser getragen, bis er weit genug gekommen war, um den Motor anzuwerfen. Dann ertrank der Gesang im Motorendröhnen. Wie viel Zeit ihm wohl blieb? Vermutlich die ganze Nacht. Er lachte. Er hätte sich keinen besseren Zeitpunkt aussuchen können. Die Polizei hatte anderes zu tun, als Zeit und Energie in die Suche nach einem gestohlenen Motorboot zu investieren. Die halbe Truppe musste sicher die Straßen kontrollieren, und der Rest war voll damit beschäftigt, Schläger einzubuchten und besoffenen Teenies aufzulesen.

Love folgte dem Licht eines Leuchtturms, merkte nach einer Weile aber, dass es schwieriger war, als er erwartet hatte, sich im Schärengürtel zu orientieren. Es waren kaum Boote unterwegs. Wer sein Ziel noch nicht erreicht hatte, war für die Nacht vor Anker gegangen, und es war noch zu früh, um von Mittsommerfeiern nach Hause zu fahren.

Die Windschutzscheibe beschlug, und die Inseln nahmen alle denselben Grauton an, egal, wie weit sie entfernt waren. Er setzte sich auf die Rücklehne des Stuhls, um besser sehen zu können, das half ein wenig. So lange er Kurs nach Süden hielt, dürfte es keine Probleme geben. Sein Kopf fuhr hin und her wie der einer Eule, während er versuchte, die Leuchttürme im Blick zu behalten. Er hielt sich ja selbst für einen Supernavigator. Die Jahre auf See, vor dem Barras, hatten offenbar mehr als nur Tätowierungen bei ihm hinterlassen. Vielleicht sollte er sich ein eigenes Boot zulegen.

Als sich vor ihm die Förde auftat, fühlte er sich unsterblich. Er steigerte sein Tempo, so weit das möglich war. Das hier war mindestens so heftig wie Motorradfahren. Plötzlich, ohne Vorwarnung, tauchte backbords ein Leuchtfeuer auf. Die Fahrrinne teilte sich, und er hatte keine Ahnung, welche Richtung die richtige war. Er brauchte eine Seekarte. In den Seitentasche lag keine. Sicher befand sich eine in der Kajüte. Er schaltete den Motor aus und ging nach unten. Wenn er Glück hatte, würde er dort auch ein Bier finden.

Love sah sie sofort. Sie hatte sich freigestrampelt, lag auf dem Rücken und hatte die Arme über das Gesicht gelegt. Genau wie früher Anna. Neben ihr stapelten sich die Decken. Vermutlich, damit sie nicht im Schlaf aus der Koje kullerte. Sie trug einen geblümten Schlafanzug, und ihre dünnen Haare kräuselten sich in der Wärme. Für einen Moment stellten seine Gedanken ihre Tätigkeit ein. Als sie sich dann wieder in Bewegung setzten, sah er alles kristallklar vor sich.

O verdammt!

Die Konsequenzen des Bootdiebstahls nahmen plötzlich eine ganz andere Dimension an. Das hier, zusammen mit dem Raubüberfall und dem toten Opa, würde zu einem Riesenaufgebot an Bullen führen. Er musste versuchen, so schnell wie möglich die Fahrrinne zu verlassen. Wo zum Teufel konnte die Seekarte sein?

Niemand hatte ein Telefon bei sich. Alle rannten wild durcheinander, mit den schlafenden Kindern auf dem Arm, unfähig zu begreifen, was hier passiert war. Das Boot hatte sich unmöglich losreißen und aufs Meer hinaustreiben können. Es war doch verankert gewesen. Hatte Josefin nicht selbst gesagt, dass sie vor dem Gehen die Tür abgeschlossen hatte? Die Schlüssel hingen an einem großen Stück Treibholz, das sie nicht mitgebracht hatte, als sie zu ihnen gekommen war.

Ulrika machte sich bittere Vorwürfe, wie hatte sie nur so verantwortungslos sein können, einer Elfjährigen ihr Kind zu überlassen! Warum hatte sie nicht nach Elin geschaut, als Josefin zu ihnen gekommen war? Die Boote waren doch nur wenige Minuten entfernt gewesen. So nah, dass sie die Flaggen oben am Mast hatte sehen können. Wie hatte sie so unglaublich naiv sein und sich einbilden können, hier sicherer zu sein als anderswo? Niemals hätte sie abends in der Stadt die Kinder mit einem anderen Kind allein gelassen.

»Großer Gott, hilf uns, mach, dass Elin nichts passiert. Mach, dass sie nicht aufwacht und Angst hat. Mach, dass die Diebe den nächsten Hafen ansteuern und dass die Polizei das Boot sofort findet. Mach, dass sie in der Hölle brennen müssen, wenn Elin etwas passiert. Wenn du mir nur mein Kind zurückgibst, dann verspreche ich, dass ich ein besserer Mensch werde.« Sie betete, wie sie zuletzt als Kind gebetet hatte, und sie spürte bei jedem Gebet, Wunsch und Versprechen, wie ihre Zweifel wuchsen. »Großer Gott, mach, dass ich an dich glaube. Gib mir Vertrauen. Hilf uns!«

Stefan stand vollständig hilflos da, bis er sich in seiner Verzweiflung in den Kopf setzte, dass die Diebe Elin schon an Land abgesetzt oder, schlimmer noch, ins Wasser geworfen hatten, ehe sie losgefahren waren. Planlos und rufend lief er am Strand hin und her. Ulf rannte hinterher, um ihn zu beruhigen und zu trösten. Am Ende war es Marianne, die sich zusammenriss und Axel und Kalle in die Sicherheit der Kajüte auf der Impuls brachte. Dort steckte sie die beiden ins Bett und erzählte ein so spannendes Märchen, dass sie nicht mehr auf das achteten, was draußen passierte, und dann endlich einschliefen.

Josefin weigerte sich, mit an Bord zu gehen. Sie wollte aufbleiben, bis die Polizei kam. Es bestand doch die Möglichkeit, dass sie etwas gesehen hatte, das bei den Ermittlungen helfen konnte.

Um zwanzig nach elf wurde in der Zentrale Alarm gegeben, auf Morö wurde eine Fjord 34 gestohlen gemeldet. Majken Borgström nahm den Anruf entgegen. Sie saß seit sechs ununterbrochen bei der Arbeit und hatte zwischendurch nicht einmal einen Kaffee trinken können. So war es immer an Feiertagen. Zu wenig Personal im Verhältnis zu den einlaufenden Meldungen. Meistens gab es Suff und Schlägereien, aber eben auch allerlei schwerer wiegende Vergehen. An einem solchen Feiertag konnten mehrere tausend Meldungen einlaufen. Ihre Augen brannten und einsetzende Kopfschmerzen machten sich bemerkbar. Sie hatte an diesem Morgen ihre Tage bekommen und fühlte sich ziemlich elend. Wenn nicht Mittsommer wäre, und wenn sie nicht am folgenden Montag für zwei Wochen mit ihrer besten Freundin nach Ibiza fahren wollen würde, dann hätte sie sich krank gemeldet. Stattdessen hatte sie ein paar Alvedon eingeworfen und sich auf die Wache geschleppt. Unter den Kollegen sollte es ja nicht heißen, sie habe kein Pflichtgefühl und nehme sich zu viel heraus. Da war es doch besser, die Zähne zusammenzubeißen.

Zuerst begriff sie nicht, dass ein Kind an Bord war, da der Anrufer ungeheuer aufgeregt war und ziemlich hektisch redete. Er rufe nicht von seinem eigenen Telefon aus an, sagte er, das liege in dem gestohlenen Boot. Dann beschrieb er das Boot und wo es gelegen hatte, auch wenn er den Namen der Bucht nicht kannte. Das Boot war nicht lange unbewacht gewesen, aber es war eben ein Kind an Bord, das nicht seines war. Als er so weit gekommen war, übernahm eine Frau das Telefon und teilte mit, dass ihre Tochter verschwunden sei. Das Baby von sechzehn Monaten hatte an Bord geschlafen, als das Boot gestohlen worden war.

Als Majken nun aufging, was hier passiert war, und als sie auf dem Bildschirm sah, dass in der Nähe ein Raubmord geschehen war und der Täter sich noch immer auf freiem Fuß befand, verschwand ihr routinemäßiges Verhalten und machte einer brennenden Effektivität Platz. Die Kopfschmerzen waren wie weggeblasen, und sie arbeitete rasch und konzentriert. Jetzt entging ihr nichts mehr. Routiniert leitete sie die wichtigsten Maßnahmen ein.

Polizeiboote und Hubschrauber wurden zum Tatort befohlen. Die Küstenwache wurde informiert. Auf eigene Faust bat sie alle Wassertaxen und alle anderen Nutzfahrzeuge in der Gegend, die Augen offen zu halten und sofort Bescheid zu sagen, wenn sie das verschwundene Boot entdeckten. Schon bald war ein großes Polizeiaufgebot organisiert. Sie nahmen den Fall überaus ernst und befürchteten einen möglichen Zusammenhang mit dem Raubüberfall. Der oder die Täter konnten sich sehr wohl versteckt gehalten haben, da der Dampferanleger den ganzen Tag überwacht worden war.

Josefin war sicher, dass alles ihre Schuld war. Sie hatte schreckliche Angst, als nun die Polizei an Land kam. Was sollte aus ihr werden? Palle hatte sie ausgeschimpft, weil sie so blöd gewesen war, den Schlüssel in der Tür auf dem Boot stecken zu lassen. Er konnte einfach nicht begreifen, dass sie das getan hatte, weil sie Angst hatte, ihn unterwegs zu verlieren. Danach hatten sich ihre Mutter und Palle zu allem Überfluss auch noch wegen der Versicherung gestritten. Am Ende war es so schrecklich geworden, dass sie am liebsten gestorben wäre. Ihr Herz hämmerte dermaßen, dass sie ganz außer Atem war, als der Polizist mit ihr sprechen wollte. Verzweifelt versuchte sie, die Aufmerksamkeit ihrer Mutter zu erregen und sie zu Hilfe zu rufen, aber ihre Mutter stritt sich noch immer mit Palle.

Die Polizei war nett. Um ein gutes Bild von sich zu geben, erzählte Josefin, dass Elin den ganzen Abend geschlafen hatte, und dass sie neben dem Bett Decken und Kissen aufgestapelt hatte, ehe sie gegangen war.

»Sicherheitshalber«, fügte sie mit leiser Stimme hinzu. »Ich meine, ich dachte ja nicht, dass sie aufwachen würde oder so. Denn dann hätte ich sie doch nie allein gelassen. Und dann habe ich die Tür von außen abgeschlossen, damit sie nicht schlafwandeln könnte. Ich wollte doch wirklich nicht lange wegbleiben, und die anderen haben nichts gesagt, als ich zu ihnen gekommen bin.«

»Ist schon gut, du brauchst keine Angst zu haben. Niemand hier macht dir Vorwürfe.«

»Doch, Palle. Er findet, dass ich an allem schuld bin.«

»Das überlegt er sich sicher anders, sowie das Boot wieder aufgetaucht ist. Aber bis dahin musst du dir alle Mühe geben und versuchen, dich zu erinnern, ob dir irgendetwas aufgefallen ist, als du weggegangen bist.«

»Nein, nichts. Ich habe nichts gesehen«, sagte sie, und jetzt klapperte sie mit den Zähnen.

Endlich fand Love die gesuchte Seekarte. Es gab einen ganzen Stapel davon. Das Kind schlief noch immer. Er schob sich einen Priem unter die Oberlippe und folgte mit dem Finger der Fahrrinne, die südlich von Morö wegführte, bis er zu dem Punkt kam, wo er sich offenbar befand. Manchmal hatte man ja doch Glück. Plötzlich wusste er, was er zu tun hatte. Wenn er nur dieser Fahrrinne noch zwei Minuten folgen könnte, ohne entdeckt zu werden, dann wäre alles gut. Er griff sich zwei Bier aus dem Kühlschrank und ging wieder an Deck. Das Boot bäumte sich brüllend auf, als er den Motor anließ. Jetzt war es nicht mehr still. Er sah mehrere Boote vor sich. Hier, in der Nähe von Sandhamn, war mehr Verkehr.

Jetzt musste er sich wirklich konzentrieren, da er die Fahrrinne verlassen wollte. Dort vorn auf der Landspitze sah er ein Gebäude, das ihn an eine Burg erinnerte. Jetzt war er bald am Ziel. Vor der Burg, genau vor der Untiefe, hatte sie gesagt. Vor der Untiefe, die bei Ebbe aussah wie ein riesiger Wal mit einem Troddel auf dem Kopf.

Bei einer Gruppensitzung hatte Kerstin erzählt, dass sie auf einem Krebsfest sternhagelvoll zu der Untiefe geschwommen war, wo sie sich ausgezogen und Statue gespielt hatte, bis der Diplomat sie geholt hatte.

Wenn sie etwas getrunken hat, ist sie sicher witziger, dachte Love, als er vor dem Bootshaus anhielt, von dem sie so oft erzählt hatte. Es war kein Problem, das Schloss aufzubrechen. Hier konnte er sich und das Boot verstecken. Nur zwei Tage, mehr nicht, dann würde die Aufmerksamkeit nachlassen und er könnte seinem ursprünglichen Plan folgen. Aber zuerst musste er das Kind loswerden.

Im Bootshaus lagen bereits mehrere Boote. Verdammt, hier war kein Platz für ihn. Er glaubte, in der Ferne einen Hubschrauber zu hören. Jetzt musste er rasch vorgehen.

Er ließ den Motor wieder an, zögerte einen Moment, dann

ging er in die Kajüte, betrachtete das schlafende Kind und fasste einen Entschluss. Dann steigerte er das Tempo, steuerte auf die Fahrrinne zu und sprang über Bord.

Ulrika bat, auf einem der Suchboote dabei sein zu dürfen. Sie konnte einfach nicht untätig auf der Insel herumsitzen. Stefan blieb dort. Sie beschlossen, dass er die Impuls an den Gastanleger im Hafen bringen sollte. Palle und Annelie wollten mit den Kindern ins Hotel gehen und dort warten, bis ihr Boot wieder auftauchte. Falls es wieder auftauchte, hatte Palle noch gesagt, was ihm einen mörderischen Blick von Annelie eingetragen hatte.

Glücklicherweise schien Stefan diesen Kommentar überhört zu haben.

»Wie wollt ihr denn bei der Suche vorgehen?« Ulrika staunte darüber, wie ruhig ihre Stimme trotz allem klang.

»Wenn es die Einbrecher sind, dann rechnen wir damit, dass sie aufs Festland gelangen wollen. Wir bewachen die Anleger. Wenn es einfache Bootsdiebe sind, versuchen sie es wohl zwischen den Schären, wo es etliche Bootshändler gibt, die es nicht so genau nehmen. Deshalb setzen wir Hubschrauber ein. Wir haben außerdem Ostermans gebeten, die Augen offen zu halten. Die haben ja viele Privatgäste, wie Sie sicher wissen.«

»Wissen Sie, ob die Nutzfahrzeuge Bescheid wissen?« Sie wischte sich mit den Handflächen die Augen und fuhr sich dann über die Schläfen. Vielleicht ließ der Wind ihre Tränen fließen, aber vielleicht weinte sie ununterbrochen. Ihr war egal, woran es lag.

»Das kann ich Ihnen nicht sagen. Ich frag mal nach. Krister, weißt du, ob der Nutzverkehr informiert ist?«, rief er seinem Kollegen am Steuer zu.

»Davon habe ich nichts gehört. Vermutlich. Ich kann mich mal in der Zentrale erkundigen ... Doch, die halten auch alle Ausschau«, teilte er nach einer Weile mit.

Ulrika hatte sich in ihrem ganzen Leben noch nicht so ohnmächtig gefühlt. Mit allen Sinnen folgte sie dem Lichtkegel des Scheinwerfers, während sie auf das Wasser schaute. Wann immer sich ein Motorboot näherte, wuchs ihre Hoffnung. Sie fuhr zusammen, als die Zentrale anrief.

»Vor Eknö sind zwei Motorboote zusammengestoßen. Eins scheint ein Fjord zu sein. Der Seenotdienst ist schon unterwegs. Könnt ihr euch das mal ansehen?«

Obwohl das Boot vierzig Knoten fuhr, war es nicht schnell genug für Ulrika. Sie spannte die Muskeln an und beugte sich vor, als könne sie auf diese Weise das Tempo noch weiter steigern. Die kleine Elin befand sich auf diesem Boot, das wusste sie. Sie würde ihre Kleine zurückbekommen. Ihre Lippen bewegten sich lautlos. Elin, Elin. Die Haare wurden ihr ins Gesicht gepeitscht. Das Telefon klingelte, aber im Motorenlärm konnte sie das nicht hören.

Es war nicht weit, deshalb beschlossen sie, nach Hause zu fahren, obwohl sie eigentlich an Bord hatten übernachten wollen. Vor allem Mia wollte lieber in ihrem eigenen Bett aufwachen, vor allem, weil sie an Bord keine Dusche hatten. Sie konnten doch immer noch einige Stunden vor dem Mittagessen zurückkommen und sich nützlich machen. Viel war ohnehin nicht zu tun. Kartoffeln schälen, den Tisch decken, Schnittlauch hacken und Erdbeeren säubern. Außerdem war Waldemar müde und wimmerte. Er schlief auf dem Schoß seiner Mama ein, sowie sie an Bord waren und ihm die Schwimmweste angelegt hatten. Jonas hatte diese Strecke schon hundert Mal gefahren, deswegen machte sie sich keine Sorgen darüber, dass er ein wenig zu viel getrunken hatte. Sie waren auf See auch noch nie kontrolliert worden, und da bestand sicher auch in dieser Nacht keine Gefahr. Mia nickte ein, den Kopf über ihren Sohn gebeugt. Beide waren blond wie sonnengereifter Hafer. Jonas genoss die Stille. Nachts mit dem Boot unterwegs zu sein, war etwas Besonderes. Das Licht, die Freiheit, die Ruhe.

Zuerst reagierte er nicht auf das ihm entgegenommende

Boot, obwohl es ein recht hohes Tempo vorlegte. Er blieb auf seinem Kurs, da das andere Boot backbord lag und Ausweichpflicht hatte. Zu spät ging ihm auf, dass hier etwas nicht stimmte. Ihn trennten nur noch Sekunden von der Kollision. Er hupte und riss das Steuerrad herum, um einer Katastrophe zu entgehen. Dann hörte er achtern einen Knall und alles wurde schwarz.

Mia und Waldemar wurden bei dem Zusammenstoß auf den Boden geschleudert. Der Kleine schrie vor Schmerz auf und fasste sich an die eine Schulter. Mia kroch zu ihrem Mann, der leblos über dem Steuer hing. Er blutete aus einer tiefen Kopfwunde. Mit unsicheren Händen holte sie die Schwimmwesten heraus. Jonas war so steif, dass sie ihm die Weste einfach nicht anlegen konnte. Wenn es nur kein Feuer gäbe. Sie hatten keinen Feuerlöscher an Bord. Das andere Boot hatte offenbar ein Leck. Es drehte sich um sich selbst. Hilflos musste sie zusehen, wie es langsam zu sinken begann.

24

Auch die Sun Seeker war arg beschädigt worden und füllte sich mit Wasser. Der Bug hob sich immer weiter nach oben. Mia wusste nicht, wie sie den Menschen auf dem anderen Boot helfen sollte. Vergeblich versuchte sie, Kontakt zum Steuermann aufzunehmen. Sicher war er bewusstlos, wie Jonas. Sie sah Boote, die sich näherten, und hoffte, dass die sie noch rechtzeitig erreichen würden. Wenn sie nur gewusst hätte, wie sie die Pumpe anwerfen könnte! Wenn sie jetzt sanken! Waldemar weinte noch immer. Er zuckte zusammen, als sie versuchte, ihn auf den Arm zu nehmen. Seine Schulter tat weh.

»Bald kommt Hilfe, Herzchen. Siehst du die vielen Boote?«

»Ist Papa tot?«

Jonas stöhnte auf, und das beruhigte sie. Was für eine Erleichterung. Wenn er nur so weit zu sich käme, dass er die Pumpe in Gang bringen konnte.

»Waldemar, was ist mit Waldemar? Warum schreit er?«

Mia musste sich über ihn beugen, um hören zu können, was er sagte.

»Ich glaube, er hat sich das Schlüsselbein gebrochen. Kannst du die Pumpe anwerfen? Wir sinken.« Sie nahm seine Hand und führte sie zum Armaturenbrett. »Welcher Knopf ist das?«, schrie sie, als er keine Antwort gab.

»Die schaltet sich automatisch ein. Es wird schon gepumpt.« Er sank wieder in die Bewusstlosigkeit.

Mia hörte, wie die Pumpe arbeitete. Aber es ging nicht

schnell genug, das Achterdeck sank immer tiefer. Jetzt schrie sie laut um Hilfe, obwohl eines der Boote sie schon fast erreicht hatte. Sie warfen ihr ein Tau zu. Mia griff daneben. Noch ein Versuch. Sie ließ das Tau nicht aus den Augen, so lange sie es nicht sicher in der Hand hielt.

Die Fjord drehte sich weiterhin um sich selbst. Sie musste ungeheuer viel Wasser aufgenommen haben. Ein Boot fuhr dicht an die Fjord heran und stellte fest, dass sie unbemannt war. Offenbar war der Steuermann über Bord geschleudert worden.

Das Polizeiboot traf unmittelbar nach der Seenotrettung ein, deshalb blieb Ulrika der Anblick erspart, wie die Fjord in der Tiefe versank. Ein Taucher war bereits auf dem Weg nach unten. Scheinwerfer suchten die Wasseroberfläche ab. Jemand legte eine Decke um Ulrikas Schultern. Ein Arzt fragte, ob sie etwas brauche.

Ohne zu antworten, hob sie die Hand zu einer abweisenden Geste. Nie im Leben würde sie sich jetzt betäuben. Sie musste bei klarem Bewusstsein bleiben. Wie hätte sie sonst wissen können, dass die anderen sich alle Mühe gaben, um Elin zu finden? Immer wieder fragte sie, ob irgendwer auf dem sinkenden Boot gewesen sei. Dass der Steuermann über Bord gegangen war, interessierte sie nicht. Sie wollte nur wissen, ob irgendwer gesehen hatte, dass die Kajüte leer war. Das musste sie wissen. Vielleicht hatte sie sich ja doch geirrt, als sie so sicher gewesen war, dass es sich um Palles Boot gehandelt hatte. Ihre Hoffnung hatte sie in die Irre geführt. Im Stockholmer Schärengürtel wimmelte es doch nur so von Fjords. Und natürlich hatte niemand vor dem Sinken auf den Namen des Schiffes geachtet.

»Sie suchen doch sicher weiter?«

Bei der Vorstellung, dass die Polizei abgezogen werden könnte, weil sie jetzt glaubten, das Boot gefunden zu haben, drohte ihr Herz stehen zu bleiben.

»Ja, wir geben nicht auf, so lange wir sie nicht gefunden haben«, tröstete der Polizist, der ihr die Decke gegeben hatte. Er hatte freundliche Augen und einen Schnurrbart. Die Schiffchenmütze mit dem Emblem der Polizei war ihm tief in die Stirn gerutscht. Er schien sich seiner Sache so sicher zu sein, dass sie ihm einfach glauben musste.

»Wie heißen Sie?«

»Bengt Ekholm.«

Dieser Name wurde zu ihrem Rettungsring. Er würde ihr helfen, Elin zu finden. Sie gab die Hoffnung nicht auf.

Der Taucher kam an die Oberfläche. Er gab Zeichen, die sagen sollten, dass er nichts gefunden hatte. Wie meinte er das? Hatte er keine Überlebenden gefunden, oder hatte er gar nichts gefunden? Die Antwort wurde ihr schonend beigebracht. Das Boot, das hier auf Grund lag, hieß Shanghai. Es war das Gesuchte. Es war Palles Boot. Aber an Bord hatten sich keine Menschen befunden, wie sie nun erfuhr.

»Wo sind sie denn dann?«

»Sie sind bei der Kollision vermutlich über Bord geschleudert worden. Hatte Ihre kleine Tochter eine Schwimmweste an?«

»Nein, nur einen geblümten Schlafanzug«, schluchzte Ulrika.

»Er geht wieder nach unten. Und jetzt kommt auch noch Verstärkung. Sie werden sie finden, warten Sie nur.«

»Ich will, dass sie sie lebend finden.«

Love schwamm an Land. Als er glaubte, Boden unter den Füßen zu haben, drehte er sich um und sah voller Zufriedenheit, wie die Fjord den Kurs hielt und in Richtung Fahrrinne verschwand. Sie konnte weit kommen. Verdammt weit. Wenn er Glück hatte, würde sie den ganzen Kanholmsfjärd überqueren, ehe sie auf Grund lief und sank. Und dann könnten sie suchen, bis sie Moos ansetzten. Wenn ihr nur nicht der Sprit ausging. Und Scheiße, er hatte vergessen, seine Fingerabdrücke abzuwischen.

Er brauchte für das Schloss des Wohnhauses länger als

beim Bootshaus. Wenn die Bude nur keine Alarmanlage hatte. In der Diele war zwar kein Schild angebracht gewesen, aber man konnte ja nie wissen. Er horchte auf das vertraute Piepen, das dem Eindringling mitteilte, dass der Einbruchsalarm nun aktiviert sei. Denn dann würde er verdammt schnell die Tür wieder schließen und sich einen anderen Unterschlupf suchen müssen.

Es herrschte Grabesstille. Love trat mit federnden, selbstsicheren Schritten über die Schwelle. Er spürte, wie sich seine Kehle vor Durst zusammenschnürte, als er sich überlegte, dass der Diplomat sicher jede Menge Schnaps hinterlassen hatte. So was kriegten die ja gratis, diese Ärsche. Diplomat hätte man werden sollen, dachte er. Jetzt hatte er sich wirklich einen Schnaps verdient.

Es gab keine Flaschen. Love suchte. Riss alle möglichen Türen und Klappen auf. Er fand Limonade und Konserven, Gewürze und Kerzen, aber nicht einmal ein schnödes Lightbier. Er ging hinunter in den Keller. Auch dort war nichts zu finden. Wenn es hier überhaupt etwas zu trinken gab, dann hatten sie es jedenfalls nicht im Wohnhaus versteckt, das begriff er immerhin. Es musste woanders sein.

Auf dem Grundstück gab es noch einen Schuppen. Diesmal machte er sich nicht die Mühe, das Schloss aufzubrechen. Er trat die Tür ein. Was für ein Scheiß. Bisweilen fragte er sich wirklich, warum die Leute sich überhaupt die Mühe machten, die Tür abzuschließen. Im Schuppen gab es nur Gartenmöbel und Decken. Wo zum Teufel hatten sie ihren Schnaps gelassen? Aber dann ging ihm ein Licht auf. Die hatten sich schon auf Kerstins Rückkehr von der Trockenlegung vorbereitet. Im ganzen Haus war nicht ein Tropfen vorhanden. Und nie im Leben hatte er einen dermaßen teuflischen Durst gehabt. Verdammt, das ist noch schlimmer, als keinen Priem zu haben, dachte er. Woher sollte er etwas zu trinken nehmen? Motorendröhnen riss ihn aus seinen Gedanken. Inzwischen kam von Sandhamn her allerlei Verkehr.

Bei dieser Erkenntnis hielt er inne. Plötzlich war ihm sonnenklar, dass er nicht hier nach Getränken suchen sollte. Wozu diese Anstrengung? Die Kneipe lag nur fünf Minuten entfernt. Er brauchte nur trockene Kleidung und ein Boot.

Was für ein Gewühl! Nicht nur am Anleger war der Bär los! Überall wimmelte es von Leuten, die johlten und sich köstlich amüsierten. Love sah, als er nach einem Anlegeplatz suchte, eine Frau, die kotzend über einer Reling hing. Ihre Freundin, die sich um sie kümmerte, sah ziemlich gut aus. Dicke Titten. Wenn er schon ein paar Gläser intus gehabt hätte, wäre er stehen geblieben, um eine Runde zu quatschen. Jetzt lohnte es die Mühe nicht. So, wie die beiden aussahen, hatten sie sicher die an Bord befindlichen Vorräte schon geleert.

Endlich fand er eine freie Stelle. Er vertäute das Boot und lief an Land. Dort mischte er sich in die Menge der Mittsommer Feiernden. Es waren zwar auch allerlei Polizisten unterwegs, die für Ordnung sorgten, aber das ging ihm sonst wo vorbei, denn jetzt sollte gebechert werden, verdammt noch mal. Es gab genug Kneipen zur Auswahl. Er hatte noch allerlei vor sich, ehe sie dichtmachten.

Love fing mit einem Gin Tonic und einer Hand voll Erdnüssen an. Das machte sich gut. Er bestellte gleich noch einen und machte sich dann auf Entdeckungsreise im Lokal. Es war so eng, dass er sich einen Weg bahnen musste, aber das spielte ja schließlich keine Rolle. Der Kontrast zwischen Lundagården und diesem Ort hier war so gewaltig, dass er kaum noch fassen konnte, wieso er freiwillig in dem Heim geblieben und sich zwei Wochen lang allerlei Halleluja und sonstigen Unsinn angehört hatte. Nie wieder! Da zog er doch lieber wieder in seine alte Wohnung. Oder warum sollte er sich nicht in Stockholm eine neue suchen? Göteborg war doch ziemlich eng, wenn man die Stadt mit allem verglich, was es hier gab.

Dieses eine Mal war es nicht Love, der den Streit anfing, sondern ein mieser kleiner Yuppie in einem Ralph-Lauren-Hemd, dem es nicht passte, dass Love seine Freundin angestoßen hatte. Der Typ hatte seine Kraft sichtlich überschätzt, vielleicht wollte er auch der Frau imponieren, jedenfalls fing er an, durch die Gegend zu hüpfen und mit den Fäusten auf Love einzuschlagen. Love verpasste ihm eine mit der Rechten, worauf der Yuppie wie ein gefällter Baum zu Boden kippte. Dann bekam er sicherheitshalber noch zwei Tritte ins Zwerchfell, damit er Ruhe gab, während Love sich um die Frau kümmerte.

Die aber zeigte keinerlei Interesse. Und gleich darauf hatte Love es mit zwei Türstehern zu tun, die ihn hinauswerfen wollten. Aber zum Teufel! Er hatte doch nun wirklich nicht angefangen. Er kämpfte sich frei und griff die beiden Typen an. Von denen würde er sich seine Mittsommernacht ja wohl nicht ruinieren lassen. Kein Arsch würde ihn rauswerfen, solange er noch bleiben wollte. Er schlug um sich, bis seine Fingerknöchel bluteten. Er sah den Schlagstock, und gleich darauf lag er in Handschellen auf dem Boden.

Seine Freiheit hatte nur wenige Stunden gewährt. Er wurde wegen grober Körperverletzung festgenommen. Aller Wahrscheinlichkeit nach würde er in Untersuchungshaft landen.

»Ich will mit meiner Anwältin sprechen.«

»Nach dem Feiertag.«

Das bedeutete, dass er frühestens übermorgen wieder im Bootshaus sein würde. Wenn nur niemand dort reinging. Dann hätte er wirklich jede Menge Ärger. Verdammt, und das ganze Geld von dem Überfall, das er versteckt hatte. Wenn sie das fänden, würde die Bullerei den Zusammenhang erkennen. Wenn Ulrika Stål jetzt nur nicht in Urlaub war. Denn dann wüsste er nicht, wer ihn schnell genug herausholen könnte.

Kriminalkommissar Nils Petter Borge war während der Feiertage die ganze Zeit im Dienst. Er hatte sich freiwillig gemeldet. Die meisten Kollegen waren verheiratet und wollten gern das lange Wochenende mit ihren Familien verbringen. Er jedoch wollte gern arbeiten, wenn er schon nicht mit Ulrika zusammen sein konnte. Es war schon eine ganze Weile nach elf, und er saß noch immer an seinem Schreibtisch, obwohl er schon vor einigen Stunden hätte nach Hause gehen können. Aber er hatte so viel abzuarbeiten, dass er auch hier bleiben konnte, bis er müde wäre. In seiner Wohnung fühlte er sich schrecklich einsam. Er fragte sich schon, wie lange er es aushalten würde, immer an zweiter Stelle zu kommen. Aber er hatte sich ja fest vorgenommen, sie diesmal nicht unter Druck zu setzen. Er würde warten, bis sie reif wäre.

Ein Brot und eine Tasse Kakao würden ihm gut tun, ehe er nach Hause ging. Er wanderte zur Kantine hinunter. An einem Tisch saß eine Frau aus der Ermittlungszentrale. Sie sah müde aus. Er hatte früher schon einige Male mit ihr gesprochen. Eine kooperative und wirklich sympathische Frau. Nils Petter fragte, ob er sich setzen könne.

»Viel zu tun, wie mir scheint?« Er wickelte sein Brot aus der Folie und biss hinein.

»Das kannst du laut sagen. Die letzte Stunde war das pure Chaos.«

»Mehr als gewöhnlich?«

»Nein, eigentlich nicht. Aber draußen auf Morö ist ein Boot mit einem kleinen Kind an Bord gestohlen worden. Großer Einsatz.«

»Hatten wir da draußen nicht auch einen Mord?«

»Ja, wir glauben, dass da ein Zusammenhang bestehen kann.«

»Irgendwelche Verdächtigen?« Nils Petter blies auf seinen Kakao. Seine Finger, die den Plastikbecher hielten, wurden warm.

»Meines Wissens noch nicht. Kennst du die Anwältin Ulrika Stål?«

»Ja. Wieso?«

»Das Kind in dem Boot ist ihres. Ein kleines Mädchen von sechzehn Monaten.«

Ihm fiel der Becher aus der Hand. Der Kakao tropfte auf den Boden. Mit knapper Not konnte Nils Petter seine Hose retten.

»Alles gut gegangen? Du hast dich doch hoffentlich nicht verbrannt?« Majken nahm einige Papierservietten aus dem Behälter und reichte sie ihm. »Soll ich dir einen neuen Becher holen?«

»Nein, danke, ist schon gut.« Er wischte auf, dankbar für die Möglichkeit, sich bücken zu können. Er glaubte nicht, dass er sein Mienenspiel unter Kontrolle haben würde. »Ich komme mit dir, wenn du deinen Kaffee getrunken hast. Ich will sehen, ob ich mich irgendwie nützlich machen kann. Ich kenne Frau Stål ein wenig.«

Ulrika meldete sich nicht an ihrem Mobiltelefon. Nils Petter machte mehrere Versuche. Er hielt sich noch immer in der Zentrale auf, als die Nachricht eintraf, dass das Boot gesunken war. Er hörte, wie weitere Taucher an die Unfallstelle befohlen wurden. Ulrika war schon dort, an Bord eines Polizeibootes, wie er erfuhr. Er rief das Boot an und ließ sich auf den neuesten Stand bringen.

»Wie geht es der Mutter?«

»Verzweifelt, aber gefasst«, teilte die Wasserpolizei mit.

»Kann ich mit ihr sprechen?«

»Einen Moment.«

Bengt Ekholm wandte sich mit einem gewissen Zögern an Ulrika. Er kannte Kriminalkommissar Borge nicht und wusste nicht so recht, wie er Ulrika ansprechen sollte. Ekholm empfand Ulrika gegenüber einen seltsamen Beschützerinstinkt. Er wollte ihr noch mehr Leid ersparen. Von ganzem Herzen wünschte er, dass sie ihr Kind finden würden, auch wenn er im Grunde schon alle Hoffnung aufgegeben hatte, dass die Kleine noch am Leben sein könnte.

»Da ist ein Kriminalkommissar Borge, der mit Ihnen sprechen möchte. Schaffen Sie das?«

»Woher weiß er, dass ich hier bin?«

»Das hat er nicht gesagt.« Ekholm staunte über ihre Frage.

Die Decke rutschte von ihren Schultern, als sie aufstand und nach dem Telefon griff. Das merkte sie nicht. Die Decke fiel wie ein grauer Schatten auf das Deck. Ekholm bückte sich und legte sie zusammen. Ihn überkam ein Unheil verkündendes Gefühl der Leere. Er versuchte, es abzuschütteln. Es war immer so schrecklich, wenn kleine Kinder mit im Spiel waren. Daran würde er sich wohl nie gewöhnen können.

»Nils Petter, weißt du, ob sie sie gefunden haben?«

»Nein, noch nicht. Aber ich bleibe erst einmal hier und sehe, was ich machen kann. Wo hast du dein Telefon?«

»In der Tasche.«

»Ich habe mehrmals versucht, dich anzurufen.«

»Ich habe dich nicht gehört. Ich kann es lauter stellen.« Jetzt konnte sie ihre Tränen nicht mehr zurückhalten.

»Wir werden sie für dich finden, Ulrika. Das verspreche ich.«

»Lebend?«

»Wenn es in meiner Macht steht. Soll ich morgen zu dir hinauskommen?«

»Nein, ich glaube, du kannst mir da, wo du jetzt bist, mehr helfen.«

»Ich werde dich auf dem Laufenden halten.«

»Nils Petter.«

»Ja.«

»Danke, dass du für mich da bist.«

25

Auch am Morgen des Mittsommertages hatten die Rettungsmannschaften niemanden von Bord des gesunkenen Bootes gefunden. Hubschrauber mit Nachtsichtgeräten und Wärmebildkameras waren über der Unfallstelle gekreist. Ein Taucherteam hatte den Meeresgrund abgesucht, nicht nur am Kollisionsort, sondern in der ganzen Gegend, in der das Boot gekreist war, bis es dann endlich gesunken war. Die Strände der umliegenden Inseln waren durchkämmt worden, und weitere Verstärkung war geholt worden, um zu überprüfen, ob der Bootsdieb sich vielleicht irgendwo im Wald oder in einer Ferienhütte auf Eknö versteckt hielt. Es war doch möglich, dass es ihm gelungen war, nach dem Zusammenstoß mit dem Kind an Land zu schwimmen.

Ulrika war während der Nacht so oft zwischen Hoffnung und Verzweiflung hin und her geschwankt, dass sie jetzt überhaupt kein Gefühl mehr aufbrachte. Als Bengt Ekholm ihr mitteilte, dass sein Boot jetzt den Hafen ansteuern würde, beschloss sie, ihn zu begleiten. Die Suche ging jetzt in anderer Richtung weiter. Sie wurde auf die ganze Fahrtstrecke zwischen Morö und Eknö ausgeweitet.

Nils Petter hatte während der Nacht mehrere Male angerufen. Er hatte die Zeit genutzt, um alle bereits vorliegenden Unterlagen über den Raubmord durchzugehen. Irgendwer musste doch mehr wissen, das war immer der Fall. Er hatte außerdem darum gebeten, fortlaufend über neue Entwicklungen informiert zu werden. »Wenn wir die Täter nur einkreisen können, sind wir schon ein gutes Stück weiter«, hatte er sie zu trösten versucht. Ulrika merkte, dass ihre Unruhe wirklich ein wenig nachließ, wenn sie versuchte, über alles nachzudenken, was geschehen war.

Stefan stand auf dem Anleger und wartete. Er sah entsetzlich einsam aus und womöglich noch niedergeschlagener als nachts, als sie ihn verlassen hatte. Seine Brille war trüb und von Fingerabdrücken übersät. Aus seinem Blick sprach nur Trauer. Ulrika nahm ihm die Brille ab, hauchte sie an und wischte sie mit einem Blusenzipfel sauber. Ulf hatte nachts Herzschmerzen bekommen. Er war mit dem Seenotkreuzer ins Krankenhaus gebracht worden, und Marianne hatte ihn begleitet. Axel, der mit Kalle zusammen war, hatte mit ihnen an Land fahren können. Palle und Annelie hatten nach allem, was passiert war, nicht länger auf der Insel bleiben wollen.

»Es können auch mehrere gewesen sein. Es ist möglich, dass einer das Boot mit Elin zusammen verlassen hat. Polizei und Seenotdienst werden die ganze Strecke absuchen«, sagte Ulrika tröstend.

»Ich glaube nicht, dass sie ertrunken ist.«

»Ich auch nicht. Hast du schlafen können?«

Stefan legte den Kopf schräg.

»Leg dich ein wenig hin. Ich wecke dich, wenn es etwas Neues gibt.«

»Bist du denn nicht müde?«

»Noch nicht. Ich kann schlafen, wenn du aufgewacht bist«, sagte Ulrika zerstreut.

Sie bemerkten die verstohlenen Blicke nicht, die in ihre Richtung geworfen wurden. Das Gerücht hatte sich schon verbreitet, und viele Neugierige hatten sich in der Hoffnung auf Neuigkeiten am Anleger versammelt. Als sie an Bord der Impuls gehen wollten, kamen zwei kleine Mädchen auf sie zu, jede reichte Ulrika schüchtern ein paar Walderdbeeren. Sie erkannte sofort Birger Österholms Enkelinnen, die Zwillinge, die ihr durch den Maiglöckchenstrauß einen solchen Schrecken eingejagt hatten. Das schien so lange her zu sein.

»Opa hat gesagt, dein Baby ist verschwunden. Er hat die ganze Nacht nach ihm gesucht. Haben sie es schon gefunden?«

»Nein, noch nicht. Aber bald. Grüßt euren Opa und sagt ihm vielen Dank.«

Ulrika ging hinter Stefan her. Sie wünschte, sie hätte ihm ein Beruhigungsmittel mitgebracht. Sie blieb neben ihm sitzen, bis er eingeschlafen war. Als er schlief, überkam sie die Einsamkeit. Wenn er doch nur wach gewesen wäre, um sie in den Arm zu nehmen. Die Zeit stand still. Sie merkte, dass sie kurz vor einer Hysterie stand, und hatte Angst, gleich zu hyperventilieren. Das war schon zweimal passiert, als sie extrem unter Stress gestanden hatte. Und es war jedes Mal von Neuem beängstigend. Ihre Atemzüge wurden immer kürzer, dann folgte ein Krampf in der Lunge. Sie hielt sich die Hände wie eine Schale vor den Mund und versuchte, sich zu konzentrieren. Ihre Panik wuchs, als sie nicht genügend Sauerstoff bekam. Eine Tüte, sie brauchte eine Papiertüte zum Atmen.

Das Telefon klingelte so laut, dass Stefan erwachte. Sie hatte es nicht leiser gedreht, seit sie das Polizeiboot verlassen hatte. Sie spürte, dass dieser Anruf wichtig sein würde. Es war Nils Petter.

»Ich glaube, wir sind jetzt einen entscheidenden Schritt weiter.«

Olivia hatte Love vom ersten Moment an nicht leiden können. Natürlich war klar, dass alle hier Toleranz füreinander aufbringen mussten. Das war eine der Voraussetzungen dafür, dass die Behandlung Erfolg haben könnte. Sie alle litten an derselben Krankheit. Dass sie so verschieden waren, zeigte nur, dass es wirklich alle treffen konnte. Aber Love konnte sie einfach nicht tolerieren. Ihrer Ansicht nach hatte dieser Mann keine Existenzberechtigung.

Sie wusste natürlich, dass Alkoholismus nichts mit Klassenzugehörigkeit, Ausbildung oder moralischen Maßstäben zu tun hatte. Es konnte wirklich jeden treffen. Und es ärgerte sie, dass sie bis an ihr Lebensende mit Love diese Gemeinsamkeit haben würde. Der einzige Unterschied war vielleicht, dass sie als trockene Alkoholikerin leben, während er sich zu Tode saufen würde. Je eher desto besser. Es wäre besser für die Welt, wenn Pestbeulen wie er beseitigt werden könnten.

Schon von Anfang an hatte sie in ihm den alten Knastbruder erkannt. Das ließ sich nicht verbergen, dafür hatte sie als Polizistin eine zu gute Nase entwickelt. Sein ganzes Wesen strahlte Unehrlichkeit aus. Es ärgerte sie, dass er sich an Kerstin heranmachen wollte. Nicht dass Olivia dem, wofür Kerstin stand, irgendwelche Sympathien entgegengebracht hätte, aber sie sah doch, dass diese Frau verletzlich war, und es ließ ihr keine Ruhe, dass Love das auszunutzen versuchte. Es fiel ihr schwer zu glauben, dass er sich für Kerstin als Person interessieren könnte. Eher war er darauf aus, sich irgendwelche Vorteile zu verschaffen. Es hätte sie nicht gewundert, wenn er eine nette kleine Erpressung geplant hätte oder, warum nicht, einen Einbruch bei einer ihrer reichen Bekannten.

Kerstin hatte nämlich die unangenehme Neigung, sozusagen im Vorübergehen, oft mit bescheidenem und alltäglichem Tonfall, ihre finanzielle und gesellschaftliche Stellung zu erwähnen. Sie schien sich einzubilden, auf diese Weise in der Gruppe einen höheren Status erlangen oder den Respekt der Übrigen gewinnen zu können. Aber warum sollte sie größeren Anspruch auf Achtung haben, nur weil sie der Oberschicht angehörte? Olivia fand, keine Herkunft könne ein selbstzerstörerisches Leben entschuldigen. Außerdem konnte sie Alkoholiker nicht leiden, egal, woher die kamen. Sie besaß keinerlei Mitgefühl und schämte sich zutiefst, weil sie eine von ihnen war.

Eigentlich hätte sie sofort mit der Polizei darüber sprechen müssen, dass sie den Verdacht hatte, Love könne etwas über den Raubmord wissen. Weil er in der Nacht, in der es passiert war, das Haus verlassen hatte. Sein Atem hatte ihn verraten. Sie staunte darüber, dass sonst niemand etwas gemerkt hatte. Dass er das Bier gefunden hatte, glaubte sie einfach nicht, und als er nun auch noch verschwunden war, war sie sich sicher. Gleich nach der Morgengruppe rief sie bei der Polizei an.

Der Anruf wurde zuerst zu den übrigen Tipps gelegt. Eine Stunde darauf landete er auf dem Tisch des Ermittlungsleiters. Love Höglund. Vorbestraft wegen Suff, Körperverletzung, Diebstahl und Raubüberfall. Er konnte also durchaus ihr Mann sein. Er gab eine Fahndung heraus und rief wie versprochen Nils Petter Borge an.

Etwas ging schief. Erst viel später an diesem Tag kam heraus, dass Höglund bereits wegen einer Schlägerei auf Sandhamn in Haft saß. Er saß bei den Kollegen in Nacka und weigerte sich, auch nur ein Wort zu sagen, so lange seine Anwältin nicht zugegen war. Er verlangte, dass sie Ulrika Stål informierten. Konnte das denn wirklich ein Zufall sein?

Nils Petter rief Ulrika mit gemischten Gefühlen an. Sie hatte schon so viel durchgemacht, und nun sollte sie sich auch noch anhören müssen, dass Love vermisst wurde und in Verdacht geraten war, etwas mit dem Mord und dem Bootsdiebstahl zu tun zu haben. Wie würde sie darauf reagieren? Aber er hätte sich keine Sorgen zu machen brauchen. Nie zuvor hatte sie sich so entschlossen angehört.

»Schaffst du es, gleich mit ihm zu sprechen, was meinst du?«

»Aber sicher.«

»Dann schicken wir einen Hubschrauber.«

Ulrika war so erschöpft, dass sie einschlief, sowie sie den Sicherheitsgurt angelegt hatte. Sie erwachte erst wieder, als der Hubschrauber vor dem Krankenhaus von Nacka landete, wo ein Streifenwagen bereits auf sie wartete. Sie lächelte schwach, als sie Nils Petter sah. Er umarmte sie kurz und setzte sich neben sie auf den Rücksitz. Während der Fahrt zur Polizei informierte er sie über den Stand der Dinge. Love wusste noch nichts davon, dass er wegen Raubmord und Bootsdiebstahl in Verdacht geraten war.

Was Ulrika nun tun würde, überschritt die ethischen Regeln der Anwaltskammer so weit, dass sie sich wohl einen anderen Beruf würde suchen müssen, wenn sie sich nicht gewaltig in Acht nahm. Aber sie sah nicht einmal das als Problem. Sie hatte keine Alternative. Elin wurde seit sechzehn Stunden vermisst. Mit jeder Minute schwanden ihre Überlebenschancen.

Ulrika wurde durch den Gang zum Sprechzimmer geführt, wo Love auf sie wartete. Der Zorn stieg in ihr auf, als sie sah, wie er mit einem Becher Kaffee in der Hand lässig im Sessel hing.

»Ja verdammt, das hat ja gedauert, bis sie dich erwischt haben«, sagte er als Begrüßung. »Ich hatte schon Angst, du könntest in Urlaub gefahren sein.«

»Ich habe zwar frei, aber ich bin trotzdem gekommen, als ich gehört habe, dass du mit mir sprechen willst«, sagte sie so ruhig, wie sie konnte.

»Du musst mich hier rausholen. Ich kann nicht lange hier sitzen. Und ich hab bei der Schlägerei nicht angefangen.«

»Ich bin nicht sicher, dass ich dir diesmal helfen kann. Love, ich bin nur gekommen, um dir einen Gefallen zu tun. Als Freundin.«

Sie hielt es für nötig, ihm klar zu machen, dass sie seine Verteidigung durchaus noch nicht übernommen hatte. Und sei es nur, um disziplinarische Folgen zu vermeiden, falls es denn jemals so weit kommen sollte. Er schien auf ihre Wortwahl nicht zu achten, sondern davon auszugehen, dass nur ein wenig Überredung vonnöten sei, dann würde sie ihn auch diesmal wieder freibekommen.

»Die Sache ist ziemlich ernst«, sagte sie dann. »Ich habe eben erfahren, dass du nicht nur wegen Körperverletzung in Verdacht stehst, sondern auch wegen Raubmord und Menschenraub.«

Sie ließ ihn nicht aus den Augen. Nicht weil sie mit einem

raschen Geständnis rechnete, sondern um seine Reaktion zu testen. Wenn sie auch nur einen Hinweise dafür entdecken könnte, dass er sich getroffen fühlte, dann würde sie es hoffentlich auch schaffen, als seine Vertraute die Wahrheit aus ihm herauszuholen.

Love kommentierte die Beschuldigungen mit keinem Wort, doch seine Pupillen zogen sich zu spitzen Nadeln zusammen und die Kaffeetasse flog an die Wand, so dass ihr Inhalt bis zur Decke hochspritzte. Der Verdacht war also nicht ganz unzutreffend, sonst hätte er nicht so reagiert. Love gehörte zu der Sorte, die lauter wurde, je mehr sie im Unrecht war. Er war der Typ, der auf Anklagen mit Gegenanklagen reagierte. Sie sah, wie er Anlauf nahm, wollte ihm aber noch eine Chance geben, sich zu beruhigen.

»Jetzt hältst du den Mund. Ich bleibe nicht hier, wenn du dich nicht benehmen kannst. Ich bin an meinem freien Tag hergekommen und kann gehen, wann immer ich will. Du hast die Wahl«, sagte sie kalt, erstaunt über die Stärke, die in ihrer Stimme lag. Jetzt pokerte sie sehr hoch, aber sie musste die Sache beschleunigen. Sie musste ihm solche Angst machen, dass er redete. Sie wusste, dass er auf sie angewiesen war und schreckliche Angst davor hatte, sich eine andere Anwältin suchen zu müssen. Nur wusste er eben nicht, dass sie durchaus nicht vorhatte, ihn zu vertreten. Diesmal nicht, du Schwein, dachte sie. Diesmal vertrete ich mich und mein Kind.

»Die Polizei hat ein Motorboot gefunden. Wenn ich das richtig verstanden habe, dann können sie beweisen, dass du es gestohlen hast. Es gibt einen Zeugen«, log sie. »Und in dem Boot hat ein kleines Mädchen geschlafen. Wo ist es jetzt?«

Noch immer keine Antwort. Aber er sank so in sich zusammen wie damals, als sie ihm von Viktorias Selbstmord erzählt hatte.

»Love, ich habe dir sonst geholfen. Jetzt musst du mir helfen.«

In seinem Gesicht zuckte ein nervöser Muskel. Jetzt war er auf der Hut, teilweise, weil ihre Ausdrucksweise ihn unsicher machte. Bisher hatte sie ihn noch nie um Hilfe gebeten. Was zum Teufel sollte das überhaupt heißen? Er wusste nicht, woran er mit ihr war. Sie hatte sich so verdammt verändert. Andererseits war sie doch gekommen, obwohl sie freihatte. Und das war ja schon wieder toll. Aber was sah sie schlecht aus, wenn sie sich nicht zurechtgemacht hatte. Verdammt rote Augen. Sicher hatte sie in der Mittsommernacht heftig gebechert.

»Du musst mir vertrauen. Sonst schaffen wir das nicht.«

Jetzt war sie wieder die Alte. Er beruhigte sich.

»Was gibt es denn für mich zu holen, wenn ich verrate, wo sie ist?«

»Das gibt mildernde Umstände, die beim Gesamturteil natürlich zu deinen Gunsten sprechen werden«, sagte sie lockend. Ihr Herz schlug so heftig, dass sie Angst hatte, er könne es hören.

»Ich brauche frische Luft.« Er grinste. »Wenn ich mitkommen darf, kann ich euch zeigen, wo sie steckt.«

Love hatte während des Hubschrauberflugs nach Sandhamn Handschellen getragen, doch als sie an Bord des Bootes gehen wollten, verlangte er, davon befreit zu werden.

Außer zwei regulären Polizisten war auch Nils Petter dabei. Das Risiko, dass er sie auf irgendeine Weise austricksen könnte, war also minimal. Love hatte nicht genau verraten, wo er Elin zurückgelassen hatte, er hatte nur vage angedeutet, er glaube, sie könnte sich ein Stück weit westlich von Sandö befinden. Er würde ihnen zeigen, wo der andere mit ihr an Bord gegangen war. »Ich konnte doch nicht wissen, dass es nicht sein Kind war. Er hatte mich doch einfach nur nach Sandhamn mitgenommen«, sagte er gespielt lässig.

Ulrika kannte seine Gewohnheit, sich aus allem herausreden zu wollen. Und immer die Schuld auf andere zu schieben. Er entwarf ein Szenario, in dem er unschuldig war und ohne eigenes Zutun ins Zentrum der Geschehnisse geraten war.

Was für ein Idiot. Voller Abscheu starrte Ulrika seinen Rücken an. Offenbar genoss er die allgemeine Aufmerksamkeit. Gelassen und mit entspannten Gesten zeigte er den Weg. Sie fuhren eine Zeit lang zwischen Hunderten von Freizeitbooten durch den Sund. Es war ja noch immer Feiertag. Ulrika musste für einen Moment an Jenny denken. Deren Verschwinden war jetzt genau fünfundzwanzig Jahre her. Wenn sie entführt und ermordet worden wäre, wäre die Verjährungsfrist mit diesem Tag abgelaufen. Und der Mörder wäre ungestraft davongekommen.

Ulrika schauderte bei dieser Assoziation und verdrängte den Gedanken sofort. Elin war zwar entführt worden, aber sie lebte noch, ebenso wie Jenny. Alles andere wäre unvorstellbar. Vor allem jetzt, wo sie schon so weit gekommen waren.

Love führte sie zwischen zwei kleineren Inseln hindurch, vorbei an einem burgähnlichen Haus auf einer Landzunge. Dort wurde er unsicher und befahl nach einer Weile, das Boot zu wenden. Er wollte Zeit schinden. Nils Petter erhob sich wachsam von seinem Platz neben Ulrika und trat auf Love zu. Der schien mit ihnen zu spielen. Denn es war doch wohl nicht möglich, dass er den Weg nicht mehr fand? Ulrika wurde schlecht vor Angst. Sie war einfach noch nicht auf die Idee gekommen, dass er vielleicht gar nicht wusste, wo Elin war. Sie hatte so große Hoffnungen gehabt, dass der Gedanke an eine Niederlage einfach undenkbar gewesen war.

Der Steuermann drosselte das Tempo und legte nur noch zwei oder drei Knoten vor, um Love die Möglichkeit zu geben, sich zu orientieren. Sie näherten sich einem großen roten Haus mit weißen Ecken, einem Schuppen und einem hohen, weißen Flaggenmast mit goldener Spitze. Am Strand lag ein Bootshaus.

»Ich glaube, es kann da gewesen sein, wo sie gehalten haben, ehe sie mich nach Sandhamn gebracht haben, aber sicher bin ich mir nicht«, sagte Love träge.

Aber ich bin es, dachte Ulrika und gab den anderen ein Zeichen, still zu sein. Sie hörte Kindergeschrei aus dem Bootshaus. Es gab keinen Zweifel. Das war Elin. Diese Lungenkapazität war unverkennbar. Sie spürte, wie ihr ganzer Körper von Glück erfüllt wurde.

»Das ist sie.«

Love erstarrte. »Wie kannst du da so sicher sein, verdammt? Das könnte doch jedes Kind sein.« Langsam erwachte sein Blick zum Leben. Stechend und hasserfüllt, als ihm aufging, woher sie es wusste.

»Das ist dein Kind. Und du willst mir überhaupt nicht helfen.«

Ulrika ließ sich zu keiner Antwort herab.

Ehe irgendwer reagieren konnte, sprang Love aus dem Boot. Er wäre fast ins Wasser gefallen, schwankte einen Moment, als er auf der Kante des Anlegers landete, gewann aber dann das Gleichgewicht zurück und lief auf die Insel. Sie brauchten zwei Sekunden zum Anlegen. Der jüngere Polizist konnte sich eine Verwünschung nicht verkneifen, als er einsam hinter Love herrannte, ohne auf seinen Kollegen zu warten, der über das knisternde Funkgerät um Verstärkung bat.

Es ging so schnell, dass Ulrika kaum begriff, was passiert war. Sie konnte nur noch daran denken, dass sie zu Elin und sich davon überzeugen wollte, dass ihr Kind unversehrt war. Kaum hatte das Boot angelegt, da sprang sie an Land, ohne auf Nils Petters Ermahnung zu achten, ruhig zu bleiben und auf ihn zu warten. Sie hatte die Tür des Bootshauses bereits erreicht, als er sie einholte.

»Vorsicht. Du weißt nicht, was da drinnen ist. Lass mich vorgehen.«

Er griff nach der Klinke. Jaulend öffnete sich die Tür. Der Geruch von Meer und Schimmel schlug ihnen entgegen. Eine Glühbirne unter der Decke bewies, dass es hier Strom geben musste. Nils Petter musste eine Weile nach dem Schalter suchen. Jetzt sahen sie deutlich, dass hier zwei Boote lagen. An der einen Längswand hingen ein abgetakeltes Surfbrett und einige Schwimmwesten. Ansonsten war alles leer. Aus dem Segelboot war verzweifeltes Kinderweinen zu hören. Ulrika riss sich aus Nils Petters Griff und sprang an Bord. Das Boot kippte leicht zur Seite. Die Tür war nicht abgeschlossen. Ulrika riss sie wütend auf. In der Kajüte saß Elin, durstig, schmutzig und verzweifelt. Ihr Gesicht war von Rotz und Tränen bedeckt. Als sie ihre Mama sah, stieß sie einen herzzerreißenden Schrei aus und streckte ihr die Arme entgegen. Ulrika hob die Kleine hoch und merkte, dass der Schlafanzug triefnass war. Sie trocknete, küsste, tröstete und weinte. Elin klammerte sich wütend an ihr fest. Sie hatte schreckliche Angst, wieder verlassen zu werden.

»Ich muss sofort mit ihr zum Arzt. Sie hat Fieber.«

Nils Petter, der hinter sie getreten war, nickte und half ihr beim Aufstehen. Vorsichtig legte er Elin die Hand auf die Stirn. »Ja, sie ist schrecklich heiß. Arme Kleine.«

Der Schuss fiel unerwartet, ihm folgte das Flattern fliehender Wildenten, die heiser ihre gerade erst flügge gewordenen Jungen riefen. Hatte die Jagd denn schon begonnen? Aufs Meer hinaus, in Sicherheit, mahnte der Schrei. Nils Petter erstarrte und streckte den Arm aus, wie um Ulrika und Elin zu beschützen.

»Warte hier.«

Geduckt lief er den kurzen Weg zum Polizeiboot. Ulrika konnte hören, wie er in der Zentrale anrief.

»Ein Schuss ist gefallen. Dringend Verstärkung schicken.«

Ob Love bewaffnet war? Sie brachte es einfach nicht über sich, über den Ernst der Lage nachzudenken. Wichtig war nur, dass sie Elin rasch von hier wegbringen mussten. Ihre Luftröhre pfiff bedrohlich, wenn sie Luft holte, und ihr leiser werdendes Schluchzen war mit Husten durchsetzt.

Ulrika blieb im Bootshaus. Sie drückte sich an die Wand, zog Elin den nassen Schlafanzug aus und wickelte sie in ihren eigenen Pullover. Der hing der Kleinen weit über die blau gefrorenen Zehen. Ulrika wärmte einen Fuß in ihrer Hand. Elin weinte nach Brei in einer Nuckelflasche.

»Bald, mein Liebling. Bald bekommst du dein Fläschchen. Das verspricht deine Mama dir.«

Himmel. Großer Gott, woher sollte sie ein Fläschchen nehmen? Sie betete und fluchte abwechselnd. Dieser verdammte Mistkerl, der sie daran hinderte, zu einem Arzt zu gelangen. Wenn Love doch ein einziges Mal erkennen könnte, was gut für ihn wäre! Warum um alles in der Welt musste er sich immer dermaßen blödsinnig aufführen? Glaubte er wirklich, aus dieser Sache wieder herauskommen zu können? Nie im Leben! Und nicht mit anwaltlicher Hilfe. Ulrika hatte plötzlich Lust, auf alles zu pfeifen, zum Boot zu rennen und Nils Petter zu bitten, sie wegzubringen. Die Verstärkung musste doch schon in der Nähe sein und außerdem befanden sie sich ja auf einer Insel. Love konnte also gar nicht entkommen.

Vom Haus her hörten sie Rufe, gefolgt von zwei raschen Schüssen. Durch die Tür sah sie, wie die jungen Polizisten mit gezogener Waffe hinter zwei Birken standen. Die Stämme war nicht breit genug, um ihnen Deckung zu bieten. Ihre durchtrainierten Körper strahlten Konzentration, Spannung und Angst aus.

Ulrika sah sie gleichzeitig. Nils Petter, der geduckt auf das Bootshaus zulief, und Love, der unbemerkt im Schutz eines Gebüschs zurück zum Wasser geschlichen war. Jetzt befand er sich zwischen ihr und den beiden Polizisten. Wenn er wollte, dann könnte er sie in den Rücken schießen oder Nils Petter in der Brust treffen.

Love wich immer weiter zum Bootshaus zurück. Jetzt war er nur noch fünfundzwanzig Meter davon entfernt. Nils Petter entdeckte ihn und stieß einen Warnruf auf. Beide Polizisten ließen sich zu Boden fallen, Nils Petter blieb stehen. Alles blieb stehen. Die Vögel verstummten. Sogar Elin hörte auf zu weinen. Für einen Moment schien Love zu zögern.

»Lasst die Waffen fallen! Zum Teufel! Werft die Waffen herüber! Sonst schieße ich!«, brüllte er, und um seine Drohung zu unterstreichen, gab er einen Warnschuss in die Luft ab.

Ulrika hielt verzweifelt Ausschau nach einer Waffe zu ihrer Verteidigung. Ein Messer, egal was. Er musste begriffen haben, dass sie sich im Bootshaus aufhielt. Und nun war auch sie seine Feindin.

Zwischen den Angelsachen lag ein Senkblei. Ulrika wog den Bleiklumpen in der Hand. Das musste gehen. Love hatte ihr noch immer den Rücken zugekehrt, breitbeinig und konzentriert zielte er mit der Pistole ins Nichts, irgendwo zwischen Nils Petter und den beiden Polizisten. Bereit, auf den zu schießen, der sich als Erster bewegte.

Sie durfte jetzt keinen Fehler machen. Ulrika hob die Hand und holte zweimal aus, dann warf sie. Das Blei traf Love mit einem dumpfen Geräusch am Hinterkopf. Er schwankte, dann ging er zu Boden. Sofort hatte Nils Petter ihn erreicht und riss ihm die Waffe aus der Hand.

»Hölle. Jetzt bist du in der Hölle«, murmelte Ulrika, als sie mit Elin in den Armen aus dem Schuppen trat. Aus der Ferne hörte sie den Lärm eines Hubschraubers.

»Bald, mein Liebling, bald bekommst du Brei«, flüsterte sie ihrer Tochter ins Ohr.

Nils Petter flog mit ihnen im Hubschrauber zum Krankenhaus. Er blieb dort, bis Stefan kam, und sah dessen Freude darüber, dass es Elin trotz aller Strapazen verhältnismäßig gut ging. Jetzt schlief sie. Die Männer schüttelten einander die Hand. Stefan mit ehrlicher Dankbarkeit, Nils Petter verbissen darauf bedacht, seine Gefühle zu verbergen. Leere und Schmerz waren unsichtbar. Er verabschiedete sich rasch und wünschte ihnen alles Gute. Dann war er verschwunden.

»Ich habe mit Mama gesprochen. Papa kann in zwei Tagen wieder nach Hause.«

»Ich freue mich so für dich. Und für Marianne. Wie geht es ihr?« Es fiel Ulrika schwer, ihre Tränen zurückzuhalten.

»Ihr geht es gut. Sie kommt nachher her. Das wollte sie sich nicht ausreden lassen.«

»Und Axel?«

»Den holt sie unterwegs ab.«

»Kannst du mich einen Moment entschuldigen?«

Ulrika strich mit der Hand über seinen Arm, dann lief sie hinaus. Ihr Herz hämmerte. Wenn sie es nur noch schaffte.

Vor dem Foyer konnte sie Nils Petter einholen. Er ging mit zögernden Schritten. Mit den Händen in der Hosentasche, wie ein kleiner Junge. Sie brauchte nichts zu sagen, in seinem Lächeln konnte sie lesen, dass er wusste, dass sie zu ihm kommen würde, sobald das irgendwie möglich wäre. Eine kurze Umarmung, ehe sie zurücklief. Das reichte für sie beide.

Östen Hult rief am nächsten Tag bei Ulrika an und gratulierte ihr zum glücklichen Ende dieses Dramas. Das Gerücht hatte sich rasch verbreitet, aber er hatte nicht früher stören wollen, sagte er mit rauer Stimme. Ja, Arne war wieder da und kam langsam wieder zu sich. Das Ganze war unfassbar. Ob sie vielleicht wüsste, ob die Polizei Rolfs Mörder erwischt hatte?

»Ich weiß nicht. Aber die Möglichkeit besteht durchaus.«

»Aha. Ja, jetzt wird es viele Probleme geben«, sagte Östen mit tiefem Seufzen. »Wir werden den Laden wohl schließen müssen. Mutter würde sich darüber gar nicht freuen. Das steht jedenfalls fest. Man ist ja fast dankbar dafür, dass sie tot ist, so ist ihr wenigstens dieser Kummer erspart geblieben. Sie hatte auch so schon genug durchgemacht. Können Sie sagen, wie es mit der Erbschaft jetzt weitergeht?«, fragte er nervös.

»Natürlich.« Ulrika zögerte, dann fügte sie hinzu: »Östen, ich habe Jenny gefunden. Sie lebt in London. Sie ist verheiratet und hat mehrere Kinder. Soll ich ihr schreiben, was passiert ist, oder wollen Sie selbst mit ihr sprechen? Ich habe ihre Adresse und ihre Telefonnummer.«

Östen schwieg. Für einen langen Moment fürchtete Ulrika, er habe einen Schock erlitten. Sie hätte ihm das alles nicht so abrupt und vor allem nicht am Telefon sagen dürfen. Er brauchte eine Ewigkeit, bis er antwortete. Dann war seine Stimme vor Rührung belegt.

»Haben Sie eine Ahnung, warum sie so lange fortgeblieben ist?«

»Ja, aber das muss sie Ihnen selber erzählen.«

»Hat sie nach uns gefragt?«

»Sie weiß, dass Ellen tot ist, und dass ihr drei noch auf Morö lebt. Aber natürlich, das mit Rolf ...«

»Bitte, sorgen Sie dafür, dass sie davon erfährt.« Ulrika hörte, wie er sich alle Mühe gab, sich energisch anzuhören, obwohl seine Stimme vor Bewegung zitterte.

»Ja, sicher, ich werde ihr sofort schreiben«, versprach sie.

Die Lampen standen so, dass alle alten Dekorationsgegenstände und getrockneten Pflanzen in der Küche auf bezaubernde Weise beleuchtet wurden und lange Fantasie anregende Schatten auf Wände und Decke warfen. Verschlungene alte Muster, die früher zu haarsträubenden Mutmaßungen und wilden Ratespielen geführt hatten, bei denen die ganze Familie oft noch lange nach dem Essen am Tisch gesessen hatte. Dann waren die Kinder älter geworden und hatten andere Interessen entwickelt. Sport, Musik, neue Liebschaften und mehr oder weniger verrückte Lehrer, über die gesprochen werden musste.

Ohne den Brief, den Jenny aus der Kanzlei in Stockholm bekommen hatte, hätte sie dieses Spiel wohl nicht wieder aufgenommen. Die Küche sollte nämlich renoviert werden. Die rostbraunen antiken Fliesen, die sie und Clifford im ersten Jahr in Frankreich gekauft und mit dem Auto nach Hause geschafft hatten, hatten ausgedient und sollten im Herbst durch mattpolierten Stahl und Granit ersetzt werden. Vor einem solchen Hintergrund würden die Girlanden aus Knoblauch, Kupfergeschirr und Immortellen fehl am Platze wirken. Alle Dekorationen würden hinausgeschmissen und vermutlich vom erstbesten Lumpensammler aufgelesen werden. Ja, natürlich nicht die schönsten Kupfergeräte und die antiken Holzlöffel. Die würden auf dem Dachboden landen und vergessen werden. Vielleicht könnten die Kinder, wenn sie irgendwann die Hinterlassenschaft ihrer Eltern teilten, sich noch daran erinnern, welche Assoziationen Kaffeekanne, Feuerspritze und der uralte, aber sicher noch funktionsfähige Destillator früher in ihnen erweckt hatten.

An diesem Abend, in der Woche nach Mittsommer, war die ganze Familie versammelt. Sie aßen Tacos, geriebenen Käse, kräftig gewürztes Hackfleisch, Chilisoße, Salat und Tomatenscheiben. Alles wurde über den Tisch hin und her geschoben. Die Stimmung war ausgelassen, und die Jüngsten waren vor dem Ende des Schuljahres voller Erwartungen.

»Rat mal, woran dieser Schatten mich erinnert.«

»Dass du einen Tequila willst, um deine Tacos runterzuspülen«, sagte ein Zwilling lachend und mit vollem Mund.

»Falsch«, lachte Jenny. Auch wenn die Assoziation mit der Destillieranlage gar nicht so falsch war.

Bald beteiligte sich die ganze Familie an diesem Ratespiel.

»Nein, nicht mal in der Nähe. Wenn ihr euch ein wenig beruhigt, dann erzähle ich es euch.«

Jenny trank einen Schluck Bier und betrachtete ihre Familie. Lola und die Zwillinge waren schon erwachsen. Anders als ihre eigene Mutter hatte Jenny ihre Kinder immer zur Selbstständigkeit ermuntert. Hatte sie auf Reisen geschickt, sie dazu gebracht, auf eigenen Füßen zu stehen. Trotzdem oder vielleicht deshalb wollten sie zu Hause wohnen. Keines machte irgendwelche Anstalten, das Nest zu verlassen. Die Kleinen, Maria und Tom, waren jetzt elf und vierzehn, mitten im Grenzland zwischen der vertrauensvollen Liebenswürdigkeit der Kinder und der Neugier der pubertären Rebellen. Jenny und Clifford hatten sich beide eine große Familie gewünscht und hätten gern noch zwei weitere Kinder gehabt. »Warte noch zwei Jahre, dann kommen die Enkelkinder«, hatte Clifford getröstet, als Jenny eingesehen hatte, dass es dazu nicht mehr kommen würde.

»Der Schatten dahinten erinnert mich an meine Kindheit in Schweden.«

Jetzt verstummte der Lärm. Clifford schaute sie fragend an. Er war der Einzige, der etwas wusste, wenn auch bei weitem nicht alles. Jetzt war die Zeit reif, um mit ihnen zu sprechen. Endlich fühlte sie sich befreit von ihrer Bitterkeit und wusste, dass sie erzählen konnte, wie ihr Leben verlaufen war, ehe sie sich in Jane verwandelt hatte. Die Zeit war reif, um auch die schönen Erinnerungen freizulassen.

Sie erzählte von ihrem Leben auf Morö. Von ihren Brüdern, Östen und Arne, die sie so geliebt, und von Rolf, den sie verabscheut hatte. Von der Angst vor der Mutter, aber auch von der Liebe zu ihr. Von Einsamkeit und Isolation im Winter, vom Großvater, der im Suff ertrunken war, und von den kurzen, schönen Sommern, die sie nie erlebt hatte, weil sie ja immer im Laden hatte arbeiten müssen. Und von der einzigartigen Schönheit des Schärengürtels. Vom Fischen, Jagen und Pilzesuchen und von Bootsfahrten.

Die Kinder hörten aufmerksam zu. Für sie öffnete sich eine bisher unbekannte Welt. Ihre Mama hatte ein Leben gehabt, ehe sie Papa getroffen hatte!

»Möchtest du hinfahren?«, fragte Clifford, ein wenig mitgenommen von der unerwarteten Offenheit seiner Frau.

»Ja, ich finde, ich muss zu Rolfs Beerdigung. Es ist Zeit, Frieden zu schließen.«

DANKSAGUNG DER AUTORIN

Bei der Arbeit an diesem Buch habe ich unschätzbare Hilfe in vielen Bereichen erhalten, die mir vorher unbekannt waren.

Ich möchte Dr. phil. Björn Hellander dafür danken, dass er sein Wissen über Seeadler mit mir geteilt hat. Bertil Haikin für viele witzige Anekdoten von Schwedens Trabrennbahnen, ohne die ich nicht zurechtgekommen wäre.

Kerstin Tungarden und Leif Carlqvist für die Einführung in die Welt der Musik. Gerichtsvollzieher Per Henrik Nilsson. Abteilungsleiterin Gun Rydberg und Sozialsekretärin Lilian Pellegrino vom Sozialamt Rinkeby.

Sven Wahlström, der mir das Entzugsprogramm nach dem Minnesota-Modell erklärt hat. Robert Brolin, von dem ich sehr viel über Boote und Bevölkerung in Stockholms Schärengürtel gelernt habe. Sven Eric Pettersson vom Seenotdienst in Göteborg. Erik Hansen, der sich viel Zeit genommen hat, um mir die Feuerwache in Gustavsberg zu zeigen.

Kriminalinspektor Lars Richter, der mir bei Details der polizeilichen Arbeit behilflich war. Oberarzt Jan Häggqvist, der meine medizinischen Fragen beantwortet hat, und meine Eltern Siv und Sture Lindblom, die auch bei diesem Buch unermüdlich ermuntert und korrigiert haben.

Ich möchte außerdem noch die Gelegenheit nutzen und erwähnen, dass ich im Buch die Kneipen von Sandhamn in der Mittsommernacht öffnen lasse, was sie in Wirklichkeit nicht tun.

Marbella, im November 2003,

ANN-CHRISTIN HENSHER